林辰著　王世家编校

跋涉集

林辰文集　叁

上海教育出版社

图书在版编目(CIP)数据

林辰文集. 叁/林辰著. —济南：山东教育出版社，2010
ISBN 978－7－5328－6248－1

Ⅰ. ①林… Ⅱ. ①林… Ⅲ. ①林辰(1912～2003)—文集②杂文—作品集—中国—当代③鲁迅(1881～1936)—人物研究④鲁迅著作—文学研究 Ⅳ. ①I217.2

中国版本图书馆CIP数据核字(2010)第042061号

编校说明

《林辰文集》共四辑。

壹　《鲁迅事迹考》《鲁迅传》

贰　《秋肃集》《鲁迅述林》

叁　《跋涉集》

肆　《诗农书简》

《跋涉集》　作者生前只编辑了《鲁迅事迹考》、《鲁迅述林》两册文集，尚有大量著作散见于解放前后各报刊上，其中不乏佳作。一九九七年应上海倪墨炎之约，作者着手编辑《跋涉集》，由于身体多病、视力下降，该集由三公子王山鹰代为编成初稿，好友陈建根曾为之校订。由于辑录杂文较多，不符倪编"书友文丛"的体例，故未能付梓。

现由编者据原书稿重新整理、补充、编排，将集中杂文另编为《秋肃集》。本书收录未结集的有关鲁迅研究、文艺评论、序跋、怀友及记述乡土风物等文章共六十五篇。各组文章以写作时间为序排列。

《林辰文集》中的著作、文章多撰写、发表于上世纪四五十年代，有些标点和文字的用法不尽符合现行出版规范，整理、编辑加工中，为遵循原著，在这些地方的处理上适当变通了目前通用的出版规范，例如全书中的公历纪年均用汉字表述，本应用顿号的保留了作者使用的逗号，本应为“地”字的沿用了作者所用的“的”字，等等。如此处理，我们希望能将一份原汁原味的历史文献展现给读者。

目 录

跋涉集

跋涉集

《跋涉集》序

蒋仲仁

林辰选他历年所写尚未结集的文章，编为《跋涉集》出版问世，命我写序。首先，我向林辰贺，高龄八十六了还出版这样一部力作，一部精品。我也向读者贺，多此一本值得读的书，沉甸甸的有分量的书。

林辰一生，两个字：鲁迅。当学生，开始读鲁迅；当先生，教学生读鲁迅；后来就全身心的投入了，编鲁迅的著作，注鲁迅的著作，考鲁迅的事迹，研究鲁迅的思想。对此如痴如迷，夜以继日，劳作不辍者四十余年。本着他一贯的严谨、缜密的作风，尽过大力，作出大贡献。有他参与编辑的两个版，十卷本的和十六卷本的《鲁迅全集》为证，有他参与策划和编辑的鲁迅整理辑录的古籍为证，有他的专著《鲁迅事迹考》和《鲁迅述林》为证。现在又添了这一本《跋涉集》，集中文章涉及的面广阔，可大都是与鲁迅有关的和与那个时代的文坛有关的。

后来者幸福了。要读鲁迅，打开书橱，拿出全集某卷，翻开来就读；遇上什么疙瘩，照所标页码翻出注释一看，哦，原来是这样，于是豁然贯通。有兴趣的读者还可以查看有关专著和论文，大开眼界，获得新知。这个幸福从何而来？我呼吁，不要忘记呕心沥血一生辛劳的前辈们。

这个集子题名“跋涉”，让我想了许多许多。

人之一生，跋山涉水，路漫漫其修远。这当中，有崎岖险阻，有骇浪惊涛，有欢乐，有悲哀，有迷惘，有追求，有拍案大怒，有怆然涕下。把这些一一写出来就是历史。历史，除严正的史书外，好多都来自某某个人，处于某某环境，反映某某时代，目睹亲历，真知实感，让人读了，比读史书更贴近，更亲切。我爱这本《跋涉集》，我相信，好些读者也会爱这本《跋涉集》。

我和林辰是总角之交，掐指算来，七十多年前，我们才十几岁，同在贵阳师范学校就读。这所师范在南明河畔雪涯洞，春夏诗书，秋冬文史，读了六年。往事历历，有时还浮现在记忆中。记得我们唱校歌，还有什么“传薪继火，道统长持”的词句，足见当时一派古旧的氛围。可是，南明疏柳，雪涯横梅，挡不住新时代的狂潮。我们不安分了，坐不住了，如饥似渴的读《呐喊》《彷徨》，读《语丝》《莽原》；初生之犊，还提笔写白话文，交到《校刊》去发表，文稿印成铅字，不禁沾沾自喜。

师范毕业，林辰决然走出闭塞的贵州，到上海去。考取了复旦大学而上不起复旦大学，沦为“且介亭”里的文学青年。命运太残酷，林辰还一度被国民党逮捕，囚禁在美丽苏州的黑暗监狱里。

“九一八”，“一·二八”，“一二·九”，“七七”，一连串的大事变。我们投入了抗日救亡的运动中去。开口讲课，讲的抗日，挥笔写文章，写的抗日。这就触犯山城雾都的统治者了，处处受打击，这儿呆不住了，换到那儿去，那儿呆不住了，又换到另一个那儿去，我还换到了辽远的香港。颠沛流离，我们走了多少不同而又相同的道路。

解放了！解放了！说不尽的欢欣鼓舞。我和林辰先后来到北京。那是个“忙”的年代，不尽工作滚滚来，各干各的，各忙各的，好容易挤出时间相互过从，说过去，说现在，说将来，清茶一杯，滔滔不绝。

正如我写给林辰的诗所说，“涸辙沫相濡，江湖亦未忘”。

“文化大革命”来了。大革文化的命，大革革命的命，革到文化大破坏，革命大挫折。革命元老，元帅将军，被打成“何其毒也”的反革命，广大知识分子都是揪出来的牛鬼蛇神。多少折磨，多少凌辱，既不能数，何须擢发？不说了。

我被革到我们单位的干校。批斗之余，掏粪清厕，劈柴烧水，和泥脱坯，拾穗锄草……有时扛把锄头，劳动归来，还默诵陶诗“晨兴理荒秽，带月荷锄归”，田园雅兴，有点儿飘飘然。我念着林辰在他们单位的干校也是这样吧，如果听见这样的诗，准会哑然失笑。

“大革命”一革就是十年。回到北京，与林辰相见，一谈就谈到乱离之后该把十年耽误了的工作补一补。可是，白发千丈，垂垂老矣。重新坐在书案边，展纸握笔，感到重担千斤。林辰编他的《鲁迅全集》第二版，该比第一版多受加倍的艰苦。十年，一生几个十年。我念着林辰也许还要《集外》再“拾遗”，《事迹》当再“考”吧。

六年之前，一九九二，林辰八十大寿，岂可无贺？寄去一诗。诗云：

南明河畔少年游，重聚京华渐白头。
急风狂雨悲往日，铁窗冷月忆苏州。
百年大业志常在，一统小楼何所求。
漫步夕阳伤尽暮，红霞深处梦悠悠。

梦，是虚幻。梦，也是希望。几十年来，我们跋千山，涉万水，不就是为着希望而奋起前行吗？

写写改改，写完了回头一看，不像序。既然写了，就这样吧，是为序。

一九九八年七月于北京

鲁迅研究订误

自鲁迅先生逝世以来,“纪念鲁迅”“研究鲁迅”的呼声弥漫于文艺界与青年界之间,我们确也曾经看到过数不清的关于鲁迅的文章,但大都是从情感上来抒发对于这一代巨人的哀悼或回忆之情,深入精到的研究则很少。我们感觉到在对于鲁迅精神及事业的理解上,能够超越了何凝那篇《鲁迅杂感选集序言》的东西还不多见。甚至在一些人的文章里,还保留着若干错误,这些错误虽或大或小,但一样是亟待加以订正的。

例如关于鲁迅先生自日本归国的年代,这应该是不会有什么问题的。他是在一九〇九年六月(宣统元年,己酉)归国。然而,周作人在《关于鲁迅》一文里,却说:“鲁迅于庚戌(一九一〇年)归国,在杭州两级师范绍兴第五中学及师范等校教课或办事……”章汉夫先生也以为是这一年回国。(见《鲁迅与中国民族解放运动》)还有李长之先生在他的大著《鲁迅批判》一书里,也说:“他说是二十九岁回的国,那么,是在一九一〇年。”三人同执一说,一错再错,如此转辗沿袭,真会给后来的研究者以极大的害处。倘照他们的说法,则鲁迅归国以后在杭州两级师范,绍兴中学堂,绍兴师范三个学校里的两年多的经历(一九〇九年夏——一九一一年冬),就得压缩在一年多的时间之内(一九一〇年夏——一九一一年冬),或说绍兴光复和鲁迅出任绍兴校长,是在民国元年(一九一二)的冬天,否则便说不过去!鲁迅自己的那篇《自叙传略》虽说很简单,并没有说明归国的年代及任教职于杭师等校的年月,但我们只要仔细看看,根据其中所说的"我一回国——第二年就走出——第三年又走出"等话把时间排列起来,就可以指出周李等人的错误了。(详见拙著《鲁迅归国的年代及初回国时的生活》)这真是最简单的问题,但周作人是鲁迅的弟弟,李长之的小册又名曰堂皇的《批判》,而竟也有这样的错误,我们真不知要怎么说才好了!

顺便再说一说李长之的这本《批判》吧(是鲁迅逝世以前所作)。他在这本书里,错误还不只这一个地方,如说到鲁迅和"现代评论派"的笔战时,他有这样一段:

> 据《两地书》里三月二十六日景宋给鲁迅的信,说:"到开学以后,目睹拥杨的和杨的本身的行径,实更不得不教人怒发冲冠,施以总攻击。"(页一六)在四月十日景宋再给鲁迅的信,又说:"风潮闹了数月"(页二八)。可见这一年之开始,学潮就已经发生了。鲁迅之出来说话,就收在《华盖集》里的杂感看,最早的乃是五月二十一日写的《"碰壁"之后》,由女师大学潮而牵涉到陈西滢身上了,自此,他便费了不少的精力,用以攻击"现代评论派"的"正人君子"。

这短短的一段里,便有两个错误。一,他根据景宋三月二十六日和四月十日的信,说"可见这一年之开始(按指一九二五年)学潮就已经发生了。"其实女师大学潮之开始,还在前一年(一九二四)。李君引用景宋三月二十六日的信,却省去了如下的重要的几句:"年假中及以前,……我是袖手作壁上观的。到开学以后,目睹拥杨的和杨的本身的行径……"由"年假中及以前"等句,便可见学潮是发生于一九二四年了。(参看《华盖集》一七一页)二,他说鲁迅之出来为女师大事件说话,“就收在《华盖集》里的杂文看,最早的乃是五月二十一日写的《“碰壁”之后》”。但是我“就收在《华盖集》里的杂感看”,最早的乃是五月十日写的《忽然想到(七)》。只可惜李君不曾把《华盖集》仔细地看看罢了。

在鲁迅先生逝世以后,许寿裳先生曾写了好几篇文章,如《鲁迅的生活》,《怀亡友鲁迅》,《我所认识的鲁迅》,《怀旧》等,并编著《鲁迅年谱》(虽有周作人和景宋二人合作,但系许先生总其成),对鲁迅先生的事业精神及初期生活,有极正确详明的认识。他的这些文章,在对于青年们的研究鲁迅上,有着很大的帮助。但那篇《鲁迅的生活》中,也有一点小错误:鲁迅先生的“抱着梦幻而来,一遇实际,便被从梦境放逐了,不过剩下些索漠”(《三闲集》三〇页)等句,原是他抵广州以后的心境的表白,但寿裳先生却引来作为说明鲁迅先生在厦门时的心情的资料,在不经意间引错了。

还有,景宋先生的《鲁迅的日常生活》,《鲁迅和青年》,《鲁迅先生的写作生活》等文,亲切委婉,能说人之所未说,非景宋先生不能措手,实在是我们理解鲁迅先生的最好资料。但在《民元前的鲁迅先生》一文中,她有几句话却是错的:

> 一九一〇年,先生担任绍兴中学堂的教员兼监学,那时他不过刚刚三十岁,正年富力强的时候。办事认真,学生们都畏惧他。胡愈之,孙伏园,宋紫佩等先生,都是该校的俊秀超卓者,而又是社会上知名之士。

这段话我看后很怀疑,因为据我所知,孙伏园先生并没有进过绍兴中学堂,为郑重起见,我再写信问孙先生,回信说,只胡一人在中学堂,宋在浙江优级师范,孙本人则在绍兴师范。这自然无多大关系,但倘能连这种小错误也没有，那自然更好。

又如在去年出版的《学习生活》一卷六期上有白兮先生的一篇《鲁迅论文艺写作与文艺写作》，其中引用了鲁迅先生的“不断的（！）努力一些，切无想以一年半载，几篇文字和几本期刊，便立了空前绝后的大勋业。”这几句话见于《三闲集》里的《译著书目·后记》；但白兮君却以为出于《无声的中国》。呜呼，我不知道他根据的是什么版的《三闲集》。

以上，是就记忆所及提出来的一些例子。这些错误大都出于无心，而是漫不经意的结果。我们知道，鲁迅先生在治学上，在生活上，都是极其严谨，丝毫不苟的。而我们在研究他的遗著时，反而马虎随便，漫不留心，那真是不可原宥的罪过。我们第一便得学习他的谨严不苟，切切实实地把遗著细读一番，不要连引用也弄出错误来才好。

一九四一年九月廿九日写于扬子江边一小镇

（原载一九四一年十月二十二日《新蜀报·蜀道》）

十月小集

在民国十三年一月十二日的《晨报副刊》上，有一篇曾秋士的《关于鲁迅先生》，末后一节说：

> 鲁迅先生所以对于《呐喊》迟迟不准许再版的原因，闻有数端。一，听说有几个中学堂教师，竟在那里用《呐喊》做课本，甚至有给高小学生读的。这是他所极不愿意的。最不愿意是竟有人给小孩子选读《狂人日记》。他说：中国书籍虽然缺乏，给小孩子看的书虽然尤其缺乏，但万想不到会轮到我的《呐喊》。他说他虽然悲观，但到今日的中小学生长大了的时代，也许不致于“吃人”了，那么这种凶险的印象给他们做什么？他说，他一听见《呐喊》在那里给中小学生读了以后，见了《呐喊》便讨厌，非但没有再版的必要，简直有让它绝版的必要，也有不再做这一类小说的必要。

鲁迅先生从不以作家自居，他的写作，并非为了争取作家的头衔，而是一种社会战斗的实践，所以他和那些一听见自己的文章被选为中小学教材便沾沾自喜的作家是不同的。他当时是一个进化论者，所以他相信到了当时的中小学生长大了的时代也许不致于再“吃人”，因而不愿意把那种凶险印象给他们。这只是一件小事，但从鲁迅对付这件事的态度上，我们也可以清楚地看出他一生的为人和精神来。今日在小学里选取《呐喊》中文章作教材的教师们，看了这段故事，实在也应该有所感悟。

文章作者知者甚鲜，就全文语气看，我疑心曾秋士或即孙伏园先生。

一九二六年下季，鲁迅赴厦门大学任教，他原拟“在这里住两年，除教书之外，还希望将先前所集成的《汉画象考》和《古小说钩沈》印出。”但后来却因学校当局腐败昏庸，使他仅在一学期便提前走了。临走时，他忙于赴送别会，演说，照相，喝酒，使他感到“名人得太苦”。连学校当局也要虚应面子，给他饯行。当时厦大教育学院教授庄泽宣先生，后来在所著《在厦大的一年》内，亦曾提到此事：

> 文学院许多新的计划，或议而不决，或决而不行，或行而搁浅。如是者数月，研究院内的工作始终没有能开始，甚至连教授们的著作本允印行的也不践诺了！于是沈（兼士）、周（鲁迅）各位先生觉得无事可做，不如三十六着走为上着。……
>
> 鲁迅先生离厦的前一天，我们许多旁观者便看了一出《黄鹤楼》。酒过三巡，两方都借着三分酒意来发牢骚。不知怎地，校长先生忽然乘醉说道：“厦大是一个私立大学，谁出钱的，谁便可以说话。”鲁迅先生也带着醉意，在袋里取出一个铜板来，幽默地回答说：“我捐给厦大一个铜板，我要说话！”
>
> 第二天鲁迅先生走了。……（《宇宙风》六十九期）

庄泽宣先生是教育家，他确是处于“旁观者”的地位。他这段叙述，可供我们读《两地书》和《华盖集续编》时参看。

鲁迅初到广州时，道路不熟，语言不通，出入多由许景宋先生作向导。许先生又恐中山大学的饭菜不适浙人之口，每天都由家里送些菜肴去。那时孙伏园先生在校里与鲁迅比邻而居，也就在一道用膳。每天，景宋家里的女仆都问她道：“小姐，他们两位老兄吃什么呀？”日子稍久鲁迅和孙伏园很觉不安，但景宋却说：“这不要紧，我家的钱原是取之于浙江的，现在又用于浙江人好了！”

孙伏园先生为我解释，“老兄”云者，是粤人对外江佬的一种称谓。“取之于浙江”，则因景宋的祖父曾任浙江巡抚，故她如此说笑。

从这种小事里，可使我们对鲁迅在广州时的日常生活感到倍加亲切和明白。

鲁迅逝世以后，一般人对周作人的态度极为注意。柳存仁在《北大和北大人》里，正好有一段说到周作人在鲁迅逝世次日到北大去上课的情形可供参看：

> 在鲁迅先生逝世的下一天，我恰巧有周启明先生的一课，起先，打算不到学校去上课了，因为我们料想他未必会来校的。后来到校去，他居然没有请假，仍是挟着一本《颜氏家训》，缓缓踱到课堂里来了（那一课是六朝散文）。上了一点钟的课，沉沉静静的，大家既不开口发问或表示悼慰，周先生也单是念着书本讲话。忽然下课的铃声响了，启明先生挟起书说：“对不起，下一点钟我不来了，我要到鲁迅的老太太那里去。”（《宇宙风》乙刊第三十六期）

这一定是真实的，因为老舍先生也说：

> 鲁迅先生逝世那一年，曾在北平参加过北京大学的追悼会。记得周作人曾在报告鲁迅先生的生平时似乎说过："他的母亲"四个字，当时听得非常刺耳，好像这位周老太太并非周作人的母亲似的。连自己的母亲都不承认，无怪抗战以后他不承认自己的国家民族了。（老舍在鲁迅逝世四周年纪念晚会讲词，见《抗战文艺》六卷四期）

这可以看出周作人之为人，也可明白鲁迅生前和周作人不睦并非无因。

一九四三年十月十五日重庆

几点疑问

——读鲁迅遗文札记

一

《语丝》在北京为张作霖所禁，以后即在上海出版，由鲁迅先生担任编辑。在《我和〈语丝〉的始终》一文里，鲁迅说："……但终究被'张大元帅'所禁止了……其时是一九二六年。这一年，小峰有一回到我的上海的寓居，提议《语丝》就要在上海印行，且嘱我担任编辑。"(见《三闲集》)这里所说的担任《语丝》编辑的年代，恐有讹误，我仔细的算了一下，一九二六年上季，鲁迅尚在北京，秋后则在厦门，怎能在上海编辑《语丝》？据许寿裳《鲁迅年谱》，说任《语丝》编辑，是"一九二八年二月"，此说极为可信。考《柔石小传》，柔石于"一九二八年……十二月为《语丝》编辑。"(见《二心集》)而柔石是继鲁迅为编辑的，故当以一九二八年为正确。一九二六年之"六"字实误。未知最近在上海重版的《鲁迅全集》已订正否？

二

《莽原》创刊的时间，据鲁迅在《中国新文学大系小说二集序》里说:“一九二五年十月间,北京突然有莽原社出现,这其实不过是不满于《京报副刊》编辑者的一群,另设《莽原》周刊,却仍附《京报》发行,聊以快意的团体。”(见《且介亭杂文二集》)但《莽原》之出现,是在一九二五年“四月”,而非“十月”。鲁迅在同年四月二十二日致景宋函曾说:“……于是催人去做,自己也做,直到此刻,这才勉强凑成,而今天就是交稿的日子。”(见《两地书》)在写这信的第三日,即一九二五年四月二十四日,《莽原》便在京报上出现了。

三

鲁迅在广州中山大学时,曾赴香港讲演。在《三闲集》序言里,他说:“我去讲演,一共两回,第一天是《老调子已经唱完》,现在寻不到底稿了,第二天便是这《无声的中国》,粗浅平庸到这地步,而竟至于惊为‘邪说’,禁止在报上登载的。”这里,很明白,是先讲《老调子已经唱完》,后讲《无声的中国》。而且就“第一天”“第二天”等句看去,似乎讲演日期是接连着的。但我细查《三闲集》,则《无声的中国》是一九二七年二月十六日讲;再看《集外集》,《老调子已经唱完》是在同年二月十九日讲演。这样,又明明是讲《无声的中国》在前,讲《老调子已经唱完》于后,而两次讲演,又相距二日,并未连接,和《三闲集》序言所说完全不符。此外,在《略谈香港》一文里,作者又说:“本年一月间,我曾去过一回香港,因为跌伤的脚还未全好,不能到街上去闲走,演说一了,匆匆便归。”倘若据此,则演讲的日期,又非二月,而乃“一月”了。这究竟是怎样的呢?我以为《三闲集》序和《略谈香港》所说,只是根据事后回忆,漫笔写出,难免没有讹误之处;《略谈香港》一文内所说“一月”尤显然是记错,因为鲁迅在一九二七年一月十八日始抵广州,他决不会在“一月”中旬便跑去香港讲演。故应以讲题下所注月日为正确。这是我们研究鲁迅在广州的生活所应弄清楚的。

四

《而已集·略谈香港》一文写作日期，全集本及单行本均作一九二七年六月十一日，恐有错误。盖文内已说及香港《循环日报》六月十日，十一日所载《北京文艺界之分门别户》一文，及该报六月二十五日“昨日下午督宪府茶会”新闻，足证非十一日作。又《北京文艺界之分门别户》文内，谓鲁迅已到汉口，鲁迅写信去更正，则没收，“从发信之日到今天，算来恰恰一个月，不见登出来。”更正信必在六月十一日后发出，既云作此文时距发信之日“恰恰一个月”，则可见非六月十一日所作了。

五

《集外集》收《帮忙文学与帮闲文学》一文，注明系鲁迅一九三〇年在北京大学讲稿；但鲁迅一九三〇年并未赴平，当是一九三二年之误。

六

关于清末“假辫子”的价格，鲁迅曾有两说，在《头发的故事》里，说：“我一到上海，便买定一条假辫子，那时是二元的市价，带着回家。”但在《病后馀谈》里，却说：“这时上海有一个专做假辫的专家，定价每条大洋四元，不折不扣。”这“二元”和“四元”的价格，究竟谁非呢？大概已无从查考了。这自然无关宏旨，但认真的研究者却是应该有注意到这类差异的细心的。

一九四六年十月十四日深夜

关于《闲渔闲闲录》

偶然翻阅一本十几年前的《东方》杂志，看到有一篇孟森先生的《闲闲录案》，内容是考证乾隆时娄县举人蔡显因所著《闲渔闲闲录》一书而被杀的事实。我忽然想起，鲁迅先生在一篇什么文章里好像也曾提到这桩公案。从朋友处借了《夜记》来一翻，果然在《病后杂谈》里有这样的几句："还有蔡显的《闲渔闲闲录》，是作者因此'斩立决'，还累及门生的，但我细看了一遍，却又寻不出什么忌讳。"这蔡显是怎样的一个人，他得罪的经过是怎样的呢？我一向不明白。因为不及庄廷鑨、戴名世等案的遭人注意，所以有些人大抵也不怎样的清楚吧。孟森氏虽然也没有看过《闲闲录》，他的文章，也并非系统的叙述，但已可使我们知道一个大概。原来，蔡显，字景真，号闲渔，娄县举人，生于康熙廿六年。因所著《闲闲录》一书中，有"风雨从所好，南北杳难分"，"莫教行化乌肠国，风雨龙王行怒嗔"等句，又引用古人咏紫牡丹诗，被认为意涉怨谤，于乾隆三十二年被杀。其妾朱氏及长子必昭，门弟子闻人卓、刘素葬、吴秋渔等二十四人，皆被谴戍。蔡显死时七十一岁（一六九七——一七六七）。其著作除《闲渔闲闲录》外，尚有《笠夫杂录》、《宵行杂志》、《红蕉诗话》、《翳如录》等。

这是根据蔡显自著的《笠夫杂录》及许嗣茅的《绪南笔谈》，涵秋的《娱萱室随笔》诸书稽考出来的蔡显事略及致祸的原由。《绪南笔谈》等书都说书名为《闲闲录》，但上引鲁迅先生又亲见刻本，大约原名当是《闲渔闲闲录》吧。《娱萱室随笔》说："刘君翰怡藏有此书（指《闲闲录》），书系传抄本，共九卷，阅其中亦无甚忌讳语。"鲁迅先生也说："细看了一遍，却又寻不出什么忌讳。"《绪南笔谈》也说："蔡显别有《宵行杂志》等书，亦无狂悖语，此事或以为冤狱。"可见在蔡显的著作中，并没有什么了不得的干犯清朝统治者的话，就是被举出来作为铁证的那几句诗，也没有确凿的根据和充足的理由，可说是意存怨谤，然而蔡以七十一岁的高龄，竟因此而惨遭杀戮了！

但是，残杀的刀锋，是不会收到什么效果的。就在当时，纵令杀戮是那末残酷吧，而蔡显的门人姜儒山竟还敢于把蔡的另一著作《笠夫杂录》保存下来（今有申报馆发刊本）。他的另一门人陆明睿且为作序，这便是对于满清统治者残暴行为的最好回答！到了民国，据鲁迅先生上文所说：连《闲渔闲闲录》也已有"吴兴刘氏嘉业堂的新刻本"了。

一九四六年十一月

（原载一九四六年十一月十四日重庆《新民报》）

《铸剑》与《奔月》

《铸剑》作于一九二六年十月，《奔月》作于同年十二月；其时鲁迅先生在厦门大学。

这两篇小说都收在《故事新编》中，后来鲁迅又把它们选入《自选集》里。

在《故事新编》所收的八篇小说中，鲁迅是比较喜欢《铸剑》的。他不仅将它收入《自选集》，并且还这样说道："《故事新编》真是塞责的东西，除《铸剑》外，都不免油滑……"(《鲁迅书简》四〇一页，给黎烈文信)"塞责""油滑"，自然和《故事新编》序言所说的"时有油滑之处"一样，都是作者的谦词；但他却将《铸剑》除外，由此可见这篇是作者自己比较满意的了。

《铸剑》的立意，是在颂扬坚韧的精神底力量。但他的题材是依据什么，读者往往不大清楚，徐懋庸为此曾写信问过鲁迅，回信说："《铸剑》的出典，现在完全忘记了，只记得原文大约二三百字，我是只给铺排，没有改动的。也许是见于唐宋类书或地理志上(那里的"三王冢"条下)，不过简直没法查。"(《鲁迅书简》六三七页)因为没有时间去查书，而距写作的年代又已有整整十年，不复记忆，故鲁迅没有指出。但我无意中就在鲁迅所辑的《古小说钩沈》里发现了，原文如下：

干将莫邪为楚王作剑，三年而成。剑有雄雌，天下名器也，乃以雌剑献君，藏其雄者。谓其妻曰："吾藏剑在南山之阴，北山之阳；松生石上，剑在其中矣。君若觉，杀我，尔生男，以告之。"及至君觉，杀干将。妻后生男，名赤鼻，告之。赤鼻砍南山之松，不得剑；忽于屋柱中得之。楚王梦一人，眉广三寸，辞欲报雠。购求甚急，乃逃朱兴山中。遇客。欲为之报；乃刎首，将以奉楚王。客令镬煮之，头三日三夜跳，不烂。王往观之，客以雄剑依拟王，王头堕镬中；客又自刎。三头悉烂，不可分别，分葬之，名曰三王塚。——御览三百四十三(《古小说钩沈》卷八《列异传》)

鲁迅就是以此为根据而写成他的《铸剑》的。两相对照，有同有异，有增有减，和书中其他各篇一样："叙事有时也有点旧书上的根据，有时却不过信口开河。"(《故事新编·序言》)如"客令镬煮之，头三日三夜跳，不烂"一句，鲁迅写成：

水就从鼎口涌起，小尖下广，像一座小山，但自水尖至鼎底，不住地回旋运动。那头即随水上上下下，转着圈子，一面又滴溜溜自己翻筋头，人们还可以隐约看见他玩得高兴的笑容。过了些时，突然变了逆水的游泳，打旋子夹着穿梭，激得水花向四面飞溅，满庭洒下一阵热雨来。……

以下"王往观之，客以雄剑依拟王，王头堕镬中，客又自刎"一句，作者写成：

王站起身，跨下金阶，冒着炎热立在鼎边，探头去看。只见水平如镜，那头仰面躺在水中间，两眼正看着他的脸。

> 待到王的眼光射到他脸上时，他便嫣然一笑。这一笑使王觉得似曾相识，却又一时记不起是谁来。刚在惊疑，黑色人已经掣出了背着的青色的剑，只一挥，闪电般从后项窝直劈下去，扑通一声，王的头就落在鼎里了。
>
> ……
>
> 黑色人也仿佛有些惊慌，但是面不改色。他从从容容地伸开那捏着看不见的青剑的臂膊，如一段枯枝；伸长颈子，如在细看鼎底。臂膊忽然一弯，青剑便蓦地从他后面劈下，剑到头落，坠入鼎中，淜的一声，雪白的水花向着空中同时四射。

由这可见鲁迅是怎样“铺排”，也可见他的非凡的笔力。许寿裳先生在《鲁迅的精神》一文里，提到《铸剑》时，说它“表现得虎掷龙拏，有声有色，英姿活跃，可以使人们看见了奋然而起”（见《鲁迅的思想与生活》一一页）。这话是极恰当的。

嫦娥奔月，是中国很古的一个传说。最早见于淮南鸿烈：“羿请无死之药于西王母，其妻姮娥，窃之以奔月。”后来在《搜神记》里，才又变名为嫦娥：“羿请不死之药于西王母，嫦娥窃之以奔月。”羿是夏太康时有穷之君，和他的学生逄蒙，都是古代最著名的射手。《孟子》：“逄蒙学射于羿，尽羿之道，思天下惟羿为愈，于是杀羿。”鲁迅先生以这些传说为底子，加以想象生发，便写成了小说《奔月》。

在一般人的心中，嫦娥奔月，是一个美丽而富有诗意的故事。嫦娥是一个超凡轶俗，潇洒出尘的仙子。但是，在鲁迅的小说里，嫦娥只是一个不能忍耐现实生活的平凡而飞向美丽的幻想的女人。那无双的射手，曾经射过封豕长蛇的羿，在现实的重压下，也只能每日吃“乌鸦炸酱面”，遭受老婆子的讥笑，逄蒙的暗箭，和太太的私自飞升。

这里，没有什么诗的浪漫的情调，有的只是现实的冷酷的铁面。它一洗旧日传说的飘渺绮丽，使人瞿然而惊，回到现实的世界。作者用他所特有的锐利深刻的笔锋，和对于古事物的渊博的知识，不惟“没有把古人写得更死”(《新编序言》)，且把这些已死的古人直立起来。在全篇里，流贯着作者的清醒坚定，正视现实的精神。

这篇小说，有一部分和高长虹有关。长虹，山西人，著有《心的探险》，《光与热》，《从荒岛到莽原》，《给——》，《走到出版界》等书。他是莽原社社员，本为鲁迅所提掖出来的青年作者。但后来为了向培良的剧本问题，他便和莽原社闹翻，另与向培良等组织狂飙社，并在《狂飙》上大骂鲁迅。表面上是为了向培良的稿子，实际上则另有原因。据鲁迅给景宋的一封信：

> 那流言，是直到去年十一月，从韦素园的信里才知道的。他说，由沉钟社里听来，长虹的拼命攻击我是为了一个女性，《狂飙》上有一首诗，太阳是自比，我是夜，月是她。……我这才明白长虹原来在害“单相思病”，以及川流不息的到我这里来的原因，他并不是为《莽原》，却在等月亮。……我是夜，则当然要有月亮的，还要做什么诗，也低能得很。那时就做了一篇小说，和他开了一些小玩笑，寄到未名社去了。(《两地书》二二一页)

这和长虹“开了一些小玩笑”的小说，到底是哪一篇呢？我以为就是这篇《奔月》。《奔月》作于一九二六年十二月三十日，上引这封信写于一九二七年一月十一日，从时间上推算，是正相符合的。

在《奔月》里，羿误射了老婆子的黑母鸡，老婆子问他是谁，他回答说：

“我就是夷羿。……有些人是一听就知道的。尧舜的时候，我曾经射死过几匹野猪，几条蛇……”

“哈哈，骗子！那是逢蒙老爷和别人合伙射死的。也许有你在内罢；但你倒说是你自己了，好不识羞！”

“阿阿，老太太。逢蒙那人，不过近几年时常到我那里来走走，我并没有和他合伙，全不相干的。”

当羿上马回家，刚走到高粱田近旁的时候，“只见对面远处有人影子一闪，接着就有一枝箭忽地向他飞来。”他也拈弓搭箭，向对手发出的箭射去，将它在中途击落。一连射了九箭，他的箭用尽了，他被对方一箭射中了嘴，带箭掉下马去了。逢蒙便慢慢地躄过来，微笑着去看他的死脸，但不料羿却忽然张开眼睛，坐了起来。

“你真是白来了一百多回。”他吐出箭，笑着说，“难道连我的‘啮镞法’都没有知道么？这怎么行。你闹这些小玩艺儿是不行的，偷去的拳头打不死本人，要自己练练才好。”……便跨上马；径自走了。

“……你打了丧钟！……”远远地还送来叫骂。

“真不料有这样没出息。青青年纪，倒学会了诅咒，怪不得那老婆子会那么相信他。”羿想着，不觉在马上绝望地摇了摇头。

这里，所谓“我并没有和他合伙，全不相干的”，是针对着长虹假借鲁迅名义登广告，“与思想界先驱者鲁迅合办莽原”而言；“你真是白来了一百多回”，是针对着长虹自称见过鲁迅“不下百回，知道的清楚”而言；至于“偷去的拳头打不死本人”、“青青年纪，倒学会了诅咒”等等，那更是一望而知，不待说明的。

这篇小说，曾引起狂飙社里的反响。鲁迅在一九二七年四月给李霁野的一封信里，曾说："尚钺有信来，对于我的《奔月》，大不舒服，其实我那篇不过有时开一点小玩笑，而他们这么头痛，真是禁不起一点风波。"(《鲁迅书简》四七页)但在当时，《两地书》尚未印行，一般读者是很难看出来的。

末了，还须指出，鲁迅写这类小说，常用将古代与现代错综交融的手法，如在《理水》里刺顾颉刚；在《采薇》里刺林语堂，原不过信笔点染，并非专为一人一事。同样，《奔月》之于长虹，实在不过"有时"开一点小玩笑而已，且不可以为全是为长虹而作。过去邱颤铎批评《出关》，认为老子是作者自况，鲁迅曾为文否认过了；而在看了徐懋庸关于《故事新编》的文章后，鲁迅写信给徐说："看见先生的文章了，我并不赞成。我以为那弊病也在视小说为非斥人则自况的老看法。"(《鲁迅书简》六三八页)所以若只注意"斥"高长虹一点，而忽略了全篇的作意，那是极不对的。

一九四七年十二月

(原载一九四八年七月三十日重庆《新民报晚刊》)

当着每年的十月

民国二十五年以来，当着每年的十月，记忆总常在耳边提示自己：“鲁迅先生的忌日快到了。”像一件切身的重大事件似的，从没有一年忘记过。

民国二十五年十月二十日的中午，我在贵阳粮道巷的民众教育馆内，从报纸上知道了“鲁迅逝世”的消息。那只是一则不甚引人注意的报道，标题是四号字，字句不过三四行，所占的地位只是一个短栏；但对于我，却是那样的惊心动魄！我盯住那简单的几行铅字看了又看，渐渐，我觉得我的两眼有些润湿了。我急忙丢下报纸从民教馆逃出来。在那几天之中，只要一见到朋友，不管他对文学有无兴趣，对先生怀着什么意见，在谈话间，我总要告诉他：“知道么？鲁迅先生死了！”接着，我便读到许多悼唁的文章，有些人的动人的叙述，又常使人的眼睛充满泪水。虽然我明白知道流泪没有什么用途，纪念先生，我们应该用眼泪以外的东西。

其后，当着每年的十月，我便常常在心里记着“十月十九日”这个不幸的日子，并留心看别人的回忆和研究的文章，在平日，也关心着一切有关先生的文字和照片。我几次想把夏征农编的那本《鲁迅研究》的封面扯下来，因为上面是一张较大的先生的遗像，我想把它放在壁头上，使我每天在他严肃而慈祥的注视下，警惕自己；但又舍不得，几次起念头而终于又几次都打消了。我想，先生的面容常常挂在我的心壁上，是无须把他放在相框里的。我的一个三岁的孩子，也常在我的书堆里看着先生的遗像，我每爱翻开书上的插图，指点他道："这是鲁——迅——先生。"他便跟着说："这是鲁——系——先——生。"有一次，他拿着一本《新中国文艺丛刊》里的"鲁迅纪念特辑"，打开了扉页后的照片，我问他："这是哪个？"他回答说："鲁系先生。"看过几次，他也居然认识了。

用一种崇拜偶像的心理来对先生，那，简直是无可原宥的罪过！一个在生活和精神上都远离着先生的人，他是不会理解我和无数青年为什么会这样由衷地景仰先生的。

我的知道鲁迅先生，是在民国十五六年。那时，我在 K 城师范学校读书，常从一个姓张的书商那里，购得一些断断续续的期刊，这之中，有《语丝》、《莽原》、《一般》、《新女性》以至《现代评论》、《东南论衡》等。先生早先发表文章的《新青年》和《晨报副刊》，那时已成过去，所以我读先生的文章，便是从《语丝》和《莽原》等杂志上开始。最初的几篇，记得好像是：《记"杨树达"君的袭来》、《论雷峰塔的倒掉》、《高老夫子》等。后来，向一个同学辗转借得一本《呐喊》(那封面的鲜红可爱的色彩，至今我还保留着第一眼所见时的印象)，我于是才读到《阿 Q 正传》等作品。一个十五六岁的孩子，当然是不懂得《狂人日记》、《阿 Q 正传》以及那些杂感的意义的。我只是朦朦胧胧的觉得有道理，而那新奇的形式，讽刺的作风，一针见血的评论，成语古典巧妙的运用，却是我在他人的文章里所从没有见过的。那本借来的《呐喊》，不几天，便被那位同学当作宝贝似的要去了。后来我自己买了一本，还陆续的购得《热风》、《彷徨》、《苦闷的象征》等，生吞活剥的读着，在我心中便留下了先生的深刻的印象。不过那时我正用极大的热情，读着可能得到的一切新的书志，先生之外，对于胡适、刘半农诸人，我都是一律敬爱着的。

但是不多几年的时光，便无情地洗淡了胡适等人的影子；只有先生，却愈来愈强地占据着我的心。我慢慢改正了把先生仅当作一个文学家的那种看法，知道从生活上，思想上去理解。我敬仰他，不仅因为他是一个亘古不朽的文豪，而尤其在于他的伟大的人格，崇高的理想，韧性的战斗。在一九三三年至一九三四年之间，一个力量迫使我和世界隔绝了整整两年，也和先生的著译隔绝了整整的两年，但以后我又搜求着先生的集子和散见于各杂志的篇章。尤其是近数年以来，由于实际生活的体验，先生的著作，对我更加强了力量，更形成着一种密切的关联。在工作上，我常见到一些可怜的“童养媳”，也常碰到杨荫榆、陈西滢一类的“正人君子”，先生当年受到的“挑剔风潮”呀，“别有作用”呀，“打落门牙”呀……一切类似的“流言”也常落在我的头上。“碰壁之馀”，我感到苦痛，有时甚而有些灰颓；但往往就在这些时候，先生的面容在我的眼前出现了：高耸的颧骨，倔强坚毅的眼光，浓黑的眉毛和髭须。我于是又深深地得到鼓舞，得到一种支持下去的力量了。每当我苦于繁重的改订工作，而稍有懈怠时，只要一想到先生的为一般不相识的青年，改稿，校订，甚至为人抄录原稿的事实，我便不免深自疚心！有一次(惟一的一次!)我曾经责打过一个顽皮的孩子，后来偶然看到一篇别人关于先生的文章，里面记着先生一次听着人说上海有些学校还在对学生施行体罚，便说：“为什么要打掌心呢？孩子是最怕这种刑罚。”我由这又联想到先生的许多指示青年的遗训，我不禁大大的汗颜了，我难道也希望青年人个个都是“低眉顺眼，唯唯诺诺”的么？就是在日常生活细节上，先生的刻苦，俭朴，不苟且，也时常感动着我。最近一位友人因为替我抄寄来一段有关先生的文字，他在信里附带着说：“因抄那篇文章，借便读了好几篇纪念文，对于鲁老那种坚苦的精神，不禁肃然。我们的享受，怕比那‘多少年没有换的棉被’要多一些吧。”真的，较之先生，我们的享受，实在是多一些了。只要是一个没有完全麻木的人，面临着伟大的先生，他是一定会知道惭愧，知道自勉的。

因为生活的感受，我特别喜欢先生的杂感集，早期的《热风》、《华盖集》、《华盖集续编》等，也一样为我所爱。我不能同意艾思奇的意见，他以为《华盖集》等，在文字上"有琐碎无力的缺憾"。我也不同意徐懋庸所说的"《华盖集》和《华盖集续编》，说自己私人和攻击别人阴私者特多"，"因为一离集体，就格外觉得自己，而且只见个人的现象。"我只觉得像章士钊、陈西滢等人，不是"个人"，几年来我便在各地遇着不少，他们"简直可以当作普通名词读，就是认做社会上的某种典型。"（何凝）鲁迅尤其不曾攻击过别人的什么"阴私"！至于文字，若就先生先后的著作比较起来，自然不及晚年的《准风月谈》，《花边文学》等那样的炉火纯青，臻于至善，但依旧是鞭辟入里，生动有力，绝没有"琐碎无力的缺憾"。我每当为那些"媚态的猫"，"吸人的血还要预先哼哼地发一通议论的蚊子"所扰时，我便愈加重视这些文章，有意识地从上面去学承先生的战术和战略。我深刻地感到蚊子苍蝇到处飞腾，而我们的笔又不足以扫荡它们，先生的死实在太早了！我们实在没有法子弥补这无可比拟的损失呵！

从民国二十五年以后，当着每年的十月，我更较平时忆念着先生。但我觉得，我对于先生在文学上，在思想上，在中华民族解放史上的劳绩，我不配妄赞一辞。现在，我仅仅写出了这么一点真诚的感想。绅士淑女和苏雪林之流，一定又要以为"如丧考妣"吧。但是，能使广大的青年层，无论识与不识，无论职业地位，对于先生的死，都会感到"如丧考妣"，那就证明了先生的伟大。有谁的死，能如此的感动人呢！

一九四八年十月

竹园随笔

——李长之的《鲁迅批判》

李长之著的《鲁迅批判》，我于民国二十九年秋季在贵州普定县时，曾从友人处借得一读。这书虽堂皇地名曰"批判"，但论断轻率，资料错讹，实难令人满意。例如叙述到鲁迅在广州的情形时，说：

> 这时，要他作序的书，往往托故取回了，期刊上他的题签也经撤换了。报纸上故意不使有"鲁迅"二字出现，有的报上则称之为杂感家，并且主张他应该和"现代评论派"人合作。他的处境非常危险，所以他愤慨地说：逃掉了五色旗下的铁窗斧钺风味，而在青天白日之下，又有缧绁之忧了。所以他退出了中山大学，在广州城里头，另找一个地方居住。这时空气为残杀所充满，他也隐不下，总有人来探问他的意见，也迫他讲演，以便拿他的错。（北新版四一页）

看了这一段后，令人容易发生两个错觉：第一，以为鲁迅之"退出了中山大学"，是由于"要他作序的书，往往托故取回了，……报纸上故意不使有'鲁迅'二字出现……"等事；第二，以为这等事发生于先，鲁迅"退出了中山大学"于后。从他叙述的次序和"所以"两字，都容易使读者发生这两个错觉。其实，一，鲁迅"退出了中山大学"，这"退出"如果是指从中大搬出，则原因是由于对学校及一部分"现代评论派"教员的不满。他在《略谈香港》里，曾说："我因为谨避'学者'，搬出中山大学"。如果是指从中山辞职，则原因是于"赴中山大学各主任紧急会议，营救被捕学生无效"（见许作《年谱》），才将一切职务辞掉。二，无论是搬出或辞职都发生于先，而"作序的书，托故取回"等等实是稍后的事。这只须认真看看《而已集》、《三闲集》等书里的有关文字，即可明白。李长之在这里将时间因果都弄错乱颠倒了。

此外，鲁迅自日本归国的年代，是一九〇九年，而李长之说"是在一九一〇年"（二〇页）。女师大学潮之发生，是在一九二四年，而李长之说是一九二五年。鲁迅为女师大事件所写的第一篇文章，是《忽然想到》之七，而李长之是说《"碰壁"之后》（二七页）。错误之处不少，但因我已在旁的地方详为辨证，这里不再细述。

这本《批判》，写于鲁迅生前，鲁迅曾经看过。在一封复孟十还的信里，鲁迅曾提到此书。我们且看看被"批判"的鲁迅本人对这本书的意见吧：

> 李长之不相识，只看过他的几篇文章，我觉得他还应一面潜心研究一下；胆子大和胡说乱骂，是相似而实非的。
>
> 看那《批判》的序文，都是空话，这篇文章也许不能启发我罢。（《鲁迅书简》八六五页）

"胆子大和胡说乱骂"，就是这本书的正确的评语！

一九四八年十二月七日

无　常

幼年时候在故乡，是常常有机会到城隍庙里去瞻礼的。当时，城隍神的部属们：无常、鸡脚神……曾经给了我极恐怖的印象。二十年来，浮浪都市，和故乡的风土人情隔绝，无常之类，也早已完全忘怀了。最近因为重翻了一遍鲁迅先生的《无常》，于是又重新记起了他们。

在我的故乡，城隍庙是在城中最繁盛的大街上。一入门便可看到二门的东西两廊里，站着许多鬼物。其中最惹眼的，是两面各有一个高高地耸立在群鬼之上的大汉。里面的一位，高约两丈，身材粗大，头戴白帽，身穿白衣，脸也是白的，八字胡，嘴角露着一丝微笑；在一尺多高的长方形的帽子上，写着“你也来了”或“正要拿你”，衣服则有如今之要人们所常着的披风，没有袖子，上下一样大小，齐统落地，笼盖着手脚。远远望去，真像一座积雪的小山。我们大家尊称他为“吴大爷”。西面的一位较矮，也是白衣白冠，但脸色漆黑，圆睁双眼，没有笑容。他就是“吴二爷”。这种称谓，不知道有无根据，我想大约是就身材的高矮而派定他俩成为兄弟的。

但鲁迅先生根据《玉历钞传》中的画像，却说“活无常”的相貌是：“身上穿的是斩衰凶服，腰间束的是草绳，脚穿草鞋，项挂纸锭；手上是破芭蕉扇，铁索，算盘；肩膀是耸起的，头发却披下来；眉眼的外梢都向下，像一个‘八’字。头上一顶长方帽，下大顶小，按比例一算，该有二尺来高罢；在正面，就是遗老遗少们所戴瓜皮小帽的缀一粒珠子或一块宝石的地方，直写着四个字道：‘一见有喜’。有一种本子上，却写的是‘你也来了’。”还有一位和“吴二爷”相当的鬼物，但名称不同，叫“死有分”，“黑脸黑衣，谁也不爱看”，“胸口靠着墙壁，阴森地站着”。他们和我故乡的吴氏兄弟俩，在相貌和服装上，都很不相同。在我们那一带，无论吴大爷或吴二爷，腰间都没有草绳，也没有破芭蕉扇，铁索，算盘之类。清道光间，盘县范仲华（兴荣）著《谈影集》，内有《杜履祥》一则，记述他俩的形状云：“城隍庙大门内，东廊塑丈二无常泥像，白衣白冠，身高丈五，上书‘你也来了么’五字，俗误‘无’为‘吴’，‘常’为‘长’，曰大爷，畏而尊之也。西廊一像，皂衣皂帽，肩荷雨具，曰地方，即地保里正之义。相传应死魂魄，皆二鬼奉牒追摄。”盘县距吾乡不远，这里所说的吴大爷的装束，和我们那里是完全相同的。但他所说的“地方”，又和“吴二爷”有异。可见“我中国地大物博”，邻县的风俗便有如此差异，则鲁迅先生的记载和我们那里不尽相同，自然是不足为异的。

在《朝花夕拾》的后记里，鲁迅先生还亲自画了一个他所记得的目莲戏或迎神赛会中的“活无常”的像。但那样子，和我乡的吴大爷或吴二爷都不同，倒是很和“鸡脚神”相像。所谓“鸡脚神”也是城隍的部卒之一，他就站在吴大爷的前面，身材还没有我们平常人高，也戴着纸糊的高帽子，项挂纸锭，手执铁链，左胁下夹着一把破纸伞。背微驼，两肩高耸，左脚着地，右脚钩向后方，仿佛是正在出差赶路的样子。所不同于鲁迅先生所画的，就是，他的脚是一双鸡脚；舌头长长地伸在嘴外，嘴唇上和舌头上都涂满了黑色的鸦片，有时还一滴滴地正往下滴。那时候我乡还没有禁烟，遍地都是鸦片，价格没有现在这样贵，一般善男信女，根据自己的生活去推测，以为这位鸡脚神，一定和他们一样，也是一位“瘾君子”，所以，在香烛之外，总得再供奉一点鸦片。于是这位鸡脚神，便拖着那样一条既长且黑的舌头，看去十分怕人。

无论吴大爷，吴二爷，或鸡脚神，总之，他们都是城隍派遣出来的勾魂使者，对于活人，都是可怕的东西。在阴雨或月色朦胧的深夜，街巷间有时会传来一种声音：“呜……呒……呜……呒……”低哑愁惨，令听者毛发竦立。据说，这便是吴神；他一出现，左邻右舍便不免要死人。[1]所以，人们对于他们，一律都是抱着敬而远之的态度的。但鲁迅先生提到无常时，却说“人民之于鬼物，惟独与他最为稔熟，也最为亲密”，“因为他爽直，爱发议论，有人情”，这和我乡的情形完全两样。阴间也就是阳世的反映，幽明一辙，那类干着勾魂摄魄的特殊勾当的鬼物，哪里会有一个是可以亲近的呢？这不是我们那里的一般愚民敢于随意批评，而实在是有书为证的，上引《谈影集》的《杜履祥》篇，便叙述了这样一个故事：

> 庙之东北隅，杜履祥者，为府阍书吏，憨而有胆，每夜归，多与吴遇，久之习惯，渐通语言。一夕，举瓶向杜曰：“此中罄矣，市沽味薄，子有佳酿，能波及否？”杜接瓶，令姑待，入室灌满，持付之，谢而去。此后再三之凑，慨然应，不稍厌也。父早逝，惟老母仅存，忽病虐，恃与吴善，黄昏后，捧牲酒诣去，并约西廊者，相与共酌，乘间以母虐告。吴曰：“此寒暑往来，或饮食不检所致。以为有物凭焉，孰执其咎矣，如实有缓急。”自指鼻，并指西廊者：“区区两人，拼以四腿受刑责，总不勾拘投到，虽官府无如何，况下焉者乎？”杜信不疑。无何病愈剧，又以牲酒往。吴幡然曰：“若以我为徒餔啖者耶？称母为缙绅谭某所控，不即设法关说，猥欲赤手了事，试向阳朝衙门，如司阍书隶辈，有吸西风而枵腹从公者

谁耶?”杜唯唯,愿受教,吴曰:“神之腹心严某者,能操纵神,若以千金赂之,再以五百金分润各执事,环而攻之,虽铁壁可推倒,一谭某何能为者。至余与西廊结契在先,多寡维命,勿锱铢较也。”杜归市金银冥财凡若干,焚诸东廊,以为母可期颐寿矣。讵越日而母不起。……

由这可见,和他们“亲密”,实在很有点危险。鲁迅先生的意见,大约是从看“大戏”或者“目莲戏”得来。在这两种戏里,无常“一出台就须打一百零八个嚏,同时也放一百零八个屁”,在“目莲嗐头”的吹奏声中,一面自述履历,一面“鸭子浮水似的跳舞”。是在这种舞台上,然后才能“欣赏他脸上的哭或笑,口头的硬语与谐谈”,因而也才会感到他“有人情”。但这是由人扮演的,至于真正的无常,却只有令人恐怖和憎恶。就是他带走了他们亲爱的家人和朋友的。人们永远也不会忘记。所以,纵令是在我乡那样的偏僻之区,八九年前,一般“愚民”,便已将城隍无常之类捣成粉碎了。

一九四九年一月五日

(原载一九四九年一月十二日《大公晚报·半月文艺》)

校　记:

[1] 此句下,原刊文有“几天之内,到街里一打听,说不定真有谁家会有丧事。”被作者涂删。

《铁流》在中国

一九三一年底，上海《文艺新闻》上登出了一则新书预告，标题好像是《贫苦读者的福音》，内容说绥拉菲摩维支的《铁流》和法捷耶夫的《毁灭》两书的译本，即将由三闲书屋出版，读者预约，可照定价八折云云，不久，这两本巨著便在中国问世。灰绿色厚布纹纸封面，毛边横排，纸张、印刷都十分精美。所谓三闲书屋，实际并没有这个书店，两书都是鲁迅先生自己出钱印行的。

《铁流》便这样被介绍进入了中国。

然而，它的能够和读者相见，也经历了一段艰难的历史。那时候中苏间的邮递，常有阻碍，译者曹靖华先生翻译时是用复写纸，寄回中国，又大都是先后寄出两份，以备其中或有一份的遗失。待到原文、作者自传、论文、注释、插图以及涅拉陀夫作的序文，都已集凑成功，但是上海没有一个书店敢于承印。在这样如磐夜气的重压之下，鲁迅先生只得在困难中自费出版，“使她在读者眼前开出了鲜艳而铁一般的新花”。

这书虽只是一本翻译小说，然而是由曹靖华先生翻译，史铁儿先生的译序，鲁迅先生校印，然后才得出版的。译的译，补的补，校的校，合三人之力而成。这三位先生之在中国，都是为大众所景仰的文化前驱，有了他们的努力，然后本书才能够这样的完美。较之有删节的德译本，超出远甚；而序跋、注解、地图和插图的周到，也为日译本所不及。她是世界各国最完美的一种译本。

但出版后，还是遭遇到种种的困厄留难。又因印数不多，始终没有普及。在那样的时代，一本好书是不容易流通的。直到抗战期中，在一九三八年七月，才由生活书店重版。

从她在中国出现以后，曾在读者间发生过巨大的影响。她是一首雄伟的史诗，一座纪念苏联国内战争的丰碑。在苏联新政权刚刚建立的时候，地主和资产阶级还企图作最后的挣扎，“他们从白党军官中、土豪中，收买军队，用武力把工农赶到军队里去当兵，于是就同新政权开起残酷的血战来了。帝国主义者都帮助他们，都供给他们军械，军需品，军队。”然而一群“褴褛的、赤足的、饥饿的、差不多连子弹都没有的，带着女人、孩子、老人的革命军队，从敌人的重围里冲了出去。”终于“把地主资产阶级的军队和国际的阴谋家都彻底的克服了。”(引文均见作者为中译本作的序)这给了中国的读者大众以很好的借镜，并且照明了他们的美丽的前途。

鲁迅先生在本书的校印上，费了很大的心力。没有他，纵然曹靖华先生已经译成了中文，但出版的时间，恐怕还要延缓。他给她出版，又尽力想使她传布。有一个汽车公司的卖票员，在内山书店翻看鲁迅译的《毁灭》，想买而又买不起。正在这时，一个瘦瘦的五十上下的中国人走过来了。问卖票员：

“你要买这书?”

“是的。”

他从架上扳下一本书来，版式纸张和《毁灭》一模一样，只是厚一点点，封面上印着两个八分体的字：“铁流”。

“你买这本书吧——这本比那一本好。”

卖票员一翻那定价：一元八角！

“先生，我买不起，我的钱不够……”

"一块钱你有没有？一块钱。"

"有！"

"我卖给你，两本，一块钱。"

这使卖票员吃了一惊，仔细地望着他：黄里带白的脸，瘦得教人担心。头上直竖着寸把长的头发。牙黄羽纱的长衫。隶体"一"字式的胡须。左手里捏着一枝黄色烟嘴，安烟的一头已经熏黑了。——卖票员忽然想起那本杂志上的一段访问记——

"哦！你，你就是？……"

他微笑，默默地点了点头，带着奖励似的语调说：

"这书（指着《铁流》）本来可以不要钱的，但这是曹先生的书，现在只收你一块钱本钱；我那一本，是送你的。"

卖票员掏出一块带着体温的银元，放在他的手里——看着他枯瘦的手，鼻子里陡然一阵酸，既感激，又难过。（阿累：《一面》）

她是在电车卖票这一类劳动中，也曾发了力量。

绥拉菲摩维支本人对于他的巨著的译成中文，十分高兴。一九三二年正月，曹靖华先生到莫斯科郊外的赤松林去访问他，后来曹先生在访问记里有这样一段：

> "你的《铁流》也流到了中国了……"我说着，顺便由书包里掏出带来的两部《铁流》，"让我把中文的《铁流》送给你吧。并且再谢谢你去年特别给我写的注解。……"
>
> "难道可出版了吗？"他说着接到手里，前后翻阅着，炯炯的眼光再三的细看着一切的插画，很高兴的又握了我的手说：
>
> "多谢得很！这样精美的版本是我的《铁流》出世后第一次见到的！好极了！它还能在中国出版吗？没人禁止吗？"
>
> "出版经过了相当的困难，是鲁迅先生费神校印出版的。"

“这更其是难能可贵了……呵哈，鲁迅先生，想起来了，《阿Q正传》的作者。……”他插着说。

“是的。……你的《铁流》不但在中国开出了铁一般的艳美的鲜花，而且给中国××××和××很多的勇气与经验。”

如今，除曹靖华先生健在而外，校印的鲁迅先生，译序的史铁儿先生，都已不在人间了。而现在她的作者A·绥拉菲摩维支先生，据报载：已于本年一月十七日逝世！

一九四九年二月七日于重庆

（原载一九四九年四月十日《大公晚报·文艺周刊》）

今天,“费厄泼赖”也该缓行

一九二五年十二月,鲁迅先生写了一篇叫做《论“费厄泼赖”应该缓行》的文章,讨论到一个极重要的革命行动的问题。他反对当时林语堂所提倡的“费厄泼赖”(Fair Play)精神,不“打落水狗”,不再攻击失败者;而以为革命者对反革命的斗争,应该坚决彻底,“打其落水,用竹竿又在水中从而痛打之。”他用高妙的艺术手段,生动而隽永地说明了“对敌人宽纵就是对同志残忍”的真理。

鲁迅先生,生于清末,见过辛亥革命,见过二次革命,见过袁世凯称帝,张勋复辟;所以他的这篇文章,是总结了许多苦楚的经历之后而写成的。他自己在《写在〈坟〉后面》里曾说:“最末的论‘费厄泼赖’这一篇,也许可供参考罢,因为这虽然不是我的血所写,却是见了我的同辈和比我年幼的青年们的血而写的。”我们且看这篇文章的一段:

> ……(辛亥)革命终于起来了,一群臭架子的绅士们,便立刻皇皇然若丧家之狗,将小辫子盘在头顶上。革命党也一派新气,——绅士们先前所深恶痛绝的新气,“文明”得可以;说是“咸与维新”了,我们是不打落水狗的,听凭它们爬上来罢。于是他们爬上来了,伏到

> 民国二年下半年，二次革命的时候，就突出来帮着袁世凯咬死了许多革命人，中国又一天天沉入黑暗里，……这就因为先烈的好心，对于鬼蜮的慈悲，使它们繁殖起来，而此后的明白青年，为反抗黑暗计，也就要花费更多更多的气力和生命。

从清末到写这篇文章的一九二五年，二十年中，鲁迅先生不知看到了多少同类的血，许多投机者的狡诈和反革命者的凶残，所以虽然由于历史条件的限制，他那时还不可能明确取得科学的马列主义的理论武器，但根据他的现实的经验，加上他所特具的深刻的思考，和犀利的观察，他的结论，遂能达到惊人的正确，与革命理论不谋而合。他指示我们说："不'打落水狗'是误人子弟的。"又说："反改革者对于改革者的毒害，向来就并未放松过……只有改革者却还在睡梦里，总是吃亏，因而中国也总是没有改革，自此以后，是应该必换些态度和方法的。"自一九二五—二七年大革命起，直到现在的人民革命，便是"改换些态度和方法"的斗争。在这些年来的革命历史上，贯彻着鲁迅先生所主张的"费厄泼赖应该缓行"的精神。

现在，我们经历了辛亥革命以后又一次内容更深广，意义更丰富的胜利。大凡在一次革命胜利之后，一定会有许多反动投机分子，到处招摇撞骗，阴谋活动。所以虽是在形势完全和辛亥革命时代不同的今天，我们依然可以看到如鲁迅先生所追述的一些情景，例如：

> 清的末年，社会上大抵恶革命党如蛇蠍，南京政府一成立，漂亮的士绅和商人看见似乎革命党的人，便亲密的说道："我们本来都是'草字头'，一路的呵。"(《华盖集·补白》)

今天，我们不是还可以听到和这类似的声音吗？不是还可以看到和“皇皇然将小辫子盘在头顶上”相仿的情形吗？有些过去横行霸道，为虎作伥的特务匪徒，正在化装隐匿，妄想伏到相当时机，再“突出来咬死革命人”。总之，鬼影憧憧，他们还想骗取人民的“费厄泼赖”，再继续“繁殖”下去。

我们和鲁迅先生一样，多少年来，曾亲眼看见了许多同辈和比我们年幼的青年朋友的血。我们刚刚从国民党反动派政权的长期迫害下面，解放出来，从特务匪徒的监视逮捕的威胁下面，逃脱出来。我们不能忘记，就在还不到两个月以前，那些战争罪犯、党棍、特务、官僚、买办们，是怎样的残害人民，无恶不作；而在他们的毒害剥削下，我们长年过着的，又是怎样一种恐怖饥寒，流亡转徙的日子！好容易通过了许多艰难曲折，才算盼到今天，活了出来。我们对于蒋介石国民党反动派及其爪牙特务匪徒的忿怒憎恨，是当然的。

但是，欣慰的是，今天已经不是辛亥革命时代。经过了三十几年，经过了第一次大革命，尤其是最近数年来的人民解放战争以后，中国人民已经不会再被“我们都是‘草字头’”一类的话所欺骗了。在人民和他们自己的政府的明镜高悬之下，那些妄图改头换面，赖掉血债的人，是徒劳的。他们更休想等待一个再突出来咬人的时机，——因为我们现在有毛主席为首的中国共产党作领导，有广大的人民革命统一战线作保障，像辛亥革命以后那样，再来一次袁世凯称帝之类的事，是决不至再有了。对于蒋介石匪帮及其特务爪牙，我们已经和正在坚决、彻底、干净地消灭他的残余力量，毫不“费厄泼赖”。我们又已经有了人民政协共同纲领，第一章内的严厉惩罚国民党的反革命战争罪犯和其他怙恶不悛的反革命首要分子的规定，以及根据这个规定的精神而来的“首恶必办，胁从不问，立功受奖”的政策。这是符合人民的要求，也是符合革命的利益的。也许有人觉得后两条太宽大，但这是有悔悟回头的诚意和事实表现为其前提的。现在已不是鲁迅先生写那篇文章的一九二五年；人民有力量彻底消灭反动残余分子，因而也才有量对自新分子采取宽大的政策。当年鲁迅先生也并非一味主张不要“费厄泼赖”，他说：“当然是要的，然而尚早。”就是“须俟所谓落水狗带有人气之后”，有了“人气”，自然可以获得“免究”甚至“受奖”了。所以，分别首从，酌情处理，正是鲁迅先生说的“为人也则帮之，为狗也则不管之，为坏狗也则打之”的办法。这个政策的精神，和鲁迅先生“费厄泼赖应该缓行”的主张，是完全一致的。

一九五〇年一月廿六日

史沫特莱《记鲁迅》译文辨正

本月六日，是史沫特莱女士逝世的三周年纪念日。为了追念这位伟大的中国人民之友，我这两天，又重新翻看了新华书店出版的《史沫特莱——中国人民之友》一书（新华时事丛刊社编辑，一九五〇年六月初版）。在看过万歌翻译的她所作的《记鲁迅》一文以后，我发现其中有一个错误，现在写出来，以供出版者和读者们参考。

这篇文章在说到柔石等烈士被国民党反动派杀害的地方，有这样一节：

> 我（史）在一九三一年三月回到上海的时候，我的秘书冯达（译音）在遇到我时便告诉我一个消息，二十四个青年作家、演员和艺术家已经被捕，且已被杀。在三月二十一日的晚上（按鲁迅作柔石小传为二月七日晚），他们在监狱中被提出来，被迫为自己挖掘好坟墓，然后被枪毙了。有几个是被活埋在土里的。其中一人，便是柔石。
>
> 我立刻赶到鲁迅家中去，发现他正在他的书室中，面色灰暗，满腮胡须，他的头发很是散乱，两颊深陷，一

双眼睛中发着高热的光。他的声音里充满了一种可怖的仇恨。

“这便是我在那晚上写的一篇文章”，他说，并递给我一篇文稿，上面写满了他那雕刻的草体字。“我称它为《写于深夜里》，把它译成英文设法在国外刊出吧。”

在他告诉了我那篇文章的用意后，我便警告他说：“如若刊印出来，他（你）的生命一定便会有危险。”

“这有什么关系？”他激愤的说，“必须有人出来说话啊！”（原书六五页。括弧内按语，除“译音”两字外，均为笔者所加。）

这里说鲁迅的《写于深夜里》一文，是在一九三一年二月柔石等殉难的“那天晚上写的”，这明明是一个错误。《写于深夜里》后来收在《且介亭杂文末编》中，其写作时间，在文后分明记着是一九三六年四月七日，而非一九三一年二月。再就鲁迅的另一篇《为了忘却的记念》看，在柔石等被难的那天晚上，鲁迅正避难在客栈里，后来得到消息，他在悲愤中曾经写过一首旧诗，其中有“吟罢低眉无处写”之句，并没有提到在那晚上曾写过什么文章。

这究竟是原文如此，还是万歌的译文有误呢？

我没有见过原文。但以前曾经看过两篇史沫特莱关于鲁迅的文章的译文。一篇是傅东华译的，题名《追念鲁迅》，一篇是黄源译的，题名《论鲁迅》。傅译的一篇，内容和万歌译的这一篇差不多，其中有这样一节：“有一次，他（鲁迅）和他的朋友之一写了一篇关于杀戮一些革命者的抗议。这，他们交给我拿到一个美国报纸上去发表。当时我想这一个文件也许要引起他们的逮捕，监禁或处死，就问他们，把他们的名字签到上面是否妥当。鲁迅略略一兜他的下颔，用着平匀的声音说：‘这几句话是必须要说的。拿去发表吧。’我还是怀疑的询问着。‘不要紧的，’他回答，‘发表去吧。’他带着坚强的信心说。”

下面在隔着了一段之后，又有这样几句："鲁迅的绝笔之一，是一篇题为《深夜作》的文章。他把它交给我，要我译成英文。……"这里分得非常清楚，一篇是抗议文，一篇是《写于深夜里》，而且既然说明后者是鲁迅的"绝笔之一"，自然不会是一九三一年所作。在黄源译的那一篇里，也说是"一篇告国际作家书"。由此可见史沫特莱的文章并没有错。两相对照，即使万歌所据的原文不同，但事实总该一样，即鲁迅一九三一年三月交给史沫特莱的是一篇抗议文，但不知怎样，一到万歌的译文里，却一变而成为《写于深夜里》了。

一九五三年五月

（未刊稿，据手稿付排）

从鲁迅的一个故事说起

——读《不怕鬼的故事》

读了《不怕鬼的故事》一书以后，不禁联想起鲁迅先生早年的一个故事。

那是鲁迅从日本回国后在绍兴教书时的事情。某天夜里，他在学校工作过久，回家时已经很晚了，他从一条比较捷近的小路回去，中间经过一片墓地，路旁长满荒草，四围黑暗而静寂；他正走着，忽然看见远处有一个白影，忽隐忽现，时大时小，和传说中变幻无常的鬼一样。鲁迅自然是不相信有鬼的，他略一踌躇，依旧向前走去，到了那白影旁边，他怒喝一声："干什么的！"随即用力一脚踢出去，那白影"噢"的一声就向草丛中逃走了。原来是一个盗墓的人。（据萧红《回忆鲁迅先生》和池田幸子《最后一天的鲁迅》撮述）

我们在阅读《不怕鬼的故事》这本书时，联带看看这个故事，同样是可以从中得到一些启发的。

世界上并没有过去的许多故事里所说的那种鬼，鲁迅这个故事中的白影是人伪装而成，《不怕鬼的故事》所收《人而鬼》一篇中的那个女鬼，也是一个拦路行劫的人。在其他笔记小说和传说中，类似这样的故事还很多。除此以外，据说还有一种真正的鬼，如《不怕鬼的故事》这本书中所说到的一些无头鬼、吊死鬼、溺死鬼等等，过去许多人都说它们货真价实，和由人伪装的假鬼不同。但是，现在大家都知道，这些鬼其实不过是人们根据实际生活中的闻见经历而虚构出来的。鲁迅在谈到一部描写鬼的章回小说《何典》的时候，曾说该书作者“在死的鬼画符和鬼打墙中，展示了活的人间相，或者也可以说是将活的人间相，都看作了死的鬼画符和鬼打墙”(《集外集拾遗·〈何典〉题记》)。这几句话，真是非常精辟地说明了过去许多鬼故事的社会意义和社会根源。旧社会既然有那么多压迫人、剥削人、虐杀人的号称为“人”的动物，在一些笔记小说作者的笔下和老百姓的口里，自然就会产生许多吃人、害人、迷人的各种各样的鬼。现在则可以说，帝国主义、反动派、现代修正主义等等，都是类似鬼的东西。它们到处侵略、捣乱、恐吓、诱骗，时而青面獠牙，时而巧笑甘言，无不和鬼相同。它们简直完全达到了“人而鬼”和“鬼而人”的浑然一体的境界，使鬼类不再有什么真假可分。它们的确是世界上最好不过的鬼的标本。

传说中的鬼，实际并没有什么可怕。有些人对鬼心怀畏惧，大抵都是为它们的外貌所慑；一提到鬼，首先便想起什么“红眉绿眼”、“披发吐舌”而战慄失色。其实，鬼之所以要变成种种凶相，正是表示它的怯弱，而且无论怎样变来变去，总不能没有一个限度。鲁迅曾经说过：“小说上的描摹鬼相，虽然竭力，也都不足以惊人……因为五官不过是五官，纵使苦心经营，要它凶恶，总也逃不出五官的范围。”(《南腔北调集·捣鬼心传》)可见无论什么奇形怪相总吓唬不了人。同样，帝国主义等等实际存在的类似鬼的东西，也没有什么可怕。无论它怎样善变，也总有技穷的时候。毛主席早就指出，帝国主义和一切反动派都是纸老虎，他说：“一切反动派都是纸老虎。看起来，反动派的样子是可怕的，但是实际上并没有什么了不起的力量。从长远的观点看问题，真正强大的力量不是属于反动派，而是属于人民。”对待帝国主义等鬼类，我们必须遵循毛主席的在战略上藐视敌人和在战术上重视敌人的思想，和它们进行坚决的斗争。过去故事中的那些不怕鬼的人们，有的仅仅凭着勇气胆力，凭着“赋性刚介”或“狂放不羁”，就敢于骂鬼、打鬼、捉鬼；那么，今天的中国人民，既有无比的勇气，又有丰富的革命斗争经验，更重要的是有光芒万丈的毛泽东思想为指导，一切妖魔鬼怪，真是“何足惧哉”！我们完全有信心战胜它们、消灭它们。

在我国历史上曾经有过一些不相信鬼神的人，如何其芳同志在《不怕鬼的故事》的序文中所提到的桓谭、王充和范缜等，就都是这样具有唯物主义思想的卓越的人物。他们在相信有鬼的人占优势的一千多年以前，就能不为鬼神的迷信所束缚，敢于提出和坚持自己的正确的见解，不计利害，不畏权势，坚决和有鬼论者进行斗争；这种精神，实在值得我们敬佩。但在当时，反动统治阶级自然不能容忍他们，要对他们施以种种压力和迫害。如萧子良（齐竟陵王）和萧衍（梁武帝），都会依仗帝王的权势，先后组织许多人强辞夺理地和范缜辩论，对他进行围攻，并在政治上加以打击，就是我们熟知的一个例子。在何其芳同志的序文中也提到的阮瞻，生平提倡无鬼论，反动派在他生前无法驳倒他，在他死后也要造谣，说他是见鬼受惊而死。在干宝的《搜神集》、刘义庆的《幽明录》和殷芸的《小说》中，甚至在号称“正史”的《晋书》中，都记载着他们伪造的这个谎言。由此可见历史上的反动统治阶级是多么无耻和无聊！我们今天，生活在宽阔光明的环境里，有学习马克思列宁主义的条件，有传播辩证唯物主义的自由，并随时受到党的鼓励和教导；缅怀古人追求真理的艰难遭遇，我们在欣幸之余，应当怎样的加倍奋勉，彻底扫除“怕鬼”思想，敢于斗争，敢于胜利，才能无负于自己、无负于这伟大的时代呢！

一九六一年三月五日

（原载一九六一年三月二十三日《文汇报》）

鲁迅与南社

鲁迅先生曾参加过清末革命文学团体南社一事，最早见于许广平同志的《民元前的鲁迅先生》一文。这篇文章说到鲁迅在绍兴府中学堂任教时的学生宋紫佩时，有这样几句："内中宋先生，比较沉着，他本来在求学时最先也是学生中反对（鲁迅）先生者之一，大约因为做监学的严峻，引起一部分人的不满罢。不知怎么一来，到后来倒是先生最知己的亲切朋友，而且加入南社，也是宋先生介绍的。不过对于南社的作风，先生似乎不赞同，所以始终是一个挂名的社员，没有什么表现，甚至连许多社友也不大知道他是同志之一。"这篇文章发表于一九四〇年十二月重庆出版的《抗战文艺》第六卷第四期，后来没有收入集子，现在已经不大容易看到了。

因为鲁迅自己在文章中从来没有说过，在别的有关鲁迅或南社的记载中也未见提及，所以，关于鲁迅参加南社的事，我们一向不大明白。据现有资料看，如果说，鲁迅当年参加的是陈去病等人在绍兴所组织的越社，比较更有可能。陈去病于清光绪三十四年（一九〇八）上学期到绍兴府中学堂担任国文教员，暑假中去杭州，和徐自华等筹议于秋谨殉难一周年纪念日集众祭奠，事为清吏侦悉，遂逃往汕头。（见柳亚子《南社纪略》页七，并参看

《绍兴中学五十周年史稿》）他在绍兴府中学堂任教的时间，仅一学期，由此可见越社的成立，当在一九〇八年春夏间。张能耿录写的《鲁迅亲友谈鲁迅》第十五节中说："比鲁迅稍早一点，绍兴府中学堂有个国文教师叫陈去病。陈去病是南社社长，同盟会里的人。……据马可兴先生说，他到这里来教书就是来宣传民族革命的，他主动地在府中学堂里约集几个人创立了一个越社，以宣传反清为宗旨。……宋紫佩以及王文灏等学生就都是越社成员。"这里除了"陈去病是南社社长"一语小有错误之外，大体上是可信的。鲁迅一九一〇年暑假中自杭州回故乡，任绍兴府中学堂教员兼监学，如果他参加越社，应该就在从这时起到次年十一月绍兴光复这一段时间以内。

关于越社的情况，因为缺少记载，现在我们也不大清楚；仅知道它在辛亥绍兴光复前后很活跃，鲁迅在其间曾起过很大的作用。当杭州光复的消息传到绍兴以后，在绍兴"城内的一个寺内就开了一个大会，好像是越社发动的，到了许多人，公举鲁迅做主席。鲁迅当下提议了若干临时办法，例如提议组织讲演团，分发各地去演说，阐明革命的意义和鼓动革命情绪等。关于人民的武装，他说明在革命时期，人民武装实属必要，讲演团亦须武装，必要时就有力量抵抗反对者"（见乔峰《略讲关于鲁迅的事情》页一四）。绍兴光复以后，越社于一九一二年二月创刊了机关杂志《越社丛刊》，由鲁迅编辑，曾出两集，鲁迅在该刊上发表了《〈古小说钩沈〉序》和《辛亥游录》二则。不久，他就前往南京，由此逐渐和越社隔绝了。

这里，我们需要弄清楚越社和南社的关系。如前所述，越社成立于一九〇八年春夏间，而南社则成立于一九〇九年十一月；虽然柳亚子等在此以前一二年已有结社的意思，但毕竟没有正式成立。当陈去病在绍兴的时候，正是南社的孕育时期。所以，从成立时间的先后上看，与其说越社是南社的分社，不如说它们是差不多同时成立的两个兄弟社团。只因两社宗旨相同，陈去病既是越社主要成员，又与柳亚子、高天梅同为南社的发起人；而南社的历史既长，声名又远远超出越社之上，所以我们很容易把越社当作南社的分社。如果真是这样，那在南社的文献中是应该有记载的。但在柳亚子的《南社纪略》一书和他人有关南社的文章里，都没有提到越社，更没有说越社是南社的分社，这决不是偶然的遗漏所能解释的。

明白了越社和南社的关系以后，就可以进而探究鲁迅曾否参加南社的问题了。我以为，鲁迅参加的是越社，他和南社没有直接关系。所以在柳亚子的《南社纪略》一书中没有提及鲁迅，在书后所附的《南社社员姓氏录》中也没有鲁迅之名。而宋紫佩则先是越社社员，以后又加入南社，曾参加一九一一年九月南社在上海愚园举行的第五次集会等活动，所以在《南社纪略》中曾经说到他。以柳亚子和南社关系之深以及他后来和鲁迅熟识、对鲁迅抱着很大尊敬等等来看，如果鲁迅是南社社友，他哪里会一字不提呢？

自然，在鲁迅的生平事迹中，这不过是一个小问题，但为明白事实真相起见，我们还应该继续发掘材料，作进一步的探究。

现在我们虽然找不到鲁迅和南社关系的直接材料，但可以肯定他是很注意南社的活动的。若干年后，他在《现今的新文学的概观》和《对于左翼作家联盟的意见》等文中曾一再说到南社，对它提出极精辟的意见。如在《对于左翼作家联盟的意见》中，曾举南社作为“倘不明白革命的实际情形，也容易变成‘右’翼”的例子，他说：“在我们辛亥革命时也有同样的例，那里有许多文人，例如属于‘南社’的人们，开初大抵是很革命的，但他们抱着一种幻想，以为只要将满洲人赶出去，便一切都恢复了‘汉官威仪’，人们都穿大袖的衣服，峨冠博带，大步地在街上走。谁知赶走满清皇帝以后，民国成立，情形却全不同，所以他们便失望，以后有些人甚至成为新的运动的反动者。”这是对南社的最正确的历史评价，只要稍稍了解南社情况的人，总会同意他的这种意见的。

一九六一年九月

（原载一九六一年九月二十六日《光明日报》）

敬爱的周总理在鲁迅纪念会上

伟大领袖和导师毛主席对鲁迅曾多次给予崇高的评价，指出“鲁迅是中国文化革命的主将，他不但是伟大的文学家，而且是伟大的思想家和伟大的革命家。”号召“一切共产党员，一切革命家，一切革命的文艺工作者，都应该学鲁迅的榜样，做无产阶级和人民大众的‘牛’，鞠躬尽瘁，死而后已。”敬爱的周恩来总理无限忠于马列主义、毛泽东思想；对鲁迅著作有深刻的理解，对鲁迅怀着深厚亲切的感情。他在有关鲁迅的文章和演讲里，多次阐释了毛主席的教导，对鲁迅精神作了精辟的论述。

在抗日战争和解放战争初期，周总理受毛主席、党中央委派，长期留驻国统区和国民党政府进行谈判，他肩负着关系抗战前途和国家命运的重任，夜以继日地操劳，斗争十分尖锐，工作异常繁忙；但每届鲁迅祭辰，总理无论在武汉、重庆、上海，总是尽量分出他最宝贵的时间，参加群众的纪念活动。在那些黑暗的年代里，国民党反动派施行法西斯统治，极端害怕鲁迅的崇高声望和巨大影响，千方百计地压制广大人民学习和纪念鲁迅。每年十月，群众举行鲁迅纪念会，他们不是蛮横禁止，就是派特务到场捣乱；开一次会，就是对反动派进行一场政治斗争。在这种情况下，敬爱的周总理亲临参加，对与会群众是多么巨大的鼓舞啊！总理的到临，给群众以有力支持，使纪念会大大增强了战斗的声威。在会上，总理发表演说，阐扬鲁迅的斗争精神和政治远见，宣传我党的方针政策及对当前时局的主张，动员和团结广大群众，发展统一战线工作。与会群众，瞻望总理的丰采，聆听总理的教言，无不感到莫大的幸福和振奋。他的讲话，通过报纸的传播，更广泛地激励了全国人民。

一九三八年十月，在国民党反动派节节败退，日本侵略者步步深入，华中重镇武汉即将陷落的前夕，坚持在武汉的周总理，于十月十九日特为鲁迅逝世二周年写了纪念题词，发表在当天的《新华日报》上：

> 鲁迅先生之伟大，在于一贯的为真理正义而倔强奋斗，至死不屈，并在于从极其艰险困难的处境中，预见与确信有光明的将来。这种伟大，是我们今日坚持长期抗战，坚信最后胜利所必须发扬的民族精神！
>
> 鲁迅逝世二周年纪念
>
> 周恩来
>
> 廿七，十，十九

这时国民党反动派已仓皇撤离，蒋介石、汪精卫加紧投降活动，竭力散布失败主义，动摇人心。周总理的题词，给广大人民指明了克服困难，走向光明的道路。

同一天，周总理在百忙中和邓颖超同志出席了武汉文化界在青年会召开的鲁迅逝世二周年纪念会。在会上，总理结合当时的抗战形势，发表了振奋人心的演说。他一开始就举出“疾风知劲草”的古语，着重阐述题词中提出的鲁迅坚韧不拔的精神，说：“今年纪念鲁迅先生，又是武汉危急的时候。……鲁迅先生生时，在国难当头或局势摇荡时，绝未动摇或妥协过，无故〔论〕在今天明天都本其一贯精神，倔强奋斗，至死不屈，同时，又启示出〔未〕来的光明，把握住光明的前途。”接着谈到鲁迅的政治远见：“他看出未来的光明，然而却没有离开社会，离开现实。特别在晚年对中华民族解放之努力，回答一个托派的信上，不容情地揭露托派之阴谋，赞同抗日民族统一战线，指出中华民族解放之大道，是值得我们钦佩他的政治远见的。”总理针对当时存在的投降危机，号召人们学习鲁迅精神，“困难愈大，要愈加努力，以克服困难，坚持抗战，特别要紧的是要有最后胜利的信心，伟大前途的认识，为达此目的而努力。非有如此信心，即不能坚持长期抗战，向前奋斗，反而会随时因困难而动摇屈服，妥协投降。只有坚信未来之胜利，同时又努力于克服现实的困难，而艰苦奋斗，这才是中华民族之伟大精神要素，也正是鲁迅精神之所代表。”最后，总理勉励人们：“不论在政治上、文学上，或为人道德上，都需要我们学习鲁迅先生的精神和作风。……我们应坚苦不拔，克服困难，为实现最后胜利而奋斗到底！”总理的光辉题词和重要演说，都着重阐扬鲁迅“倔强奋斗，至死不屈”的革命精神，拥护党的抗日民族统一战线的坚定立场，鼓励人民群众以鲁迅为榜样，提高信心，克服困难，坚持抗战，争取最后胜利。

周总理的这次演说，本来已经整理好了，由《新华日报》记者李密林带往重庆，不幸他所乘“新升隆”号轮船途中被日寇炸毁，人和原稿都沉没江中。这里是根据一九三八年十月二十日《新华日报》的报导摘录的。郭沫若同志是这次纪念会的主席，他后来在抗战回忆录《洪波曲》中，曾扼要记下了总理的这次讲话，他说：总理的话“最为精彩，他主要是强调着鲁迅的战斗精神。鲁迅一生是处在革命时代，特别是在大革命失败之后，反动派的气焰异常紧〔嚣〕张，而鲁迅坚守革命阵地，不屈不挠地和恶势力搏斗，为新社会催生，一直战斗到死。鲁迅是最倔强的斗士，最慈爱的导师。我们纪念鲁迅，也就应该学习鲁迅这样的战斗精神。不仅限于文艺界，应该超出文艺界。特别在现在大敌当前的时候，我们要反对中途妥协，反对消极应付，反对第五纵队的出卖，反对个人主义的高蹈。‘疾风知劲草’，我们在今天的‘疾风’之中，每一个人都应该成为鲁迅一样的‘劲草’。”把这段回忆和记者的记录合起来看，就可较完整地领会周总理当时演说的意思。

一九四〇年十月十九日，重庆十二个文化团体在张家花园巴蜀小学广场召开大会，纪念鲁迅逝世四周年。周总理、叶剑英副主席参加了大会。周总理被推举为主席团成员。当天晚上，中华全国文艺界抗敌协会在一心饭店召集了一个纪念晚会，我们敬爱的周总理，白天参加了大会，晚上又出席了这个晚会，并在会上发表了重要的讲话。

这正是蒋介石发动第二次反共高潮期间，就在十月十九日这一天，国民党反动派发出了臭名昭著的《皓电》，对坚持抗日的八路军、新四军大肆污蔑并强令北撤，蓄谋已久的皖南事变即将发生。就在这样严重的时刻，周总理在会上勉励人们学习鲁迅，分清敌友，对敌人，要集中火力给予打击；交朋友，要坚持原则，有错误就得斗争。据十月二十日重庆《新华日报》报导，总理在讲话中指出：“鲁迅先生是一个伟大的文艺战士。……在鲁迅的一生中，有四个大的特点是值得我们注意，这就是鲁迅的（一）律己严，（二）认敌清，（三）交友厚及（四）嫉恶如仇。鲁迅的一举一动，甚至对于生活上最微细的事情，都是‘一毫不苟’的。鲁迅在生活的斗争中，是认清敌友的，鲁迅可说是一个最好的战斗的战略家，又是一个最好的文艺的战略家。鲁迅对于友人，特别是对于青年人的爱护，更是无微不至。……鲁迅对于交友和处事，凡是看不上眼的事皆要加以批评，凡是认为不对的事，都不肯轻易放过，这在他交友上特别可以看出来。”这段话准确概括了鲁迅精神的特点，重申了我们党在抗日民族统一战线中的原则立场，唤起人民群众警惕和反对国民党反动派的反共阴谋。

周总理的这次讲话，在当时全国文协会刊《抗战文艺》第六卷第四期上也有该刊记者所记的一个概要，与《新华日报》记者的记录，各有详略，可以互相补充。如关于“认敌清”一点，《抗战文艺》的记录作：“鲁迅先生在任何斗争中，都是敌友分明的，认清了敌人，便集中了火力对准敌人投射，绝不放松的斗争到底。鲁迅先生可以说是我们文艺界最优秀的战略家。”又如“嫉恶如仇”一点，《抗战文艺》记录也较详：“这一点非常重要，就是说鲁迅先生并不是无原则的交朋友，所以他的对友处事，凡是认为不对的，都要加以批评，绝不轻易放过。即使是早年最好的朋友，但到晚年如有错误，他仍是不容情的指摘。”这些意见，都很重要，不可遗漏。

一九四五年八月，日本帝国主义宣告无条件投降，中国人民在共产党领导下艰苦进行了八年的抗日战争，取得了最后的胜利。这年十月十九日，重庆各界在西南实业大厦隆重举行了鲁迅逝世九周年纪念大会。这是在伟大领袖毛主席亲临重庆，与蒋介石进行和平谈判，签订《双十协定》不久之后，周总理为实现协议和召开政治协商会议，在重庆继续与国民党进行艰苦的谈判。当时蒋介石虽然被迫在协定上签了字，但毛主席早就指出：“已经达成的协议，还只是纸上的东西。纸上的东西并不等于现实的东西。”事实上，蒋介石从未停止过进攻解放区并积极准备发动全面内战。在这样险恶的局势下，周总理的工作异常复杂繁重，但他仍然出席了纪念大会，在热烈的掌声中，就正在争取召开的政治协商会议、文化建设和鲁迅的立场态度等发表了重要而精辟的演说。这次纪念大会，由许寿裳先生主持，到会者约五百人，是当时国统区一次富有政治意义的战斗的集会。

据《新华日报》十月二十日所载“本报特写”，周总理在讲话中说：“鲁迅先生的许多话，活生生地在记忆之中，成为奋斗的指南针。”他先举鲁迅“革命文学家，至少是必须和革命共同着生命，或深切地感受着革命的脉搏的”这段话，然后说：“抗战胜利了，民主革命的任务尚未完成，每个文学和文化工作者，在这大时代中，跟政治跟革命的进展是息息相关，无法分开的。全国如何进入和平建设（文化建设也在其内），这是全国全世界人士所关心的，这次政府（按指国民党政府）与中共的会谈，决非两党的事情，这是关系全国人民的事，自然也为文化界所关心。鲁迅先生这句话，告诉文化界朋友，不可能离开政治革命运动。”所以总理说在即将召开的政治协商会议中，“我们提议能有文化界的代表人物参加，使在协商国是的时候，文化界能有发表意见的机会。”谈到文化建设问题，总理说：“五四以来，新文化运动尚未完成。鲁迅先生作了披荆斩棘的开路工作，然而坦途尚未造成。……方向是有了的，但需要大家的努力，大家动手建设。”接着总理又举鲁迅这段名言：“对于旧社会和旧势力的斗争，必须坚决，持久不断，而且注重实力。”并加阐释说：“这句话首先说明鲁迅先生的目标非常清楚，要向封建的、复古的、法西斯文化斗争，去开辟新的道路。其次说明了：要是没有这种持久下去的清楚认识，我们就不会了解新文化是需要长时期去建立，而且还要靠人民大众来铺路，要唤起和依靠人民来参加。文化战线要扩大，应广泛吸收文化斗士参加，去动员广大人民为新文化奋斗。”总理特别指出：“鲁迅的立场是与革命息息相关，和人民大众站在一起的立场。鲁迅的态度是对敌人狠，对自己严，对朋友和的态度。”号召大家学习鲁迅的这种立场、态度。总理的讲话，对当时国统区的文化工作者以至广大人民群众，都是极宝贵的箴言。尤其对文化工作者，是多么恳切的期望，多么有力的鞭策！在当时全国人民争取和平建国，反对内战的斗争中，他们只有与革命息息相关，和人民大众站在一起，狠狠打击敌人，严于自我改造，依靠人民，持久努力，才能对中国新文化的建设作出应有的成绩。

一九四六年十月，鲁迅逝世已整整十周年了。这时，国民党反动派在美帝国主义援助下发动的全国规模的内战已经爆发了三个多月，解放区军民在伟大领袖毛主席、党中央的领导下，英勇地抗击了蒋介石的进犯，不断给敌人以有力的打击，在战场上已取得了辉煌的战果，三个月的总结，完全证明“我们是能够战胜蒋介石的”。蒋介石一面向解放区大举进攻，一面又施放和平烟幕；我们党为了全国人民的根本利益，不放弃一线和平希望，同时也为了揭露敌人的和谈欺骗，仍与蒋介石进行谈判。这年五月，我代表团由重庆迁到南京，周总理身在虎穴，坚定沉着，英勇机智地继续与美蒋反动派进行针锋相对的谈判斗争。十月十九日，上海全国文艺界协会、中苏文化协会等团体在辣斐大戏院联合举行鲁迅逝世十周年纪念大会。我们敬爱的周总理，在中国历史处于光明与黑暗生死搏斗的严重时刻，又一次出席了纪念大会。他在鲁迅遗像前，面对国民党反动派发动的内战的烽火，义愤填膺，正气凛然。他在演说中，愤怒声讨蒋介石国民党把中国推进内战火海的滔天罪行，重申了我党“人家打来了，我们就打，打是为了争取和平”的方针，还特别举出鲁迅“横眉冷对千夫指，俯首甘为孺子牛”的两句诗，严正宣称：对敌人，“我们是只有‘横眉冷对’的，不怕的”；另一方面，又谆谆勉励人们遵循毛主席的教导，以鲁迅为榜样，“做无产阶级和人民大众的‘牛’”。十月二十日《新华日报》发表了周总理演说的记录，全文是：“鲁迅先生死了十年了，整整的十年了。中国是从内战进入抗战，现在又回到了内战，内战乃是鲁迅先生所诅咒的，抗战才是鲁迅先生所希望所称颂的。他希望的事在人民大众努力下实现了，而他诅咒的内战可仍还存在，这应该是我们参加这会每个人所难过的。人民希望民主、独立、团结、统一，而日本投降了一年多了，这一个愿望还没有达到。鲁迅先生逝世那年也在谈判，今天足足谈了十年了，还不能为中国人民谈出一点和平，我个人也很难过。但人民团结起来，就一定能够解决中国的和平民主统一的问题。今天，我要在鲁迅先生之像面前立下誓言：只要和平有望，仍不放弃和平的谈判，即使被逼得进行全面自卫抵抗，也仍是为争取独立和平民主统一。鲁迅先生曾说'横眉冷对千夫指，俯首甘为孺子牛'，这是鲁迅先生的方向，也是鲁迅先生之立场。在人民面前，鲁迅先生痛恨的是反动派，对于反动派所谓之千夫所指，我们是只有横眉冷对的，不怕的。我们要以眼还眼，以牙还牙。假如是对人民，我们要如对孺子一样的为他们做牛的。要诚诚恳恳、老老实实为人民服务。我们要有所恨，有所怒，有所爱，有所为。过去历史上有多少暴君、皇帝、独裁者，都一个个的倒下去了，但是历史上的多少奴隶、被压迫者、农民，还是牢牢的站住的，而且长大下去。人民的世纪到了，所以应该像条牛一样努力奋斗，团结一致，为人民服务而死。鲁迅和闻一多，都是我们的榜样。"这篇讲话，义正辞严，气壮山河，表现了敬爱的周总理对敌人的无比仇恨和对人民的无限热爱。这次大会，参加者四千余人，情绪激昂，规模空前，是广大人民群众通过纪念鲁迅向内战祸首蒋介石集团举行的一次盛大示威。当时除《新华日报》以外，上海各报如《文汇报》、《时代日报》等都报导了总理的讲话，传遍全国，极大地教育和鼓舞了亿万人民。在此后不到三年的时间里，暴君、独裁者蒋介石被人民的铁拳彻底粉碎，周总理在这次会上所说"人民团结起来，就一定能够解决中国的和平民主统一的问题"的坚强信念就实现了。

我们感到非常遗憾，周总理几次在鲁迅纪念会上的讲话，都没有留下底稿。现在我们只能见到当时国统区我党唯一公开发行的报纸《新华日报》报导中的记录。这些记录，可能有脱漏或表达不很清楚的地方，但主要意思是保存下来的。在未见总理演说原稿的情况下，这些记录是极为宝贵的革命文献。在纪念总理逝世一周年的日子里，我们缅怀总理的丰功伟绩，追念总理的亲切教导，也不禁要想到总理解放前几次在鲁迅纪念会上的光辉形象和重要讲话。我们重读这些讲话，仿佛眼前还矗立着总理高大的身影，耳畔还响起总理宏朗的声音：敬爱的周总理并没有离开我们！

一九七七年一月

（原载鲁迅研究室编《鲁迅研究资料》第二辑）

许寿裳与鲁迅的一次学术合作

今年二月九日，是许寿裳先生的百年诞辰纪念；二月十八日，又是许先生在台北遇害三十五周年。我在缅怀许先生的道德文章之余，想起了他和鲁迅先生早年在学术上的一次合作。

一九一二年二月中旬，鲁迅由绍兴到南京，在临时政府教育部任职，与许寿裳同事，留居南京约两月。在此期间，他曾到江南图书馆借阅《沈下贤文集》，从其中抄出了传奇三篇。关于此事，许寿裳在所著《亡友鲁迅印象记》的《入京和北上》一章里，曾有记载："我们白天则同桌办公，晚上则联床共话，暇时或同访图书馆，鲁迅借抄《沈下贤集》，《唐宋传奇集》所收的《湘中怨辞》、《异梦录》、《秦梦记》，就在这时抄写的。"但还有一件与抄录这三篇传奇相关的事，许寿裳先生却没有告诉我们，这就是：在这年三月里，他和鲁迅曾经共同校勘过《沈下贤文集》。

沈亚之（七八一——八三二），字下贤，吴兴人。中唐文学家。著有《沈下贤文卷》十二卷，内诗赋一卷，文十一卷。这个集子有宋元祐丙寅（一〇八六）刻本，但未见流传，清代藏书家所藏都是抄本，一般人不易得见。鲁迅在江南图书馆看到以谢氏小草斋抄本为底本的影写本，很是高兴，便从中抄录了《湘中怨辞》等三篇，后来收入一九二七年九月编定的《唐宋传奇集》第四卷；

他在该书《稗边小缀》中说："《沈下贤集》今有长沙叶氏观古堂刻本，及上海涵芬楼影印本。二十年前则甚希觏。余所见者为影抄小草斋本，既录其传奇三篇，又以丁氏八千卷楼抄本校改数字。"这里没有明确指出何时何地得见沈集抄本及校录等事，幸有许寿裳先生后来为我们指明。长沙叶德辉刻本，刻于清光绪二十一年（一八九五）；涵芬楼影印本收入商务印书馆一九二〇至一九二二年间影印的《四部丛刊》初编中，系据"明翻宋本"影印。在一九一二年涵芬楼本还没有问世；但叶德辉刻本，鲁迅当年是曾经见到的。

鲁迅除了从沈集抄录了传奇三篇以外，还和许寿裳共同对《沈下贤文集》全书进行了一次校勘。这个校本分订两册，第一卷至第六卷为上册，第七卷至第十二卷为下册，书衣由许寿裳题签，分别为《沈二臤文亼》二（上）或二（下），多用古字，这和《域外小说集》初版封面写为《或外小说亼》相同。其中第四卷和第五卷的大半部是鲁迅亲笔抄写，其余系倩人代抄。第一页宋无名氏序文上方，有许寿裳手书"壬子三月以八千卷楼钞本校"一行。序文、总目、正文第一卷和第二卷，由许寿裳据丁氏八千卷楼抄本初校，继由鲁迅用叶德辉刻本复校。校语写在眉端或行间。例如《春词酬元微之》诗"黄鸟啼时春日高，红芳发尽井边桃"，许在"黄鸟"下校云："丁莺"（按即丁本作莺），鲁迅复校云："叶同。"又如《柘枝舞赋》中"观者盖𥈤然"句下，许校云："𥈤作瞍"，鲁迅复校："叶作曼"；"既而抑倚昂折"句下，鲁迅校云："叶作拼"，等等。可惜许先生只校至第二卷《湘中怨辞》止，没有继续下去；以下由鲁迅用叶刻本和《唐文粹》续校完毕。我们从许先生曾经热心于对此书的校勘一事，也可看出他早年在学术兴趣上有与鲁迅契合之处。这个经过校勘的抄本，在一九一二年四月中旬，他们为准备北上，同返绍兴时，由鲁迅携回绍兴。次年三月，周作人将它寄至北京。《鲁迅日记》一九一三年三月三十日下记云："收二弟所寄《小学答问》五册，《沈下贤集》抄本二册。"这里所说即许寿裳与鲁迅共同校勘过的这个抄本。

现在我们看到的《鲁迅日记》，开始于一九一二年五月五日，在此以前的日记都没有保存下来，因此一九一二年三月他与许寿裳在南京抄录、校勘《沈下贤文集》一事，素来不为人所知。幸而经过了七十年的岁月，这个抄本还安然无恙，珍藏在北京图书馆里，使我们从它得知两位先生早年的这一工作，这是令人高兴的。我想，我们以后在鲁迅年谱或传记中，应该加上这样一笔：一九一二年三月，与许寿裳共同校勘《沈下贤文集》。在有关许寿裳先生的论述中，也应该载入此事。

一九八三年二月十一日

（原载文化艺术出版社“万叶散文丛刊”第一辑《绿》）

文海片鳞录

“同光体”诗人俞明震

鲁迅先生在《朝花夕拾》中的《琐记》一文里，回忆起他青年时代在南京江南陆师学堂附设矿务铁路学堂的那一段学生生活，曾经提到这样一位总办：“但第二年的总办是一个新党，他坐在马车上的时候大抵看着《时务报》，考汉文也自己出题目，和教员出的很不同。有一次是《华盛顿论》，汉文教员反而惴惴地来问我们道：‘华盛顿是什么东西呀？……’”

这个“新党”指俞明震。俞字恪士，浙江山阴人，生于一八六〇年。清光绪间进士。一九〇一年以江苏候补道被委为矿路学堂总办。一九一一年任甘肃提学使，武昌起义后，乞病解官，次年春天回到北京。入民国，曾任平政院肃政史。一九一八年十二月卒于杭州。

在俞明震担任总办期间，矿路学堂里出现了一些新气象。他自己喜读《时务报》，还在学堂里设立了一个阅报处，看新书的风气便流行起来。鲁迅于是有机会接触到一些新书报，第一次读到严复译述的赫胥黎的《天演论》，受到很大的影响。

一九〇二年一月，鲁迅从矿路学堂毕业，经江南督练公所派往日本留学，三月自南京启程，同行五六人，其中有自费生陈师曾，俞明震亲自送他们到日本去。

由于俞明震办学比较开明，又是他亲自送鲁迅等去日本，在青年鲁迅的心中留下了良好的印象，所以鲁迅在若干年后还对他保持着一定的情谊。一九一五年，当他住在北京的时候，鲁迅曾去看过他。《鲁迅日记》一九一五年记云：

> 二月十七日："下午同陈师曾访俞师，未遇。"
> 四月十日："午后访俞恪士师，未遇。"
> 四月十一日："午后访俞恪士师，略坐出。"

又一九一九年记云：

> 一月二十日："得俞恪士先生讣，下午送幛子一。"

多年以后，又在《琐记》里对他作了那么含有褒意的描述。

俞明震还是《苏报》案的有关人物。一九〇三年《苏报》案发生，他奉派至上海协同办理。他到上海后，曾参加过《苏报》工作的吴稚晖去看他，向他"屈膝请安"，他对吴稚晖说："奉上官条教，来捕足下，但吾辈办事不可野蛮，有释足下意，愿足下善为谋。"（见章太炎《复吴敬恒书》）由此可略窥他对办理此案的态度。以后他在江苏总办厘局，在江西办理教案，在当时大概可称为"能员"。

俞明震是一位相当知名的诗人，在晚清诗界各种流派中，他属于"同光体"诗派。他死后由其友人裒集遗诗付印，名《觚庵诗存》，起己卯（一八七九），迄戊午（一九一八），共四卷。他诗学陈与义，尝"谓诗人非闳抱远识必无佳椭"。又"论作诗之法，谓遣词宜用子部罕经人道语，方能壁垒一新"。（见《平等阁诗话》）他的诗很为同时代宋诗派诗人所推崇。陈三立称他“托体简斋，句法间追钱仲文(起)”(《觚庵诗存序》)；陈衍又说他“度陇后所作”，浉得“杜味”(《近代诗钞》)。在我们看来，这个曾经在马车里也要看《时务报》的“新党”，他的诗却并无什么新思想、新意境。辛亥以后，他虽然做了民国的官，但常和一些遗老们混迹在一起，很受他们的影响。不过他的诗在艺术上确是较有成就的。现举一首：

宿新安县示子言

> 我从洛阳来，坦途无百里。峨峨见城阙，嵴陵列屏几。车马乱流渡，隐隐如浮蚍。莫吊古战场，中原事未已。风起远天黄，落日淡如水。况为行路人，茫茫谁遣此？须臾日西匿，回光射成紫。幻影逐明生，饥鸟投暗止。此是古今情，悠悠吾与子。

陈衍在《近代诗钞》中选录他的诗，又在《石遗室诗话》中加以称美；陈三立、陈曾寿等遗老又常和他往还唱和；他晚年的表现，看去和一个“老新党”差不多。所以鲁迅虽然在《日记》中尊称他为“师”，但见面时却无话可谈，只好“略坐出”了。

我所有的一本《觚庵诗存》，封面由赵元礼题签，封底有“承印者天津百城书局”字样，无出版年月。书前有陈三立“己未(一九一九)四月”、王守恂“癸酉(一九三三)秋日”所作两篇序言，则出版时间最早当在一九三三年(癸酉或为癸亥之误，那亦当在一九二三年)。但《鲁迅生平史料汇编》第一辑《与鲁迅在南京有关的人物》中“俞明震”条，却说“所著《觚庵诗存》，一九二〇年上海聚珍仿宋书局印行，陈三立有‘序’，杜人琴有‘跋’。”出版时间和处所都与我所见不符，或许是另一种版本。但所谓“杜人琴有‘跋’”，则使人感到奇怪，因为书后唯一的一篇“跋”，分明是陈诗作的。陈诗字子言，庐江人，著有《尊瓠室诗》，曾随俞明震同往甘肃，关系甚密，故为作跋。怎么会跑出一个

“杜人琴”来呢？原来跋文的末数句是：“元枵离次，寒冰凄然。述绩纪言，比踪严杜。人琴并逝，揽涕书之。”这原是很普通的文章，不知怎样，《汇编》这一条，却将“杜”字和“人琴”二字截下来，然后再搭在一起，成为一个人名了。

刘毓盘和他的《濯绛宧词》

《鲁迅日记》一九二五年三月二十日载：

> “午后往北大讲；刘子庚赠自刻之《濯绛宧词》一本。”

这刘子庚是什么人呢？对于现在的许多读者来说，这是一个比较陌生的名字。其实他是一位有相当成就的词人和词学研究者。他就是当时北京大学的教授刘毓盘。

刘毓盘（一八六八——一九二八），字子庚，别号噙椒，浙江江山人。他的父亲刘履芬，工骈俪诗词，著有《古红梅阁集》。他克承家学，少有文名，然“五战棘闱，一试京兆，而迄未得售”（吴梅：《蠡言》）。宣统末年，才以拔贡应朝考，得知县，分发陕西。在陕曾一任抚院文牍，未得实缺。不久，武昌起义，他即由陕南归。民国后，任杭州师范学校、嘉兴中学国文教员。一九二〇年九月至北京，任北京大学教授。他在北大与鲁迅为同事，有一本一九二二年北大中国文学系课程指导书里列着：“词史，二小时，刘毓盘。戏曲史，二小时，吴梅。小说史，二小时，周树人。”（据周作人《知堂回想录》一三七节转录）这三种课程，在当时中国的大学里都是第一次开设，教师都选得其人。在这期间，刘毓盘写成了他的名著《词史》。

《濯绛宧词》，是刘毓盘创作的词集。木刻一册，无刻印年月。扉页有己酉（一九〇九）六月吴俊卿篆书《濯绛宧词》四字，则最早当刻于一九〇九年。正文第一行题《濯绛宧存稿》，第二行低一格题《噙椒词》。卷首有光绪辛丑（一九〇一）彭世襄序，又有作者自记云："五季北宋，津逮风骚。二窗中仙，开阙门户。华年选梦，锦字缄愁。律据音先，意写言外。美人香草，无憀极矣。"其下不署年月。这个集子共有两种版本，初版本收六十八阕；补刻本增十一阕，共七十九阕。前者刻于吴中，后者则是晚年的手定本。这两种本子我都有，初刻本钤有"子韶"方印，系南社词人陈虞尊旧藏；补刻本有"贵旧赵氏寿华轩藏"长方印，系乡人赵氏旧藏。虽是戋戋小册，我对它们却是颇为珍重的。

刘毓盘的词，规橅梦窗，守律极严。他曾对人说过："凡载在这册集子里的词，没有一首不能按之管弦的。"（查猛济：《刘子庚先生的词学》）他作词造句不二用，常有未经人道语，如"花约夕阳迟，一齐红几时"（菩萨蛮）；"月不负人人负月，先放下水精帘"（唐多令）；"蝴蝶赶春忙，飞来总一双"（菩萨蛮）等。他少遭家难，屡蹟文场，而又"行年四十，三遣悲怀"（哨徧小引），故集中多哀怨之音，有不少悼亡的作品。《鬲溪梅令》云：

> 春棠开作断肠花，会心差。况是阴阴梦雨湿窗纱，风枝摇倦鸦。　翠帏朱幄又谁家，早凉些。未必新人还比旧人佳，所思天一涯。

《浣溪纱》云：

> 旧恨空中记不全，一窗花落又今年，玉珰缄札诉缠绵。　未必有情成眷属，明知无路访神仙，芳尘如梦梦如烟。

这些词都清婉可诵。可惜整个集子不满百首，不能令人餍足。

《词史》是刘毓盘在北大任教时的讲义。有"壬戌（一九二二）仲秋"自序，大概就在一九二一至一九二二年间写成。全书共十一章，首章论词的起源，以为由于诗与乐府之分，词乃兴起。于宋词，推尊周邦彦、姜夔、史达祖、吴文英、周密、王沂孙、张炎为七大家，由此可窥知他的论词宗旨及作词趋向。他论南宋慢词，"字数多而意境狭，与当时国势相同。"论明代词之不振，则曰"程试之式，台阁之礼，经义论策，言不由中。……故明人小词，其工者仅似南曲，间为北曲，已不足观。引近慢词，率意而作。绘图制谱，自误误人。自度各腔，去古愈远。宋贤三昧，法律荡然。"都是很有见地的话。这是一部垦荒之作，在他以后，有胡云翼著《中国词史大纲》(一九三三年九月北新书局出版)，仅至北宋而止，未完。此外便不再有人从事这项专史的著述了。刘著虽然还有不少缺点，但由于直到现在，还没有第二部较为可读的词史，所以它一直流传至今。现在可看到的，有北大讲义本、一九三一年上海群众图书公司排印本，近年又有"上海书店"据群众版影印的新本子。

此外，刘毓盘还致力于辑佚的工作，成《唐五代宋辽金元词辑》，有北大排印本。朱彊村与夏臞禅书中说："子庚先生辑本，诚有功词苑。"(见《词学季刊》创刊号)即指此书。我未见过这个辑本，但藏有一册《词家专集》，内收《李太白词》、《温飞卿词》、《南唐二主词》、《三衢人词》、《小山词钞》、《宝月集》、《大声集》、《顺庵乐府》、《东山乐府》、《涵虚子词》等，自唐至元，凡十种。每种后都有刘氏所作校记和跋文。目录后有识语云："凡词十种，共十四家，太白词、飞卿词已见《全唐诗》，二主词、小山词已见汇刻本，惜其未全。其余各家佚之久矣，故从各本辑出，字句之别，各附校记一通，原有集名者从之。续有所得，当补录焉。甲子暮春，江山刘毓盘识。"这一校辑工作，是在癸亥(一九二三)、甲子(一九二四)年间进行的。我因为没有见过《唐五代宋辽金元词辑》，所以不知道这十种是否即是该书的一部分。这一册《词家专集》，线装铅印，大概也是北大的讲义。

鲁迅和刘毓盘在北大同事数年，但他们除了在学校偶然相遇之外，似乎没有什么交往。他送给鲁迅的这一册《濯绛宧词》，可能是后来的补刻本。在鲁迅博物馆编的鲁迅藏书目录里没有此书，大概已经散失了吧。

关于袁嘉谷

袁嘉谷是近代云南著名学者。但就全国来说，知道他的姓名、读过他的著作的人，恐怕不多。只因他和清末浙江两级师范学堂的一次风潮，即所谓"木瓜之役"有关，所以近年来在一些论述鲁迅生平的文章里，有时也会出现他的名字，引起人们注意。如董舒林编《与鲁迅在杭州有关的人物》里，就有关于袁嘉谷的专条，其中说：

> 袁嘉谷，字树五，号树圃，或屏山居士。云南石屏人，光绪二十九年(1903)考取经济特科第一名，是云南历史上仅有的一个状元。(见《鲁迅生平史料汇编》第二辑四九三页)

这里简单介绍了袁嘉谷的名、号、籍贯和科名等。但把他说成"云南历史上仅有的一个状元"，是与事实不符的。他不是状元。有清一代，云南也没有出过一个状元。

清光绪二十三年(一八九七)九月，贵州学政严修(范孙)上书清廷，请于科举外开设经济特科，破格取才。光绪帝已批准了他的奏请，但接着就一连发生戊戌政变、庚子八国联军入京等事变，特科的事就搁置下来。直到光绪二十九年(一九〇三)六月，才正式举行。袁嘉谷由云南推荐参加考试。这次各省荐举应试的共三百多人，结果，取一等袁嘉谷等九名，二等冯善征等十八名。科举时代，以廷试一甲第一名，即进士第一人为状元。袁嘉谷是经济特科一等第一名，决不能称为"状元"。当然，准以"行行出状元"之例，因为他是第一名，随便说说，自无不可；然而在作为"史料"的文章中，则必须尊重事实、采取严肃的态度的。

袁嘉谷生于清同治十一年（一八七二），早年曾就读于昆明经正书院。光绪二十年（一八九四）中举，二十九年（一九〇三）成进士。同年，考取经济特科一等第一名。光绪三十年（一九〇四）七月，奉派赴日本考察学政。三十一年（一九〇五）冬，任学部图书编译局局长，主持编撰中小学教材事宜，局员中有王国维、高步瀛等。宣统元年（一九〇九）十月，被任命为浙江提学使；不久，又兼署浙江布政使。宣统三年（一九一一），辛亥革命爆发，离浙回滇。民国二年（一九一三）二月，被选为参议院议员，重到北京。民国三年（一九一四）冬还乡，以后即长期居住昆明，曾任云南省图书馆副馆长、东陆大学教授、云南省通志馆编纂等职。民国二十六年（一九三七）十二月，逝世于昆明。在袁嘉谷的一生中，现在最为人注意的，是他在浙江提学使任内处理两级师范学堂风潮一事。他于一九〇九年十二月二十四日到浙江，师校的风潮已先于二十二日发生。他到职后，即致函夏振武，责其不当辞退教务长许寿裳，也反对夏振武提前放假的举措，说“提前放假，显违部章。兴学为本署司目的，凡有不合部章者，必实行干涉。”经浙中绅耆调解不成，他就呈请巡抚撤销了夏振武的监督之职，自行兼理，于一九一〇年一月五日到校接收。数日后，由浙江高等学堂监督孙智敏兼任代理监督，风潮于是平息。在这次风潮中，袁嘉谷曾见过许寿裳，在他给夏振武的信中，有“季茀顷来，词气之间，亦颇近理”等语（见《鲁迅生平史料汇编》第二辑四二八页）；至于袁和鲁迅，则似乎没有什么接触，在文字上找不到有关他们会见的记载。

袁嘉谷的著述颇丰，除诗文外，他还致力于云南地方史地研究。现将我所知的他的著作，按出版年代先后列举于下：

卧雪堂诗集三卷　卷首有高步瀛序　一九〇九年北京木刻本

滇绎四卷　一九二三年云南铅印本

卧雪诗话八卷　一九二四年云南铅印本

卧雪堂诗集十二卷　一九二七年云南铅印本

卧雪堂文集二十二卷　一九三三年云南石印本

卧雪堂诗集续编二卷　一九三五年云南石印本

移山簃随笔　不分卷　卷首有刘文典序　一九四八年云南铅印本

上列各书，除诗集的三卷本和续编外，寒斋均有收藏。三卷本我过去在旧书店里见而未收，续编则一直没有见过。据强英良同志《袁嘉谷的最后一部诗集》一文介绍："此书为竹纸石印本，线装，无边栏，迄今未见各家书目著录。……全书收诗八十一首，为诗集正编印出以后所续作。"（见一九八七年十一月十七日《春城晚报》）关于他的传记资料，有袁丕佑等编的《袁屏山先生年谱》（一九三八年铅印本）。

一九八七年是袁嘉谷逝世五十周年。石屏县文学艺术工作者联合会主办的小型报《异龙湖》曾出纪念专号，可见袁嘉谷故乡的人们并没有忘记他。

词人乔大壮

鲁迅先生在他称为"老虎尾巴"的住室的西墙上，悬挂着一副联语：

望崦嵫而勿迫

恐鹈鴂之先鸣

这是鲁迅自集《离骚》句为联，请他的朋友乔大壮书写的。据《鲁迅日记》，这联语产生于一九二四年九月。现在我们到鲁迅故居去，还可以在“老虎尾巴”中看到这副有名的对联。

乔曾劬(一八九二——一九四八),字大壮,四川华阳人。清季出身京师译学馆,通法兰西文。曾任京师第二初级审判厅书记官、北洋政府教育部编审员。九一八事变后,南下在南京中央大学任教,参加吴梅、汪东等人组织的词学团体“如社”。抗日军兴,辗转入蜀,居重庆沙坪坝,仍在中央大学讲学。日本投降后,于一九四六年随中大归南京。一九四七年夏,应台湾大学中文系主任许寿裳之邀,赴台湾大学任教。一九四八年二月,许先生在台北遇害,使他受到很大刺激。这年暑假,自台湾回大陆,七月三日夜,在风雨中,自沉于苏州梅村桥下。年五十七岁。他“短身巨颅,丰颐高颡,眸子瞭然,以静吐语甚徐,举措秩如”(潘伯鹰:乔大壮先生传)。他为人耿介,不谐于俗。抗战期中,又赋悼亡,郁郁寡欢,沉湎于酒。他的悲剧结局,引起很多人的悼惜。

乔大壮在教育部时,与鲁迅为同事,两人之间,曾有过一些交往。《鲁迅日记》载:

> 一九一五年七月十九日:“下午乔君曾劬来。”
>
> 一九二一年十二月二十五日:“晨乔大壮来,未见。”
>
> 一九二四年二月二日:“赠乔大壮以《中国小说史》一册。”
>
> 同年九月八日:“自集《离骚》句为联,托乔大壮写之。”
>
> 一九二九年六月一日:“下午……乔大壮来。”

从一九一五年到一九二九年,虽往还不多,却绵亘了十余年。一九二九年,鲁迅已定居上海,乔大壮到上海时,不忘故人,特往探视,足见其情谊颇笃。

乔大壮善诗、词、书法、篆刻,尤以倚声为当行出色。他的诗集名《波外楼诗》,共二卷,甲申年(一九四四)夏秋间手定。卷二有《送戴芦舲罢官南还》三首，其第二首涉及鲁迅，诗云：

> 论心形影偕周豫才许季上，服政辛勤感夏穗卿高阆仙。一十六年元气尽，堂堂白日下诸曹。

戴芦舲和诗中提到的周、许、夏、高，都是乔大壮在教育部时的同事。他的词集名《波外乐章》，共四卷，集后有“民国第一庚辰（一九四〇）夏至”所作短跋，内有“岁乙巳（一九〇五）、丙午（一九〇六）间，始事声律。中更驰骛，晚即怠荒。兴至抽琴，境迁辄止”等语，他的词不名一家，卓然自立，著名词家汪东（旭初）曾称他为“一代词坛飞将”，足见其成就之高。试举一例：

> 好江山，笑我乱离来，依然未成归。对巫云千尺，吴船万里，终古残晖。二十年前乡梦，人老事全非。除是寥天一，谁悟先机。　客问鱼蚕何处，付鹧鸪唤雨，朝暮霏霏。自东坡仙去，回首赋才稀。不堪看、新亭风景，信转蓬、踪迹与心违。苍茫里、忍神州泪，莫洒征衣。（八声甘州·和东坡）

此词抗战期间作于蜀中，感怀身世，惓念乡国，不胜掩抑之致。词集据闻有海外影印本，我未得见。我所藏《波外楼诗》和《波外乐章》，都是抗战期间成都茹古书局刻印的。

此外，乔大壮曾和徐炳昶（旭生）合译了波兰显克微支的长篇小说《你往何处去》，为商务印书馆出版的《共学社丛书》中的一种。篆刻方面，有《乔大壮印蜕》二册，内收五百余石，是他死后由其友人于一九五〇年石印的。

乔大壮还有一部《明诗蠡测》，这是鲜为人知的手稿本。封面书名下，署“大壮属题　瓠尊”。扉页钤白文“乔曾劬印”、朱文“勤孙”二方印。书中上起刘基，下迄陈元孝，共收三十五人的诗约四百首。在许多诗的上方都有评语，句旁加点或圈。全书都是乔大壮亲笔所书，红印十行纸本一厚册。前部工整，后部较潦草。书中无目录，无序跋，似为未经最后写定的稿本。

《新生》同人袁文薮

一九〇六年三月，鲁迅先生由日本仙台医专退学，回到东京，准备提倡文艺运动；他“寻到几个同志”，“又邀集了必须的几个人”，于是便在一九〇七年夏天，开始了文艺杂志《新生》的筹备工作。这“几个同志”中，现在知道的，有许寿裳、周作人、袁文薮和苏曼殊。此外，陈师曾大概也是同人之一。至于其他“必须的几个人”，现在就无法查考了。

参加筹办《新生》杂志的鲁迅与许、周、苏、陈等人，都是我们熟知的著名人物；其中只有袁文薮比较生疏，我们对他的生平事迹所知甚少，比如他在日本和英国进的是什么学校，何年归国，民初在北京干什么工作等等，都不了解。抗战时期，我曾写信给流寓重庆歌乐山的许寿裳先生，向他请教关于《新生》的问题，承其回信说：“计划出杂志《新生》，我确是参加的一人。其余大概为袁文薮（毓麟）、陈师曾（衡恪），不大记得了。”（一九四四年二月四日函）我知道袁文薮这个名字，最早便是从许先生这封信开始的。但是四十多年过去了，我至今还是不大了解袁文薮的情况。

袁毓麟（一八七三——？），字文薮，浙江钱塘人。清光绪二十三年（一八九七）副贡。曾留学日本，一九〇七年由日本转往英国。他是《新生》杂志的参加者。据周遐寿说：“鲁迅当时很看重袁文薮，他们在东京谈得很好。”（《鲁迅的故家》一八三页）又说：“鲁迅当初对于袁文薮期望很大，大概彼此很是谈得来。”（《知堂回想录》一九六页）袁往英国留学，原答应一定给《新生》寄稿，可是他到英国之后，一直杳无消息。

“这是《新生》运动最不利的事情，在没有摆出阵势之前，就折了一员大将。”(同上)由周作人的这些话，可见他在《新生》杂志中的重要。鲁迅一直设法和他联系，在一九一〇年八月寄许寿裳信中，还有“致文薮信，亦希勿忘”之语，看来也没有什么结果。后来袁由英国回国，大约在一九一九年曾任甘肃省财政厅厅长。其他事迹不详。

袁文薮回国后，同老朋友鲁迅、许寿裳又重见于北京，但交往不多，见于《鲁迅日记》者，仅有寥寥三次：

> 一九一二年九月二十四日：“晚，袁文薮来。”
>
> 一九一三年二月二十七日：“下午季市遣人来取去《域外小说集》第一、二各一册，云袁文薮欲之。”
>
> 一九一四年五月三十日：“午后寄袁文薮《炭画》一册。”

由他索取《域外小说集》和鲁迅送他《炭画》看来，他这时似乎还未完全忘情于外国文学，但已没有搞文艺运动的热心了。他此后在文学上的唯一表现便是填词。他著有词集《香芸词》一卷，壬申(一九三二)年自刻本，线装一册，印制精良。集中有《八声甘州·渡太平洋》一首，应为他由日本赴英国时途中所作：

> 快长空羊角搏扶摇，著我等秋毫。是乘桴已倦，三山缥渺，九点招邀。俯仰星躔历乱，一幅大圜描。太息青莲去，海月谁捞？　百尺桅头远望，指东西南北，滚滚狂潮。看长鲸厉吻，难禁按屠刀。问中原、何人健者，谩敏舷、醉眼读《离骚》。苍茫恨、填来精卫，泪满征袍！

颇能道出他当年的抱负和情怀。他后来留居北京的时间较多，与当代词流邵次公、邵伯絅、洪泽丞等往还，时相唱酬，颇有声于词坛。夏敬观《忍古楼词话》中，有一则曾论及他的词：

> 杭县袁文薮毓麟，寄寓宣南，蜚声吟社。客岁来沪，始获识面。所著有《香苎词》一卷。《登清凉山顶远眺·满江红》云："振袂登临，数不尽南朝陈迹。冶城里、过江年少，连翩裙屐。断垄导淮空问姓，埋金厌气仍开国。看蒋山、草长斗青青，斜阳色。　翠微址，寻无石。华阳隐，荒无宅。听打钟古寺，感怀今昔。埭上鸡鸣风又雨，关前虎踞潮还汐。指新亭、咫尺是兵冲，征衫湿。"《拟屯田·少年游》云："高阳狂客醉登楼，天气肃清秋。乡关不见，江山如此，莽莽使人愁。　垂杨凋尽黄金缕，好梦付东流。画角听残，曲阑敲遍，无计办归舟。"词境空灵，上拟稼轩，得其细腻。（见唐圭璋编《词话丛编》第五册）

这评论相当恰切。在叶恭绰编的《全清词钞》卷四十中，亦录有袁词二首。

有关袁文薮生平的记载很少，连周遐寿也说"袁不知学的是什么"（《鲁迅的故家》一四九页）。新版《鲁迅全集》关于袁的两处注释，十分简略，而且生年互不一致，两处都误（一误一八七四，一误一八七一。应为一八七三）。这就是因为资料太少的缘故。据杨殿珣编《中国历代年谱总录》，有袁毓麟自编《文薮自撰年谱》一卷，如见此谱，许多问题都可解决。可惜北京图书馆和首都图书馆都未收藏，我至今尚未得见。现在从《香苎词》追寻他的踪迹，仅知道他乙卯（一九一五）、丙辰（一九一六）都在北京，戊午（一九一八）腊月经陕西入甘肃，乙丑（一九二五）回杭州，戊辰（一九二八）在北京，此后曾游上海、苏州、南京等地，后又北返。《自撰年谱》载明他生于清同治十二年（一八七三），编至一九三四年为止，其时他已有六十一岁了。

邵伯絅与邵次公

邵伯絅与邵次公是民国时代两位著名词人。他们是纯粹弄旧词翰的文人墨客，可是据《鲁迅日记》记载，鲁迅和此二人都有一些交往。这大概因为他们同是浙江人，又同时都在北京工作，所以不缺乏相识机会的缘故吧。

邵章（一八七四——一九五三），字伯絅，一作伯褧，号倬庵，浙江杭县人。光绪进士。留学日本法政大学卒业。归国后历任杭州府中学堂、浙江两级师范学堂监督，法律馆咨议官，北京法政专门学校校长，约法会议议员，平政院评事兼庭长等职。他是清末词学大师谭复堂（献）的学生，著有词集《云淙琴趣》二卷，庚午年（一九三〇）自刻于北平。其自序云："余弱冠游复堂先师门，习闻词学绪论；中岁人事牵萦，未遑操翰，迄癸亥春年五十二矣，与江阴夏闰庵前辈，同里张君孟劬，家次公过从论词，怦然有会，偶倚数阕，闰庵诸君谓可取径梦窗，上追周、柳，日唱月和，积稿遂多。……乱离身世，劳歌消忧，称心而言，匪以炫俗，览者谅之。"由这些话，可见他在词学上的师友渊源及创作趋向。夏敬观《忍古楼词话》评他的词说："词境上追梦窗，守律极严，纯取生涩，不袭故常，可谓尽能事。"叶恭绰《广箧中词》录其词十二首，评云："云淙词精力弥满，而审律綦严，无一字不经洗炼，足称苦心孤诣。"现举《虞美人·和南唐后主》二首于后：

天涯草色回新绿，愁绪休轻续。殿前婴武向谁言，闻说宫花零落已经年。　南朝佳丽风流在，游客雕鞍解。秦淮水暖曲房深，夜半珠歌翠舞泪难禁。

晨钟暮鼓无时了，旧寺棲霞少。哀禽枝上惯呼风，吹遍行人头白觱声中。　楼船铁锁今何在，城上旌旗改。景阳宫井不知愁，谁挽银河到海更西流。

鲁迅是较早就认识邵伯絅的。《鲁迅日记》一九一三年五月十一日就有“赙邵伯迥一元”的记载。十年之后，一九二四年八月二十三日记云：“以《吕超静墓志》交吴雷川，託转送邵伯絅。”又同年九月十六日记云：“下午得邵伯絅信。”《吕超静墓志》即《吕超墓志铭》，原石“超”字下有“静”字残画可辨，应以吕超静为是。鲁迅于一九二四年八月二十二日购得《吕超静墓志》一枚，第二天便送给邵伯絅了。

邵伯絅和鲁迅对章士钊的一场诉讼还有一点关系。一九二五年八月，当时的教育总长章士钊非法免去了鲁迅的教育部佥事之职，鲁迅为了揭露章的真面目，也为了维护自身的正当权益，特向平政院提起诉讼，控告章士钊的违法行为。这时邵伯絅正任平政院评事兼第一庭庭长，他与另外四位评事经过审理，于一九二六年三月作出裁决，主文是：“教育部之处分取销之。”鲁迅取得了完全的胜利（参阅陈漱渝《鲁迅与章士钊的一场诉讼》），载《鲁迅史实新探》）。

邵瑞彭（一八八八——一九三八），字次公，浙江淳安人。浙江优级师范学堂毕业。曾参加清末进步文学团体南社。民初任众议院议员，以反对曹锟贿选著称一时。历任北京师范大学、民国大学教授。一九三二年后，任河南大学中国文学系教授兼主任，久居开封，穷愁潦倒，即于一九三八年一月在开封逝世，享年五十岁。（《鲁迅研究资料》第六辑补白《邵次公其人》说：“一九四四年，邵病逝于济南。”时间和地点都错了。）

《鲁迅日记》一九二一年三月十六日载：“寄邵次公以《域外小说集》一本。”这里没有说第一册或第二册，只说一本，是指该年群益书社新出版的合订本。一九二四年十二月八日，宋子佩宴客于宣南春，鲁迅应邀赴宴，又于座中遇邵次公。宋子佩也是南社社员，所以他宴请的客人中有南社旧侣邵次公。

邵次公在现代词坛上负有盛名，所著《扬荷集》四卷，庚午年（一九三〇）北平文馨斋刻本。全书无序跋，但他在为他人词集所作序言中，自言“幼习倚声，长治齐学”，后来“专意为词，托于春徒邪许，庶女仰天，自抒性情，无当得失。”(《柳溪长短句序》)由此可窥见他的作词旨趣。夏敬观《忍古楼词话》评其词云：“次公为词，宗尚清真。笔力雄健，藻彩丰赡。……运用典实，如出自然。”叶恭绰《广箧中词》录其词九首，评云：“次公词清浑高华，工于镕剪。残膏剩馥，正可沾溉千人。”龙榆生《近三百年名家词选》中，收有邵次公词十三首。

朱佩弦(自清)有专门评论《扬荷集》的读书笔记一则，颇赞赏集中令词，他举《南歌子》一首为例：

> 电掣灵蛇走，云开怪蜃沈；烛天星汉压潮音，十万灯船摇荡火珠林。　绲羽迎风转，颓轮掠海深，叩舷忼忾发高吟，疑有鲛宫泉客夜弹琴。

评曰：“咏的是轮船，想像颇奇，似李贺诗的境界。”又就全书令词和慢词加以总评云：“集中令词，境界苍老，像诗中的宋诗。……《文心雕龙》论诗，有‘清刚’、‘儁上’的话，可以移作本集令词评语。”又说：“慢词多生僻的调子，却能圆转自然；可是情不深，只以辞胜。豪放和婉约两体，倒是都有；不过典故太多，虽然华丽，真意反让辞藻埋没了。”(见《清华周刊》第四五卷第一册，一九三六年十一月出版)这些话可以和“笔力雄健，藻彩丰赡”，“清浑高华，工于镕剪”相对应，不过比之夏、叶的评语全面确切多了。

附带一说：新版《鲁迅全集》第十五卷注释，邵伯䌹的生年为一八七二，卒年不详，应增订为一八七四——一九五三。又邵次公的生卒年，注为一八八六——一九三七，应为一八八八——一九三八。邵卒于一九三八年一月四日，因为刚进入新年，所以容易误认为还是前一年。

一九八七年七月至一九八八年八月

(原载一九八七年第八期，一九八八年第三、九期《鲁迅研究动态》)

《游仙窟》的归来与传布

唐代张鷟(约六六〇——七四〇)所著传奇小说《游仙窟》在中国失传已久,而在日本则有抄本和刻本流传于世。唐时日本遣唐使来中国,带回书籍甚多,《游仙窟》即其中的一种。《万叶集》卷五载有曾充当遣唐使少录(官名)的山上忆良(六六〇——七三三)所著《沈疴自哀文》一篇,中有"《游仙窟》云,九泉下人,一钱不值"语,此文作于圣武天皇天平五年,当唐代开元之世,可知《游仙窟》在开元张鷟尚在时,即已传入日本。后来在宇多朝宽平中(唐昭宗时)藤原佐世编《日本国见在书目录》,即将《游仙窟》著录在内。其在日本,有抄本刻本两种,抄本中以醍醐寺所藏康永三年(一三四四)写本为最古,大正十五年(一九二六)日本古典保存会据以影印;另有名古屋真福寺藏文和二年(一三五三)僧人贤智写本,未印。刻本中有庆安五年(一六五二)一卷本,有注,元禄三年(一六九〇)翻刻,加入和文注,分为五卷,名《游仙窟抄》。日本虽有这几种传本,但在中国却一无所知。清光绪中,黎庶昌、杨守敬在日本蒐求中国古逸书,发现了《游仙窟》,杨氏将它著录于《日本访书志》中,由是中国少数藏书家才略知此书之名。大约就在这时,《游仙窟》开始回到了中国。今所知者,至少有遵义黎庶昌的影写本和忠州李士棻的抄本。以后又有日本刻本逐渐传来，如沈尹默就藏有一部元禄本。不过这些都是私人藏书，没有公诸于世，所以曾经寓目过的人极少。直到一九二八年四月，海宁陈氏慎初堂据日本刻本校印，作为《古佚小说丛刊》的一种公开出版，这才使流落异邦一千多年的《游仙窟》，又和中国读者见面，逐渐传布开来。

鲁迅先生早在陈氏慎初堂本出版之前，就已经读过《游仙窟》。他是怎样得见的呢？是沈尹默借给他的。《鲁迅日记》一九二二年二月十七日记云："沈尹默寄来《游仙窟抄》一部两本。"书名既然叫《游仙窟抄》，那自然是元禄三年的翻刻本了。鲁迅看到此书后，便将它写进正在北京大学讲授的中国小说史讲义中。在最早的一种油印讲义《小说史大略》里，用三行文字简单介绍了此书，至一九二三年十二月新潮社初版的《中国小说史略》上卷中增补材料，对此书作了详尽的论述。鲁迅写道："日本有《游仙窟》一卷，题宁州襄乐县尉张文成作，莫休符谓'鷟弱冠应举，下笔成章，中书侍郎薛元超特授襄乐尉'（《桂林风土记》），则尚其年少时所为。自叙奉使河源，道中夜投大宅，逢二女曰十娘五嫂，宴饮欢笑，以诗相调，止宿而去，文近骈俪而时杂鄙语，气度与所作《朝野佥载》《龙筋凤髓判》正同，《唐书》谓'鷟下笔辄成，浮艳少理致，其论著率诋诮芜秽，然大行一时，晚进莫不传记。……新罗日本使至，必出金宝购其文'，殆实录矣。"一九二四年七月在西安演讲《中国小说的历史的变迁》时，更指出了《游仙窟》在中国小说发展史上的地位与意义："到了武则天时，有张鷟做的《游仙窟》……事实不很繁复，而是用骈体文做的。这种以骈体做小说，是从前所没有的，所以也可以算一种特别的作品。到后来清之陈球所做的《燕山外史》，是骈体的，而作者自以为用骈体做小说是由他别开生面的，殊不知实已开端于张鷟了。"鲁迅在编选《唐宋传奇集》时，也曾考虑到《游仙窟》，"本当置《白猿传》之次，以章矛尘君方图版行，故不编入"（《唐宋传奇集·序例》）。

章矛尘(川岛)校点的《游仙窟》,是以鲁迅所藏《游仙窟抄》为底本的。原本有图,有和文注释,川岛删去图和注,只留正文,加以分段、标点。鲁迅对他的这一工作,始终予以热情支持,除借给底本以外,还经常通信,商讨体例。如关于注释,鲁迅原以为"倘要保存古董之全部,则不删亦无不可",后来删了,鲁迅又说将来"还可以连注再印一回"。川岛原想把俞曲园《茶香室四抄》中提及《游仙窟》诗的几句话录入卷首,鲁迅却以为他的话"是否在中国提及该《窟》的'嚆矢',则是疑问",主张不必附入。鲁迅为这个校印本写了一篇十分精到准确的序言,川岛将手迹影印,置于卷首,为该书增色不少。在一九二八年初,鲁迅从朝鲜方面找到了《游仙窟》的另一个日本刻本(庆安本?),他竟不辞辛劳,在繁忙中亲笔正楷抄了一本,寄给川岛,供他校对之用。鲁迅甚至对川岛说:"我以为你可以作一序,及周岂明之译文(案指周岂明译日本幸田露伴谈《游仙窟》的一篇文章),我的旧序,不如不用,其中材料,你要采用便可用。"总之,借给底本,提供意见,为作序言,帮助校对,种种工作,都由鲁迅承担了。正如川岛所说:"鲁迅先生为此书所化费的劳动,不比我为少。"(见章著《记重印〈游仙窟〉》)这个校印本于一九二九年二月由上海北新书局出版,是《游仙窟》返国后重印的第二个本子。以后,一九三一年二月上海神州国光社出版了汪辟疆编《唐人小说》本(据忠州李氏抄本排印);一九五五年三月古典文学出版社出版了方诗铭的校注本。

鲁迅手写的这部从朝鲜找到的《游仙窟》的抄本,川岛一直保存着。全书共三十九页,每页十行,每行二十二字,工整精妙,通体不懈,是一件非常可贵的书法珍品。抗战初期,川岛分别请周作人、马裕藻、钱玄同、沈兼士四人在原件后题写了跋语,这些跋语,从未发表,见过的人极少。马裕藻跋云:

> 豫才手录《游仙窟》遗墨,岂明已加跋语,矛尘复以属

> 题。裕藻素昧文学，不欲以着粪诒讥，颇思录豫才《中国小说史略》第八篇之一节，以草草塞责，因故未果，遂尔阁置。今矛尘复自长沙展转托人催索，裕藻蛰居数月，心如死灰，文债虽微，终难避免，窃念节旄仅存，遇艰于苏子，采毫无梦，才绌于文通，迫不得已，效对空策以报故人，借酬"赋得"之题，期胜"敬观"之署云尔。
>
> 夏历戊寅正月二十六日　马裕藻书于北平

马裕藻是北京大学的名教授，但我从来没有见过他的文章，这要算第一篇了。"蛰居数月，心如死灰……窃念节旄仅存，遇艰于苏子，采毫无梦，才绌于文通"等语，表现了他蛰居沦陷后的北平的苦痛心情。又周作人跋云：

> 矛尘将往长沙，持豫才所写《游仙窟》全本来，命题数语。关于此书，旧有读《游仙窟》一文，在《看云集》中，今不复赘。豫才勤于抄书，其刻苦非寻常人所及，观此册可见一斑。唯此刻无间贤愚，多在膜拜文艺政策，矛尘独珍藏此一卷书，岂能免于宝康瓠之讥哉！廿六年十一月八日　知堂

这时北平已经沦陷，和马裕藻跋文对照，周作人毫无一点家国之感，却无端拉扯到什么文艺政策，对当时的进步文坛嘲弄一番(亦隐寓鲁迅手迹为无用的"康瓠"之意)，三个月后，他便参加日本特务召开的"更生中国文化建设座谈会"去了。

一九八九年六月

(原载一九八九年《群言》第七期)

鲁迅·黎汝谦·《华盛顿传》

久不见陈福康同志，最近从《鲁迅研究月刊》一九九一年七月号得读他的《读书偶拾》，很是高兴。其中《鲁迅最初接触的翻译作品》一则，介绍了日本鲁迅研究家工藤贵正从清末《时务报》上发现汉译《华盛顿传》，认为这是鲁迅最早接触的翻译作品，他还"进一步探索了这篇译作与鲁迅翻译活动的关系"。原书著者为美国华盛顿·欧文，译者为贵州遵义黎汝谦。这真是前所未闻，引起我很大的兴趣。掩卷沉思：鲁迅果真看过黎汝谦的这个译本吗？东邻学者既有此说，我们也该考察一下，辨其得失。现在我就来谈一点浅见。

先从译者说起。黎汝谦（一八五七——一九〇九），字受荪，贵州遵义人，是晚清著名古文家黎庶昌的侄子。光绪五年己卯（一八七九）举人。曾两度随黎庶昌出使日本，先后任驻神户、横浜领事。归国后，以知府分发广东。由于他生性孤傲，不善钻营，在粤十年，未得实缺，长期需次省垣，仅戊戌年（一八九八）一掌胥江榷政。罢官后回黔，寓居贵阳，穷愁苦闷，常常醉卧街头，终至郁郁以卒。汝谦居东数年，亲见明治维新，接触西方事物，因之眼界较开阔，思想较敏锐，政治上主张维新。他在《旅顺威海行》一诗中，历叙甲午以后，帝国主义列强纷纷侵占中国领土的惨痛事实，最后总结说："嚣嚣不过两月耳，任人宰割同牢牲。试问何因遂至是？咎由守旧法不更。方今五洲同文轨，一国守故安能行。必然涤肠荡胃一洗千年陋，庶几山河奠定足以安吾氓！"又《偶成》云："世运已穷知必变，几时文治日光新。"在《书事》一诗中，又指出日本的强盛，是"一洗旧规模，力追太西踪"的结果。他的文集中收有《上两湖总督张书》，大声疾呼："今者神州豆剖，大地陆沈，危亡之忧，近在眉睫。印度、埃及、缅甸、越南，社屋国墟……皆由不知变法，自取灭亡。前车可鉴，有识寒心。而阘者贸然不知，守旧不化。……及今变革，已嫌迟去二三十年，洊恐不及；再失今不作，将有不能为不得为不容为不准为之日矣！坐使九宇沦陷，亿兆为奴，皆守旧诸臣有以致之也！"他希望张之洞"专以荐拔通达时务之才为急，并请朝廷破格擢用"，这显然是指康、梁等人而言的。他慷慨陈辞，太息流涕，一连四个"不能为、不得为、不容为、不准为"，充分表现了他焦急迫切的忧国之情。他还有一些揭露当时社会黑暗现象的作品。他著有《夷牢溪庐诗钞》七卷，《夷牢溪庐文钞》六卷，分别于一八九九年、一九〇一年刊于广州。又与莫庭芝共同纂辑《黔诗纪略后编》，搜采清代黔籍诗人四百二十一人的诗歌，釐为三十卷，由陈田（松山）作传证，于一九一一年刻于北京。这是继莫友芝编的专收明代黔籍诗人作品的《黔诗纪略》之后，又一部重要的大型黔中文献。

黎汝谦的另一件很有意义的工作，就是与人合作，翻译了华盛顿·欧文的《华盛顿传》。他的译文发表在清光绪间上海出版的《时务报》上，我没有见过，只从他的文集里看到一篇译本的序言，由此得知他翻译此书的旨趣和时间、地点、合译者姓名等等。这篇序言现已不容易得见了，为便于读者理解，特将它全录于下：

华盛顿传序

华盛顿者，合众国开国之人也。西土人士数近古豪杰，

> 必称华盛顿、拿破仑两人。光绪壬午春，汝谦随使外洋，与彼都人士论议古今，涉猎翻译诸书，习闻华盛顿名，而苦无以考其生平事迹，遍求诸书肆，均未之得。其年六月，汝谦任神户理事官，事少官闲，翻译多暇，乃命译官蔡君国昭购得近世合众国学士耳汾华盛顿所撰《左治华盛顿全传》，阅其书详实简洁，西人多善之。乃令按日翻译，凡三年而后成；其文意之闇晦不明，词语之里俗不驯，文理之颠倒淆乱者，余又为疏通润色，条理而整齐之，凡五次校对而后成书。盖翻书之难，甚于自作，譬如传影写真，必原书之口吻精神，毫发毕肖，始可无恨；苟其事同，而神吻之轻重扬抑或不尽似，亦未为善也。此书之成也，余与蔡君可谓劳精疲神，专心一志矣，虽未必与原书毫厘毕肖，而其事迹庶可无舛漏者欤！光绪十一年乙酉嘉平月遵义黎汝谦序。（见《夷牢溪庐文钞》卷一）

从光绪八年（壬午、一八八二）到十一年（一八八五），黎汝谦在神户领事任内，与译员蔡国昭合作，由蔡译述，经他"疏通润色"，共用了三年时间，又经"五次校对而后成书"，其态度是很严肃的。他说译书"必原书之口吻精神，毫发毕肖，始可无恨"，这可见他对翻译的要求和理解。他选中欧文的这部著作，也是很有眼光的，这是欧文晚年的杰作，是华盛顿传记中最优秀最流行的一种。二十年后，林琴南翻译了他的《旅行述异》、《拊掌录》、《大食故宫馀载》三书，于光绪三十三年（一九〇七）由商务印书馆分别出版，由是欧文之名大显于中国。然最早介绍欧文，却始于黎汝谦译的《华盛顿传》。不过此书译完以后，没有立即发表，搁置十年，到了光绪二十二年（一八九六），黄遵宪、汪康年、梁启超等在上海创办《时务报》（旬刊），这部译稿才得以在该报发表，从创刊号起到第十一期止（一八九六. 八. 九——十一. 十五），共连载了三个多月。《时务报》是当时维新派的主要喉舌，出版后“风靡海内，数月之间，销行至万余份”（梁启超《清议报第一百册祝辞》），黎的译稿在如此有影响的期刊上连载，可知阅者众多，也起了一定的宣传维新的作用。可惜没有登完，后来也没有出版单行本，现在很少有人知道了。

至此，我们可以进而一谈：鲁迅曾否看过黎汝谦翻译的这部书？

当《时务报》创刊之年，也就是说黎汝谦译的《华盛顿传》在《时务报》上连载的时候，鲁迅十六岁，还继续在故乡三味书屋读书，接触《时务报》并从其上获见黎译的可能性不大，迄今还未见到有关此事的记载。到了光绪二十四年戊戌（一八九八）春末，鲁迅离家赴南京，五月，考入江南水师学堂，这正是“百日维新”期中，自然可以看到《时务报》，不过《华盛顿传》早已停载一年多了。这时清廷决定将《时务报》改为官办，并派康有为督办；但因该报原为汪康年等私人筹资创设，改为官报，经费无着，故未实现。（参见戈公振《中国报学史》，三联书店版页四三—四四）不久，“戊戌政变”发生，《时务报》便以“无裨于治，徒惑人心”的罪名被“裁撤”了。鲁迅于政变后一个月，即当年十月下旬，考取江南陆师学堂附设的矿务铁路学堂，次年二月入学，这时《时务报》早已不复存在了。

然而，鲁迅自己却说他在矿路学堂时曾经见过《时务报》。在《琐记》一文里，他回忆从水师学堂转入矿路学堂后，“第二年的总办是一个新党，他坐在马车上的时候大抵看着《时务报》”，考汉文也出《华盛顿论》这样的题目。他到任后，“学堂里又设立了一个阅报处，《时务报》不待言，还有《译学汇编》”等等。这明确无误地说明，他在一九〇〇、一九〇一年间，在矿路学堂阅报处看到《时务报》。这是怎么回事，《时务报》不是早已被封了吗？很多论及鲁迅矿路学堂生活的著作都没有注意到这个矛盾，我也无法解释，现在只有借助于鲁迅博物馆鲁迅研究室编纂的《鲁迅年谱》中的一条注释来回答：

> 《时务报》(旬刊),一八九六年由黄遵宪、汪康年创办于上海。……一八九八年七月改为官办(林按:未成事实,说见上文)。戊戌政变后停刊,但仍有旧报出售。一九〇一年报上又登载了《时务报汇编》出版的广告。(《年谱》第一卷页八〇)

这说明鲁迅在矿路学堂阅报处看到的《时务报》是"旧报",他可能从这上面接触到黎汝谦翻译的《华盛顿传》。那位总办在马车上看的也是"旧报",鲁迅把他看《时务报》和出《华盛顿论》考题连在一起叙述,就意味着那个题目与报上所载《华盛顿传》的关系。我们不要忘记,《时务报》是成本的杂志,不是单张的报纸,便于保存、出售,何况它曾风行一时,影响很大,虽曰"旧报",仍受读者欢迎。

据上所陈,我比较倾向工藤先生的意见。我只补充一点,即《时务报》正连载《华盛顿传》时,鲁迅不可能及时看到,他是后来在矿路学堂从"旧报"上得见的。我期待着有关新资料的发现。至于"这篇译作与鲁迅翻译活动的关系",因未见原文,不知其详,暂置勿论。

一九九一年十二月二十日

(原载一九九二年《鲁迅研究月刊》第三期)

秋窗偶感

窗外的夕阳渐渐淡下去了。

因为学校是建筑在山腰，我的住屋的窗口竟高出了对面的山头。窗前不远，三五株矮树也超过了远山，把它们的桠枝贴在深蓝如海的天幕上。图书馆的一角，从斜坡下耸现出来，朱红的鳌头矫健有力地直刺空际。遍山的野草已渐渐的衰黄了。除了晚风送来的农家打豆的梿枷声，和断断续续的虫声以外，四围是无比的静寂。

望着这样的景象，我不禁忘却了一天的疲倦，在眼前泛起一些过去的印象。儿时在故乡，当清明前后，常和邻街的一个须发皆白，善于说书和唱道情的孤独的老人，我们叫他做杨伯伯的，到祖先坟上去拜扫。有一天，是在东山脚下，夕阳照着青石的古道，春来的芳草，萋萋地凝合着晚烟，铺满了田埂，铺满了山谷。我们携着壶榼，缓缓地转回家去，一高一低的影子，斜射在路上，前面正迎着高耸在远山脚下的一片孤城。几年后离开故乡，在客居吴淞时，常和友人宝书兄在海滨闲步。每当雨后，绿树含烟，斑鸠的"咕咕……咕！"的啼声，不断地从远近的树丛里传来；海面浮着一层薄雾，漠漠远帆，迟重地移动着。我们带着一种说不清是凄迷还是闲适的心境，往往要在堤上的灯塔下呆坐许久。

这是十年以前的印象,在今天这黄昏时候,却又浮上了心头。我感到久已死去的幽灵又在我的心底复活了。

但这只是暂时的。社会的自觉和生活的重载,现在已使我不能放开胸怀来领受自然之美,忘我地把身心溶化在景物里。有时也偶然向往于山间水涯的生活,但马上便自己提出了驳责:纵能得到一个风物秀丽的环境,但你会有那种宁静悠闲的心境么?那是应该的吗?于是,暂时的陶醉,也常为这种实际的念头所毁损了。

能够对着眼前的景物体会到一种"无我之境"的,在现代文人中,我想怕只有周作人之流吧。

周氏所向慕的生活境界是:

> 于瓦屋纸窗之下,清泉绿茶,用素雅的陶瓷茶具,同二三人共饮,得半日之闲,又抵十年的尘梦。

> 雨虽然细得望不见,天色看去却非常阴沉,在这样的时候,觉得如在江村小屋里,靠玻璃窗,烘着炭火盆,喝清茶,同友人谈闲话,那是颇愉快的事。

> 我们看夕阳,看秋河,看花,听雨,闻香,喝不求解渴的酒,吃不求饱的点心,都是生活上必要的。

由喝茶看秋河而到出席"兴亚文化协会",这是一条极自然的但又极可怕的道路。

随他去吧,不要再提到什么周作人了。我接着在这里想起的是萧军先生,《侧面》的作者。

萧先生为了"怕把自己真的变成一个中国式文人",因而从汉口去临汾，但到山西以后，却又不惯于“那无边无际的土丘和土原，不见树木，不见河流，单纯，破落，荒漠，单一色的洞窟，单一色的穷困的人民，单一色的血底斗争。”他“禁受不起这寂寞”，于是希望“能够获得一张桌子，在这前面读书写字，也许是静静地坐着看一看窗外面的树木和蓝天”。自然，人们没有理由说萧先生到后方来休息休息自己是“不该”的，更没有理由希望他“至少也应该受点伤”才回来。他到后方“做自己能做的工作”，确是无可非议的，但我们从他的身上终于也发现了一种“中国式的文人”的感觉。

看夕阳秋河，看树木蓝天，或是在瓦屋之下喝清茶，诚然是一种清福；但如鲁迅先生所说，这“首先就须有工夫，其次是练习出来的特别的感觉”。对于一个“粗人”，无论夕阳秋河，清泉绿茶，大抵是不会引起什么细腻锐敏的感觉的。但这种“特别的感觉”是怎样练习出来的呢？

从我自己的身上说起。我为什么会想起故乡夕阳古道和吴淞海滨的景色呢？我以为这除了生活的游离劳动以外，中国古书——尤其是旧诗词和小说的影响，是十分大的。从小我便由母亲的教授学会了背诵“绿遍山原白满川……”、“清明时节雨纷纷……”等诗句。十几岁的时候，更胡乱地读了一些诗词。想起来真觉好笑：一个十几岁的孩子，离家不过二三百里，便会因为读了“梦中白发三千里，隙里青春二十年”或是“行路悠悠谁慰藉，母老家贫子幼”等句而感慨横生。如下的一类诗词则又训练我耽于幽静：

寒山转苍翠，秋水日潺湲。倚杖柴门外，临风听暮蝉。渡头馀落日，墟里上孤烟。复值接舆醉，狂歌五柳前。（王维《辋川闲居赠裴秀才迪》）

烟水苍茫西复东，扁舟又系柳阴中。三更酒醒残灯在，卧听潇潇雨打蓬。（陆游《东关》）

千峰云起，骤雨一霎儿价。更远树斜阳，风景怎生图画？青旗卖酒，山那畔别有人家。只消山水光中，无事过这一夏。

午醉醒时，松窗竹户，万千潇洒。野鸟飞来，又是一般闲暇。却怪白鸥，觑着人欲下未下。旧盟都在，新来莫是，别有说话？（辛弃疾《丑奴儿近·博山道中效李易安体》）

这不过是随手拾来的例子，在小说里面，又常有许多描写仙观道院的雅静，高人隐士生活的文章。有些笔记，甚至只要一看那书名，如《夜雨秋灯录》，《归田琐记》，《泺阳消夏录》，《冷斋夜话》，《听雨轩笔记》等，便已令人悠然意远，感到一种浓烈的诗意了。沉浸既久，自然会使人渐渐忘却了人间的。

这又令我想起了鲁迅先生。当一九二五年《京报副刊》以“青年必读书”为题，向先生征询意见时，先生并没有像别的学者名流那样大开书目，但却说了这样的意见：

我看中国书时，总觉得就沉静下去，与实人生离开；读外国书——但除了印度——时，往往就与人生接触，想做点事。

中国书虽有劝人入世的话，也多是僵尸的乐观；外国书即使是颓唐和厌世的，但却是活人的颓唐和厌世。

我以为要少——或者竟不——看中国书，多看外国书。

少看中国书，其结果不过不能作文而已。但现在的青年最要紧的是“行”，不是“言”。只要是活人，不能作文算什么大不了的事。

在当中学生时，我即看过了先生的这一段话，那时虽觉得有道理，但一直到最近数年来，由于读书较多，和实生活的体验，我才透彻地体会了先生这意见的精义。

我们不愿“沉静下去”，要做“活人”，就得赶紧消灭“僵尸”！

一九四〇年九月二十六日

（原载一九四〇年十一月十五日《贵州日报·文协》）

章太炎《与吴炳湘书》书后

最近看到了章太炎先生的一篇遗稿:《与吴炳湘书》,深为感动。

太炎先生在清末为反抗满清的健将,入民国后,在袁世凯阴谋称帝时,又为反袁最力的人物,他对袁世凯包藏祸心,篡夺国柄的罪行,时时加以排击。因此,民国三年二月,他应共和党电邀,自上海至北京,到后即为袁所幽禁。直到袁世凯在万民唾骂之下变成了蛆虫以后,他才于民国五年六月恢复自由。关于这事,他在他的《自定年谱》里,曾有记述:

> (民国三年)是时共和党犹以空名驻京,宪兵逼迫。余终日默坐室中。……二月,张伯烈亚农为余谋,直往谒袁公辞别,不见,则以襆被宿其门下。从之,遂被禁锢。先属陆建章锢一军事废校中,渐移龙泉寺。当事皆走使告曰:"以家属来则无事。"余念是为谲术,汤夫人亦惧袁氏有异谋,皆谢之。建章慕爱先达,相遇有礼。及移龙泉寺,别以巡警守之。警吏入见,语言瞻视,浸陵人矣。

他被囚龙泉寺时,北京警察总监吴炳湘(镜潭),奉命负看管之责，他所派去的巡警，语言态度，很不客气。太炎先生的这篇《与吴炳湘书》，就是这时写寄吴的。

他先叙巡警们“浸陵”的情形：

> 二十一日至龙泉寺，知卿派遣四人，作门房厨手扫夫。吾即令写保状，以二十一日日中为限，至期不来，即令退走，乃犹逗留不去。遣仆送信，即被拦阻，二客到门，亦遭格拒，遂厉声诃斥而逐之。

接着是义正词严的斥责：

> 乃闻卿向人言，亦以奉长官命令为解。当知长官命令，有合法不合法之分，有明发令与暗中指使之异。制人迁居，违背约法，则背逆也。不用明令，但下纸条，则私谋也。卿作总监，非仆隶臧获比。既见事不合法，又非正式命令，而犹执法施行，亦安能以奉长官命令为解乎？

最后，则表明自己威武不能屈的态度：

> 吾生平虽有性气，苟以礼来，断无抗捍。若不合规则，违背约法之事，而强以施行于我，则自有正当防卫，虽威力绝人，亦必御捍而后止。当知民国政府，纪纲略备，凡在官者，非若前清之可以恣睢妄行也。遵法而施，则官吏视之，违法而行，则盗贼视之。卿等所为，无异于马贼绑票，而可藉口命令乎。自作不法，干犯常人，而可言防卫者性气太甚乎。……昨者以斥退役人，卿遣巡警四五十人，一时麇集，此不足以耀威，乃适形其暴乱耳，忧患之馀，见卿所为，反不

得不胡卢一笑也。卿其勉之！

在这封信里所表现的坚毅刚强的意志，光明正大的态度，真是可以与日月争光，而那些鹰犬们，在他的笔下也显出了本来的卑劣阴险。他在清末，不惜奔走呼号，冒危犯难，一再亡命，数度入狱，为的只是推翻独裁专制的满清，建立民主自由的中国；他满以为只要一旦排满成功，便一切都光明合理；殊不知满清推翻了，民国成立了，而他却在"民国政府"之下，受到了"违背约法"的拘禁，受到了"不合法"和"暗中指使"的"绑票"，这给与他的悲愤，该是如何的深重啊！可怜他口口声声所说的"约法"，由独夫袁世凯之徒看来，其价值何尝高于一张白纸，而"民国"的"在官者"们，又哪里知道"纪纲"为何物呢！

在狱中时，太炎先生虽面临着死亡，但却没有丝毫向恶势力低头的意思。"时袁氏帝制萌芽已二岁矣，往日当事数遣客来伺余意，道及国体，余即以他语乱之。"（自定年谱）既然毫不妥协，自然自分必死，所以他对夫人汤国黎女士预作了遗嘱："吾生二十三岁而孤，愤极东胡，绝意考试，故得研精学术，忝为人师，中间遭离祸乱，辛苦亦已至矣。不死于清廷购捕之际，而死于国民告成之后，又何言哉！……家本寡资，念君孤苦，能勤修自业，观览佛经，以自慰藉，此亦君之所能，而遵舅氏縠臣先生之遗教也。长老如汤蛰仙先生，至戚如龚未生，皆宜引以自辅。此二君者，死生之际，必不负人，其余可信者鲜矣。言尽于斯，临颖悲愤！"这表示了他的从容就死的决心。"这才是先哲的精神，后生的楷模。"（鲁迅语）实在是可以垂诸万世而不朽的。

事情已经过去了三十年，到了本月十四日，太炎先生也逝世九周年了。然而，我总觉得时光并未前行，所以这封信看去虽旧而仍新。太炎先生地下有知，不知将有怎样的感想啊！

一九四五年六月十三日于重庆

（原载一九四五年六月十六日《新华日报》）

不灭的口碑

——读文奸周黎庵的《吴钩集》

过去在《宇宙风》、《论语》等刊物上，曾看过周黎庵的文字，但并未留下什么印象；最近在报上看到抗战期间周已投入敌伪怀抱，在上海与老牌汉奸朱朴合编《古今》杂志，这才令我又想起了他的姓名来。碰巧有一天在冷摊上的旧书堆里翻到他的一本《吴钩集》，存着“仔细看他究竟要什么花头”的心情，我便把它买了回来。

这是“宇宙风月书”第二种，集中共收周黎庵“自民国二十四年冬以迄二十九年春”所作文字十七篇，都二十七目。内容多为谈掌故，述轶闻，提倡小品，主张幽默，只要一看题目：如《关于太监》、《西洋人与跪拜》、《谈清人笔记》、《谈随园尺牍》、《谈龚定盦》……等，便可知道不外是供人茶馀酒后消闲的东西，正是“宇宙风派”的本色，而文意又松懈粗疏，文白夹杂，“不佞”“且夫”，充满篇中，完全是承袭着周作人和林语堂的衣钵，不值得说什么。但这里却要谈谈其中很少数的几篇谈气节，骂汉奸的文字。因为这不仅可以看出周黎庵之流的无耻文人的善变，而且在今天它是更具有作为这类败类的辩护状的作用的；不是连周佛海也印了一本什么《往矣集》么?

据序文说,集名《吴钩集》的意思是:“《梦溪笔谈》云:‘唐人诗多有言吴钩者,吴钩,刀名也。今南蛮用之,谓之葛藤刀。’把吴钩和南蛮合在一起,正中我的意思。我们在西戎北狄的眼中,大概也颇有被称为‘南蛮’的资格吧。过着平凡的生活,写着平凡的文字,偶尔也想凌厉激扬一下;正如田园派诗祖有时也要歌颂古时的刺客,这大概便是人类蛮性的遗留吧!”他在“戎狄”入侵的抗战期间,偶而也要“凌厉激扬一下”,结果就产生了《清代文苑杂录》,《清民族史家全谢山》,《迎降》等文。

《清代文苑杂录》,其短文十一篇。内容系根据清人笔记杂述清代文人故事,引古证今,每篇对当时政治及文坛情形,均有所指。如第三篇《立言》云:

> 新近忘了祖国,在人家提线之下号称“滦东防共自治委员长”的殷汝耕,据报载,他却做过一本亡国惨的大作,据说内容慷慨激昂异常,历数朝鲜印度波兰亡国之惨,叫大家振奋起来,不要步朝鲜的后尘。现在呢,殷先生自己就成了亡国的人了。……“殷委员长”座右,未知还放着他这亡国惨的大作否?

又第十一篇《读经与读史》云:

> 要是学生们除了用功于所学之外,还有空馀的时候的话,……我以为还是来精读本国史;尤其要紧的是宋史晋史——几部国家覆亡于异族的史。因为照一般人的说法,历史是不断在重演的,刘豫张邦昌杜充吴三桂以及秦桧等等之流是永久要搬来重演的。我们到了这个时代,还好不

读史吗？正如一个人面孔被人家打得血肉模糊的时候，还好不去照照镜子吗？

像这样攻击汉奸，提倡气节，反对读经，赞成读史，作者俨然是一个正义之士。其馀如《卫道得第》，《在朝与在野》各篇，也大概都可以一一索隐。正如《跋》内所说："虽然名为清代云云，实则都是指当时情形而发。"这些文字，作于二十四五年之间，在那华北危殆的当时，总应算是不无一点意义的了。

在《清民族史家全谢山》一文里，他对这位以文字排异族舒愤懑的学者，备致尊崇。他详述全谢山之成为民族史家的缘由：一、他生长于明季抗满战争最激昂的浙东的鄞县，自少即陶冶于最富民族革命意味的乡邦文献中；二、他是曾参与抗满运动的黄梨川的私淑弟子；三、在清兵南下时，全氏一族因不仕异族同时弃诸生籍者，达廿四人之众，他的曾祖全太和即廿四人中之一。他有一位族母，是张煌言（苍水）的女儿，少时即常听他述明季诸先烈的壮烈事迹。由于这种种影响，遂使全谢山在那文字狱正雷厉风行的时候，也能不避危难专以表扬先烈为职志。靠了《鲒埼亭集》中的许多文章，才使得被满清统治者所抹杀的许多事实，不致湮没。周黎庵在这篇文章里，赞扬全氏说：

明社屋后五十馀年，而民族史家全谢山始生，当此之时，南时诸朝早已遭剪灭。连三藩台湾之枚平，也已很久的事，汉族光复运动已经一些没有火种了，而谢山却毕生以文字的力量，极力来表彰明季死事的遗臣孤忠，明清之际一部历史，致今得以保存而不致湮灭者，完全是他的功勋。

这篇文字，作于抗战正殷的二十八年十月，其作意是一望而知的。

《迎降》是一篇以钱谦益为主角的历史故事，他写钱谦益在北兵要渡江的前几天，怎样日夜修改《牧斋文集》，把碍眼的字样删去；又怎样打着头率领文武官吏到城外去迎接北兵的元帅豫王；而后来又怎样反落得名列贰臣传，著作也被毁禁的结果。处处与柳如是对照，写出了这个汉奸是连一个妓女出身的女人也不如。其中有几句对话是：

> "好端端的文字，为什么要改，你一定在准备投降了。"
>
> "都是为了你呀，我怎能抛下你去殉节呢？"
>
> "别瞎说了，你跳井，我上吊，你殉社稷，我殉丈夫，你怎么会说出没志气的话来了？"

他在《跋》内说："《迎降》一文是为香港《星岛小报》而作的……这篇文字要说是描写明末，则毋宁说是看看现代人的嘴脸吧！"这已是说得很明白了。

但是有一件事实却为周黎庵所不知道。他在《迎降》里说到清兵在南京大肆淫掠时说："钱谦益先生总算迎降是首功，得在门上贴一张大营的布告，不许兵士入内淫掠。"他不知道在钱的故乡常熟，情形却大不同。据庞树柏《龙禅室摭谈》说："海角遗编言顺治乙酉，北师破常熟，时士流以钱尚书已降，其家必无兵至，俱投奔绛云楼，而迨后杀死之人，则以绛云楼为最多。"(《国粹学报》四十八期)这是极其重要的事实，万万遗漏不得。和列名贰臣传，禁止著述流传等等，同样是值得给钱谦益之流的汉奸们看看的。

此外，有关于清代文字狱的文字二篇。一为《丁文彬逆词案》，一为《文字狱的株连性》。前者叙述一个神经病的书呆子丁文彬，因梦想与衍圣公府联姻，向孔门呈献著作，因而闯祸，惨遭凌迟的事实。

后者叙述“齐召南跋齐周华天台山游记案”的株连之广，运用这表现了满清统治者的残暴卑劣。这里不再详说了。

看了这几篇东西以后，不免令人发生疑问：周黎庵在那些《宇宙风》的文字之间，为什么夹杂着这样的几篇东西呢？

他在上引《立言》的开头，有这么一段：

> 清人笔记有记王鸣盛一条，大略云：王鸣盛未达时，家贫，奔走京师大家，每入人家，亲以手作捧物状，口嘘嘘作声，人怪而问之，曰：“招其家之财气入我怀抱也。”其贪鄙如此。然所作诗文，悍然有气节，不类其所为，人或问之，则曰：“口碑不过一世，而诗文则传诸百世，百世之后，口碑渐没，吾诗文乃可传矣。”于此方知所谓立言者，原来是如此的一回事。

原来周黎庵其所以要写下几篇斥责殷汝耕，颂扬全谢山的文字，也只是如此的一回事。他不过是王鸣盛主义的追随者而已。他在《清代文苑杂录》、《迎降》等文里，要读者“看看”别的“现代人的嘴脸”，其实在里面正保留着他自己的“嘴脸”。这是一点也不奇怪的，想一想他的祖师“华北教育督办”周作人老爷吧。

然而，王鸣盛的“招其家之财气入我怀抱”的行为，终于流传下来了。所以，周黎庵的文字，自然不会“传诸百世”，而他的背叛祖国，觍颜投敌的无耻行为，却将铭刻在人民的口碑上，是永不会灭没的！

一九四五年十一月十日

（原载一九四六年二月十日《大公报·文艺周刊》）

章太炎先生十年祭

章太炎先生是著名的国学大师，然而，更重要的，他还是一位排满的民族斗士。

太炎先生的民族思想，萌发极早，由于秉性的聪慧，和外祖朱有虔的启导，他在幼年便知道夷夏之防不可不严。他十三四岁读蒋氏《东华录》，见吕留良、曾静等案，便发生“明亡于清，不如亡于李闯”的感想。二十岁时，读全祖望文，益愤满清统治的暴虐。以后努力革命运动，声讨满洲，驳诘康梁，组光复会，编辑《民报》，奔走活动，不遗馀力；虽被通缉，数遭逮捕，而仍百折不挠，一往无前。他的英勇的行为，宏壮的文笔，使无数人都受到影响而抛弃了“保皇”“立宪”，走向革命。对于民国的艰难缔造，太炎先生所尽的力量和贡献是很大的。

太炎先生全部革命实践的理论的出发点，是他对于中国历史和文化的透彻的认识。由这认识导引出来了信心和力量，遂使他在排满运动上能够那么勇猛绝伦。他的关于中国历史文化的博大精深的知识，在政治的运用上，是主张革命，反对立宪；在学术的运用上，是提倡古文，抨击公羊。他一九〇六年自上海西牢出狱赴日，在留东学生的欢迎会上，便曾明白说过：“要用国粹激动种性，增进爱国的热肠。……提倡国粹，是要人爱惜我们汉种的历史。”他又站在经古文家的立场，展开了和政治要求相适应的对公羊学派的斗争。他斥刘逢禄：“以公羊传佞谀满洲，大同之说兴，而汉虜无畔界。”斥康有为魏源：“妖以诬民，夸以媚虜。”又说康有为等为“胡之国师”者，并无讥贬“莽之国师”（刘歆）的资格。由这些都可看出太炎先生的深精独到的学问在社会实践上所发生的效用。

但是，正因为太炎先生的革命是从他理解的“国粹”出发，所以，结局却也受了这“国粹”的限制。因为“国粹”只能够使人“发思古之幽情”，而不能指示历史发展的途径。他不了解近代中国革命的民权的性质，他的所谓的革命的内容只是民族主义的排满，于是，清政府既倒，目标遂失，到了军阀专横，黑暗紊乱的民国以后，他便不得不茫然失措，日就颓唐了。到了现在，他的时代早成过去，他的声音已不复能吸动像他当年一样勇猛精进的战斗中的中国青年。

自从民国二十五年六月十四日他在苏州逝世以后，迄今已是整整十年，在此十年之中，纪念研究者寥寥，这显示他与现代青年已是十分的疏远了。然而，这是时代使然，生在清朝末叶的章先生，已是光荣地尽了他的历史任务了。他在中国革命史上的功绩，是将永不磨灭的。他的“七被追捕，三入牢狱，而革命之志，终不屈挠”（鲁迅语）的精神，也将永垂后世。追怀他的功勋，学习他的精神，这就是我们今日纪念太炎先生的意义。

一九四六年六月

（原载一九四六年《新生代》周刊第七期）

诗人·学者·战士

——敬悼闻一多先生

不许阳光攒你的眼帘
不许清风刷上你的眉
无论谁都不许惊醒你
我吩咐山灵保护你睡

闻一多:《葬歌》之一节

打开报纸,“闻一多教授又被害”的大字标题突然刺入我的眼帘,这真好似一个晴天霹雳,直震得我眼花心跳,待到匆遽看完了电文以后,我不禁热泪盈眶!整个的下午,在我的眼底心头总不断地出现着“闻一多”三字,最近正苦恼着我的一些生活上的问题都被暂时忘掉了。

只要稍稍留心现代中国文学的人,大约没有不知道闻一多先生的。他是湖北浠水人,一八九八年生,清华大学毕业后,曾赴美留学,归国后从事教育和文艺工作,在新诗上的成就极大。远在十余年前,他便出版了《红烛》和《死水》两诗集。在那许多人都对尚未脱尽旧诗词音节意境的胡适等人的白话诗和太戈尔影响下的小诗表示不满,甚至因而怀疑到新诗的存在和前途的时候,《红烛》和《死水》的出现,是有着重大意义的。他提倡规律,独创一格,努力于新诗形的探求和尝试,影响了当时和后来不少的诗人。但在最近十年来,闻先生埋首于古文学的研究,我们已很少看到他的诗了。他在学术研究上,也有极精深的造诣,他的《楚辞校补》(国民图书出版社印行)、《杜甫年谱》(武大文哲季刊)、《乐府诗笺》(国文月刊连载)及其他散见于各杂志的许多论文,其成就已远远地超轶了前代的学人。此外他又从事于甲骨文的研究,著有《释省徻》一类文字。据他自己有一次在联大文艺晚会上说,他之所以从事这些研究,用意是在探寻传统文化的弊病,以便反戈一击,制其要害。由此可见,他是和一般钻牛角尖的所谓"国学家"不同的,他并没有因为钻在故纸堆里而忘掉现实。他正视国家的危机,人民的苦痛,在教学研究之余,时时为和平民主事业奔走奋斗,纵令受到种种威胁(前年曾盛传教育部命联大解聘闻先生)辱骂(昆明某种壁报称闻先生为闻一多夫)也屹立不摇;又因为他在文艺学术和教育上的崇高的地位,他的言行,影响极大。由许多老年人看来,他是一个对旧学问极有根底的人;而由许多青年看来,则他又是一个对新文学极有成就的前驱,无论在同辈的眼里或后辈的眼里,他都是一个值得尊敬的人。因此,他的一言一行,都会在社会上得到信赖而使许多人翕然景从。——然而,也正因此,这位学贯古今举世知名的教授,终竟被魔鬼们的罪恶的血手攫去了!

在闻先生遇难的当时,七月十五日下午五时三十分,我正在一个著名风景区的绿竹荫里和几个教授叙谈,在谈到前几天刚刚发生的李公朴先生被刺案时,有一位老教授说:"此风万不可长!"谁想得到就在说这话的同一时候,在李公朴先生血迹未干的地方,一个善良正直的生命又躺在血泊中了!记得那天下午六点钟时,曾下了一阵雨,闪电迅雷,一时并作;对于闻先生的惨遭杀害,连天公也表现了无比的愤怒!

我获读闻先生的诗,是在十几年前,《红烛》中的《太阳吟》,《死水》中的《死水》,《闻一多先生的书桌》诸篇,至今也还能依稀记取;但看到闻先生本人,则是在民国二十七年。那年夏天,在贵州省中学教师暑期讲习会里,闻先生担任我们国文教学组的讲师。乍看到他时,我不免暗暗惊异:这飘着美髯,穿着古铜色长袍和平底布鞋,神态安详潇洒的中年人,就是当年风行一时的《死水》的作者吗?我分明地记得,他第一次给我们讲《诗经》里的《蒹葭》,很有许多新意,可惜现在不记得了。暑讲会不过短短的一月,我只听过他几个钟头的讲课,并没有直接和他谈过一句话。但就是这浅浅的印象,却使我在这次听到他的噩耗时的哀痛格外深切!他的美髯,他的古铜色的长袍和平底布鞋,他安详潇洒的神态,老是浮现在我的眼前,挥之不去!

前几天,在听到李公朴先生被刺时,我感到深深的痛惜;然而闻先生的凶耗,却使我更加感到切身的哀伤。这大约因为我不仅和全国人民一样,也要求和平民主;而且还多年来便一直接近文艺的缘故。"斯文骨肉",我相信,全中国的文艺工作者们,学术研究者们,普天下的读书人们,对于闻先生的惨死,一定都会感到哀痛,感到悲愤!要是在一个尊人民、重学术的国家里,闻先生是决不会遇害的。由他的死,人们将要更清楚地认识了是谁不要民主,不要学术!倘若有人认为,李公朴先生是政治性很强的实际活动家,所以反动顽固分子们必然要置之死而后快;那么,对于连《大公报》也称为"无私心,无偏见,纯粹是书斋学者"的闻一多先生,为什么也要出以这样卑劣狠毒的手段呢?闻先生可杀,那恐怕全国的读书人都将无噍类了!

从此,我们不能再听到闻先生的正义的声音,不能再看到他的精湛的著述了。但是,作为诗人、学者、战士的闻先生,他是将与中国人民永远同在的。为了民主的实现和学术的发展,中国人民一定会继承着闻先生的遗志奋斗下去!

一九四六年七月十九日夜

(原载一九四六年七月二十四日《新华日报》)

巴比塞与中国

——为巴比塞逝世十一周年纪念而作

巴比塞于一九三五年八月三十日逝世，到今天已是整整的十一周年了。

巴比塞生于一八七四年，很早便从事写作，第一部诗集《哭泣人》，便是在十八岁到二十岁之间写成的。在这诗集出版后的几年中，他又写了许多短篇小说，如《葬曲》、《爱情》、《梦》、《奇迹》、《过失》等。到了一九〇八年，才写成了第一部长篇小说《地狱》。在这些诗和小说里，都显示着这一时期的巴比塞的彷徨和怀疑。他在《地狱》里写到：

> 我，不知道是什么东西的我，既不知道朝哪里走去，也不知道做什么事情才好的我，要从地狱的深渊中搜求一点光明来。

不过，这虽然带着怀疑的倾向，但巴比塞在这时却已具有一个崇高的憧憬：他要"搜求光明"。此后，在实际上，他确曾为了"搜求一点光明"，而献出了他整个的生命。他辉煌的六十多年的生活史，就是一部"光明"与"黑暗"的斗争史。

《地狱》以后，巴比塞创造了许多不朽的作品，《火线下》、《光明》、《锁链》、《耶稣》等，而尤以《火线下》及《光明》最足以代表他的伟大的精神。当第一次世界大战爆发之初，他以为这次战争是民主主义对帝国主义的战争，他由后备军请愿而成为参加战争的“第二百三十一出征联队”的一个士兵；但参加战争的结果，却使他认识了这次战争只不过是帝国主义的相互厮杀，什么“为正义人道而战”，“为欧洲文化而战”，不过是欺人的口号，这使他的思想激剧转变，他扬弃了残留在《地狱》里的怀疑的倾向，而坚定地表明了反战反帝的态度，《火线下》这部伟大的小说便在这时产生了。这是二十四幅描写战争惨状的图画，在末章《东方已明》里，作者借书中人的口这样的问答道：“人们为什么打仗呢？”“没有人知道为什么要打，但是我们知道人们是替什么人打；他们是为了少数人的利益而打呀！”这与其说是小说，毋宁说是巴比塞反对帝国主义战争的呼号。由于这部小说，使他受到了许多偏狭的爱国主义者的攻击；但也使他得到了龚古尔奖金，得到了世界的声誉。

这部伟大的作品，在战争文学中，确可称为白眉。后来同样是描写第一次欧战，也曾轰动一时的作品，如雷马克的《西线无战事》之类，实在不足以和它相比。巴比塞更有一篇批评《西线无战事》的文章，里面说：“雷马克的作品，是相当反军国主义而倾于非战论的，所以它能详述参加战争者之苦难，而向军国主义取一种嘲笑。但被资本主义的榨取所蹂躏了的牺牲者，从资产者中得到什么的安慰，那些穿军衣的劳动者——编成中队，大队，军团等之肉弹以惨死的士兵们，究竟得到了如何的报酬等等问题，作者丝毫不曾解答过一句。即人类当战争的时候所不得不作的使命，作者亦毫不曾写及，而竟欲把它抹杀过，以图提高其作品之价值，这完全与我们的着想不同。雷马克所说的话，我们在大战前已经说过，而且他所恐怖而不敢言的一方面，我们亦早就大胆地发表过。”这表明了《火线下》与《西线无战事》

的不同;《火线下》的价值,便在于它是一本大胆地发表了雷马克所“恐怖而不敢言的一方面”的“革命的宣言书”。

稍后一点,他的另一长篇小说《光明》出版,态度更加积极,他已“搜求”到他所希望的“光明”,他已经确切地“知道朝哪里走去”,“知道做什么事情才好”,而变成一个彻底的国际主义者,一员勇敢的战士了。列宁在说到《火线下》和《光明》这两部作品时,曾说:“亨利·巴比塞的小说《火线下》和《光明》,是在任何地方都可以看到的革命意识在群众之中广大地生长的最明显的证明之一。《火线》已经译成了世界各国的文字,在法国一国就出版了二十三万本。一个完完全全受市街上的庸俗的观念和偏见支配的,那种茫然无知的人民群众中的一个个人,而在战事的影响之下变成了一个革命者。——这个转变,是由(作者)非凡的力量和才能真实表现出来了。”这是一位巨人笔下的巨著论,从这我们可以得到对于这两本书的正确的理解了。

但巴比塞不仅是一个文学家,尤其重要的他同时还是一个伟大的思想家实践家。他除了以他的光芒万丈的作品,折射着现实的黑暗,显示着未来的光明以外,他还在实际行动上,尽力于反帝,反封建,反宗教,反法西斯主义的伟业。在一九一八年即《光明》出版的同年,他扶病奔走,邀集各国进步的文化人,如法郎士,依本纳兹,爱伦凯,纪德等,组织了“光明团”这个思想的国际,此后十余年中,他先后组织了“大战参加者国际”,“法西斯帝国主义的牺牲者防卫会”,参加“国际反帝国主义反殖民地压迫同盟”,主持“国际非战大会”;在临死前数月,他还和罗曼·罗兰等组织了“国际作家保卫文化协会”。总之,为了世界和平与人类文化,他把自己的一生贡献给反帝国主义战争与反法西斯主义的斗争,直到瞑目的前一刻。

这里尤其值得提出来说的,是巴比塞对中国的同情。当九一八事变发生以后,日寇和许多别有用心的论客们,都故意宣传为只是局部的地方事件;但巴比塞在他的《反战争就是反帝国主义》一文里,却严正地指出:"最初,人家只说是沈阳一件'无关重要的意外';但我们则说,这是中日间的'战争'。现在中日双方的军队接触了,巨大的交战扩大了,死伤山积毁损无数了。当时人家又说是满洲的'纠纷',甚至有意把这事件缩成'匪劫'的案件;我们则说:这是统治和剥削太平洋之世界斗争的开端。"在他所起草的《反战对全世界宣言》里,又着重地肯定,日本之进攻我国,"显然是一种根据确定计划之庞大的系统的侵略战争"。尤其是在《一个民族的不幸与其他民族的义务》一文里,他更表现出了对于我国的同情和正确认识。他先回溯了"在十九世纪的无数心灵之中,唤起了动人的声援"的希腊反抗土耳其和波兰反抗沙俄这件事。特别指出了诗人拜伦的亲身为希腊独立而战,以及为波兰的解放斗争而产生的"一种深刻而强烈的同情空气"。然后说到日本帝国主义施于我国的许多压迫。他这样地写道:

> 看!这庞然站在世界当中的中国,是被包围了,已开始给践踏,已开始一部被侵略而流血了。——已烙了印的而为人们准备着断然分割的牺牲品哟!这不是关于一个民族被俘虏,是关于一个民族被判刑。
>
> 这已不是关于一个小国土,是关于一个大洲。当然一国之大小,量不出它的剥削者与刽子手所加害于它的剥削的轻重,然而应当想到有四万万人民正在亚洲挣扎,争的是不想变为需要发展或需要复兴事业的其他国家的屠肉的商品。而这个世界上人数最多的民族,从很多方面看来,是最伟大的民族之一,在思想与艺术的进步上,大演过一番身手的民族之一。
>
> 因为在统制纪律与军用工业两方面落后了,便被压于历史命运的残威之下的像这样一族主要的人民,它的重要是非希腊及波兰的文化权威、道德权威所能够比拟的。太

平洋问题的解决与否，是以中国的命运为转移。全世界与太平洋问题相关而相连系，更不必谈起全球所有的工人的命运是本能地与中国工人们的命运深深连锁着的了。……

昨天，人们还怀着豪侠与自由的心踏去——有时一直踏到战场上。今天，面临着已留下的多少血痕，而此时还在流血的这从来少有的大凶杀案件，人们要等着什么才起来，才干呢？虽有一小部分人的拼命努力，但大帝国主义工业，这同时也制造着人们头脑的工厂，仿佛已造出了一种冷漠，一种普遍的怀疑，而以去答复代表人类四分之一民族的警号。

这是不应当的！

这真是深刻动人的文章。在巴比塞的小说之外，这是和他的另一篇揭发希特勒阴谋的“德国会纵火事件”，以及指斥帝国主义的御用作家邓南庶的那篇《给邓南庶》，同样是历史上不朽的文件。从这篇文章里，我们可以看出他对于中国的文化艺术和中国在世界上的地位，是具有怎样深刻和正确的认识！他爱护着我们这文化优越和人口众多的国家，因此，他责备那些对于中华民族的警号持着“冷漠”态度的人们，他要他们“起来干”。在另一场合里，他又号召曾参加过第一次欧战的战士们，“起来拯救为日本强盗所蹂躏的广大中国”（《敬告欧战昔日战士书》）。当一九一二年李顿调查团来华，经过了六个月的工作，草成了一篇不利于我国的报告书，我国名流胡适赞美这是“一个代表世界公论的报告”；而巴比塞却痛快淋漓地对这报告书加以指责，他说：

在李顿的报告书中，承认了日本帝国主义者开进满洲的权利，他否认中国民众用抵货、用武器去自卫去反抗日本

> 的侵略的权利。他诬蔑苏联——这本一贯奉行和平政策的国家为远东战争的制造者，他并且提议列强的合作以恢复所谓在中国的秩序，这就是说，消灭中国民众对于侵略者的正当防御的运动，均分中国与中国的财富于诸多帝国主义强国之间。

因此，在巴比塞所主持下的世界反帝大同盟，便于同年十一月二十一日到二十三日的会议席上，决议派遣他自己的调查团到远东来，并决定于次年三月下旬在上海召集一个广大的反帝国主义战争大会。他自己也是代表之一。（见巴比塞所起草的《世界反帝大同盟宣言》）由这一切，充分表现出了巴比塞对我国的同情之深。

但是这位伟大的战士，光明的使者，却在十一年前，便已离弃了他所热爱着的人类而逝世了！在他逝世后的这几年中，他生平所憎恶所打击的法西斯主义，竟较他在生时尤为横暴。无论在西方，在东方，许多国家都遭遇到了法西斯匪徒的兽行的蹂躏。巴比塞自己的祖国——有着光荣的革命传统的自由法兰西，也曾被践踏在纳粹铁蹄之下，遭受了最悲惨的宰割。他所反对的对苏联的武装进攻，也曾大规模地进行过。而在他生前便已开始，他并曾竭力抨击的日本对中国的侵略战争，更继续着延持了八年之久。后来的事实，一切都不出他生前的所料，一切都证明了他当年的呼吁奔走并非徒然。我们于此实在不得不更加佩服他的睿智的巨眼和伟大的精神。到了今天，德意日三国虽已被击败，但法西斯阴影仍笼罩着全球，至于中国，则更陷入反动派所掀起的内战烽火之中；——而于此时，又逢巴比塞的逝世忌辰，使我们对于这位革命文豪，中国人民之友，真不胜其追慕之情。到这时候，我们愈加感到他的死所给予人类的损失是如何的重大了。

一九四六年八月二十八日改作

秋窗偶感

在中国的士大夫中，有许多是性好闲适的。他们大抵厌恶尘嚣，向慕山林；一炉香，一杯茶，一卷书，一张琴，东篱采菊，北窗高卧，便是他们最理想的生活境界。学优之后，纵然出为高官，但也念念不忘“归田”，随时都愿得“遂我初服”。陶潜的《归去来辞》和孙绰的《遂初赋》，便是这种心情的具体表现。有的还只把做官作为获得这种恬静生活的手段，如叶梦得所说：

> 阮裕为临海太守，召为秘书监，不就。复为东阳太守，再拜为侍中，又不就。遂还剡中以老。或问裕屡辞聘召而宰二郡，何耶？曰：“非敢为高，吾少无官情，兼拙于人间，既不能躬耕，必有所资，故曲躬二郡。岂以聘能为私计故尔。”人情千载不远，吾自大观后，叨冒已多，未尝不怀归，而家旧无百亩田，犹为汝南许昌二郡，正以不能无资，如裕所云。既罢许昌、俸廪之馀，粗可经营了伏腊，即不敢更怀轩冕之意。今衣食不致绝乏，则二郡之赐也。（《石林避暑录话》卷三）

闲适是有条件的，这便是良田美宅。阮裕之所以为临海、东阳二郡的太守，叶梦得之所以为汝南、许昌二郡太守，便是因为他们“家旧无百亩田”，而现在官做过了，田已有了，于是浩然有归志，退到乡村里享受那种悠闲冲淡，自得其乐的生活去了。

在苏轼的一首词里，也表现了同样的意思：

> 贤哉令尹，三仕已之无喜愠。我独何人，犹把虚名玷搢绅。
>
> 不如归去，二顷良田无觅处。归去来兮，待有良田是几时。（《减字木兰花》）

他早就想赋“归去来兮”的，但“二顷良田无觅处”，所以他不免发生“待有良田是几时”的慨叹了。

这叫我们明白了恬淡闲适的意义，没有良田美宅，没有农民的血汗作条件，便休想谈什么闲适。它和热中悻进之间，仅仅是一张薄纸的距离。一到这种条件发生变化，闲适的生活将受影响的时候，自然又可以弹冠而出的。

这无须求之古人，现代的周作人便可作例。无论在生活，在文字上，周氏都是以闲逸冲淡著称的，他所向往的生活境界是：

> 于瓦屋纸窗之下，清泉绿茶，用素雅的陶瓷茶具，同二三人共饮，得半日之闲，又抵十年的尘梦。

> 雨虽然细得望不见，天色看去却非常阴沉，在这样的时候，觉得如在江村小屋里，靠玻璃窗，烘着炭火盆，喝清茶，同友人谈闲话，那是颇愉快的事。

> 我们看夕阳，看秋河，看花，听雨，闻香，喝不求解渴的酒，吃不求饱的点心，都是生活上必要的。

看夕阳，看秋河，或是在瓦屋纸窗之下喝清茶，诚哉是一种清福；但平津沦陷，这种清福已无所“资”，“飘萧一杖天南行”的流徙生活，自然更无恬静闲适之可言，于是便很自然的由看夕阳看秋河而到靦颜出任伪官了。

对于闲适趣味的养成，良田美宅是最重要的条件，但一般学艺的薰陶感染，也有很大的力量，这是不待言的。有了生活之资以后，自然便有充分的闲暇来从事精神的修养；在这儿，一般哲人的论著，诗人的歌吟，画家笔下的竹篱茅舍，荒烟残照，便都发生了宏大的作用。它们多数原是有闲生活的产物，再去感染别人，于是一脉相延，中国的读书人遂多少都有点喜闲适爱高雅的脾气了。仅以旧诗文小说而言，便几乎随处都是例子：“倚杖柴门外，临风听暮蝉。”（王维）“三更酒醒残灯在，卧听潇潇雨打蓬。”（陆游）之类，俯拾即是。在小说里面，又常有许多描写仙观道院的雅静，高人隐士的生活的文章。有些笔记，甚至只要一看那书名，如《夜雨秋灯录》，《冷斋夜话》，《归田琐记》，《泺阳消夏录》，《听雨轩笔记》等，已令人悠然意远，感到一种浓烈的恬静之趣了。沉浸既久，自然会使人渐渐忘却了时代，忘却了人间的。

上面曾提过的耽于闲适生活的周作人，便也有几本用《雨天的书》，《永日集》，《夜读抄》，《瓜豆集》，《看云集》等为名的文集，这就是一个极饶趣味的例子，说明了恬静生活和书诗文互为因果的关系。

这又令我想起鲁迅先生的“看中国书时，总觉得就沉静下去，与实人生离开……虽有劝人入世的话，也多是僵尸的乐观”的名言。像我们这一代曾经多少受过些中国旧书的影响的人，对这话实在值得深省。

一九四六年十月二日

书《燕子笺传奇》后

在明清之交的文学史上，阮大铖应该是占有一席地位，不能一笔抹杀的人物。他著有戏曲九种：《双金榜》(存)、《牟尼合》(存)、《春灯谜》(存)、《燕子笺》(存)、《忠孝环》(未见)、《赐恩环》(未见)、《桃花笑》(未见)、《狮子楼》(未见)、《井中盟》(未见)等，其中以《燕子笺》《春灯谜》二种为最著。当时以及后世的很多人，都为他在这些传奇里所表现的才华和奇思幻想所倾倒，至今《燕子笺传奇》还是一部与《西厢记》、《桃花扇》、《长生殿》等同样流行的书。但假如我们想一想它的作者——这位魏忠贤的干儿，宏光朝的权奸，便禁不住要引起一种像看见什么不洁之物一样的感觉。他的专权纳贿，诛锄异己，叛国投敌种种彰明昭著的罪恶且不说，就以他的从事著述而论，也是出于险恶的政治目的的。在復社一四三人所发布的《留都防乱公揭》里曾说：

> 至其(指阮)所作传奇，无不诽谤圣朝，讥刺当世。如《牟尼合》以马小二通内，《春灯谜》指父子兄弟为错，中为隐谤，有娘娘济君子滩，末诋钦案，有饶他清算到底糊涂，甚至假口羯胡，为咒蹋天关陇驻山河饮马曲江波鼾睡朝元阁等诗。此其意抑又何为也。

这或许可说是普通一般攻击人的揭贴所应有的文章,不尽全合事实,但数十年后,戴名世在《宏光朝伪东宫伪居及党祸纪略》又这样说:

> 阮大铖以逆案废锢,屏居金陵城南,溺于声伎。当是时东南名士,继东林而起,号曰復社,多聚于雨花桃叶之间,臧否人物,议论蠭起,而礼部仪制司主事周镳实为盟主,其诋排大铖,不遗馀力。大铖尝以梨园子弟为间谍,每闻诸名士饮酒高会,则必用一二伶人闯入阁部中,窃听诸名士口语,顾诸名士酒酣,辄戟手詈大铖为快,大铖闻之,嚼齿槌床大恨。

由这可见阮大铖的作传奇,蓄优伶,的确含有政治意味。他以传奇为猎取清名的工具,以梨园子弟为间谍,在文酒风流的外衣下,进行其卑劣无耻的勾当,用心之妙,实不愧为《燕子笺》那样奇离妄诞的故事的作者。既然如此,所以,他在投降满清以后,又依旧常常施展这套惯技,想用唱曲来取悦敌人,以巩固其汉奸的地位了。在庞树柏的《龙禅室摭谈》里,有下面这样一条:

> 阮圆海所撰《燕子笺》、《春灯谜》,足称才调无双矣。昔圆海降后,从北军为前驱,帐中诸将,闻其有《燕子笺》《春灯谜》剧本,问能自度曲否?阮即起鼓板顿足而唱,诸将北人,不省南曲,乃改唱弋阳腔,始点头称善。呜呼!当其乌纱玉带,供奉南朝,可谓极风流一世矣。转眼沧桑,不免流落至此。邯郸才人,嫁为厮养卒妇,同一感慨也。钱饮光(按钱名澄之,桐城人,明代遗民,世称田间先生。著有《藏山阁诗文集》、《田间诗集》等。——林)《髯绝篇》中有句云:"作歌劝酋饮,群酋饮必醉。争言梨园技,南来耳髯名。髯起顿足

唱，仿佛昔家伶”，即纪此事。

庞氏为晚清时人，故在这里只表示了沧桑的感慨，但从我们看来，这位给清军“为前驱”的汉奸的面貌，是怎样的丑恶啊！只要想想他那种“鼓板顿足”的情景，我是无论如何也不愿再读他的《燕子笺》了。

但是，从来论及阮大铖的人，或则钦羡他的才华，或则鄙弃他的人格，却很少注意他为什么要干戏这一问题，只有一本通俗的《燕子笺弹词》把这一点看清楚了。这弹词的作者澹园，大约是清嘉庆间人，他之所以把《燕子笺传奇》改为弹词的原因，是想叫那些盲男瞽女，用这个通俗的唱本去多赚几个铜钱，“而且，深闺妇女，廉耻犹存，田野村夫，良心不昧，他们听了这段奇文，也都知道有本戏叫《燕子笺》，这《燕子笺》是魏忠贤的干儿子奸臣阮大铖作的。这奸臣阮大铖作了《燕子笺》，弄的个弘光皇帝，国破家亡，走头无路，因而万口唾骂，岂不大快人心？”作书的用意既是这样，所以在开始第一回里，便讥笑了阮大铖趋附阉党的下场：

> 天网恢恢，疏而不漏。魏忠贤一朝事败，明正典刑。又一面行开文书，普天下捉拿逆党。那些干儿干孙子，也有陪着抄家的，也有陪着砍头的。就是这个阮大铖，在他门下不甚上数，也费了无数的手脚，才得个罢职休官，您说那仗人势的狗儿，可是做得的么？

接着便说明了阮大铖废锢以后想藉搞戏恢复往日权势的用心：

> 话说阮大铖虽然没了功名，却喜逃得性命。只是北京顺天府住不得了，他把在干爹门下积纂的金银大卷包，带上南京，就在燕子矶里买几间门面，盖几座亭台，置几付箱笼，

招几个帮客，又上扬州买几匹瘦马，昆山县聘几个梨园，终日在这燕子矶边，莫愁湖上，传杯递盏，品竹调丝。明公！您道他是个甚么主意呢？原非自己取乐，只因南京是个陪京，一样的有台司部院，又兼江山如画，水陆交冲，不断的有过往势豪，游闲公子。他想把这洒色圈套，逢着的便劈面抛去，倘或一朝著手，便可二次出头。咳！似他这番摆布，便就是作小人的下场头，要想当忘八赚嫖客的身段了。

百忙里，深开画阁买娥眉，买归来，自抱琵琶教一回。厨房中，汲水尚排光禄宴，卧榻上，行云争待阮郎归。借著个，文酒笙歌好题目，盖了那，粉墨胡须老面皮。三百年，名节衣冠空在服，到头来，金龟一变又乌龟！（据阿英《弹词小说评考》转录）

这痛快淋漓的斥责，真是烛幽发微。直抉阮大铖的肺腑，三百年来，一般学士大夫，虽然只知醉心于《燕子笺传奇》的绮词丽句，在有意无意间宽恕了阮大铖的种种罪行，但在“妇女”、“村夫”以及代表这些广大人民的通俗文学作者的眼里，阮胡子始终是无法遁形的。他要是不舞文弄墨还好一点，现在留下了燕子笺之类的所谓作品，倒使人人“都知道有本戏叫《燕子笺》，这本燕子笺是魏忠贤的干儿子奸臣阮大铖作的”，永留下千载的骂名。这里，不适用“不以人废言”这句话。

文学本不是个人的事业。一个作者，倘使他手里的那一枝笔，不是服务于大多数人群，而只是逞才华，玩技巧，以图谋取一己的功名利禄，那他将永远无法达到目的。阮大铖在福王朝虽藉戏曲短时恢复了旧势，但在降清之后，终于在仙霞岭上扑石而死，这便是一个明证。

一九四九年一月十六日

（原载一九四九年三月二十六日《大公晚报·半月文艺》）

谈吴虞

五四运动的三十周年纪念日到了，吴虞（又陵）先生却于四月二十八日在成都病逝了。

说到五四运动，我们不曾忘记“打倒孔家店”是当时的一个基本口号；而说到“打倒孔家店”，则我们又不会忘记这一位“四川省只手打倒孔家店的老英雄”——吴虞先生。

吴先生是熟读儒书，又是专研法政的人。他曾经费了十余年的时间，将六经、五礼通考、唐律疏义、满清律例，及各种史书中议礼议狱的文字，拿来和老、庄，孟法斯鸠、甄克思、穆勒约翰、斯宾塞尔，远藤隆吉、久保天随诸家的著作，以及欧美各国宪法、民法、刑法，比较对勘，结果他发现了中国的种种礼法制度，大抵都是贼害人的，如家族制度便是专制主义的根据，而“儒家以孝弟二字为二千年来专制政治与家族制度联结之根干”，以至“儒术之弊与专制之祸，俱远于极点。……二十四史，脓血充塞。”所以他毫无忌惮地攻击儒家的始祖孔子：“庄子盗跖篇，直斥孔丘为‘鲁国之巧伪人’，谓其‘摇唇鼓舌，擅生是非，以迷天下之主，使天下学士，不反其本；妄作孝弟而侥幸于封侯富贵。’大揭其借孝弟以保持禄位之隐衷于天下后世，其一针见血之言。故余谓盗跖之为害在一时，盗丘之为遗祸及万世；乡愿之误事仅一隅，国愿之流毒遍天下。"对于孔子以后的儒家诸大师如荀、孟等,也不遗余力地加以抨斥,吴先生既认定家族制度是使"吾国终颠顿于宗法社会之中,而不能前进"的祸根,所以当他看了鲁迅先生的"意在暴露家族制度和礼教的弊害"的《狂人日记》以后,便欢喜赞扬,引起同感,他于是也写了一篇《吃人与礼教》来与鲁迅作桴鼓之应。《狂人日记》里说:"我翻开历史一查,这历史没有年代,歪歪斜斜的每叶上都写着'仁义道德'几个字。我横竖睡不着,仔细看了半夜,才从字缝里看出字来,满本都写着两个字是'吃人'!"吴先生便从"脓血充塞"的历史上,找了许多实例来给这些话作为证明,礼教吃人,遂成定识。"吃人的礼教"一语,就是这样的成立而且流行迄今的。

自然,吴先生有些见解,在今天看来,还不无可商之处(如专制主义的根据,实际是封建生产关系,并非家族制度),但在当时,他敢于"甘蒙离经叛道之讥",公开向支配中国思想界二千余年的孔教,宣告反叛,这种精神和识力,实在令人钦服。他的这些反儒家的文章,多半写于成都,其时陈独秀、易白沙诸人,虽然也正在反孔,但他和他们各处一方,并未互通声气,所以,他既非赶热闹,也非趋时投机,的确是心有所感,不得不发。也正因为这样,他的文章,才会那么真切充实,尖锐有力,处处充满对于旧礼教的憎恨。在同时代几位反儒教的理论家中,他实在要算是最骠骍最彻底的一人。

因此,正如五四新文化运动遭受到守旧势力的反对一样,吴先生个人也受了不少的毁谤。而最恶狠的一种办法,便是用吴先生旧诗集中的几首艳体诗来作为攻击的口实。原来吴先生在未到北京以前所刻的诗集中,有几首赠给妓女娇寓的诗,现在便有人将它们抄出投给《晨报副刊》发表,用以揭发这位新人物尚不免于旧文士的陋习。其中如《新年赠娇寓十二首》之一云:

吹断人间紫玉箫,年年春恨总如潮。

英雄若是无儿女，青史河山更寂寥。

发表之后，果然引起许多读者对于吴先生的不满，纷纷投文责难。吴先生答复道："我的诗集，刻于来到北京以前。绮丽之词，不加删削，本无避讳。"态度是很坦白的。这些诗自然不足为训，但顽固派企图抓住这一点来打击吴先生，并借此打击新文化运动的动机，却是万分卑劣的。吴先生清算儒家的劳绩和他的《文录》，终将在中国文化史上永垂不朽。

一九四九年五月三日

（原载一九四九年五月十三日重庆《新民报》）

从家庭关系看周作人

——文苑谈往之一

对于周作人还有什么可以说呢？抗战期间，当所谓“周作人事件”发生的时候，曾经有不少人从生活上，从文字上，讨论过周作人堕落的根源，现在用不着再说什么；何况周已经出狱而且又在写文章了。不过，当我看见《大众晚报》上转载的周作人用笔名“鹤生”所写的一篇《吃人肉的方法》以后，却不禁又想起了遗忘已久的周作人的许多事来。这里且就家庭关系来谈谈，或者也可以收一点“即小见大”的功用吧。

周作人之赴日本留学，是光绪三十二年六月鲁迅重赴日本时一道回去的。因为父亲早故，家道中落，鲁迅以长兄的地位，对周作人可说是友爱备至。他重去日本的目的，原是想在东京住下来研究文艺，然而到了宣统元年，为了周作人的学费，却不得不牺牲自己的研究而回国了。据许寿裳说：

> 鲁迅在东京不是好好地正在研究文艺，计划这样，计划那样吗？为什么要“归国，任浙江两级师范学堂生理学化学教员”呢？（民元前三年）这因为作人那时在立教大学还未毕业，却已经和羽太信子结了婚，费用

不够了，必须由阿哥资助，所以鲁迅只得自己牺牲了研究，回国来做事。鲁迅自传中，所谓“终于，因为我的母亲和几个别人很希望我有经济上的帮助，我便回到中国来。”“几个别人”者，周作人和羽太信子也。（许著：《关于弟兄》）

鲁迅回国以后，教学之暇，曾辑唐以前越中史地书成《会稽郡故书杂集》一册。从发意搜集到编排考订，写叙文小引；从起草以至誊清大约有三四遍，都是鲁迅亲自做的。但到民国二年四月刊行时，却将名义让给周作人，叙文署“会稽周作人记”，而不用他自己的名字。此外，鲁迅又辑录唐以前古小说逸文，成《古小说钩沈》十册，当初也想用周作人名刊行，所作叙言，也是署周作人的名字。其后，在民国九年春天，上海群益书社重印《域外小说集》，鲁迅在原序之外，又加了一篇新序，又是署周作人的名字。这三部书，除《域外小说集》内有周作人译品外，《会稽郡故书杂集》和《古小说钩沈》，完全出于鲁迅一人，多年搜集，历经辛苦，尤以《钩沈》卷帙浩繁，自《青史子》至《旌异记》凡三十六种，是研究汉魏六朝小说的宝库，且有很大的学术价值。然而鲁迅竟连它也要让给周作人了。

这是就事业的一面说，若就生活的一面说，鲁迅对周作人也可谓善尽长兄的责任。大约在民六的春末夏初，周作人和鲁迅同住在北京绍兴会馆，那时北京正流行着猩红热，周作人忽然发高热了。这使鲁迅非常担忧，愁眉不展，四处借钱，急请德医狄普耳诊断，才知道不过是出疹子。他第二天到教育部，很高兴地对许寿裳说：“起孟原来这么大了，竟还没有出过疹子。”他虽然已经放了心，但是眼眶下陷，一时还没有恢复。又民国十年，周作人养疴香山碧云寺，因为费用浩大，鲁迅又四处奔走，借贷应急，并且时常前往护视。

上面所述，还只是就外人所知者而言，但鲁迅是怎样地友爱其弟和周作人之如何受惠于其兄，也可以完全看出来了。

然而，到了后来，一面由于鲁迅的思想日新月异，勇猛精进，周作人追赶不上，发生了根本见解上的差异；一面由于羽太信子的居间作祟，播弄是非，周作人竟和鲁迅发生龃龉，终至绝裂。原来羽太信子是有歇斯迭里性的，她对鲁迅，外貌恭顺，内怀忮忌。周作人则心地糊涂，轻听妇人之言，不加体察；终于鲁迅于民国十二年八月，便被逼着从公用库八道湾住宅搬出而另在砖塔胡同赁屋居住。这八道湾住宅原是他们兄弟三人把绍兴的祖产卖掉后购置的。接着七十多岁的老母亲也搬出来了。从此两人不和，成为参商。真如许寿裳所说："这是作人一生的大损失，倘使无此错误，始终得到慈兄的指导，何至于后来陷于迷途，洗也洗不清呢？"

以后八道湾住房即由周作人独占。鲁迅则于十二年十二月借钱购得阜成门内西三条胡同二十一号房子，与老太太和朱夫人同住。新屋略加修缮以后，鲁迅就独自回八道湾去取书籍。想不到周作人和羽太信子却抗拒不许，信子急忙打电话请外宾来帮忙，周作人则一本书远远地掷入，鲁迅置之不理，专心检书，但结果还是没有全部取出。许寿裳赠给他的一部《越缦堂日记》，也被周作人夫妇没收了。(许著:《亡友鲁迅印象记》七四页)

十五年八月，鲁迅离京南下，老太太与朱夫人仍住西三条胡同。过去全家的生活都是由鲁迅负责，现在老太太在平，周作人仍不过问，生活费是鲁迅按月由沪汇去。周作人不惟不照拂母亲的生活，并且还常常有闲言闲语。这在鲁迅给老太太的家信中，可以约略看出：

> 心梅叔有信寄老三(按指周建人)，云修坟已经动工，细账等完工后再寄。此项经费，已由男预先寄去五十元，大约已所差无几。请大人不必再向八道湾提起，免得因为一点小事，或至于淘气也。(一九三三年十二月)

老三是好的，但他公司里的办公时间太长，所以颇吃力。所有的薪水，好像每月也被八道湾逼去一大半，而上海物价，每月只是贵起来，因此生活也颇窘的。不过这些事他决不肯对别人说，只有他自己知道。男现只每星期六请他吃饭并代付两个孩子的学费，此外什么都不帮，因为横竖他去献给八道湾，何苦来呢？八道湾是永远填不满的。（一九三四年八月）

老三因闸北多谣言，搬了房子……他近来身体似尚好，不过极忙，而且窘，好像八道湾方向，逼钱颇凶也。（一九三五年十二月）

第一信内所说的修坟，是修绍兴的祖坟。不必向八道湾提起，是鲁迅愿意独任经费，不必叫周作人出钱，以免呕气。从第二第三两信又可看出周作人还时时向他们的三弟周建人要钱，其在手足之间的贪残无义，是不仅对鲁迅一人为然的。然而，鲁迅对历年的这种种事情，在日记中都一字不提。而在大的处事做人方面，还常常对周建人说，希望周作人保存着像先前北京恐怖时代设法把李大钊的儿子护送出国的那种热忱，不要走到消极的路上去。（见周建人：《鲁迅先生对于科学》）

但周作人对鲁迅却完全与此相反。当《阿Q正传》发表以后他曾经写过一篇评论登在一九二二年三月十九日的《晨报副刊》上，作为《自己的园地》的第八篇，但在《自己的园地》印单行本时，这一篇却被删去了。以后在文章里，绝口不谈鲁迅的著译。由这可见他对鲁迅是怎样的深恶痛绝。更甚的是，在鲁迅死后，他对上海《大晚报》驻平记者说："鲁迅先生以前的思想，是偏于消极的，现在变为虚无主义者。癖性又多疑，别人的一举一动都疑惑是骂他……"对死者可谓诬蔑尽致。而对于一般青年的崇敬鲁迅，则又深表不解和气愤。

还有令人惊异的，是鲁迅死后周作人对于老太太的态度。柳存仁在《北大与北大人》一文里，有一段说到周作人在鲁迅刚死的次日到北大去上课的情形，说：

> 在鲁迅先生逝世的下一天，我恰巧有周启明先生的一课，起先，打算不到校去上课了，因为我们料想他未必会来校的。后来到校去，他居然没有请假，仍是挟着一本《颜氏家训》，缓缓地踱到课堂里来了。（那一课是六朝散文）上了一点钟的课，沉沉静静的，大家既不开口发问或表示悼慰，周先生单是念着书本讲话。忽然下课的钟声响了，启明先生挟起书，说："对不起，下一点钟我不来了，我要到鲁迅的老太太那里去。"（《宇宙风》乙第三十六期）

最初看去，实在令人不敢相信，因为就普通的人情想，这是无论如何也不会有的事情；然而，老舍在重庆纪念鲁迅逝世四周年晚会上的讲词，却完全证明了"鲁迅的老太太"这话是确实的：

> 鲁迅先生逝世那一年，曾在北平参加过北京大学的追悼会。记得周作人曾在报告鲁迅先生的生平时，似乎说过"他的母亲"四个字，当时听得非常刺耳，好像这位周老太太并非周作人的母亲似的。连自己的母亲都不承认，无怪抗战以后，他不承认自己的国家民族了。（见《抗战文艺》六卷四期）

这就完了。真的，对于这样的人，还有什么话可说呢？

一九四九年六月四日

（原载一九四九年六月七日重庆《新民报》）

伥

——文苑谈往之二

民国十四五年间,章士钊办《甲寅》周刊,封面上画的是一只老虎,所以一般人称这周刊叫"老虎报"。它在广告上说:"文字须求雅驯,白话恕不刊布。"里面专载文言。但在同一时候,有一个登载白话,封面上并未画有老虎的周刊,却也被人称为"白话老虎报"——这就是《现代评论》。

《现代评论》是一个综合性的期刊,但很注重文艺。撰稿者除陈西滢、胡适、彭学沛、唐有壬、杨端六、高一涵、陶孟和、燕树棠以外,文艺方面的作者,有徐志摩、杨振声、丁西林、凌叔华、袁昌英、沈从文等人。编辑是陈西滢。从撰稿的人和态度上看,它和后来的新月社以及胡适主编的《独立评论》,都有血脉上的渊源。在那个时候,的确算得上一个著名的大杂志。

何以它被称为"白话老虎报"呢?封面上有无虎,所载文字是否是全文言,这都是皮毛的不相干的问题;重要的是,在精神上,这个欧化绅士们主持的周刊,和章士钊的"老虎报",的确有很多相似的地方。这在评论女师大风潮和三一八惨案的态度上,尤其表现得明显。它在这种场合,都竭力为段祺瑞,章士钊等人说话;而章士钊对它也特别另眼相看。例如,以章那种反对白话文的激烈，动辄骂人“以鄙倍妄为之笔，窃高文美艺之名”，但独独称赞《现代评论》编辑陈西滢“屡有佳文”，虽然下文也说因为是白话，他有时“读亦弗卒”，但称为“佳文”却是定了的。即此已可看出两者是怎样的“莫逆于心”。然而，他们彼此间还有更深的关系，就是：《现代评论》曾接受过章士钊的津帖。

对于这个秘密，首先出来揭发的，好像是徐炳昶（显克微支《你往何处去》的译者），主编的《猛进》三十一期上蔚麟的通信，他把《现代评论》列为北京政府机关报的第三种，说：“《现代评论》因为受了段祺瑞、章士钊的几千块钱，吃著人的嘴软，拿著人的手短，对于段祺瑞章士钊的一切胡作非为，绝不敢说半个不字。”接着川岛（小品文集《月夜》的作者）在《语丝》六十八期上，发表了一封回答王子欣的信，又提到这津贴问题：“据说现代评论社开办时，确曾由章士钊经手弄到一千元，大概不是章士钊自己掏腰包的，来路我也不明。……然而这也许是流言，正如西滢之捧章士钊是否由于大洋，我概不确知。”于是，西滢马上在《现代评论》六十五期上提出辩解，他说：“听说在‘联合战线’中，关于我的流言特别多，并且据说我一个人每月可领到三千元。流言是在口上流的，在纸面上倒也不大见。”现在流到纸上了，所以他特别申明：只要有人能够证明他个人“领受过三百元、三十元、三元、三毛，甚而至于三个铜子”那他“就不再说话”，“要是毫无证据”他就要请川岛“吃嘴巴”。但这只是替他个人说话，而对于现代评论社是否收受章士钊的津贴则避而不答。

现代评论社中正面出来为这问题辩护的，是另一位“主角”唐有壬。不过他却不在自己的刊物上，也不在北京当地，而是远迢迢地写一封信寄给上海的《晶报》。在这封信里，他对于津贴的来源和《语丝》攻击他们的原因，都有详尽的叙述：

> 《现代评论》被收买的消息，起源于俄国莫斯科。在去

年春间，我有个朋友由莫斯科写信来告诉我，说此间的中国人盛传《现代评论》是段祺瑞办的，由章士钊经手每月津贴三千块钱。当时我们听了，以为这不过是共产党造谣的惯技，不足为奇，但是我们也很疑惑，我们并不曾反对共产主义，他们为什么要造谣中伤呢？……这种消息传到了北京，恰遇着北大教职员驱逐王九龄的一件事。那时有一位与《语丝》有关系的北大教授，做了一篇骂王九龄的文章，要《现代评论》登载。文章的内容是攻击王九龄如何贩卖鸦片烟，如何逢迎唐继尧，都是关于个人私德的话，而没有政治上的理由。我们最初就持着只论事，不论人的主旨，对于这种谩骂攻讦式的稿件，便直截了当谢绝了。这是《现代评论》与《语丝》结怨之始，而三千元津贴的话，也就由他们传达于至北京。

这封信在语丝社方面的反响，是将它转载于八十六期，并由周作人写了一篇《书后》（编者按文题为《“〈现代评论〉主角”唐有壬〈致晶报书〉书后》）对于一千元的事，这样地说：

唐君信里所要说明的一点，是《现代评论》并未被收买，即并未收受章士钊的一千元——我说一千元，因为我听见，说起，并且加以攻击的只是这一千元，至于陈西滢唐有壬所哓哓置辩的每月三千元，我并没有说过，也没有听过。但是，唐君虽然敢于这样说，不知道别的主角们，如石瑛，丁燮林也能同样地负责声明么？去年秋天《语丝》开始反对《现代评论》之后，对方托人调停，石丁二君那时对于章士钊的一千元也别无否认之勇气，后来因为《现代评论》不肯改变捧章的态度，这个谈判终于决裂。……现在既然又有唐君

> 这样有价值的否认的信，我们也不能完全无视。今特提出要求，倘若唐君不是说谎，我要求东吉祥的正人君子，不，即以石丁等三四位代表亦可，能够于十天内对着LLLHMC六位（注意，均非语丝社员）北大同人以书面或口头郑重声明现代评论社并未收受章士钊的一千元，倘若收受便是"畜生之畜生"。那么，我也可以相信他们，替他们更正。……

对于唐有壬的随便诬人，满嘴"莫斯科""共产党"云云，他又这样给予"严重训诫"：

> 唐君是唐才常烈士的公子，我们不愿过于诘责他，……但是有一件事。我对于唐君不得不严重训诫，这便是说《现代评论》被收买的消息是从莫斯科来的。我告诉唐君，我们所知道的，《现代评论》收受章士钊一千元的消息，乃是从现代评论社出来的，……唐君却硬说这是赤俄的消息，信中又拉扯到共产党的言论，时时用"他们"这一个代名词笼统包括，这实在是一种卑劣阴险，没有人气的行为。随便说人是共产党，这与前清时随便说人是革命乱党无异，不是常人所应为的。唐君是烈士之子，尤其是不应该这样地不检点，学一般散布"流言"的小人的行径。……

唐有壬和现代评论社对这不再有什么答辩；而语丝社方面则跟踪追击，岂明在八十八期《我们的闲话》第二十五篇内，更提出三个办法，让现代评论社採择："第一是现代社取真正的绅士态度，承认受过章士钊的一千元，诚恳地表示悔恨之意。第二是默认。第三是照了我们的要求，对着公正人声明，倘若受章士钊的钱，便是'畜生之畜生'。"并要求现代社于七月三十一日（一九二六年）以前，在他自己的报上有所表示，否则"即是默认"。在八十九期《我们的闲话》栏第二十九篇，又追紧一步：

> 现代评论社诸君子鉴：现在只有六天了！章士钊一千元的辩论，定于七月三十一日截止。（岂）

到了九十期周栏第三十篇，便斩钉截铁地这样宣布：

> 现代评论社收受章士钊大洋一千元的事件，调查属实，在七月三十一日以前该社亦毫无辩解，业已表示默认，今特郑重声明，现代评论社收受章士钊一千元一节全系事实。倘该社能请 LLLHMC 六位之中之任何三人为证人，对我提起诉讼者，鄙人随时可以奉陪，惟倘若捏造事实，传布流言，再在外埠报纸上投函说谎，则认为"畜生之畜生"，恕不齿及。八月一日，岂明。

现代评论社始终没有答复；《语丝》自此以后，也不再有关于此事的文章了。

据上所述，《现代评论》之荣获"白话老虎报"的嘉名，实在是很恰当的。章士钊曾被人称为"老虎总长"，那么《现代评论》真正可以说是"为虎作伥"。

这件公案已经过去了二十余年了。现在有些读《华盖集》和《华盖集续编》的人，只看正文，往往还不能十分清楚鲁迅所攻击的现代评论派究竟是什么东西，这篇小文或可略供参考。而当年曾经参加过这场战斗的周作人的先后经历，这里也顺便留下一点历史的教训。我是不止把它当作文苑的往事来谈，其中是还含有一点"立此存照"的意思的。我想，现在知道的人恐怕已经不很多了吧。

一九四九年七月五日

（原载一九四九年七月九日重庆《新民报》）

"正人君子"的由来

——文苑谈往之三

读《华盖集》、《华盖集续编》、《而已集》，以至《朝花夕拾》里的一部分文字，我们总常常看到鲁迅称陈源（西滢）胡适等人为"正人君子"；而用法又很特殊，含义恰恰和这四个字所代表的正面意义相反。这到底有没有什么根据呢？

原来当民国十四年八月，国立北京大学，为了反对章士钊为教育总长，曾宣布与教育部脱离关系。在该校评议会开会讨论此案时，胡适、陈源等教授，竭力表示反对；在评议会通过以后，他们又不断提出抗议，这事遂成为北大内部的重大纠纷。胡陈等人，因为反对脱离，便被北京《大同晚报》誉为"正人君子"。

本来，国立大学岂有公然脱离教育部之理？那些主张脱离的人，挨骂自然活该；而胡陈等人的受到校内外某些人的喝采，也实在是理所当然。不幸时光流驶，二十年来，他们的这一段光荣事迹已经日就湮没，今之"束发小生"，看到鲁迅笔下加了号的"正人君子"四字，大抵都不免有些茫然了。为了提供《华盖集》等书的读者一项资料，也为了保留那些"正人君子"的一点嘉言懿行，我以为实在有把这次事件叙述一下的必要。别人的意见或者不无偏私，我们还是看看他们自己的那篇《这回为北大脱离教育部事抗议的始末》罢。首先是评议会开会表决的情形：

> ……本年八月十八日，顾孟馀教务长召集评议会，事前未声明事由，我们几个评议员到场，始知为反对章士钊为教长的事。当时讨论甚久，最初表决的问题为本校对于此事应否有所表示；马裕藻教授并说明评议会本有建议于教部之权，故表示是可以的。表决的的结果为赞成与反对各六票（余文灿罗惠侨两教授中途退席，不及参加投票），主席顾先生自投一赞成票，表示者遂为多数。次表决应否与教部脱离，时皮宗石教授退席而去，王星拱王世杰教授等声明对于此案无表决权，应交全体教授大会议决，但主席卒以此案付表决，赞成与教部脱离者凡六票。是时蒋代校长因家事南归，校事由顾教务长代拆代行。顾先生不及待蒋先生之归亦来电告蒋先生，即令文牍课退回教育部公事三件。蒋先生二十二日回京，顾先生又于前一晚（二十一日）八时许促令文牍课送一公函与财政部，声明已与教部脱离关系，以后经费请财政部直接发给本校。

其次是他们抗议的经过及结果：

> 我们十九日即有抗议书送至评议会，但顾先生并不睬这抗议，蒋先生回京后，我们知道此事已执行了，我们并不希望蒋先生否认他的代表人替他做的事，我们只希望他召集评教联席会议复议此案。……当时顾孟馀，李煜瀛，马裕藻教授，反对复议甚力。陈大齐，朱家骅，张凤举，王烈等四教授出来调停两方的意见，并无效果。……蒋先生于廿六日下午通告于二十八日上午召集联席会议。开会后，马裕藻教授等坚持此会只可为谈话会，并说联席会无法律上的

> 根据。……争持既久,胡适教授谓既不许我们说话,我们只好退席,他遂退席,众人挽劝之。李煜瀛教授始承认可用签名式签名于建议书,于是胡适教授提出对于校长的建议书一件:"同人建议于校长,请其对于本月十八日评议会议决案斟酌情形,停止执行。"签名同意者十二人。……蒋代校长于三十一日召集评议会,他报告他斟酌的情形,不能不继续执行评议会原案的苦衷。是日评议会议决:"评议会对于与本校无直接关系之重大问题,倘有所预闻,须由评议会召集全校教授,依照多数意见决定之。"这是对于将来的保障……

最后是他们对于这次事件的感想:

> 我们对于这回本校脱离教部的事件竟不能挽救,我们很惭愧。现在本校对于这一类的事件既议决了一层保障,以后本校同人若能严格的尊重该项议决的精神,充分应用这点保障,使本校早日脱离一般的政潮与学潮,回到内部改革上多番努力。那么,我们这回所受的种种诬蔑与毁谤,也就很值得了。

这篇东西,签名的共二十人,内有胡适、陈源、王星拱、高一涵、陈翰笙、王世杰、丁燮林、李四光、周贤、皮宗石、陶孟和、燕树棠等。看他们千方百计,卖尽气力——尤其是胡博士的"他遂退席"一幕最为精彩,——真是表现得十分纯正。《大同晚报》称他们为"正人君子",谁曰不宜?但不知怎地,看了以后,总不免要联想到另一段文章:

> 那些头上有各种旗帜,绣出各样好名称:慈善家,学者,文士,长者,青年,雅人,君子……。头下有各样外套,绣出

各式好花样：学问，道德，国粹，民意，逻辑，公义，东方文明……（《野草·这样的战士》）

这批反对脱离的教授，头上头下也有各种旗帜和各样外套；扯去了旗帜和外套，只不过是：当时的北洋军阀政府是"合法"政府，无论教育部的措施如何，章士钊的为人怎样，教员学生都应该俯首贴耳，不能有一丝一毫的动作而已！

对于北洋政府和章士钊之流，既如此其恭顺，那对于当时广东政府的态度，自然可想而知。在《现代评论》上，便曾有攻击广东为"赤化"的文字。果然，后来的"三一八"惨案时，段祺瑞政府通缉所谓"暴徒首领"，里面便包含有李大钊，顾孟馀等人；而反对北大脱离教部的这批人，则个个都持盈保泰，毫无铁窗斧钺之忧。然而，到了后来，青天白日旗逐渐由广东插向远处，他们也就"于是乎南下，南下，南下……"了（《而已集·"公理"之所在》）。对照一下这些"正人君子"们的今昔的言行，那便会觉得这篇《始末》更加有趣的。

知道了这件小小故实，我们就可以看出鲁迅笔下的这四个字，用得多么恰当。

然而，却有人出来为"正人君子"们说话，将鲁迅的文章谥为"刀笔"，这人就是苏雪林女士。她在《过去文坛病态的检讨》里说：

至于"刀笔文化"乃是鲁迅一手造成。……他的杂感文字自《华盖集》到《准风月谈》，约十四五种，内容百分之九十九在痛骂他所怨恨的"正人君子"。散布流言，捏造事实，放冷箭，用软刀，深文罗织，任意周纳，一时也说不了许多。知道青年憎恶特权阶级，他便说"正人君子"是特权阶级的帮闲者；知道青年憎恶军阀，他便说"正人君子"是军阀的哈巴狗；知道青年憎恶帝国主义，他便说"正人君子"是帝国主义的代言人。青年憎恶的对象屡变，鲁迅笔锋所周纳的“正人君子”的罪状也屡变。后来又推广其攻讦之范围而及于胡适先生，说他是什么“高等华人”，“伪学者”，“金元博士”，甚至凭空诬蔑之为“汉奸”为“卖国贼”，他这套“信手枭庐喝成采”的戏法，果然玩得不差，青年对于“正人君子”和胡适先生的信仰，果然也因此起了一度的动摇。（据唐弢《短长书》六五页所引）

她在这里，是怎样的“散布流言，捏造事实，放冷箭，用软刀”，我不想说什么，因为正是“一时也说不了许多”，但我必须指明一个事实，就是：在民国十四年的时候，苏女士虽然还没有上跻于北京大学教授之列，但她一直就是“胡适先生”的热烈崇拜者，而后来在武汉大学，陈源教授又是她的“同事兼上司”。她之和“正人君子”们沆瀣一气，正无足怪。

一九四九年秋

（原载一九四九年重庆《新民报·新民副页》）

关于陶焕卿先生

陶焕卿先生是辛亥革命的领导人之一。但是,他的声名却最为隐晦,现在知道陶先生的人怕已不很多了。

陶先生名成章,字焕卿,别号匋耳山人,浙江会稽人。清末从事革命运动,与章太炎蔡孑民等组织光复会,任副会长;又与徐锡麟同创大通学校,为鼓吹革命的机关。他在江浙会党中极有力量,常芒鞋日行八九十里,联络浙东诸县的“九龙会”,“双龙会”等会党,共谋覆清,又游南洋群岛,运动侨民。他生平蓬头垢面,穷困不堪,有一个时期,曾在上海自称会稽先生,教人催眠术以糊口。所以,在徐锡麟被杀以后,清廷通缉他的罪名里,便有一联对句是:“著中国权力史,学日本催眠术。”当他亡命东京时,常到友人处谈天,所谈大抵不外某地不久可以“动”,或讲春秋时战争外交情势,口讲指划,历历如在目前。当时章太炎尝戏呼他为“焕强盗”或“焕皇帝”。辛亥起义,他自爪哇归国,时浙江已反正,汤寿潜为都督,他被任为参议,郁郁不得志,自设光复军总司令部于上海,不久,遂为忌者暗杀了。

陶先生是光复会的重要领袖。据章太炎《自定年谱》宣统元年条下说:“焕卿自南洋归,余方讲学,亦言吾辈主张光复,本在江上,事亦在同盟会先,曷不设光复会;余诺之。同盟会人亦有附者。”由此可见陶先生还是首先倡议组织光复会的人。在运动会党和华侨的工作上，他都曾尽过很大的力量，有着很大的功勋。他的“用麻绳做腰带”（鲁迅语）的刻苦精神，他的坚定高卓的志行风骨，都很值得人敬佩。在蒋观云（智由）的一首《送匋耳山人归国诗》里，很可以看出他的为人：

亭皋飞落叶，鹰隼出风尘。
慷慨酬长剑，艰难付别尊。
敢云吾发短，要使此心存。
万古英雄事，冰霜不足论。

可惜像这样的一位革命家，在被人暗杀以后，竟连在革命史上的勋绩也被涂抹了！他的同志兼好友的章太炎，曾经给徐锡麟、陈伯平、马宗汉等立过传，可是对于陶先生独付缺如。许寿裳曾说：“惟陶成章功大而名最隐，（章）先生之所以未为撰传，所谓犹有忧患者。”（许著《章炳麟》页三九）这“犹有忧患”四字，透露了陶先生“功大而名最隐”的原因，绝非史家的疏忽所可解释，其间是必然有什么不容章太炎或他人秉笔直书的缘由在的。

这缘由是什么呢？孙伏园先生告诉我，暗杀陶先生的凶手，就是蒋介石和陈英士等一般人。因此，在蒋贼窃国专政的时期，他自然要竭力抹杀陶先生在革命史上的功勋；而旁人也不敢说什么话。许寿裳所说的“犹有忧患”，就是这个意思。

我们注意陶先生，是由鲁迅的文章所引起的。在《华盖集·补白》和《华盖集续集·为半农题记〈何典〉后，作》内，鲁迅曾一再提到过他。此外，在章太炎《自定年谱》、许寿裳《亡友鲁迅印象记》第三节里，也都附带略有记述。但我始终不曾见过一篇传记或专门谈陶先生的文字。一九四六年夏。我在北碚，曾两度登缙云山访晤陶冶公先生（名铸，鲁迅在东京时的老友），想从他那里探询一点焕卿先生的事迹。因为焕卿先生是他的侄子，他自然知道得很清楚。可惜两次都有人在座，未得详谈。为了使陶先生三十余年来的沉冤得伸，为了使蒋贼这一桩为我们所未知的暗杀罪行暴露于世，我希望能够看到详尽的关于陶先生的文字。现在已经是时候了。

附　记：

狄平子《平等阁笔记》卷四有这样一则："陶君焕卿，在前清时代，以革命事为仇家所陷，追捕甚急，而囊中不名一钱，乃求贷于其友某君，某君寒士也，正无法以应其急需，其夫人在内室闻之，乃趋出，慨然于腕间除金条脱以赠之。陶君始能就道得免于难焉。及民国成立，陶每对人言，谓非得某夫人之仗义，决无以至今日。……及陶在医院被害，死之日，其友适梦陶君来家，次晨其妇即产一子，身有红斑一块，正与陶君相符。……"这自然是不足置信的一种传说，但也未尝不可视为民间对陶先生之死的一种反应，即希望他重生转世，姑附录在这里。

一九五〇年九月一日

（原载一九五〇年《人物杂志》第七期）

编　按：

一九四六年十二月十日，作者曾撰《谈陶焕卿》一文，本篇是在旧文的基础上进行了修订、补充。

从李齐贤看中朝文学关系

我们对于现代朝鲜文学,差不多可说是一无所知。除了几篇由日本重译的短篇而外,许多重要诗人和小说家的作品,都还未见有人逐译。但是,过去的情形却正相反。从很早以前起,若干世纪之中,中朝两国文学界经常保持着密切的联系,诗文的酬和,作家的接触,都很频繁。在那些年代里,朝鲜的作家们,不仅运用的文字是汉字,就是在思想内容上,也受中国文学的影响很深,可以说是全盘华化。今天,朝鲜的文学自然不再如此。但由过去的这种情形,也就可以看出历史上中朝文学关系的深切和悠久了。我们倘若回顾一下这种关系,便不禁会对朝鲜这个国家及其人民,引起一种亲密的感情,并要求加强现代中朝文学的交流工作。当我们获读十四世纪朝鲜(时称高丽)诗人李齐贤的作品时,心情就是这样。

李齐贤,字仲思,号益斋,一二八七年十二月(元世祖至元二十四年)生。十五岁应礼部试,中丙科,年轻时代就很有文名。他曾四度来华,到过中国的许多地方:北至幽燕,西抵成都,东南游浙江,西北到甘肃,“所至题咏,脍炙人口”(李穑:《李文忠公墓志铭》[①])。他在本国,“相五朝,四为家宰”(前人:《益斋乱稿序》),封鸡林府院君。一三六七年(元顺帝至正二十七年)七月卒,年八十一。谥文忠。著有《益斋乱稿》、《栎翁稗说》等。《乱稿》又名《益斋全集》，内收诗文共十卷，前有李穑序，后附《拾遗》及李撰《墓志铭》。一三六三年（高丽恭愍王十二年、元顺帝至正二十三年）刊成，一六〇〇年（朝鲜李朝宣祖三十三年、明神宗万历二十八年）及一六三六年（李朝肃宗十九年、明思宗崇祯六年），又两次重刊。是朝鲜很负盛名的一部著作。在中国，有“粤雅堂丛书”本和“丛书集成”本（据前者排印）。陈衍所辑《元诗记事》中，也曾录有他的四首诗。清道光间诗人吴兰雪（嵩梁，江西东乡人）在给朝鲜金山泉的信里，曾称此书为“文苑奇珍”，足见很受中国文人的重视。

元仁宗延祐元年（一三一四）正月，李齐贤奉高丽忠宣王召至北京，时年二十八岁。忠宣王即王璋，字仲昂（1275—1324），元武宗至大元年（一三〇八），受元册封为高丽国王，兼藩王。仁宗皇庆二年（一三一三）逊位给世子王焘（忠肃王），以太尉职位留住北京，修了一间万卷楼，读书奉佛，和当时文士姚牧庵、赵子昂、虞集、元复初等相往还。尝说：“京师文学之士，皆天下之选，吾府中未有其人，是吾羞也。”（李穑：《墓志铭》）因此就把李齐贤召至北京。齐贤到京后，与姚、赵诸人交游，其诗文很受他们的赞誉。他自到中国以后，写作上也更有进步。

他之到四川，是在元仁宗延祐三年（一三一六）。从集中诗词看来，他是这年春天从北京出发，经河北、河南、陕西而至成都。在启程时，赵子昂、元复初、张希孟诸人，都有诗送别，他也一一酬和。这里且录他和元复初两人的赠答于次，以见当时两国作者的关系。元诗云：

峨嵋山色梦中青，人自鸡林使锦城。
九城图经归一姓，四川风物契三生。
扪参历井真虚语，咏月吟风足此行。

细问孔明当日事，辽东却对幼安评。

李和作云：

昔从倾盖眼能青，载酒同游遍洛城。
直欲执鞭如鲁叟，岂惟结袜比王生。
感出灯火三更话，慰我关山万里行。
更得新诗入囊楮，剑南人识汝南评。

到了成都，这个著名的所谓锦城，风物秀丽，名胜古迹甚多，给他增添无数诗料；他更登峨嵋山，探奇揽胜，写下了不少诗词。如《蜀道》：

此山从古有，此道几时开。
不借夸娲手，谁分混沌胚。
天形旂尾掷，冈势剑芒摧。
雾送千林雨，江奔万里雷。
班班穿荟郁，矗矗上崔嵬。
下马行难并，逢人走却回。
惊猿空踯躅，去鸟但徘徊。
才喜晨光启，俄愁暮色催。
金牛疑妄矣，流马笑艰哉。
寄谢题桥客，何须约重来。

长短句如《洞仙歌》咏杜子美草堂：

百花潭上，但荒烟秋草，犹想君家屋乌好。记当年，远道华发归来，妻子冷，短褐天吴颠倒。　卜居少尘事，留得囊钱，买酒寻花被春恼。造物安何心，枉了贤才，长羁旅，浪生虚老。却不解，消磨尽诗名，百代下，令人暗伤怀抱。

此外，在川时所作诗词，还有许多。想不到相去万里的蜀中风物，竟与这位异国诗人有这样一段情份。他在《眉州》一诗的序言里说："吾大人(按李父名瑱，号东庵)三昆季，俱以文笔显于东方……若使北来，得与中原贤士大夫进退词林，虽不敢自比于苏家父子，亦可名动一时。……"诗中又有"君不见鸡林三李亦人杰，翰墨坛中皆受钺"之句。足见他之长于诗文，是和他的家庭环境很有关系的。

因为集力诗文，并非按年编辑，所以无从知道他离川的时期。李撰《墓志铭》亦未说明。但在《二陵早发》的序言中，有"十月北归"之句，大约就在同年(一三一六)十月。又《路上》一诗里，有"写上行吟蜀道难，今朝始复入秦关"句，可知他自蜀归燕，仍然是走来时的道路。

到了延祐六年(一三一九)，忠宣王降香江南，他又随从着到江浙。李撰《墓志铭》说："己未，王降香江南，楼台风物，遇兴遣怀，每从容曰：此间不可无李生也。"的确，江南风物大抵都被他收入诗囊中去了。《焦山》云：

裴老开浮玉，胸襟让一焦。
海吞吴地尽，山控楚山摇。
蜃气窗间日，鸥声砌下潮。
欲归还倚杖，松竹晚萧萧。

《宿临安海会寺》云：

梵宫台殿远嵯峨，沙步移舟夜始过。
峡月转廊随响屐，溪风入户动鸣珂。

山因苏子知名久，树自钱王阅事多。

陌上春归花寂寂，唯闻谷鸟和村歌。

（自注：陌上花曲，即此地事。）

两蜀和江南之游，在李齐贤的生活中，是最值得注意的事件。两次游程，对于他的写作自然会发生一定的影响。李穑曾经说他“奉使川蜀，从王吴会，往返万余里，山河之壮，风俗之异，古圣贤之遗迹，凡所谓闳博绝特之观，既已包括而无余，则其疎荡奇气，殆不在子长下矣”（《益斋乱稿序》）。“疎荡奇气”，是指内容风格，就量而言，这两次游程中的作品，约占全部诗词的三分之一，其收获真也不可谓不丰富了。

自江南北归以后，他大概曾经回过国一次，[②]于英宗至治二年（一三二二）冬又二度来华。未到北京，忠宣王便被谮流窜西番，这对他是一个大打击。关于这事，他在《忠宪王世家》（忠宣王之曾祖王瞰）里曾经说及：“延祐己未，请降香南游江浙，至宝陀山，盖知时事将变，冀以避患。伯颜秃古思者，本国少户朱冕家奴也，自宫为阉，寅缘事仁宗于藩邸，佞险多不法，王深嫉之，伯颜秃古儿亦知其然，思有以中伤者。以帝（仁宗）及太后眷王之深，不得发。帝崩，厚啗八吉斯百计诬谮，英宗不之察，以学佛经为名，窜之吐蕃。”他到北京以后，便尽力奔走营救，曾上书伯住丞相，陈述忠宣王在戍地之苦：“其地甚远且僻，语音不同，风气绝异，盗贼之不虞，饥渴之相逼，支体羸脊，头发尽白，辛苦之状，言之可为流涕。”希望他“敷奏莚聪，导宣天泽，俾还故国，以终馀年。”又与崔松坡一同致书元郎中，说忠宣王“毁形易服，远窜土蕃之地，去故国万馀里，革船渡河，牛箱野宿，间关半年，方至其域，饭麦麨，处土屋，辛苦万状，不可殚说。”最后请他转恳丞相援救，俾宣王得“赐环而东，复见天日”。这时，元朝并拟将高丽改建为行省，齐贤又与崔松坡、金廷英等于至治三年（一三二三）正月，上书宰相，说朝鲜“言语与上国不同，趋舍与中华绝异”，力陈不可。（见大都上中书都堂书及崔松坡墓志铭)同年四月,他又亲往西蕃省视忠宣王,这样便又去了甘肃。历冀、晋、陕、甘四省,大约曾到陇西、临洮一带。③“讴吟道中,忠愤蔼然。”(李撰《墓志铭》)如《题长安逆旅》:

海上箕封礼义乡,曾修职贡荷龙光。
河山万世同盟国,雨露三朝异姓王。
贝锦谁将委豺虎,[1]干戈无奈到参商。[2]
扶持自有宗祧力,会见松都业更昌。[3]

(原注:[1]谓伯颜豆古。[2]谓曹頔使兄弟不和。[3]林按:松都即开城,在汉城西北,高丽王氏都于此。)

如《泾川道中》:

出谷天无际,登坡路始平。
塞云施雨黑,野日隔林明。
万里思亲泪,三年恋主情。
哦诗聊自遣,渐觉锦囊盈。

此外如《至治癸亥四月二十日发京师》、《黄土店》、《明夷行》、《在上都奉呈柳政丞清臣吴赞成潜》等,都是此次途中或为此事而作。结果,忠宣王在泰定帝时始得召还北京,没有多久,在泰定二年五月就死于北京了。

顺帝至元五年(一三三九)秋天,齐贤又随忠惠王(肃王子)来北京。原来忠肃王被元朝廷软禁北京,五年不返,由忠惠王权理国事。后至元五年春,忠肃王死,政丞曹頔谋立藩王(忠惠王从兄弟④),为忠惠王击杀;于是元廷召惠王入觐,人心疑危,齐贤“愤不顾曰:吾知吾君之子而已。从之如京师。”(《墓志》)这就是他三次来华的原因。到了北京，“丞相伯颜奏令五府官杂问，而力右皡党”（李齐贤：《金竹轩墓志》）。齐贤“代舌以笔，事得辨析”（《墓志》）。忠惠王遂得回国。齐贤于次年（1340）东归时，曾有《庚辰四月将东归题齐化门酒楼》诗一首：

> 离歌昔未解伤神，老泪今何易满中。
> 三十年前倦游客，四千里外独归身。
> 山河虽隔扶桑域，星野元同析木津。
> 他日重来岂无念，却愁华发汙缁尘。

他在顺帝至正十一年（一三五一），又“奉国表如京师”（题旧照诗序），这就是第四次来中国。以后大概因年事过高不再出使了。

他是朝鲜文学史上著名的诗人，同时又是政治史上有数的人物。这从他劝止改高丽为行省，以及每有大事便奉命出使等事上，就可知道。他的诗，近体较古体为胜，近似宋人，而缺乏唐诗的韵味深醇。他很推崇苏轼，《眉川》一诗中，有“三苏郁郁应时出，一门秀气森开张。渥洼独步老骐骥，丹穴奴飞雏凤凰。联翩共入金门下，四海不敢言文章。迩来悠悠二百载，名与日月争辉光”等句。集内又一再有“用东坡韻”的诗。散文方面，如《送大禅师瑚公之定慧社诗序》、《云锦楼记》等，亦多可读。尤以《忠宪王世家》，历叙高丽太祖王建到宣王王璋的世序事略，是有关朝鲜历史的大文章。我曾经拿它和徐竞著的《宣和奉使高丽图经》卷二《世次》篇对照（“知不足斋丛书”本），发现徐著错误不少。总之，无论诗文，他都很有成就，以一个异国人运用汉文写作而能到如此地步，实在很不容易。虽然他的作品，在文字、体式、思想、情趣上，都和中国作家无殊，但这是由于当时两国社会经济情况及其相互关系而来的。我们只要记住他是生当十四世纪的人，便会觉得他的诗文，的确体现了历史上一段长时间的中朝文学的深厚关系。

注　释：

① 李穑，字颍叔。亦高丽著名文人。曾赴元廷试，擢二甲进士。累官政堂文学，封韩山府院君。著有《牧隐集》。见《明诗综》卷九五。

② 李穑撰墓志，说他在庚申年(1320)曾为其父、母、岳父母做寿，又说这年“奏授高丽王府断事官”，这都是己未(1319)游江南和壬戌(1322)还北京之间的事。由此推知他这三四年间是在本国。可惜墓志许多地方都说得不明白，目前又无旁的资料可供参考。故本文内有些年代和事迹，都无法详述。

③ 忠宣王流放的地方，是吐蕃撒思吉，在今西藏。齐贤是否曾到其地，未能确考。据李撰《崔松坡墓志铭》，说崔与其子赴吐蕃视忠宣王，“踰陇抵洮，……留洮上半年方还”。又《崔春轩墓志铭》，也说春轩和他的父亲(松坡)“奔间洮陇，往返万里”。则齐贤也应当到过陇洮一带吧。

④ 忠宣王受元封为高丽国王兼藩王，后逊王位于其子王焘，而令其侄王暠袭藩王爵；这里所说的藩王，当即王暠之子，与忠惠王为从兄弟。故齐贤《题长安逆旅》诗“干戈无奈到参商”句下，自注说“谓曹顿使兄弟不和”。

一九五〇年九月十四日

(原载一九五〇年《大众文艺》第二卷第四期)

中朝文学的传统友谊

国有中外殊，人无夷夏别。落地皆弟兄，
何必分楚越。肝胆每相照，冰壶映寒月。……

——朝鲜许筠：送参军吴子鱼还朝

中朝两国，在地理上，仅隔鸭绿江一水；在历史、文化上，又有两千余年的悠久的关系。周初封箕子于朝鲜的传说，至今还没有可靠的考古学上的证据，姑且不谈；只从汉武帝置乐浪、临屯、玄菟、真番四郡的时间说起，也已经是纪元前一百多年的事。一九二五年在平壤大同江郡（乐浪故郡）所发现的汉画，证明了两国文化的发生交涉，的确是远肇自东汉以前。以后，经历各个时代，政治、经济的接触，日愈频繁，使臣、商贾，往来不绝；两国遂缔结成了悠久亲密的文化的关系。

在文学上，情形也是这样。

中国文学作品的传入朝鲜，为时甚早，数量也很多。从文学史上所艳称的“鸡林贾重”一事看，仅唐代白居易一人的诗，便很不少。《游仙窟》作者张鷟（字文成）的文章，在朝鲜也流传极广。新唐书载：“鷟下笔辄成……大行于时，晚进莫不传记。新罗、日本使至，必出金宝购其文。”（卷一五九）这里虽没有明白说到《游仙窟》,但这部在中国久已失传的小说竟能保存在日本,则它可能在当时便也流传到距中国更近的朝鲜去了。唐代以后,中国诗文伴随其他各种书籍传入朝鲜的,一定更多。当北宋徽宗——高丽睿宗(王俣)仁宗(王楷)时代,高丽王宫内,有"临川阁藏书至数万卷,又有青燕阁亦实以经史子集四部之书。……下而闾阎陋巷间,经馆书舍,三两相望"(宋徐兢著《宣和奉使高丽图经》卷四〇)。在元代,则高丽"忠肃王(王焘)遣博士柳衍于江南,购经籍一万零八百卷;元仁宗亦赐宋秘阁所藏之书籍四千三百七十一册"(林泰辅:《朝鲜通史》,陈清泉译本四四页)。到了明代,朝鲜人也大量在华购书,明姜绍书(二酉,延陵人)著《韵石斋笔谈》卷上"朝鲜人好书"一则云:

朝鲜国人最好书,凡使臣入贡,限五六十人,或旧典,或新书,或稗官小说,在彼所缺者,日出市中,各写书目,逢人遍问,不惜重值购回,故彼国反有异书藏本也。余曾见朝鲜所刻《皇华集》,乃中朝册封使臣与彼国文臣唱和之叶,镂版精整,且茧纸莹洁如玉,海邦相帙,洵足称奇。

由此可见明时朝鲜人购求中国书籍的热心。甚至有些在中国本寂寂无闻的作者,朝鲜人也特别搜求他的作品。如"嘉靖初朝鲜上言,愿颁示闵西吕某文以为式"(明陈继儒(眉公)著《书蕉》卷上"外国乞文"条)。在历代输入朝鲜的大批书籍中,自然包含文学作品甚多。

除了作品的传播以外,两国文人之充任外交使臣或所谓"馆伴"的,又常常往来接近,这在增进两国的文学关系上,也有一定作用。朝鲜作者尤其可藉此得到观摩借鉴的机会。清朱彝尊《静志居诗话》,曾记明嘉靖间使者在朝鲜与彼邦文士酬唱的盛况道:

朝鲜君臣,最称好事:使者辖轩一至,即命馆伴远迎,属和诗章,连篇累牍。龚修撰用卿鸣治、吴给事希孟子醇,于

> 嘉靖十六年(一五三七)奉使,国王遣陪臣十人,陪宴汉江之上,汎杨花渡,登龙头峰,纵观江山之胜。……咸有诗篇继和,极东国一时之盛。

这是中国使臣在朝鲜的情形;至于朝鲜来华使者,也常与中国文人酬唱探讨,他们既得到攻错之益,又加强了两国文学界的联系。如元代高丽李齐贤之与赵子昂、虞集、元复初;清代朝鲜金西堂金山泉父子之与翁方纲、阮元、吴兰雪等,就是例子。

明代人说朝鲜人"最好书"(中国书),清代人又因他们爱与使者"属和诗章"而称之为"好事",这正说明了朝鲜人对于中国文学的爱好和关系。过去若干世纪之中,许多朝鲜文学家都是用汉文写作,在思想意识上,也受了中国很深的影响,远如新罗王真德,便曾经用汉文写过五言《太平颂》之类的诗。(见《唐诗纪事》卷八〇)后来的作者,更差不多全是用汉文作表现工具。虽然在朝鲜李朝世宗(李祹)二十八年(明英宗正统十一年,一四四六)便已经制定了"新字","有字母二十八字,分初中终之三声,连合之时,于一切之声音言语,无不可写者"(林著《朝鲜通史》一〇二页)。但这种新字名叫"谚文",是为当时一般文人学者所看不起的。据苏联记者基托维奇和布尔索夫说:"在二百年以前,……朝鲜文虽已存在三百年了,但人们通常把它叫作'妇女文'。认为朝鲜字母是专为那些很难学会汉文的妇女们创造出来的。"(《我们看到了朝鲜》一三三页)这种朝鲜文,在二百年以前便已经存在了三百年,合计已有五百多年的历史,正与十五世纪(一四四六)世宗朝制定新字的时间相符;而"妇女文"和"谚文"的名称又很相似:可知就是一种。在十五世纪中叶以后,朝鲜的作家们,也仍然如以前一样,还是用汉文写作。推而至于一般社会,稍稍读过一点中国书的人,也喜欢在口头上说几句汉文。朝鲜就有像下面这样的民间传说:一个农夫的女婿爱掉汉文,一夜,老虎把他的丈人衔走了,他大声叫道:"南山白虎北山来,后壁破之,舅捕捉去之,故有铳者持铳来,有枪者持枪来，有弓者持弓矢来，无铳无枪无弓矢者持杖来！”（开明《朝鲜传说》，《语丝》二八期）连农村里也有这样的传说，则汉文在朝鲜所发生的影响之大，也就可想而知了。

为了具体说明中朝两国文学间这种深厚密切的传统关系，这里，我想自朝鲜李朝开国主李成桂起，按时代先后，略举明清间朝鲜诗人的几首诗来作例证。——

引手攀萝上碧峰，一庵高卧白云中；
若将眼界为吾土，楚越江南岂不容。

——李成桂：题未详。（见《朝鲜通史》六五页）

远岫横如黛，芳郊绿渐平。
归鸦翻夕照，啼鸟哢春晴。
暂得新知乐，还叫别恨生。
关山逾万里，何处望燕京。

——朴厚亨：登汉江楼次张黄门韵

韶光如酒著人迷，漫把霜毫取次题；
山北山南春雨歇，隔林红日鹁鸠啼。

——许琮：安兴道中次王黄门韵

鸭绿江头送櫂声，东风吹泪若为情。
人间离别伤今日，天上音容隔此生。
衡浦雁回惊远梦，洞庭春尽渺归程。
遥知万里相思处，南斗横斜片月明。

——辛应时：送欧大行还朝

（以上见《明诗综》卷九五上）

逐年伊轧使东行，直限鸭江桑树生。
鬓发谁怜君子老，文章定使汉人惊。
每携子弟美无度，复见江山喜有情。
彳亍扶筇行不得，欲将双眼远悬旌。

——李泊翁：奉赆酉堂尚书以正使赴燕

写就疎枝月印襟，散花身现去来今。
寒梅可是如人否，痴杀西湖处士林。

——金山泉：兰雪又寄闺中所写梅花一帧，
题二诗寄怀……依韵和之
（以上见王统照《清中叶中鲜文艺的交流》）

看了以上诸例，我们的第一感觉是：多么和中国的诗相像，不，岂止相像，无论从面貌上或精神上看，简直就等于是中国诗。比之技术低劣的一些中国诗人，还要出色得多。这作为说明过去中朝文学的深厚关系的资料看，是很有意义的。这种文学上的深厚关系，对于今天两国邦交的增进和文学的交流，都是一个很有关系的历史背景。遗憾的是，我们和朝鲜过去虽有这样悠久深切的文学交谊，但对于现代朝鲜文学，却显得冷淡。五四以来，我们很重视被压迫民族的文学，然而独独没有人注意朝鲜（如《小说月报》的“被损害民族文学专号”，就没有一篇朝鲜作品）。除了寥寥可数的几篇由日文转译的短篇而外，许多真正具有朝鲜作风和朝鲜气派的优异作品，还没有人翻译。如苏联记者在《我们看到了朝鲜》一书中所说的，诗人金笠、李粲、朴时思，小说家李箕永、韩雪野等，对于我们，都还是比较陌生的人物。这种情况，实在不能再让它继续下去。今天，我们应该大量地介绍我们的友邦——朝鲜民主主义人民共和国的优秀作品。

回顾过去，展望未来，我企待着今后中朝文学交谊的新的发展！

附　注：

明英宗天顺四年(一四六〇),礼科给事中、海盐张宁出使朝鲜,朴原亨诗所谓“张黄门”,即指此人。孝宗弘治元年(一四八八),工科右给事中、上元王敞奉使,即许琮诗所谓“王黄门”。穆宗隆庆二年(一五六八),衡阳欧希稷以行人奉使,即辛应时诗所谓“欧大行”。李泊翁赠行的“西堂尚书”,姓金,名鲁敬,清道光二年(一八二二)十月来华;金山泉(命喜)即其次子。兰雪为吴嵩梁,江西东乡人,与金氏父子交谊甚笃,著有《香苏山馆诗钞》。

一九五〇年九月廿四日夜　棫园

(原载一九五〇年十二月《文艺报》第三卷第五期)

写在《狂雨》前面的话

冰波，原名启霖，姓王，一九一五年八月生于贵阳。省立第一中学毕业以后，入广州中山大学化学工程系，因兴趣不合，约一年即离校赴沪。一九三五年东渡日本，在东京自习文学，七七事变发生后返国。一九三八年，任贵阳中苏文化协会及文协分会委员，对两会会务尽力最多。这时，他已参加共产党，担负青年工作。他为人干练而热情，乐观、明快，所以青年们都乐于和他接近，他团结和影响着他们，一时简直成了当地进步青年的中心。因此，国民党反动派对他的嫉视压迫也日甚一日；到了一九三九年底，他便不得不和他的爱人刘纯（原名刘家祥）离开贵阳，一同奔赴新四军。不久，国民党阴谋发动皖南事变，被俘。脱险后在粤北砰石住约半年，以后转徙各地，易名为王慰民，先后在桂林师范学校、重庆南岸民兴中学、乡村建设学院任教。一九四七年夏，各地学生反内战、反饥饿运动的怒潮勃发，蒋介石匪帮在南京、上海、汉口等地大捕学校员生，重庆也发生了著名的“六一”大逮捕，其时他在乡建学院，又被捕去。释出后赴昆明，任教于南菁中学，一学期后因昆明大学潮离滇。一九四八年秋，应国立师范学院之聘，赴衡山；寒假返筑，于一九四九年六月下旬，夫妇同时被捕。这在他已经是第三次了。据后来出狱的人说，他在狱中，虽累受严刑，但仍保持着一贯的乐观和坚定。他被吊打，回到监房，对难友们面无戚容，把被吊说成荡了一次秋千！敌人对他使用的一切凶残卑劣的手段都归失败，无计可施，最后便只有将他杀害。在旧历中秋的一个夜晚，他从拘押地被提走，从此下落不明，到现在连尸体也还未寻得。他的爱人刘纯，则在贵阳解放前二日，与其他二十六人，同时被枪杀。遗有二子一女，年龄都很幼小。

他从事写作的时间，已在十年以上。但他不肯随便投稿，据我所知，仅在《文艺阵地》、《文学月报》、《野草》等刊物上发表过寥寥几篇。实际上他写得很不少。在民兴中学期间，我曾经看过他一部长篇《四围山色中》的原稿，内容是描写贵州彝民生活；又听他说，还有一部以皖南事变为题材的长篇《煎》，约三十万字，曾请茅盾先生看过，认为可以印行，便设法替他送往延安；不知是途中遗失还是别的原因，后来一直没有消息。另外可能还有一些东西，但假如他贵阳的家中现在没有留存，那就大概都已散失了。

至于这部《狂雨》，初写于一九四五年，最后写定，则在一九四八年。这年夏天，他突然从贵阳来到重庆，和我一道住在张家花园；天气很热，每天一早，他便挟着稿子，到罗斯福图书馆（今西南人民图书馆）去作第二次的修改，直到黄昏才回来吃饭。大约经过一个月，他才改好、抄完，再亲自用线装订成册。我看了过后，说放在我这里吧，有机会找个地方发表。这样，便留下来了。大约在十月初，他匆匆经贵阳去衡山国立师范学院，不料这次分手，竟是我们最后的永诀！在他殉难以后，我每展阅原稿一次，便要苦痛一次；而如何珍重保存，也成为我心中常放不下的一件事。“收存亡友的遗文真如捏着一团火”，的确是这种心情。现在幸而得到出版的机会，在我自然十分欣慰。这并非仅为私谊，主要是因为这是战死者的战绩的一页，是一个渐臻成熟便为反动派戕害的作者对于国民党黑暗统治所作的一角的纪录，是应当让它流布的。

一九五一年“七一”后一日记于上海

（辑入一九五一年八月华东人民出版社初版《狂雨》卷前）

读《唐诗的翻译》

倪海曙同志从事文字改革工作有年，同时对于古典文学的通俗化工作也很热心；他过去曾用苏州方言翻译过一本《苏州话诗经》，最近又给了我们一本《唐诗的翻译》（第一辑，一九五四年一月上海东方书店出版），里面共选唐代二十位诗人的诗三十首，用拉丁化拼音文字和汉字译成白话，二者对照，后附原作。过去我们曾经有过《诗经》和《楚辞》的部分的翻译，但唐诗却还未见有人着手，倪海曙同志的这个工作是值得重视的。

我对于拉丁化拼音文字一无所知，但就汉字语译部分看，有些诗可以说译得相当好，如李白《送友人》、白居易《立碑》、李益《喜见外弟又言别》、钱起《谷口书斋寄杨补阙》、王驾《古意》、许浑《塞下曲》、李绅《悯农诗》等，译文大体都很流畅自然，能够上口。但其中有一部分译诗，却还不能令人满意。译者在前记里自述他这册译诗的来历说："在有些夜里，实在没有力气再工作了……但是还不想睡，或者怕睡不着，我就做三件事情：喝茶，抽烟，读唐诗。……这本集子里的三十首翻译诗，大多是这样的夜里，读唐诗读出来的结果。"译诗本不是一件容易的事情，而译者却把这个工作当作消磨长夜的一种方法，这自然难免会使他的译文发生若干错误。这些错误，不仅损害原作，而且因为是用白话和“很多群众熟悉的拼音文字”(前记语)翻译的，所以不可忽视它在读者间可能发生的影响。现在且举几首译诗为例，略说我个人的意见。

如杜甫《春望》的译文：

国家破了，河山还在；
京城又是春天，草木绿得那样可爱。
在这些痛苦的日子里——
看见花上的露水，觉得花也含着眼泪；
看见鸟的飞起，就想到人的分开。
战争已经连续三个多月，
收到一封家信，好比发到一笔横财。
我头的白发越搔越短，
一个丸子大的发髻也快梳不起来！

原诗“国破山河在，城春草木深”，是写春到城中，登临望远，在残山剩水间又见草木欣欣向荣，因乱后人烟稀少，愈显得它们十分深茂，这和同一时期所作的《哀江头》中的“江头宫殿锁千门，细柳新蒲为谁绿”，意思正相仿佛，说不上什么“绿得可爱”，所以颈联接着便说花鸟都使他“溅泪”“惊心”。又“家书抵万金”句，谁都知道是形容家书的难得可贵，而译文竟将“万金”译为“一笔横财”，看去令人觉得十分刺眼，因为所谓“横财”，通常都是指不义之财。

如杜审言《和晋陵陆丞早春游望》的译文：

我这个被调来调去的小官，
不喜欢“等因”“奉此”的公文，却喜欢冬去春来的自然。
我多么高兴呀，看到天亮时候的海面上，浮起那么多的云彩；

又看到梅花和杨柳把春天带到长江北岸。

初春的温暖催促黄莺歌唱；

水面上的浮萍，在阳光下快乐地打转。

忽然听到有人在哼一支古代的调子，

我想起自己的家乡，禁不住一阵阵心酸。

按原诗“独有宦游人，偏惊物候新”，是说游宦他乡，因物候推移而惊心；“云霞出海曙，梅柳渡江春”和“黄鸟”“绿蘋”两联，是“物候新”的具体描写，初春景色，温煦明媚，看去好像也的确令人“喜欢”、“高兴”，但正因为如此，才更使“宦游人”加重了他的乡思和华年易逝之感；一闻古调，归思更切，甚至不免于泣下沾巾。现在将“偏惊物候新”译为“却喜欢冬去春来的自然”，又无端搀入什么“等因”“奉此”，再加上“我多么高兴呀”这样咏叹的调子，不仅使结句“归思欲沾巾”显得非常突兀，并且和全诗所蕴含的那种客中逢春的怅惘情怀完全不相符合。又原诗“忽闻歌古调”的“古调”，是指陆丞原作，所以题目叫“和陆丞”，译为“有人在哼一支古代的调子”，显然有误。

又如卢纶《送李端》的译文：

走出古老的城门口，只见满地都是枯草；

这样的季节和你分别，我怎么能不苦恼！

天上布满了灰色的云，你要走的路还在云的那边；

等到你再回来，腊雪早已盖没四郊。

你从小死了爹娘，很早就出去流浪；

我痛苦的事情遭到那么多，像你这样的朋友却碰到这么少！

分别的当儿，我们都用袖子掩着脸哭泣；

在流浪的日子里，谁的将来也没法预料！

非常明显，原诗“路出寒云外，人归暮雪时”一联，都是就李端这一次的归去而言，“路出”句写他所经之路，“人归”句写他所逢之时，“寒云”“暮雪”是同一时候的时令景色；而译文却强调将两句分开，以为一写此次远行，一写日后归来。若说连“再回来”的时间都可以预料，则末句何以又说“风尘何所期”？五六两句“少孤为客早，多难识君识”，一气贯下，都是卢纶自述，译文分作“你”“我”，牵强不合，并且把相见恨晚的意思译为“像你这样的朋友却碰到这么少”，也觉不甚妥贴。

此外，对其他译诗中的一些个别句子，我还有一点零碎的意见，现在也写在下面。如杜甫《宿府》的“永夜角声悲自语”句，译为“深夜传来悲壮的号角声，我告诉自己说：战争还在进行。”按原句是写幕府独宿，但闻角声，无人共语的悲凉情景，我以为不必照字面真译为自言自语，并且还硬造出一句话来。孟浩然《留别王维》的“当路谁相假，知音世所稀”，译为“大路口拦着不准走的绳子，小路口竖着‘禁止通行’的木牌！在官儿们中间，我不可能被了解，也不会被理睬。”这“大路口、小路口”的译法，实在出人意外；而且原诗“当路”是指当权的“官儿们”，“知音”应该是另指前面“惜与故人违”句中的“故人”，不应将两者并为一谈。刘长卿《送李中丞归汉阳别业》的“独立三边静，轻生一剑知”，译为“当年你到那里，那里的边境就得到平静，除了你的宝剑，还有谁记得你的胆量！”我以为两句都是回首当年，写李中丞过去镇守边疆的雄姿和他所怀抱的为国轻生的壮志，不应将下句理解为是说目前。又如秦韬玉《贫女》的“敢将十指诗针巧，不把双眉斗画长”译为“我敢用十个指头比手工的巧妙，不愿意把两道眉毛画成娇怪模样”。我以为原诗中的“敢”字，分明是岂敢的意思，与下句“不”字为互文，不应译为正面语气的“我敢”。有些译文，虽然不能说错，但和原诗不甚关合，不能恰当地表现原诗的意境。如杜甫《旅夜书怀》的“星垂平野阔”，译为“星光底下的原野无限广阔”，描写变成了陈述，完全失掉了原诗所表现的那种野阔天低，远望繁星四垂的高旷的气象。又如张九龄《望月怀远》的“海上升明月，天涯共此时”，意思是说人远天涯而此时共对明月，其中蕴藏着极深厚的感情；但译者却将它译为“金黄色的月亮升上海面，深蓝色的夜幕罩到天边。”只剩下客观的景色而情趣全失。类似这样的译文还多，为了节省篇幅，这里不再详说。

像以上这一类的例子，大抵不尽是由于对原诗的理解尚有问题，有些地方，分明是“利用自己的想像”(前记语)不很适当或勉强迁韵脚所致。就译诗说，自然是应该给译者以“利用想像”的自由的，古诗比较含蓄，有时尤其需要“想像”去补充说明，但必须有相当根据，不违背原作主题意义，否则节外生枝，离题太远，只徒见其累赘多余。译者在《苏州话诗经》的后记里说他翻译《诗经》，“有些地方与其说是翻译，不如说是改作。”我觉得，本书中有些地方，也可以适用这一句话。

本书在文字改革的研究实验方面也许有较大的意义，但我对于文字改革问题一点不懂，所以对这方面没有意见可说。

一九五四年

(原载一九五四年五月二十四日《光明日报》)

龙榆生笔下的陈曾寿

在龙榆生（沐勋）选编的《近三百年名家词选》中（一九五六年九月上海古典文学出版社出版），选有陈曾寿的词二十首，他在“小传”中这样向读者介绍陈曾寿的生平事略：

> 陈曾寿字仁先，湖北蕲水人。……中光绪壬寅举人、癸卯进士，历官刑部主事、学部郎中、都察院广东道监察御史。壮岁筑室杭州之南湖，幽居奉田。中经丧乱，转徙津、沪、辽左间。生平志事，百不一酬，而繁冤极愤郁结侘傺幽忧之情，乃一寓之于诗。……性高洁，晚居沪上一斗室中，几榻萧然，终日焚香默坐而已。……

虽然他把陈曾寿厕于近三百年填词“名家”之列，但除了一般遗老遗少和少数喜欢翻翻旧书的人，我想，很多读者恐怕还是不大知道他的姓名的。看了这篇“小传”，难免有人会把他当作一个品性“高洁”、忧时伤乱的爱国词人，犹如宋末明末一些遭逢“丧乱”、满怀忠愤的诗人词人一样。但陈曾寿究竟是怎样一个人呢？我手边没有他的《苍虬阁诗》和龙榆生为他刊印的《旧月簃词》，也没有兴趣现去搜寻，无法详述他的生平事迹；但仅就已知的一些零星材料来看，所谓“中经丧乱，转徙津、沪、辽左间”的真实情况，也可以约略得其大概。原来陈曾寿在辛亥革命以后，便积极参加一小撮清室遗老和封建军阀官僚的复辟活动。在他的弟弟用冷汰别名所写的一篇《丁巳复辟记》里，开头便这样说：“辛亥国变以后，遗老旧臣，志图兴复者，有升公允（字吉甫），刘公廷琛（字幼云），沈公曾植（字子培）……及伯兄曾寿（字仁光）等。六年以来，奔走筹划，未尝一日懈其志，而诸将中可与谋者，唯张勋一人。”到了一九一七年，张勋拥溥仪复辟，他便先由上海赶至天津，共同谋划，曾“代天津诸遗老草一函致张，催其举办”。以后“又代上海诸公作一书，亲持入都面张，与语甚洽”。复辟之日，“张及诸人均入宫，吁请皇上登殿。是时朝见者：文臣有刘廷琛、胡嗣瑗、陈曾寿……，武臣有张勋及其部下四统将，某某颂登极诏，布告天下。此诏乃伯兄所拟也。”接着群丑分赃，陈曾寿担任所谓“学部右侍郎”伪职；及复辟失败，他便逃至上海。（上引冷汰文见《近代史资料》一九五八年一月号）但他并不死心，十余年后，“九一八事变”发生，溥仪在日本帝国主义的卵翼下傀儡登场，于是陈曾寿便赶往长春，投效溥仪。不必多举旁的材料，我们只看看也是龙榆生敌伪时期在南京主编的《同声月刊》第一卷第二号“诗坛近讯”栏中的一则吧。在这一则消息中说及陈曾寿的“近讯”时，有这样的报导：“先生棲隐长春，时或一至燕市。”这一期《同声月刊》出版于一九四一年一月，当时的长春正是伪“满洲国”的所谓“新京”；然则陈曾寿“棲隐长春”所为何事，不说我们也就可以明白了。（当时北京沦于敌手，所以他可以“时或一至燕市”。）

以上就是龙榆生在陈曾寿“小传”中说他“中经丧乱，转徙津、沪、辽左间”这一漂亮辞句的真实内容。所谓“转徙津沪”者，奔走复辟也；所谓“转徙辽左”者，投敌附逆也。揭穿了，原来不过如此！

我不知道，像陈曾寿这样的人，在近三百年名家词的选本中，何以一定要选入他的作品？难道他真有十分杰出的成就，无论其为人如何，也万万不可忽略吗？他的诗词，过去虽然有他的主子和他的同伙们欣赏（长春溥仪伪宫图书中便有《陈曾寿诗稿》写本，见秦翰才著《满宫残照记》三四页），但现在是再也没有人要看了。不料龙榆生还要通过选本把他的词介绍给现在的读者。而且，在这个选本中，清末民初真正的名家如朱孝臧选词不过三十三首，郑文焯不过二十一首，王鹏运仅十七首，况周颐仅十一首，而陈曾寿竟选入二十首之多！这样大量选入还不够，龙榆生在为他所作的“小传”中，还用这样闪烁含胡的话，替他掩饰，企图欺蒙读者；并且说他“生平志事，百不一酬，而繁冤极愤郁结侘傺幽忧之情，乃一寓之于诗”。惋惜慨叹，若不胜情！我们试想，假使陈曾寿的“生平志事”而果得“酬”，那中国人民在解放以前所经受的苦痛灾难，还将深重到何等程度！在这里，龙榆生连起码的作为一个中国人的立场也丧失了！

陈曾寿本不足责，而且其人已死，原不必再提起他的罪恶历史。但龙榆生明明完全了解他的情况，而在解放后七年“重订付印”（见后记）的书中，却还要选入他的作品，而且还替他写了这样的“小传”，就不能不令人感到愤慨。

最后，我还想附带略说几句。近几年来，我们新出版了不少古典文学方面的好书，像《近三百年名家词选》中“小传”这样具有反动毒素的文章是极少见的，但也足够引起我们注意。举一个约略类似的例子，如抗战初期著名汉奸黄濬（秋岳）《花随人圣盦摭忆》，竟也赫然出现于钱仲联的《韩昌黎诗系年集释》（一九五七年十一月上海古典文学出版社出版）卷首“采辑诸家姓氏”一栏里了。我认为，古典文学研究者和有关出版社编辑部应该注意这个情况。

一九五八年三月

（原载一九五八年三月二十五日《光明日报》）

评新编两种苏曼殊诗集

南社著名诗人苏曼殊的作品，在二、三十年代曾经风行一时。从一九二〇年王德钟编纂《燕子龛遗诗》开始，曼殊的诗文小说，不断被人辑为各种专集、合集出版；至一九二八年，柳亚子编辑的《苏曼殊全集》由北新书局出版，煌煌五大册，集曼殊著译的大成，更引起读者的注意，流传甚广。一九三三年柳亚子又编辑普及版《苏曼殊全集》，内容较北新版更为充实，由开华书局出版。这种情况，鲁迅先生在一九三四年致日本增田涉的信中，曾称之为“曼殊热”。其后，还有一九三六年文公直编的《曼殊大师全集》，抗日战争期间，柳无忌一九四三年在重庆编印的《曼殊大师纪念集》等。解放以后三十年中，没有印行过曼殊的任何作品；直到最近，我们才重新有了接触曼殊作品的机会，施蛰存辑录的《燕子龛诗》和刘斯奋编著的《苏曼殊诗笺注》，于一九八一年下半年相继出版了。

曼殊的诗作，几乎全部都是抒情诗，词旨悱恻，婉丽清怨，音节又很和谐，易于记诵。论者多谓他的诗得力于龚定庵，有清新味和近代性。他写爱情题材的诗较多，被人评为“其哀在心，其艳在骨”，但有的情调低沉，也曾引起过不同的议论。他的诗散见于《南社丛刻》和上海及日本东京的报纸杂志上，很难搜集齐全。现存几种主要本子的内容是：王德钟辑《燕子龛遗诗》，共收六十五首；《沈尹默书曼殊上人诗稿》，共收七十四首；柳无忌辑《苏曼殊诗集》，共收八十四首；柳亚子编北新版《苏曼殊全集》，共收八十六首；开华版《全集》，共收九十六首，较前者增多十一首（北新版《题画》一首不计在内）。这个本子，在数量上超出以前各种版本，为编辑曼殊诗奠定了基础；后出各本可说都是以它为蓝本，纵有增减也不过在二、三首之间。现在新出的这两种诗集，大致也不出这个范围。

施蛰存同志是我们熟知的作家，现在他来辑录曼殊的诗，很引起我的兴趣；刘斯奋同志的那一册，则是曼殊诗的第一个笺注本，我也很想读一读。现在，就把我读了这两本书后的一些零星意见写在下面。

施蛰存辑录《燕子龛诗》

本书是江西人民出版社编印的《百花洲文库》第一辑的一种，一九八一年九月出版。全书分上下两卷，上卷为曼殊诗，下卷收诸家投赠、唱和及哀悼之作。书前还采录了柳亚子作《曼殊新传》及王德钟作《燕子龛遗诗序》各一篇。

在这个集子的上卷中，共收曼殊诗四十八题，九十九首。据《引言》及书后的两篇跋文所说，辑者是从王德钟辑本、沈尹默手写石印本及中央书店本《苏曼殊诗文集》等抄录编辑而成。序跋中没有提到柳亚子先后编印的北新版和开华版两种《苏曼殊全集》中的诗集，但从所收诗看，较完备的开华版中的九十六首都已收入。另外还增加了《游不忍池示仲兄》、《久欲南归罗浮不果，因望不二山有感，聊书所怀，寄二兄广州，兼呈晦闻、哲夫、秋枚三公沪上》、《题蔡哲夫藏担当山水册》和《题画》四首。除《题画》外，其他三首都是过去各种版本的曼殊诗集所没有的。可惜辑者没有一一注明它们的来源。以我所见，前二首是从文芷的《曼殊上人诗册》一文录出的。文芷说他于一九六二年“偶然得到曼殊上人诗稿十叶”，从上面发现了这两首佚诗。(见香港商务印书馆一九六四年十二月出版《艺林丛录》第五编)这两首诗的内容同曼殊生平的行迹、交游等大体相合，可信为曼殊的诗。《题蔡哲夫藏担当山水册》一首，不知所出。担当和尚原名唐泰，字大来，云南晋宁人。明亡后出家为僧，结茅鸡足山。他能诗善画，有少数作品传世。据玉谷在《担当山水册》一文中说，蔡哲夫收藏的这本画册，得于云南，一九四七年冬在南京被人窃去。他从一本名为《茶丘契阔集》的抄本中收得诸家题咏，有近人赵藩的题记一篇，周肇祥等十一人的题诗各一首，曼殊诗列在第四。(见一九六二年五月出版《艺林丛录》第二编)曼殊对明末清初一些富有民族思想的高僧，具有同情和崇敬，在《燕子龛随笔》中称澹归和尚（金堡）的《贻吴梅村》一律“大义凛然”；《岭海幽光录》中又说读了僧祖心（函可）的诗，令人“种族之爱，油然以生”。所以他为担当的山水册题诗是很自然的，此诗应即由这本画册传出。至于《题画》一首，柳无忌辑《苏曼殊诗集》和柳亚子编北新版《全集》都曾收入，至开华版《全集》始删去，编者柳亚子曾有说明：“各家录曼殊诗，都有《题画》一绝，据邓以蛰先生说，此诗实明末僧人之作，今真迹尚保存无恙，故特删去。”按此诗系曼殊自题所作画，由邓实（秋枚）代书其上。邓实答柳无忌书说：“查此诗为曼殊自作，而嘱弟代题于画上。”(见《苏曼殊年谱及其他》附录)明确如此，应无可疑。此诗又见于曼殊的短篇小说《非梦记》，托为燕生海琴题画师汪玄度所作画，“画松下一老僧，独坐弹琴，一鹤飞下”。故首二句云：“海天空阔九皋泳，飞下松阴听鼓琴。”曼殊曾自署“燕影”，从小说中燕生的举止性情，仿佛可见曼殊自己的面影。我认为邓以蛰的话很含胡，在没有查明明末僧人为谁，真迹保存何处之前，仍将此诗保留下来是适宜的。

在本书中，最值得研究的，是《本事诗十首》。这是曼殊最有名的一组诗，其中第九首“春雨楼头尺八箫，何时归看浙江潮。芒鞋破钵无人识，踏过樱花第几桥。”尤为脍炙人口。这一组诗，最早的王德钟辑本《燕子龛遗诗》没有收入，自沈尹默写印本《曼殊上人诗稿》以次，才被收入各本诗集或合集。在各种版本中，这一组诗的内容完全相同；但在施蛰存同志的这个辑本里，却面目大变，无论在内容上、在编排上，都与历来的传本相差很大。以流传最广的柳亚子编的两种《全集》来说，这组诗的第三首为：

丹顿拜伦是我师，才如江海命如丝。
朱弦休为佳人绝，孤愤酸情欲语谁。

第四首为：

慵妆高阁鸣筝坐，羞为他人工笑颦。
镇日欢场忙不了，万家歌舞一闲身。

在本书中，这两首被删去了，却把曼殊的《为调筝人绘像》二首之二“淡扫蛾眉朝画师”一首移来，列为第三；另外增加了我们前所未见的一首，列为第五：

愧向尊前说报恩，香残玦黛浅含颦。
卿自无言侬已会，湘兰天女是前身。

这是柳编两种《全集》及其他各本都没有的。另有几首的排列次序，也有变动，如原第八首“碧玉莫愁身世贱”，被移作第四首等等。变动如此其大，但施蛰存同志没有作一字说明。他在《跋二》中写了这样几句：“近日又有友人抄示海外所传曼殊本事诗十章，并陈仲甫和作，曼殊诗下自注暨仲甫诗，皆未尝有刊本。”那么，本书所收就是海外传来的这十首了。据现有资料看，他说的海外所传曼殊《本事诗》，就是从上文所举香港文芷的《曼殊上人诗册》一文传出的。文芷说，他得到的曼殊诗稿上有二十首唱和诗，“每一首诗的后面都注有一‘仲’字或‘嶲’字。曼殊有一个名字叫嶲嶲；‘仲’就是仲子，也就是陈仲甫独秀。”其中“丹顿拜伦”和“慵妆高阁”两首之后，都注一个“仲”字；“愧向尊前”一首之后，注了一个‘嶲’字。本书辑者（或抄寄给他的人）就是依据此文抄录，于是历来都无异辞的前两首就当作陈仲甫之作而被删除，又把各本俱无的后一首收入，改变了相传已久的这一组诗的面目。

对于这三首诗的问题，文芷认为是一个“疑团”，难于解释。我没有见过诗册原件，不能断定是否曼殊真迹，这问题有待于其他材料的发现，才有希望解决。但不管怎样，那注“仲”字的两首和注“嶲”字的一首，都确是曼殊的诗。这里，我想就这三首诗的作者和《本事诗》的组成，谈一下自己的意见。一、柳亚子在《对于〈曼殊研究草稿〉的我见》一文中说：“曼殊《本事诗》脱稿后即分寄友朋，我和高天梅、蔡哲夫都有和作，现在还留存在我的旧诗集中，这的确是一九〇九年上半年的事情。”如果“丹顿拜伦”、“慵妆高阁”二首确为他人之作，曼殊何至攘为己有并毫无惭怍地抄寄友朋呢？这一组诗最早载于一九一〇年十二月出版的《南社丛刻》第三集，这一集由柳亚子主编（见柳著《南社纪略》二九页），可见是柳亚子亲自将它编入这一集发表的。当时曼殊所寄和他的朋友们所见的《本事诗》十首，都包含有这两首在内，我们自应以此十首为准，保存原来的章目和编次。二、据诸家研究，这一组诗是为日本艺妓百助眉史而作；而《为调筝人绘像》二首的调筝人亦即百助，两题所咏同为一人。因此，当《本事诗》十首未最后写定时，容易将有关百助的“淡扫蛾眉”、“愧向尊前”两首也抄在一起；最后经过斟酌，才选取十首，编定次序，合成一组，题为《本事诗》，确定下来。文芷所藏《诗册》，可能是未写定前所录，故与后来各本所载定稿不符。三、“淡扫蛾眉”一首，应归入《为调筝人绘像》，为该诗的第二首。过去各本，莫不皆然。《绘像》与《本事诗》同时发表于《南社丛刻》第三集，岂有在两题中重复“淡扫蛾眉”一首之理？可见曼殊当时已分别编定，《诗册》是不足为据的。至于“愧向尊前”一首，各本所无，但从内容和文字看，仍应为曼殊作品。诗中说及“湘兰天女”，原注云：“曩在秣陵，仁山居士为余道马湘兰证果事甚详。”《燕子龛随笔》中亦有一则：“十一月十七日病卧祇垣精舍，仁山老檀越为余言秦淮马湘兰证果事甚详。近人但优作裙带中语，而不知彼姝生天成佛也。”据柳亚子《重订苏曼殊年表》，曼殊于一九〇八年九月至南京，主讲祇垣精舍，十二月离去。注云“曩在秣陵”，则此诗必作于一九〇八年十二月以后，与《本事诗》之作于一九〇九年上半年者，时间上很接近。马湘兰为明末秦淮名妓，百助身份正与之相合。这也是曼殊为百助写的一首诗，《本事诗》定稿时没有收入，也未单独发表，因而刊落。我以为应作为集外诗予以保留。总之，我的意见是，即使文芷所藏《诗册》上存在着两首署名问题，但目前还没有明确结论，不能遽然改动曼殊本人的最后定稿，不能用一个孤证否定传世的各种版本。本书对《本事诗》十首的处理，是值得重新考虑的。

本书卷首，有柳亚子撰《曼殊新传》，《引言》中称“这是最详尽的一篇苏曼殊的传记”。不知这篇《新传》后来已被作者本人完全否定。查柳亚子约于一九二〇年写过一篇《苏玄瑛传》，说曼殊的父亲是广东香山苏某，母亲是日本人。一九二八年八月又写定一篇《苏玄瑛新传》，根据曼殊托名日本僧飞锡所作《〈潮音〉跋》，参以曼殊小说《断鸿零雁记》，说曼殊的父母都是日本人，父死后随母改嫁在日本经商的香山人苏某，纯然是日本血统。但到了一九三二年九月，柳亚子重新写了一篇《苏曼殊传略》，对《新传》作了重大的更正，结论是：曼殊的父亲叫苏杰生，广东中山县沥溪乡人，在日本横滨万隆茶行当买办，他和家中雇用的一个日本下女生了曼殊，六岁时由杰生正室黄氏携之归国。这就完全否定了《新传》所提父母均为日本人的说法。对于《新传》的错误，柳亚子说是“上了《〈潮音〉跋》和《断鸿零雁记》的当”，后来经他和曼殊从弟苏维骤通信的结果，才解决了这一血统问题。这篇《苏曼殊传略》，曾发表于一九三二年十月上海《文艺茶话》一卷四期，后又收入开华版《全集》，可惜施蛰存同志都没有看到。关于这个问题，不仅柳亚子本人在五十年前已经纠正，最近柳无忌发自美国的一篇《关于苏曼殊》中又重加申论，肯定“苏曼殊是中国人”。他说，曼殊“亲生父母都是日本人”一说，是“我们误信曼殊自撰但故作玄虚的《〈潮音〉跋》，又根据他的小说《断鸿零雁记》内移花接木式的故事，做了这个错误的结论。”但不久以后，柳亚子“与曼殊在沥溪乡（香山县）苏家的亲戚直接通信，获得许多可贵的第一手材料，关于曼殊身世的真相，始得大白”（《人物》一九八一年第六期）。不料到了一九八〇年，本书辑者还将那篇早为作者废弃的《新传》重印出来。还有一点，《新传》作者柳亚子名弃疾，故传末论赞一段以“柳弃疾曰”开始；本书在题目下和目录内都署柳亚子名，但论赞的第一句，却忽然变成了“柳无忌曰”！这也不知是何缘故。

这个辑本中的《曼殊新传》和《燕子龛遗诗序》都是从中央书店印本《苏曼殊诗文集》抄来，辑者说是他以前“所未尝见”的。又说“遗诗序即所为序王大觉（按即王德钟）辑本，而此本又亚子以仿宋大字刊行者，乃卷端无此文，是可异也”（《跋二》）。其实，《曼殊新传》原题《苏玄瑛新传》，与《燕子龛遗诗序》都先后两次收入北新版的《苏曼殊年谱及其他》和《全集》第四册“附录上”，流传已久。前一种收入《遗诗序》时，文后有柳亚子附记，说序成二年后，《遗诗》始付印，“适此文不知置何处，因未刊入”。这已说明了“卷端无此文”的原因。上述北新版的两种书和开华版《全集》，搜集曼殊著作和有关资料甚为丰富，为研究者所必读；施蛰存同志在《引言》中自述青年时代是曼殊的“崇拜者”，现在又辑录曼殊的诗，而他竟未见及这些重要本子，反而求诸坊间俗本，这倒真是令人觉得“可异”的。

另外，本书在校勘断句上，也有一些错误。例如七律《何处》中“捣莲煮麝春情断，转绿回黄妾意赊”一联，柳无忌辑《诗集》及柳亚子编两种《全集》所载，“妾意”均作“妄意”。郑桐荪致柳无忌函中所录亦为“妄意”(见《苏曼殊年谱及其他》附录)，“妾”字因形近而讹。又如《寄晦闻》中“尚国诗人近若何?”句，“尚国”应为“南国”。卷首《曼殊新传》中记曼殊遗著，内有“法显《佛国记》、惠生《使西域记》、《地名今译》及《旅程图》”，分列四种，实为一书，即《佛国记》和《使西域记》的地名今译及旅程图，不应打那么多的书名号。又《新传》末评论中“或有玄瑛生前所掩覆之迹，而暴露于身后”句，“或有”不通，据各本“有”皆作“谓”。在下卷诸家投赠诗中，有的题目较长，断句便往往发生错误。如柳亚子的《刘三以曼殊所绘黄叶楼图索题，年馀未报，岁晏怀人，赋此奉寄》一题，竟误断为……“以曼殊所绘黄叶楼图，索题年馀未报，……”。又如邓尔匹的《赤柱山下，值墨斋与一修髯客偕行，归语哲夫，知即余所访不迁之曼殊上人也，补赠一诗》一题，竟被误断为“……值墨斋与一修髯客，偕行归语，哲夫知即余所访不迁之曼殊上人也，……”。这本是几句浅近文言，不知何以竟错到如此地步。施蛰存同志在《引言》中曾说：也许他“这本书印出来之后，还会吸引许多爱好诗歌的青年。对于一些中年人，或者也可以供给他们补读以前未见之书”。从他所悬的这个鹄的来看，本书是还不能令人满意的。

刘斯奋《苏曼殊诗笺注》

一九八一年十二月，较施辑本稍后，广东人民出版社出版了刘斯奋的《苏曼殊诗笺注》。

本书收曼殊诗四十七题，共九十九首。另有译诗九首（原标十首，误）。它与施辑本不同之处，是没有《题画》和《题蔡哲夫藏担当山水册》二首，多出《和三姊妹韵》一首。《本事诗》十首，完全依据柳亚子编北新版和开华版两种《全集》，内容和顺序均无改动；只在这一组诗之后，节录文芷的《曼殊上人诗册》一文，作为附录，以见后来所传其中三首之不同。《诗册》中多出的"愧向尊前说报恩"一首，则作为"有待考证之作"，收入"附编"。并加按语说："因此诗之真伪，牵涉到整组《本事诗》的重新审定，尚待查考，姑附于此。"我赞同对《本事诗》如此处理，不过"愧向尊前"一首，我仍认为应是曼殊佚诗，《本事诗》十首不是一次定稿组成，不会因这一首便发生"整组重新审定"的问题，理由已见上文评施辑本部分。关于题画二首，我也在上文谈过，这里都不再赘述。

《和三姊妹韵》一诗，文公直编《曼殊大师全集》自曼殊所遗残稿中录出，本书亦从之收入。所谓曼殊残稿，指萧纫秋藏、柳亚子编的《曼殊遗墨》（一九二九年六月北新书局影印）。这本《遗墨》，内容庞杂，有画稿，有杂记，有各种账单、遗物，间或抄录零星诗句，多未著明作者姓名。此诗前有长题：《因次光威裒韵姊妹三人少孤而始妍乃有是作精粹难俦（按本书误作传）虽谢家联雪何以加之、有客自京师来者示予》，以下为姊妹三人的联句。其后才是"次韵"二字，独立一行。现在生造了《和三姊妹韵》这个题目，将原题改为小序，又将"次韵"二字移到前面，紧接于"示予"之后，使它变成一首和诗的小序的样子。这些大概都是文公直胡改的（我手边无文氏此书，不知有无说明）。其实，此诗并非曼殊所作，而是唐代女诗人鱼玄机的作品，载《全唐诗》第十一函第十册"鱼玄机"卷（双峰书屋刻本），又见《唐女郎鱼玄机诗》（《四部备要》本，据黄丕烈藏宋本校刊）。在《全唐诗》中，这首诗的题目的末二句是"有客自京师来者示予，因次其韵"，不载三姊妹原作。曼殊在这本杂记中，共抄鱼玄机诗三首，先是"唐女郎鱼玄机诗"一行，接着抄录了《赠邻女》、《寄国香》二首，次页是三姊妹原作，第三页就是这首“次韵”和断句“殷勤不得语，红泪一双流”。最后还有几句鱼玄机生平事略。也许因为“鱼玄机诗”一行和“次韵”诗不是抄在同一页上，当年文公直不察，闹了个笑话；今天本书又沿袭了这个错误，实在令人遗憾。不仅如此，本书还将此诗编入一九一六年，笺语中说：“《遗墨》刊行时曾注明为‘民国五年（一九一六年）纪’。姑附于此。”将一千年前唐代人的诗认为是曼殊一九一六年之作，这真是出人意外的事。（附带说一句：查我所见的《曼殊遗墨》初版本，此诗前后都无此语，甚至在全书中也遍寻不获，真是奇怪！）

本书特点之一是编年。曼殊诗生前没有定本，编年是很困难的。王德钟在《燕子龛遗诗序》中早就说过：“其作诗年月，莫获详其先后，颇憾排比失序。”后来柳亚子作《曼殊诗年月考》，也说“曼殊作诗的年月，是很难证实的”。他主要依据是报刊上发表的时间，加以考证。本书就是以柳著《年月考》为基础按年编排的。但《年月考》只限于北新版《曼殊全集》中已有的诗，后来开华版《全集》增补的九题十一首，柳亚子没有作过考证，因此，本书除《花朝》编入一九〇七年、《步韵答云上人》（三首）编入一九一〇年外，其余七首均作为“不编年诗”处理。对于编年部分，我想谈几点意见：《答邓绳侯》一首，笺云：“此诗作于一九〇六年。”系据曼殊丙午年（一九〇六）所画《画跋》考定。按此诗最早收入北新版《曼殊全集》诗集补遗，据编者记：“系凌挹秀君寄来，应是一九〇六年的作品。”可与《画跋》参证。《忆六三、天梅》一首，笺云：“此诗出处未详，文公直编《曼殊大师全集》断为一九〇七年作。”按此诗亦见北新版《全集》诗集补遗，据编者记，系“从刘季平君处所藏曼殊墨迹手札内发现，应是一九〇七年的作品。”刘季平即刘三，出处及作年均已说明。文公直显然是从此抄来。又《花朝》一首，笺云：“此诗出处未祥。文公直编《曼殊大师全集》断为一九〇七年作，姑从之。”按此诗最早载开华版《曼殊全集》，笺注者没有转述文公直断为一九〇七年作的依据，因此我们也不知“姑从之”的理由。对于不编年部分，我也有一点补充，即其中《以胭脂为某君题扇》和《碧阑》二首，曾发表于一九二九年十一月一日出版的《当代诗文》创刊号。这杂志由当代诗文社刊行，世界书局总经售，创刊号中有柳亚子、刘大白等人的译文，曼殊诗应即柳亚子送去刊出的。这是此二首最早发表的时间和处所，但由于发表时间是在曼殊逝世十年以后，不能据以推断作诗的年月。这不编年的七首，在本书中的排列先后，完全打乱了开华版《全集》的次序；既不编年，不知何以要如此改动？这样做，只不过徒滋纷乱，使读者堕入迷茫不解之中。

曼殊诗过去没有笺注本。本书笺语说明作诗的年月、出处及提供有关的本事材料，相当详尽，注释也简明妥贴。例如，《久欲南归罗浮不果……》一首，笺语据曼殊与黄晦闻、蔡哲夫相识的时间及曼殊致刘三信，考定此诗作于一九〇八年冬末或次年初春。黄晦闻和邓秋枚等人清末创办《国粹学报》及国学保存会，在学术思想战线与当时的反清革命桴鼓相应；笺语较详细地介绍了他们的简历及其与曼殊的关系，可以帮助读者了解曼殊早年的为人。《过平户延平诞生处》一首，笺语点明郑成功的母亲翁氏为日本人，与曼殊相同，并引陈去病赠曼殊诗“正朔天南奉盛明，孤忠唯有郑延平”句，以衬映曼殊此诗所包含的思想感情。《题〈拜伦集〉》一首，因小序中述及“西班牙雪鸿女诗人”赠《拜伦遗集》事，注释便从曼殊《与高天梅论文学书》、《〈潮音〉跋》、《断鸿零雁记》及《答玛德利壮湘处士书》等文字中，集中了有关雪鸿的资料，以说明她和曼殊的交谊。又如《无题》八首，笺语据郑桐荪“曼师有无题诗百绝之作”语，认为这八首可能就是其中的一部分。这些，对读者都是很有帮助的。各诗笺语中，关于写作年月，大抵都是袭用柳亚子《曼殊诗年月考》原文，但也偶有改正的地方。如《西湖韬光庵夜闻鹃声柬刘三》一首，柳认为“应是一九〇九年下半年在杭州的作品”，本书据曼殊《画跋》和柳亚子后来所作《重订苏曼殊年表》,改定为一九〇八年秋所作。又如《淀江道中口占》一首,柳《考》有曼殊一九一〇年"上半年在爪哇,下半年在印度"等语,本书据《重订年表》,改为"曼殊此年全年均在爪哇噶班。"这两点可见笺注的细致。自然,本书笺注方面也还有不足之处,如全书第一首《以诗并画留别汤国顿》的笺语,根据旧有材料,说汤国顿是曼殊在苏州吴中公学任教时的同事,但最近柳无忌在《关于苏曼殊》一文中说,汤国顿是曼殊在日本横滨大同学校读书时的老师,一九〇三年曼殊归国时,汤去送行,曼殊就以诗和画留赠他。《忆刘三、天梅》小序中"慈亲"的注释说:"曼殊的生母若子,为一日本下女。"这是据以前柳亚子的说法。最近数年,则有若子为曼殊庶母日本人河合仙的远房侄女或河合氏之妹的两种新说。后一说是曼殊幼妹苏惠珊一九六九年在香港提出的,柳无忌以为"最为近情合理",他"愿意放弃父亲以若子为下女的说法"(见柳无忌一九七七年作《我不认识的苏曼殊》)。这都是后出的资料,可供将来再版时补订。还有诗中的一些字和词,本来好懂,无须作注,最好能略加删汰,以免烦絮。至于译诗的注释,也比较详明;本文旨在讨论曼殊自作诗部分,这里就不多说了。

本书"附编"中断句"我本将心比(按应作向)明月,谁知明月照沟渠"一联,原出《燕子龛随笔》,是曼殊倩人刻在一方石印上的,并未说明是自作或他人成句。柳亚子据黄晦闻在边款中的"曼殊和尚近句"一语,相信是曼殊自己的断句。但他在编辑北新版《苏曼殊全集》时,却又将此联和其他断句"一起删除,以清纠葛"(《苏和尚杂谈·曼殊遗诗辨伪》)。可见他对这一联还是持保留态度的。按曼殊当年将此联和他自己的"袈裟点点疑樱瓣,半是脂痕半泪痕"一联,请人刻成一对印章,黄晦闻所谓"曼殊和尚近句",是指"袈裟"一联。至于这两句诗确实不是曼殊的佚句,我曾经在明清人的笔记或诗话中见过,可惜没有抄录下来,目前一时又查不出;暂记于此,以俟今后注意查寻。

最后,应当一提刘斯奋同志为本书写的《前言》。这篇《前言》扼要介绍了苏曼殊的生平及其作品，肯定曼殊是清末民初一位有特色的诗人、一位爱国的作家。从曼殊生活的那个时代的历史条件出发，分析了他思想中强烈的个性主义，认为他的种种耸动世俗的“奇行”，是他反抗社会传统势力的一种方式；特别着重论述了曼殊的诗歌创作所受于以拜伦为代表的西方十九世纪积极浪漫主义文学思潮的影响，以及这些诗作在艺术上所取的成就和独特风格；同时，也明确指出曼殊思想行为的颓唐落后的一面，对他的整个诗歌创作也说具有体裁单一，题材狭隘，所反映的社会面不够广泛等缺点。这是一篇比较公允的文章，可供曼殊著作的读者参考。

一九八二年十一月二十一日

（原载一九八三年《文学遗产》第一期）

关于周作人问题

——一九八二年十月二十八日在北师大现代文学进修班上演讲

刚才的介绍过誉了。我过去也是教书的。杨老师盛情难却，所以我来了。今天题目是《关于周作人问题》。我主要讲一讲他这个人和他的散文；后期如何成了汉奸，干了什么事。抗战后他被国民党抓进监狱，他曾有过辩护；解放后还给周总理写过长信。

近几年，即一九七八年后，关于研究他的文章多起来了。今天要研究现代文学总不能不提到他。但是，近几年有的文章评他的前半生说得太高，过分了；对后半生是抽象地说成汉奸，之后就不再谈了。我是觉得“五四”前后的周作人不管在文艺理论、文学创作上的贡献都应肯定。但过高地说，把近三十年未出版他的东西、未用他的原名发文章，说是完全否定了他，也不是。不能因为三中全会以前对他的作品未出版，就说是“左”的影响。我认为，他的抗战时的身份是清楚的。过去不出他的东西是应该的。自从“九一八”日本侵华，中华民族处于最危险的时候，人民要求抗日，国民党不抵抗，那时牺牲了许多的人。周作人在这时投敌,这能容忍吗?所以我们不可能在全国解放后立即出版他的文章和著作。当然,如果在正确路线下,过一个时期,对他正确评价,是可以的,但是五十年代后期,政治气氛不正常;从一九五七年到"文革",他的书当然更出不来了。现在出了他的东西,散文选中选了他的作品,文学史也提到他了。

周作人为鲁迅的二弟,一八八五年生,家庭状况当然同鲁迅相同。他在三味书屋读过书,一九〇一年庚子事变后两年,在江南水师学堂读书,一九〇六年赴日本留学,是年鲁迅归国在家结婚,后又去日本。这次是周作人与鲁迅同去日本。作人本来学建筑学土木工程的,但他去日本后,在政法大学学习,又转到立教大学学习,这是一个私立大学。他开始和鲁迅一起译些东西,如二人合译短篇小说集《域外小说集》。这时他很少写文章。主要的译文有哈葛德的《红星佚史》、育珂摩耳的《黄蔷薇》,显克微支的《炭画》。他还是主张文学"为人生"的。鲁迅逝世时,他写过两篇文章:《关于鲁迅》、《关于鲁迅之二》。在《关于鲁迅之二》中说,当时他在东京,认为"文学"可以"感化社会,振兴民族精神,用后来的熟语来说,可以说是属于为人生的艺术这一派的"。这和鲁迅的话都一样。上海出版的《域外小说集》合订本,有鲁迅写的一篇新《序》,说:"我们在日本留学时候,有一种茫漠的希望:以为文艺是可以转移性情,改造社会的。因为这意见,便自然而然的想到介绍外国新文学这一件事。但做这事业,一要学问,二要同志,三要工夫,四要资本,五要读者。第五样逆料不得,上四样在我们却几乎全无:于是又自然而然的只能小本经营,姑且尝试,这结果便是译印《域外小说集》。"这与周作人的话是近似的,对文学取积极态度。到一九一一年夏周作人从日本归国,先后在杭州、绍兴工作,在中学教书,曾当过绍兴县教育会会长,当时他写点杂记随笔。一九一七年到北京,在北大任教,开始在国史编纂处为编纂员,下半年就成为教员。一九一七年一月文学界有些波澜壮阔,胡适发表了

《文学改良刍议》,提出改良文学的“八不主义”。到二月,有陈独秀的《文学革命论》。胡适是改良,陈是革命,大书特书“三大主义”:“曰推倒雕琢的阿庾的贵族文学,建设平易的抒情的国民文学;曰推倒陈腐的铺张的古典文学,建设新鲜的立诚的写实文学;曰推倒迂晦的艰涩的山林文学,建设明瞭的通俗的社会文学。”比胡适进了一步,但主要还是肯定文学形式。

一九一八年,周作人发表了《人的文学》,即人道主义的文学,即个人主义的人间本位主义。他以人道主义为本观察人生各种问题。文章很长,是说要表现人的合理的物质生活和精神生活。这是非常著名的文章,胡适称为新文学运动发难后期最重要的宣言。一九一九年他在《每周评论》上发表了《思想革命》和《祖先崇拜》。他提出:“文学革命上,文字改革是第一步,思想改革是第二步,却比第一步更重要。”“中国人如不真是‘洗心革面’的改悔,将旧有的荒谬思想弃去,无论用古文或用白话文,都说不出好东西来。”要思想革命就是要推翻野蛮习俗,不合理的主张。又如《祖先崇拜》他提出:“我们不可不废去祖先崇拜,改为自己崇拜——子孙崇拜”,“并非子孙为祖先而生存”。鲁迅在《我们现在怎样做父亲》中也讲到了这一层意思。

一九一七至一九三七年二十年间,周作人在北大教书,在燕大兼课,写文章很多,大概估计有十五六本。除理论外,又有散文创作。他从《自己的园地》算起,到《瓜豆集》,这里面他成就相当大。一九二一年始,他写散文是有意识地写的;他不写小说,写一点诗,但写散文很多。他有一篇散文《美文》发表于《晨报》一九二一年六月八日第七版。他说:“中国古文里的序,记与说等,也可以说是美文的一类。但在现代的国语文学里,还不曾见有这类文章,治新文学的人为什么不去试试呢?……我希望大家卷土重来,给新文学开辟出一块新的土地来,岂不好么?”

他主张、号召,也实践,如他的《卖汽水的人》、《喝茶》、《故乡的野菜》、《北京的茶食》、《乌篷船》、《初恋》、《怀旧》、《水师学堂的一天》、《忆爱罗先珂君》、《娱园》,均为一九二一年至一九二六年所写。《乌篷船》是代表作,一九二六年一月作。他说:“你坐在船上,应该是游山的态度,看看四周物色,随处可见的山,岸旁的乌桕,河边的红蓼和白蘋,渔舍,各式各样的桥,困倦的时候睡在舱中拿出随笔来看,或者冲一碗清茶喝喝。偏门外的鉴湖一带,贺家池,壶觞左近,我都是喜欢的,或者往娄公埠骑驴去游兰亭(但我劝你还是步行,骑驴或者于你不很相宜),到得暮色苍然的时候进城上都挂着薜荔的东门来,倒是颇有趣味的事。倘若路上不平静,你往杭州去时可于下午开船,黄昏时候的景色正最好看,只可惜这一带地方的名字我都忘记了。夜间睡在舱中,听水声橹声,来往船只的招呼声,以及乡间的犬吠鸡鸣,也都很有意思。”他的写法纯粹用白描,无所用心,漫不经心地写,而文气舒缓,用了很多词汇,也很简捷。随处可见的山,桥,如水墨画。但其生活情趣我看是东方的。他在文章中曾反对过“东方文明”,但他的作品却完全是“东方文明”,士大夫情趣,是东方文明的产物。又如《北京的茶食》,说:“固然我们对于北京情形不甚熟悉,只是随便撞进一家饽饽铺里去买一点来吃,但是就撞过的经验来说,总没有很好吃的点心买到过。难道北京竟是没有好的茶食,还是有而我们不知道呢?”“我们于日用必需的东西以外,必须还有一点无用的游戏与享乐,生活才觉得有意思。我们看夕阳,看秋河,看花,听雨,闻香,喝不求解渴的酒,吃不求饱的点心,都是生活上必要的——虽然是无用的装点,而且是愈精炼愈好。”《喝茶》中说:“喝茶当于瓦屋纸窗之下,清泉绿茶,用素雅的陶瓷茶具,同二三人共饮,得半日之闲,可抵十年的尘梦。”

以上三篇可表现出他的士大夫情趣,那就是平淡、自然、闲适的一面。但是他还有另一面,即浮躁凌厉的一面。后者是叛逆的一面。他欣赏英国心理学家蔼理斯,他在《蔼理斯的诗》中谈道:“南非女作家须拉纳尔曾说蔼理斯是在基督与山魈中间的一个交叉，戈耳特堡更确切的说，在他里边是有一个叛徒与一个隐士。”周作人表现出的另一面即表现在：

他反对现代评论派，反对北洋军阀政府、国民党政府。如《前门遇马队记》，不注意不易看出与“五四”的关系。又如一九二一年《碰伤》写的是索薪请愿。一九二六年“三一八事件”中他写了《关于三月十八日的死者》，是几天后才写成的。他的结论是：“这回的数十青年以有用可贵的生命不自主地被毁于无聊的请愿里，这是我所觉得太可惜的事。”鲁迅却说：“至于此外的深的意义，我总觉得很寥寥，因为这实在不过是徒手的请愿。人类的血战前行的历史，正如煤的形成，当时用大量的木材，结果却只是一小块，但请愿是不在其中的，更何况是徒手。”鲁迅是希望我们应该有其他的办法。周作人说：“刘女士是我这大半年来从宗帽胡同时代起所教的学生，所以很是面善，杨女士我是不认识的，但我见了她们两位并排睡着，不禁觉得十分可哀，好像是看见了我的妹子，——不，我的妹子如活着已是四十岁了，好像是我的现在的两个女儿的姊姊死了似的，虽然他们没有真的姊姊。”写得令人哀痛，而鲁迅的文章却令人振奋愤慨。

又如《新中国的女子》说：“我并不想抹杀男子，以为他们不配负救国之责，但他们之不十分有生气，不十分从容而坚忍，那是无可讳言的。我也并不如日本记者那样以为女子之力即足以救中国，但我确信中国革命如要成功，女子之力必得占其大半。”他又引用密茨克微支（Adam Mickiewicz）的诗《与波兰的母亲》，那是波兰失掉自由时的诗，表示诗人理想中的国民之母的：“波兰的母亲啊！倘若我是你，我将拿他的未来运命的玩具给他游戏。早点给他链条锁在手上，叫他习惯推那犯人的污秽的小车，使他见了刽子手的刀斧不会失色，见了绞索不会红脸。因为他并不如古时武士将往耶路撒冷充十字军，插他的旗在那被征服的城上，也不像三色旗下的兵士将去耕自由之田地，沃以自己的鲜血。不，无名的奸细将告发了他，他当在伪誓的法官前辩护他自己，他的战场是地下的囚室，不可抗的敌人就是他的裁判官。绞架的枯木即为他的墓标，几个女人的眼泪，不久就干了，以及国人的夜间的长谈，是他死后的唯一的荣誉与记念。”男子的革命被母亲和妻子拖住，但女子也革命，即可以成为革命家之妻和革命家之母。写得好！和那些依附于北洋军阀的现代评论派不同。现代评论派承认接受章士钊转给的段祺瑞的津贴一千元，陈西滢承认这一点。周作人在《恕府卫》一文中说：陈源们“使用了明枪暗箭，替段政府出力，顺了通缉令的意旨，归罪于所谓群众领袖，转移大家的目光，减少攻击政府的力量，这种丑态是五四时代所没有的”。周作人在一九二六年一月二十日《晨报副刊》发表《闲话的闲话之闲话》一文，针对徐志摩说陈西滢“忠贞”于女性一点，揭发了陈侮辱女学生的话：“我知道在北京有两位新文化新文学的名人名教授，因为愤女师大前途之棘，先章士钊，后杨荫榆而扬言于众曰：‘现在的女学生都可以叫局。’”

在《顺天时报》中，周作人总是反对“同存共荣”说的。一九二八年冬，他在《闭户读书论》中认为：消极是倒退的起点。他说：“宜趁现在不甚适宜于说话做事的时候，关起门来努力读书”。读什么书呢？读经，何况与考试有关。读史，“通历史的人如太乙真人目能见鬼，无论自称为什么，他都能知道这是谁的化身，在古卷中找得他的元形”。《麻醉礼赞》说：“快乐派是相信原子说的，这种唯物的说法可以消除死的恐怖，但由我们看来，死又何尝不是一种快乐，麻醉得使我们没有，这样乐趣恐非醇酒妇人所可以拟罢？”他有历史循环观。

一九三一年九一八事变，周作人在北大作了《关于征丁》的讲演，开头说：日本杀人放火，责任由日本人承担，但失地谁负责呢？当然是中国政府。光是游行不能解决问题，还是应该修武备，“用强力对付”。应该追究“无抵抗”而失地的“责任”，所以他讲的题目就是“修武备”,对国民党进行了讽刺。一九三四年周作人五十岁时在自寿诗中写道:“前世出家今在家,不将袍子换袈裟。街头终日听谈鬼,窗下终年学画蛇。老去无端玩骨董,闲来随分种胡麻。旁人若问其中意,且到寒斋吃苦茶。”诗中有微词,讽意。他这时闭门读书,谈古董,有不满情绪。蔡元培、钱玄同等人有和诗。但是也有人不理解他内心的讽意,和之曰:“不赶热场孤似鹤,自甘凉血冷如蛇。”(注:发表于一九三四年四月十四日《申报·自由谈》,文章题目《人间何世?》作者埜容,即廖沫沙)骂他是冷血动物,对他不太理解。

此外,一九一七至一九三七年间,他也写了不少研究神话、传说、民歌方面的文章。一九四〇年出版的《秉烛谈》也收了一九三七年以前的文章。以上说的是周作人的散文。

他在文学的提倡、介绍方面,功不可没。在他的提倡和影响下,中国现代散文相当发达。鲁迅在《小品文的危机》中说:“散文小品的成功,几乎在小说戏曲和诗歌之上”,形成了一个流派。小品文作家如俞平伯、废名(即冯文炳),但废名的小说不是严格意义上的小说。周作人把他的小说收入进散文里去了。朱自清、钟敬文也写散文。钟敬文先生在中国是有成就的散文作家。《荔枝小品》是第一本散文集,他承认受周作人的影响。但不是模仿,另一些则不同了。《谈雨》、《水仙花》、《花的故事》等,风格题材像周作人,但另外一些,如写成仿吾(注:可能指的是《仿吾的诗作》),《记找鲁迅先生》等风格不同于周作人。后来他写的《西湖漫拾》不是周作人的范围了。有的写了西湖景色,写了钱塘江夜潮,有了大发展。胡适一九二二年写过一篇《五十年来中国之文学》,讲了“这几年来,散文方面最可注意的发展乃是周作人等提倡的‘小品散文’。这一类的小品,用平谈的谈话,包藏着深刻意味;有时很像笨拙,其实却是滑稽。这一类的作品的成功,就可彻底打破那‘美文不能用白话’的迷信了。”有道理!但引用到周作人身上好像有点不大确切。胡适谈这话时(一九二二年),周作人写的散文并不多。他著名的文章都在此后。

如果为周作人分期，可以一九三七年七七事变为分期。以前他在思想上没有大的变化。他的性格气质都是慢慢地发展的，没有突变。他在第一本散文集《自己的园地》的《旧序》中说，他收集这些文章感到惭愧，他说："我们太要求不朽，想于社会有益，就太抹杀了自己；其实不朽绝不是著作的目的，有益社会也并非著者的义务，只因他是这样想，要这样说，这才是一切文艺存在的根据。""我并不想这些文章会于别人有什么用处，或者可以给予多少怡悦；我只想表现凡庸的自己的一部分，此外并无别的目的。"（一九二三年写）中国近代散文是同张岱、袁中郎有相通的关系，但不能说近现代散文是从明代来的。二十年代末到三十年代初，袁中郎散文出版得多，这些文章好，但经周作人等一吹倒让人厌烦了。小品文的提倡有消极影响的一面。他认为文学不是革命的。

一九四一年，周作人当上了伪华北政务委员会委员，并指定为常务委员会委员兼教育总署督办，还兼任华北综合调查研究所副所长。一九四三年汪精卫在南京组织伪政府，南北合流，汪让周当了伪国民政府的委员，是很高的职位。到了南京就职，见了他的"汪主席"，归来后写了一篇文言文，洋洋得意地自我夸耀。他印的《知堂回想录》大多是炒冷饭，但就是不炒到南京就职那一篇。他本来有声望，大家希望他保守晚节，他却堕落了。一九三八年，茅盾、郁达夫、老舍、冯乃超、丁玲等十七八人给周作人写过一封公开信，在《抗战文艺》一九三八年五月十四日第四期上发表了，说他出席"更生中国文化座谈会""实系背叛民族，屈膝事仇之恨事，凡我文艺界同人无一人不为先生惜，亦无一人不以此为耻"，并希望他南下参加抗战。胡适在一九三八年八月从伦敦寄给周作人一封信，有诗道："天南万里岂不大辛苦？只为智者识得重与轻。"但是他回信说："我谢谢你很厚的情意，可惜我行脚却不能做到；并不是出了家特地忙，因为庵里住的好些老小。我还只能关门敲木鱼念经，出门托钵募化些米面，老僧始终是个老僧，希望将来见得居士的面。”他的这种思想还可参见他一九四二年写的《中国的思想问题》，那里说：“有人以为中国向来缺少中心思想，苦心地想给他新定一个出来，这事很难，当然不能成功，据我想也是大可不必的，因为中国的中心思想本来存在，差不多几千年来没有什么改变。简单的一句话说，这就是儒家思想。”就是“颜子当乱世，居于陋巷，一箪食，一瓢饮，人不堪其忧，颜子不改其乐”(《孟子·离娄下》)；就是“五亩之宅，树之以桑，五十者可以衣帛矣”(《孟子·梁惠王》)。他还说：“原始的生存的道德，即为仁的根苗，为人类所同具，但是人心不同各如其面，各民族心理的发展也就分歧，或由求生存而进于求永生以至无生，……中国固执着简单的现世主义，讲实际而又持中庸，所以只以共济即是现在说的烂熟了的共存共荣为目的，并没有什么神异高远的主张。”“人总是要做的，而做人之道也总还是求生存，这里与他人共存共荣也总是正当的办法吧。”这些话不仅是变节，也是向日本人献策。周作人把这些文章当成了救命草。

到了一九四三年八月，日本军部情报局监督下的“文学报国会”在东京开会，周作人没有出席这个会。会上日本一个片冈铁兵(此人是原左翼作家，当时是日本军国主义的吹鼓手)作了发言《中国文学之确立》，还有一个林房雄(原也是左翼作家，后叛变了。他以文化特使身份来到过北京)，在会上大骂周作人是“反动的文坛老作家”。他主要是针对着周作人的那一篇文章《中国的思想问题》而发。片冈铁兵说“反动的文坛老作家”，“以极度消极的反动思想之表现与动作”，成为推行“大东亚圣战”和“建设东亚新秩序”的障碍。周作人写信给日本文学报国会会长久米局长，问“老作家是否即是鄙人”，“如若所谓老作家即是鄙人，则鄙人当洁身隐退”。未得回答。此时他猜想起他的学生沈启无，怀疑他，于是就在报上公开发表了一个“破门声明”：“沈扬即沈启无，系鄙人旧日受业弟子，相从有年，近来言动不逊，肆行攻击，应即声明破门，断绝一切公私关系”。将沈启无逐出教门。他还在《关于老作家》文中说：“这回我遇见沈扬对于恩师如此举动，不免有点少见多怪，但是事实已如此，没有什么办法，只好不敢再认为门徒罢了。”但是这篇文章没有收入文集中。周作人与日本方面的意见并不是根本对立的，他只是怕日本人过度的举动造成动乱。这也不能让日本法西斯分子们所容忍。抗战胜利后，周作人被判为汉奸，他还以此为证为自己辩护。国民党的最高法院法官在终审中驳斥了他：“查声请人所著之《中国的思想问题》，考其内容原属我国固有之中心思想，但声请人身任伪职，与敌人立于同一阵线，主张全面和平，反对抗战国策，此种论文虽难证明为贡献敌人统治我国之意见，要亦系代表在敌人压迫下伪政府所发之呼声，自不能因日本文学报国会代表片冈铁兵之反对，而解免其通敌叛国之罪责。”

一九四九年，国民党政府瓦解，周作人出狱。这年七月四日周作人从上海写过一信给总理周恩来，大谈相信共产党，信仰共产主义，并为自己辩护。八月，他到了北京。后来周作人死于“文革”中，时间在一九六七年。

（本文未经演讲者修订，记录人/刘玉凯）

（辑入人民文学出版社《林辰纪念集》二〇〇五年三月版）

许寿裳的生平与著作简述

——《许寿裳文录》编后记

许寿裳先生是我国现代著名的教育家、文学家。他生于一八八三年二月四日（清光绪八年旧历十二月二十七日，立春节），今年是他的一百周年诞辰；他不幸于一九四八年二月十八日在台北遇害，到现在也已有三十五年了。我们同时纪念他的生与死，真不禁百感交集；这个集子就是在这样的心情下编辑而成的。

许寿裳，字季茀，号上遂，浙江绍兴人。他出生于一个经营南货的小康之家，一岁丧父，由长兄寿昌（即鲁迅早年日记中的“铭伯先生”）课读。一八九七年十六岁时入绍郡中西学堂肄业。[①]校章规定，学生如只专修算学、英文或法文，不习中国经史的，称为附学；许先生即附学生，专习英文和算学。他刻苦学习，成绩优异；英文教师评他“研索有得，学力胜人，字画亦颇清楚”，算学也得到“用心颇细，习课亦勤”的好评。一八九九年春至一九〇二年夏，在杭州求是书院学习。[②]在这里，他认识了晚清启蒙思想家、求是书院汉文总教习宋平子，从宋问业。首次作文，题曰《言志》，许先生答志在吸取新文明，推翻旧制度，以救中国。文中有“二千年之专制，痛甚西欧；廿世纪之风潮，定来东亚”等语，宋平子在句旁加了密圈，大为奖许。（见许作《〈宋平子评传〉序》）在这期间，他参加了以求是书院部分师生为骨干的进步组织"浙学会"。一九〇二年秋，许先生以浙江官费派往日本留学，初入东京弘文学院预备日语，在此与鲁迅相识，结成终生的友谊。一九〇四年，考入东京高等师范学校史地科，一九〇八年四月毕业。他在少年时代就抱有救国的志愿，到东京后，受到当时反清革命热潮的影响，与鲁迅等人积极参加多种民族民主革命活动。一九〇三年夏，接编《浙江潮》月刊，自第五期起至第十期停刊止，共编六期，为宣传革命做了有益的工作。约在一九〇四年冬天，参加了在"浙学会"基础上组成的光复会东京分部。一九〇七年夏，与鲁迅等筹办文艺杂志《新生》。一九〇八年春，与鲁迅、龚未生等往《民报》社听当时"有学问的革命家"章太炎讲学；同年作长篇论文《兴国精神之史曜》，发表于《河南》杂志第四期及第七期（一九〇八年四月、七月），表现了他热切盼望复兴祖国的情怀。

一九〇九年四月，许先生自日本归国，在杭州浙江两级师范学堂任教务长。这是他服务教育界的开始。一九一一年南京临时政府成立，许先生应教育总长蔡元培之招到教育部任职，不久随部迁往北京。一九一四年后，他又在北京大学、北京高等师范学校兼课。一九一七年出任江西省教育厅长。一九二二年任北京女子高等师范学校校长。一九三四年任北平大学女子文理学院院长。此外还先后在广州中山大学、成都华西大学等校执教。一九四六年去台湾，任省立编译馆馆长；次年编译馆被裁撤，改任台湾大学中文系教授兼系主任，直至罹难。四十年中，许先生主要的时间与精力都用在教育工作上，他不但传授知识，也教导青年怎样做人。他的一个学生曾经这样说过："许师是一座进步与自由的灯塔，使在暗夜海上的船舶有所归往，不至汩没于风涛。"[3]因此他为社会培养了不少有用之材。在这些学校里，他主讲教育学、心理学、文字学、西洋史、传记研究和中国小说史等课程。他学识渊博，教课认真负责，例如在台湾大学时，曾开文字学课，只有两个学生听讲，但他仍然慎重将事，一丝不苟。后来这两个学生在悼文中回忆说："那时候，许先生担任的一门中国文字学是中文系二年级的课程，而中文系二年级一共就只有我们二个学生。……文字学的教材是许先生自己编就的，虽然只有二个学生，可是他为了要减省我们笔录的时间，藉此讲解得更详细一点，所以依然设法替我们印讲义。仅因为校中出版组的人员不善写甲文、金文、篆文等字体，所以特地指定了一位助教来缮写，讲义印就后，还得他自己来校阅一次，有错处即亲笔改正，然后才发给我们。"④这种严肃不苟、乐育青年的精神，使他赢得广大学生的爱戴与欢迎。

许寿裳先生也是一位有成就的文学家。他所著的《鲁迅的思想与生活》(一九四七)⑤、《亡友鲁迅印象记》(一九四七)、《我所认识的鲁迅》(一九五二)等书，脍炙人口，在国内外广泛流传，为鲁迅研究者所必读。它们是有关鲁迅的重要文献，而文笔醇朴，亲切动人，其本身也富有文学价值。他的《章炳麟》(一九四五)是国内最早的一部章太炎评传，共计四章；第一章"最近三百年来中国政治和学术的鸟瞰"，第二章"革命元勋的章先生"，第三章，"国学大师的章先生"，第四章"先生晚年的志行"。其第三章分节评介章太炎在语言文字学、文学、史学、经子及佛学上的贡献，阐述极为精翔。这几种专著和其他一些散篇文章，使许先生厕身于现代中国文学家之林而毫无逊色。其单篇著作，最早有留东时期所作长篇论文《兴国精神之史曜》，内容为"引言"及正文"德乙兴国之精神　自由之战"、"伊大里兴国之精神　光复之业"两篇，全文未完。文章主旨在于说明精神力量在欧洲各国复兴的历史中所起的伟大作用。他在"引言"中强调指出："佛朗西革命者，近代文明之春雷也。凄凄欧洲，吼朔风而荒大野者，一震而见艳阳世界，何势之烈而效之巨欤！是必有一物存诸其间，发挥而张皇之也。是何也？曰：社会之动变，必应于思想之动变，国民而怀有一大理想焉，其国未有不发一大运动者也。当十八稘之后半，启明思想，横溢欧陆，其特色一言蔽之曰：以理想主义与个人自由主义二者，雠君权教权，欲尽举旧有之制度文物而一新之也。”作者非常重视思想对社会变动的影响，而文章又充满热情，富有感染力。“这是当时的风气，要激昂慷慨，顿挫抑扬，才能被称为好文章。”[6]这篇文章和鲁迅的《摩罗诗力说》、《文化偏至论》、《破恶声论》等文，写作时间相近，又都发表于《河南》杂志上，其中有些论点，可供我们互相参阅。到了一九二五年四月，鲁迅在北京创办《莽原》周刊，作为批判旧社会、旧文明的发言之地，许先生热烈支持，积极参加，写了《爱国》(第三期)、《争面子》(第一五期)、《“有功文律”?》(第一八期)、《谈“每下愈况”》(第二一期)、《“胡说”》(第二三期)等文；次年，《莽原》改为半月刊，他又在第三期发表了一篇《“生命的研究”之难》。这些都是抨击旧思想、旧势力的具有战斗意义的杂文，如《爱国》一文指出：“本来爱国与革新是相需而不可离的事。正惟爱国，所以要革新；正惟革新，所以国才能够不敝。而中国一般之所谓爱国者不然。他们以为中国一切已经够好了，既然爱国，就不该革新，如革新，就不是爱国，把爱国与革新视为绝对相反的事；于是结果也相反，愈爱国，愈腐败，弄到国既不国，人也不人的地步才完！”在《“有功文律”?》、《谈“每下愈况”》两篇中，讽刺章士钊文章内“每况愈下”、“行宪半十”等语的不通，并指斥他诬蔑女师大学生“竟体忘形”的轻薄，与鲁迅的《答KS君》和《寡妇主义》等文桴鼓相应，是许先生和鲁迅共同反对封建复古势力的战绩之一。《“胡说”》则是对胡适关于翻译的议论而发的。胡适发现某一课文有误，便骂译者是“犯罪”。许先生反对这种苛论，认为当时中国翻译事业不发达，“对于翻译品还应该大加奖励，只要它大体不错，并不任意删削，即使稍有参差，也是不必深责的。”他还指出胡适自己的翻译也有错误，不能厚责于人。学术论文有《〈敦煌秘籍留真新编〉序》，以敦煌卷子本《论语》、《庄子》、《楚辞音》、《文选》、《毛诗》、《史记》等与今传本对勘，发现卷子本中多保存正字与古音，并可据以校正今传本的夺误，说明敦煌秘籍的珍贵。在古典文学方面，许先生的《李慈铭〈秋梦〉乐府本事考》是一篇极见功力的文章。李慈铭是晚清著名诗人，骈文家。《秋梦》是他所作《桃花圣解庵乐府》二种之一。全剧叙一生一旦梦中话旧，据许先生考证，是李慈铭自述与表妹薛珠婴的爱情故事。剧中莫峤为李托名，婴娘即珠婴。珠婴幼时常来外家，与慈铭从小相亲，互怀爱慕；但在李十四岁时，他的祖母便给他娶了一位比他大五岁的马家表姐，夫妇感情不洽。珠婴后来也与他人结婚，二十三岁便早死。这篇传奇写封建包办婚姻的痛苦和失恋的悲哀，真切感人。许先生在一九三六年曾为它写过两篇文章，先后发表于北平女子文理学院院刊《新苗》第五期和第十二期；这一篇是经过补充重作的定稿，一九四八年二月二日写成，不料竟成为许先生的最后绝笔。半个月之后，他就在台北寓中惨遭杀害了！

许寿裳先生的文章，朴实淡雅，具有一种自然之美。他注意刻划人物，如对宋平子的描写："先师魁硕，貌古朴，多须髯，两目幽郁若失精，望而知为悲悯善感之人。其教法重个性，主自由……循循善诱之功，非庸师所能企及。"又能即小见大，通过生活细节表现人物个性，如记乡人周蕴良："逮入翰林，回籍省亲，应友人题主之请；越俗丧礼，最重题主，仪式优隆，而先生通脱，固辞肩舆，值雨后路滑，着油靴步行而踣，竟不获救。"(《〈惕斋遗集〉序》)为一本普通的诗文集作序，本无多话可说，有了这么几笔，就把作者"通脱"的性格写了出来，使文章生色不少。这些地方，大概和他平素研究传记文学很有关系。他有一段追忆在求是书院时与宋平子夜话的文字，极为动人："先师住院，有楼两间，前为书室，后为卧房。晚餐后，余辄与二三同学，登楼请益。……一夕独侍书室，师纵论时事，忽涉及故国之痛，于明末遗民之忠义，清初文字狱之惨酷，尤三致意焉。其引据浩博而不可穷，其词理充实而不已。深谈五小时，不觉夜已过半，含泪告退，只见先师容益庄，情益苦，时万籁寂然，中庭霜月，皑皑如雪。此情此景，迄今四十年，历历犹在目前，每一追思，曷禁涕泗之横集也！”（《〈宋平子评传〉序》）这真是情文并茂的好文章。可惜这些文章从来没有结集，自许先生殁后，遗稿飘零，现在已不容易看到了。

我敬仰许先生，爱读他的《亡友鲁迅印象记》等书，因此多年来，随时留心他生前在报刊上发表的文章，想搜集起来，编成一个集子。但因时间过久，报刊残缺，个人见闻有限，收获不多。尤其是他赴台湾以后，在当地报纸杂志上发表的文章更难全都看到，所以这个集子是很不完备的。现在已知而未得见的，就有《论翻译之难》和《读了〈敦煌秘籍留真新编〉之后》、《读〈敦煌秘籍留真：尚书盘庚、微子〉两篇》等文。这只有将来继续增补，希望早日完成祖国统一大业，使我们能将许先生寓居台北时所写的一些文章收集进来。现在这个集子，收入许先生的文章二十二篇，旧体诗三十八首。文章按写作或发表时间的先后编排，文后各注出处，《国学大师的章太炎先生》一篇，因系从《章炳麟》一书中摘来，故列于各单篇文章之后，旧体诗则置于全书之末。在编辑过程中，我重新翻阅了一些有关资料，现在择要略述于下，以供读者参考。

一、《兴国精神之史曜》　最先指出这一篇为许先生早年著作的，是周作人。他先在《鲁迅的故家》中谈到鲁迅为《河南》杂志撰文时说：“许寿裳也写有文章，是关于历史的吧，也未写完。……他写好文章，想不出用什么笔名，经鲁迅提示，用了‘旒其’二字，那时正在读俄文，这乃是人民的意义云。”（人民文学出版社版，一八二页）后来又在《知堂回想录》中说：“当时也拉许季茀写文章，结果只写了半篇，题名《兴国精神之史曜》，踌躇着不知道用什么笔名好，后来因了鲁迅的提议，遂署名曰‘旒其’（俄语意曰‘人’）。”（香港三育图书文具公司版，二一九页）按俄语 люди 的意思是“人”（多数），不是人民。

二、《爱国》至《“生命的研究”之难》 这几篇是在鲁迅的催促下写成的。许先生在《亡友鲁迅印象记》第十五章中曾经说道：“鲁迅编《莽原》杂志和《国民新报副刊》时，曾经几度怂恿我去投稿，劝我多写杂文，不要矜持，但是我因行文拙钝，只投过几篇：《论面子》，《论翻译之难》……而已。”

三、《反对教育总长章士钊之宣言》 这篇宣言公开刊载于一九二五年八月二十五日《京报》，是和齐宗颐联名发表的，当出许先生手笔。《亡友鲁迅印象记》第十八章记其事云：“我因为和杨荫榆校长是前后任的关系，对于这次风潮，先是取旁观态度，绝不愿意与闻的；待到章士钊无端把鲁迅免职，我不能熟视无睹了。既恶其倒填日子，暗暗免部员之职，又恶其解散学校呈文中，叠用轻薄字句来诬蔑女性，才和齐寿山（教育部视学）二人发表宣言，指斥其非，并且正式送给他一张以观其变。于是他也把我们二人免职了。”齐宗颐（1881—1965），字寿山，河北高阳人。德国柏林大学毕业。他是鲁迅在教育部“多年共事的朋友”，曾帮助鲁迅翻译过《工人绥惠略夫》和《小约翰》。

四、《关于儿童》 本篇中的两首译诗，曾寄请鲁迅校阅。鲁迅一九三六年四月五日致许函云：“顷奉到惠函并译诗，诵悉。我不解原文，所以殊不能有所贡献，但将可商之处，注出奉上，稍稍改正，即可用，此处亦未有善法也。”所说“译诗”，即指本篇中引译的英国华茨华士的《虹》和美国朗弗罗的《儿童》。可惜现在已无从见到注有鲁迅意见的译稿了。

五、《纪念先师章太炎先生》 许先生曾将载有此文的《新苗》月刊寄赠鲁迅，鲁迅在一九三六年九月二十五日复信中说：“得《新苗》，见兄所为文，甚以为佳，所未敢苟同者，惟在欲以佛法救中国耳。”又说：“从中更得读太炎先生狱中诗，卅年前事，如在眼前。”许先生在《亡友鲁迅印象记》第十三章中也有关于此事的记载：“我因为章先生逝世，写了一篇《纪念先师章太炎先生》，中间引用先生‘以佛法救中国’之言。鲁迅看了，不以为然，写信告诉我，另外说到纪念先生的方法。”鲁迅的那篇《关于太炎先生二三事》，即由许先生此文触发而作的。

六、《李慈铭〈秋梦〉乐府本事考》 许先生对于同乡前辈著名文学家李慈铭的著作，甚感兴趣，曾有《越缦堂日记选注释》，稿藏于家，尚未印行。关于《秋梦》，他在一九三六年内一连写过《李越缦〈秋梦记〉本文考》和《〈李越缦《秋梦记》本文考〉后记》两篇文章，加以考证；十年之后，他又补充材料，写成这篇最后定稿。前两篇自然不及定稿完善，本书未予采录。《桃花圣解庵乐府》原刻本，现已难得，阿英编《晚清文学丛钞·传奇杂剧卷》附卷中，据《小说林》所载，收有《越缦生乐府外集》，其第二种《星秋梦》，实即此剧，不知题名何以歧异。许先生文后附有《越缦堂日记补》中《秋梦》原稿，兹不录。

七、《国学大师的章太炎先生》 原系《章炳麟》一书的第三章。该书一九四五年在重庆出版，印数不多，至今绝版已久，很难看到，故从其中采摘一章，收入本书。原版系战时土纸印刷，字迹模糊，引文又多古体字，不易辨认。这次收入时都据《章氏丛书》中有关文章核对一过。原书未注明写作年月，大约写于一九四三年至一九四四年之间。

八、《上遂廎诗草》 本篇中《题阮诚斋画册二首》，许先生曾书赠鲁迅，原件与《吊鲁迅墓》手迹，现在都保存在北京鲁迅博物馆。补遗四首，许先生生前未发表过。据许世瑛《先考日记摘录》，《题张苍水遗像》作于一九四七年十一月十九日；为彻三题两画像诗，作于一九四七年十一月二十四日，许世瑛云，这是许先生诗作的最后两首了。

临末，还有几句赘言：一九四五年我在重庆时，曾想将许先生当时已发表的九篇关于鲁迅的文章，辑成一册，交友人刘振美办的华美书店出版，已征得许先生同意，并允撰写序文。但不久华美即停业，致未成为事实。我为此深感歉疚，三十年来，常用耿耿。现在，这个集子幸得编辑出版，而许先生已不及见，在我，虽可略申一点“挂剑”之意，但仍不能不感到怅然。我还要感谢许世玮、王锡荣、陈子善同志和朱正同志，他们或者在遗文的搜集上，或者在出版的促成上，给了我很大的助力，是应当特为表出的。

注　释：

① 见《绍郡中西学堂章程》所载“丁酉年肄业学生”栏：“许寿裳，字季茀，年十六岁。”丁酉为光绪二十三年，一八九七；十六为虚岁。

② 关于许先生入求是书院的年代，过去的记载多误。李季谷《许寿裳先生传初稿》云：“先生年十六（一八九九年），虽遭母王太夫人之丧，亦入中西学堂肄业。……翌年又转杭州求是学院。”既把入中西学堂的时间误为一八九九年（参看注①），于是转学求是书院的“翌年”，自然就是一九〇〇年了。以后有些文章，也沿此说而误。今据许先生在《宋师平子先生留别求是书院诸生的八首诗》一文中的自述订正。

③ 袁珂：《悼忆许寿裳师》。

④ 叶庆炳、陈诗礼：《我们永远不能忘记的许老师》。

⑤ 此书在台北出版。人民文学出版社一九七八年六月增补第三版《我所认识的鲁迅》，已将该书大部分文章收入。

⑥ 鲁迅：《集外集·序言》

一九八三年九月二十八日，记于北京

（原载一九八四年《鲁迅研究》总第九期）

关于《沈尹默诗词集》

沈尹默是我国现代著名的诗人和书法家。他擅长旧体诗词，著有《秋明集》二册，上册收一九〇五年至一九二七年所作旧诗三卷，下册收一九〇五年迄一九二八年间所作词一卷，于一九二九年十二月由“北京书局”印行。这些诗词，不主一家，述事言情，纯真自然。在五四运动初期，他也曾写过新体白话诗。一九一八年一月《新青年》杂志第四卷第一期开始出现新诗，作者三人，诗九首，其中便有沈尹默的三首：《鸽子》、《人力车夫》和《月夜》。以后他继续在这个杂志上发表新诗，到一九二〇年一月七卷二期发表《白杨树》和《秋》二首为止，他共创作了新诗十七首。这些诗有的在意境、句式和音节上，没有完全摆脱古乐府和词曲的影响，但如《月夜》、《三弦》、《公园里的“二月蓝”》、《生机》和《秋》等都是好诗，《三弦》一首，更是传诵一时的名篇。他是中国新诗史上最早的诗人之一，可惜不久以后，他即长期专力旧体诗词的写作，我们不再见到他的新诗了。

沈尹默的《秋明集》，绝版已久；他的新诗为数不多，不能结成专集，现在的读者和新文学史研究者只能去翻阅六十多年前的《新青年》杂志，很是不便。因此，书目文献出版社将沈尹默的新诗和旧体诗词编为《沈尹默诗词集》出版（一九八三年三月），就很值得欢迎。此书内容分新诗、秋明诗、秋明室杂诗、近作诗四首、秋明词、近作词七首六个部分。新诗收《新青年》所载全部十七首（另屏入旧诗一首不计在内）；秋明诗即《秋明集》上册旧诗部分；秋明室杂诗收五言古诗五十九首，是一九四〇至一九四八年间之作，一九五〇年六月作者自辑为一卷；近作诗四首，其实不只四首，乃四题十二首，有纪念鲁迅先生的五律一首、七绝六首，皆解放后所作；秋明词即《秋明集》下册词辑部分；近作词七首，也都是解放后的作品。书前《出版说明》中说："为使读者了解全貌，我们对沈尹默的诗词作了较全面的搜集。"又说："对旧体诗词进行了标点，对个别文字、编排顺序等作了必要的校正和调整。"从全书总目和说明看来，似乎相当完美，可是一经细读，不仅内容缺略，而且在体例、校勘等方面，也还存在不少问题，远远不能满足读者的要求。

首先是搜集不全。从上述《秋明集》和《秋明室杂诗》所收旧体诗词的写作年代来看，似乎沈尹默在一九二七年后至一九四〇年前这一段时间里，没有写过旧诗；在一九二八年后至解放这二十年的时间里，没有再写过词。事实自然不是这样。我曾经见过一本杨公庶编的《雍园词钞》，内收叶麐、吴白匋、乔大壮、沈祖棻、汪东、唐圭璋、沈尹默、陈匪石八家词钞九种，沈尹默即有二种：《念远词》和《松壑词》。前者收一〇二阕，后者收七十一阕，都是抗日战争时期流寓蜀中时的作品。杨公庶在《词钞》序中有"诸家惠章，先后不时，每得一集，辄付手民"等语，可见这两部词集是作者亲自编辑寄出的。集中诸作，仍保持前期清新自然的风格，而经过乱离，忧国怀乡，伤离念远，表现出深厚沈郁的感情，题材也较前广泛。《秋明词》中都是小令，这时也填《莺啼序》这样二百余字的长调了。像这样包含一百七十多首词的两部集子而竟付之缺如，怎能说已"作了较全面的搜集"，又怎能使读者了解"全貌"呢？《雍园词钞》于一九四六年一月在重庆印成，虽是私人印本，数量不多，但既非天壤孤本，辑印时间也不算远，稍加调查访求，就不致有遗漏之憾。至于旧体诗，在《秋明集》以后，我没有见过专集，但肯定在本书所收之外，还有一些佚诗，记忆所及，如一九三九年和知堂《禹迹寺》七绝二首，一九四一年作《寿沫若五十》五律一首，一九五四年题沈祖棻《涉江词》七绝五首，就都没有收入。我相信，倘若多翻查一下旧报刊，是还会有所发现的。

其次是体例不善。（一）本书第一次将沈尹默的十七首新诗集中起来，这是一个特点，可惜在编排上很不妥贴。这些诗在《新青年》上发表时，每一首后都无写作年月，因此不可能用编年的方法；又都是白话的自由诗，并且只有寥寥十七首，也不可能用按体分类的方法。这样，除非作者本人别有解释，否则只有据各诗在《新青年》上发表的时间先后来编排，才是惟一合理的办法。但我们将本书目次和刊载这些诗的《新青年》各期一加对照，就知道它不是按照杂志发表先后排列的，如沈尹默第一次在《新青年》第四卷第一期同时发表的《鸽子》、《人力车夫》、《月夜》三首，在本书中被分割开来，《月夜》列为第一首，《人力车夫》列为第十三首，《鸽子》列为第四首，与别卷别期发表的其他各诗，颠倒错乱，令人不明白是什么用意。也许这就是《出版说明》所说的“对编排顺序作了必要的调整”吧，但编者毫无一语说明“调整”的理由，真不知有何义例可言。（二）按一般辑书体例，每首之后，应保留写作年月或注明出处。沈尹默的这些新诗，完全可以一一注明原载《新青年》何卷何期，但本书都无一字交代。这样，就使研究者不能据本书所载来评论它们在新诗发轫期的地位和作用，减少了“研究资料”的价值。同样，《秋明诗》和《秋明词》，即《秋明集》上下册，早在一九二九年已经出版，本书编者在书前书后也不作任何说明，好像从来没有这个集子，而是这次编印《诗词集》时新收集起来的。《秋明室杂诗》后有短跋，说明系作者自行录存的，但不知曾否印行或在何处发表，本书也未注明。此外，近作诗十二首和近作词七首，大都在解放后的报刊上发表过，而本书编者也一律不加介绍，使人不知其所从来。（三）旧体诗《秋明集》原分三卷：《即时偶占二首》至《鹦鹉前头作》为第一卷；《春日感怀》至《见平伯致颉刚信述雷峰塔倾圮事因题》为第二卷；《杂感》至《题鸭涯草堂诗集》为第三卷。作者如此分卷，自然有他的用意。不知何故，本书编者却将三卷混一起来，不复分卷，改变了原书的结构，这显然是不符合作者自己编集时的原意的。

再次是内容重复。本书在新诗部分，收有悼苏曼殊的《刘三来言子穀死矣》一首，这分明是五言古诗，作者已将它收入《秋明集》卷二中。大概因为这首诗曾在《新青年》第五卷第六期登载过，便和沈在这个杂志上发表的新诗一道被收进本书新诗部分。于是，同一首诗便出现两次。不知《新青年》在提倡新诗以后，并不一般地排斥旧诗，间或也会出现一、二首的。刘半农编印《初期白话诗稿》，其中也有《刘三来言子穀死矣》的手稿，这并非刘半农认为这是一首白话诗，而是因为刘半农收藏的《新青年》发表过的白话诗稿中，连带着保存了这一首，因而也被印入这部诗稿。本书《出版说明》也指出《刘三来言子穀死矣》是旧体诗，但又说："此诗除旧体诗部分收录外，新诗部分也予录存，以便读者参照研究。"这真使人不解：同一作者所写的同一首诗，叫人如何"参照研究"呢？这一首重出的诗，除了两处的标点符号各不相同之外，实在没有什么可供"参照研究"的了。

最后是点校不精。《秋明集》卷一有一首诗的题目竟是如此标点：《寒雨催秋重阳近矣，即时感怀与星姊联成四韵，寄士远、南浔、兼士、东京》，这诗是沈尹默寄给他在南浔的哥哥沈士远和在东京的弟弟沈兼士的，应标为"……寄士远南浔、兼士东京"，而本书编者，却把人名和地名用顿号断开，平列起来，好像南浔和东京也是沈尹默的兄弟辈似的，真令人奇怪。至于"寒雨催秋"、"即时感怀"之下，是否应加标点，就不必说了。在近作词部分，《水龙吟》（吹开头上乌云）、《水调歌头》（八十逢重五）、《沁园春》（一柱擎天）诸词，上下片之间，本应留一、二空格，以示乐调变换，但这里都未空格，连成一片。至于错字，也有不少。如新诗《小妹》中有这样一节："人力车上坐着一位青年的女子，他用手帕托着腮，——认得他是谁？仔岁着来，却不是你。"试问这"仔岁着来"如何讲法？原来是"仔细看来"之误。又如《刘三来言子穀死矣》中的"寻常觉无用，当此见风力"句，"寻常"误为"绍常"。(此指新诗部分，"参照"之下，旧诗部分不误。)近作词中，有一首《沁园春·偶读刘复村我梦见君词即用其韵赋此》，题中"即用"误为"改用"，不知"改用其韵"与读某某词有何关系？正文"迁客多忧，劳人易感，不写风诗即赋骚"，"风诗"被误成"风韵"；"不数汉唐，即今欧美，敢与神州试比高？""即今"又被误为"而今"，等等。这一首词，书中还有影印手迹可资辨认，而错字竟如此之多，真是出人意表！

在中国新诗运动中，沈尹默是一位前驱者。当新诗遭受攻击、还未被普遍承认的那些年代，一个惯于写作旧体诗词的人，毅然出来用自己的写作实践，倡导和支持了新诗，这是需要识力和勇气的。他的新诗虽然数量不多，但艺术上有相当的成就，历来受人重视。北社的《新诗年选》、朱自清的《中国新文学大系·诗集》，都选有他的作品。至于旧体诗词，造诣较高，尤其是词，在最近数十年词坛上占有重要地位。可惜他的作品，无论新诗或旧体诗词，现在都不易看到，这对于诗歌爱好者和新文学史研究者都是很不便的。编辑、出版一本较为完美的沈尹默诗词集，实有必要。基于这种愿望，我们对书目文献出版社编印的这一本提出上述种种意见，不知在该书再版增订时能略供参考否？

一九八四年四月十一日

（原载一九八四年《读书》杂志第七期）

沦陷期周作人的政治立场

对于周作人，我没有什么研究，但年轻时喜欢看他的文章，对他有相当的兴趣。在抗战以后，周作人当了汉奸。鲁迅先生去世后，周作人又发表了一些歪曲和攻击的文章，甚至解放以后，周作人还不断对鲁迅进行攻击，当他看到虹口公园中的鲁迅塑像时，马上又说那是纸糊的假冠。这种作法叫人愤恨，叫人不能忍受，所以我年轻时对他的印象和好感完全消失了。但正因为年轻时对他有些兴趣，所以比较注意有关他的事情，今天也随便讲一些。

我们这个会的中心议题，是谈周作人在沦陷时期的政治立场、思想倾向和他的文学创作。首先我认为，沦陷时期周作人的政治立场是汉奸立场，这是毫无疑问的。当然七七事变以后，周作人也曾犹豫、动摇过一个时期，但很快他就决定不出走，留下来。他写信给南方友人，希望把留平的教授看作苏武；胡适劝他"飘然一杖天南行"，他回答说"希望将来能见得居士的面"；然而不久，他就违背了自己的诺言，于一九三八年二月，参加日本人召开的"更生中国文化建设座谈会"，从这里开始就滑下去了。一九三九年一月出任伪北京大学图书馆长，一九四一年一月又出任伪华北政务委员会常务委员兼教育总署督办。一九四三年二月，伪华北政务委员会整个改组，周作人从那时起被解除职务了。但是，他虽然不当教育督办了，还是华北政务委员会委员，不仅如此，汪精卫还特任他当了南京国民政府委员。在伪政府里面，国民政府委员是很高的位置，很崇隆的位置，比教育督办要高。教育督办虽然有实权，但从名望来说，当然不如国民政府委员高。

在他当督办的两年中，他在广播电台发表讲话，在各个机会发表讲话，都是反共与鼓吹日本人所谓"建立大东亚新秩序"的。他在就职后不久的一次广播里，就说"青年学子……受共产邪说之麻醉，殊有根本改正之必要"。当伪华北政务委员会发动治安强化运动时，他以教育督办的身份发表《治安强化运动与教育之关系》的讲话，鼓吹所谓治安强化运动是"华北反共最重要的工作，同时也是使民众安居乐业的唯一的途径"。他毫不掩饰，赤裸裸地发表文章、讲话，出席各种会议。一九四一年四月，他作为团长带领"东亚文化协议会"代表团到日本朝圣。一九四二年五月，为庆祝伪满洲国成立十周年，汪精卫从南京带领代表团到长春去，谒见溥仪，而周作人就是代表团的成员。当时对伪满洲国，我们中国人到底是什么感情呢？普通老百姓也都是愤恨的、反对的，而周作人却跟着大汉奸头子汪精卫去长春朝拜，在事实面前，他以他的种种言论、行动，充分表明，他是十足的汉奸，这是毫无疑问的。他的这段历史，也是无法辩解的。

然而周作人自己却要辩解。南京政府把他逮捕以后，他的辩解是：第一，北京大学南迁，一些年纪大的，身体弱的，家累重的教授不能离开北平，周作人、孟森、马裕藻，还有一个冯祖荀共四个教授留下了。周作人说：我是受北大蒋梦麟校长的委托留在北平代管校产的。当时他们确是北大承认的留平教授，每月五十块钱。但承认你教授的名义，让你在可能的范围内代管校产，并没有叫你去当汉奸。当时留平的孟森、马裕藻、冯祖荀都洁身自好，没有当汉奸呀。所以他的辩护不能成立。再有，他文章讲，口头讲，家累太重，不仅有老太太，而且还有什么舍弟（指周建人）的老婆孩子，还有他的女儿（女婿在西安）、外孙一大家人，因此走不了。这些都是托词。不要说周作人这样的知识分子，当时中国的普通老百姓，因为日本人的侵略，离乡背井的何止万万千千。周作人这样的大学教授、大知识分子，连最起码的民族感情都没有。他借故说家累重走不开，家累重的人很多呀，我记得叶圣陶先生由上海到四川时，他的家里也有老太太，也是拖着一大家子人。再说老舍先生，由济南出走，他原在齐鲁大学教书，也是把夫人孩子留下就一个人走了。所以说因家累重不走，这不成其为理由。

当然，不走也可以，哪能留下来的都是汉奸呢？北平留下来千千万万的人民，留下来可以，但看你抱什么态度，留下来干些什么。我非常佩服陈垣先生，陈先生就留在辅仁大学没有走，在沦陷时期也写下了不少专书，如《明季滇黔佛教考》、《河北新道教考》、《清初僧诤记》、《通鉴胡注表微》等，这些著作看后使人感动。陈垣先生是一位爱国的历史学家，他对宗教史很有研究。看起来，他在谈宗教，实际上他是在谈政治。南明永历帝到了云南、贵州，那些随他前往的士大夫，心中完全是一片恢复明室的壮志，所以他们不怕颠沛流离，跟着小朝廷到了滇黔，后来看到清代政权稳定，事无可为了，于是相继逃禅，有的人就出家当了和尚，他们虽然失败，恢复明室没有希望，但决不和清朝合作。这虽然是写宗教的书，但寄托着陈先生的那种民族感情，看后使人感动。陈垣先生就是留在北平的，他能保持住民族气节，反观周作人又如何呢？所以问题不在于去留。

周作人沦陷时期到处讲演、发表文章，有几篇很恶毒的东西，那就是《中国的思想问题》、《中国文学上的两种思想》、《汉文学的前途》、《汉文学的传统》等，收在《药堂杂文》里，还有一篇收在《知堂乙酉文编》中的《道义之事功化》，这些文章是周作人在敌伪时期的主要文章。要了解周作人那时期的思想，就必须把这几篇文章看透。而周作人也把这几篇文章作为为自己辩护的论据。在南京国民党法庭上辩护时，他谈到为什么要写《中国的思想问题》，说：因为当时日本人的“兴亚院”和中国汉奸的“新民会”认为中国历来没有一个中心思想，现在要给中国建立一个中心思想，这个中心思想就是大东亚主义。我抵制这种行动，就写了《中国的思想问题》。我认为中国本来有一种思想，用不着再建立什么思想，中国固有的思想就是儒家思想，儒家思想的核心就是“仁”。这篇文章写于一九四二年十一月，那时他还在教育督办的台上。他在文章中引了《礼记》所说“饮食男女，人之大欲存焉”等话，然后发挥说：饮食以求个体之生存，男女以求种族之生存，这本是一切生物的本能，但是人和其他生物不同，别的生物为了达到自己生存的目的，不择手段，危害别个的生存；只有人知道，我自己要生存，也要让别人生存，为了达到生存的目的，要互相扶助，要团结合作，要共济。“共济即是现在说的烂熟了的共存共荣”。他把日本人提出的“共存共荣”和中国儒家的“仁”挂上钩，涂上儒家的色彩，这是很恶毒的。在日本侵略者的屠刀下谈“仁”，这是什么意思呢？如果赤裸裸地谈日本人建设大东亚共荣圈，有民族气节的中国人是不能接受的，而周作人把日本侵略的东西拿来涂上儒家的色彩，让人一看，这不是人家的东西，我们历来就有的。这种作法欺骗性更大，危害性更大，这是第一点。第二点，不仅是《中国的思想问题》，还有《中国文学上的两种思想》、《道义之事功化》等文，都引用了《孟子·梁惠王》上的这样一段话：“五亩之宅，树之以桑，五十者可以衣帛矣。鸡豚狗彘之畜，无失其时，七十者可以食肉矣。百亩之田，勿夺其时，数口之家可以无饥矣。谨庠序之教，申之以孝悌之义，颁白者不负戴于道路矣。七十者衣帛食肉，黎民不饥不寒，然而不王者未之有也。”他为什么在好几篇文章中都引用或提到这段话呢？这是向日本帝国主义献策，上条陈，就是告诉日本人，对中国人的压迫剥削不能超过限度，要保证他们起码的衣食，才不至引起反抗，所以让其半死不活最合适，不然竭泽而渔，把池里的水都放完了，下次就没有鱼了。胡适以前就提出要征服中国，必先征服中国人民的心，而周作人说的正是一种具体的征服中国人民的心的方法。第三点，他给日本人所说的"王道乐土""大东亚新秩序"画出一幅蓝图。五十岁可以穿丝织品，七十岁可以食肉，黎民百姓不饥不寒，这就是"王道乐土"。涂上中国色彩，使人很容易上当。

至于他说写《中国的思想问题》等文，是为了抵制兴亚院、新民会要为中国建立一种中心思想的行动，这纯然是谎言。一九四二年七月，周作人在中学教员暑期讲习班发表书面讲话，题目就叫《树立中心思想》，他说："所谓中心思想，就是大东亚主义的思想。再进一步去研究，大东亚主义的思想的出发点，还是在儒家的思想之内，即所谓儒家所提倡的'仁'的思想。"这篇讲话和《中国的思想问题》都同作于一九四二年，可见他那时正紧跟着兴亚院等大肆鼓吹所谓大东亚主义，"抵制"之说，完全是为自己强辩的欺人之谈。

说到日本人片冈铁兵攻击他的事情，是那一年"日本文学报告会"在东京开会，一个日本作家叫片冈铁兵的在会上发言，不指名地说，中国华北有一个反动老作家，我们要扫荡这个反动老作家。周作人知道这事后就写信给"日本文学报告会"质问，希望他们答复。这些往来的文章后来都刊登在《杂志》特集上。周作人把片冈铁兵的攻击作为他的救命稻草，在南京国民党法庭上，他就用此来辩护。说如果他是汉奸，怎么片冈铁兵还要扫荡他呢？在解放之初，他给周恩来总理的一封信中也把这个作为理由为自己辩解。其实呢，是因为周作人的《中国的思想问题》等文引起了片冈铁兵的不满，周作人向主子献策，而主子方面，则认为奴隶只有安于奴隶的地位，甘心受驾驭驱使，没齿而无怨言，不该提什么意见。再有一点，就是周作人和沈启无的私人纠纷。沈是周的学生，当时很活跃，大概在日本人面前说了不利于周作人的什么话，引起了片冈铁兵的攻击。周作人因此在报上登了“破门”启事，宣布与“小徒沈扬”断绝师徒关系。这反映了周作人和沈启无师徒之间在日本人面前争权夺利。

周作人在担任伪职期间，志得意满，兴高采烈，他穿着军装检阅伪新民会青少年团；他到南京、苏州宴饮游乐，在游南京玄武湖时，还写下了“疲车羸马招摇过，为吃干丝到后湖”这样的诗句，表现了他招摇过市，得意忘形的神态。一九四三年四月，周老太太去世后，他写了一篇《先母事略》，内有“作人蒙国民政府选任为委员，当赴首都谒主席”等语，如果他当汉奸是迫不得已，如果还有一点羞耻心，则在关于老太太的事略里，是没有必要谈到他出任伪国府委员和赴南京谒见大汉奸汪精卫的，而他却津津乐道，引为光宠。他常用一颗闲章，文曰“知惭愧”，事实说明，他是一个不知羞愧的人！

上面，我提到周作人给周恩来总理的信，这信写于一九四九年七月四日。解放初期，冯雪峰同志拿来一份周作人写给总理信的抄件，约有五六千字。雪峰同志看后，我就借来看了一遍。信的内容大概讲了两点。一是对于新民主主义的认识，二是谈他自己的汉奸问题。关于第一点，他说他不懂共产主义的精义，但看过一点普通文献，相信从来的历史都是阶级斗争的历史。他由妇女问题入手，知道共产主义的正路，因此也相信它可以解决整个社会问题。关于第二点，则重复他过去说过的老话，说七七事变后，他因为家累不能离平，北大承认他为留平教授，委托照管北大校产，后来出任教育督办，目的是为了维护华北教育。他不相信守节失节的话，只觉得能为学校和学生做点有益的事总是好的。他在信中还说自己一向是反对旧礼教的，所以，要说他背叛名教可以承认，要说背叛民族他不承认。信中自然要提到那篇《中国的思想问题》，说是对兴亚院、新民会替中国人建立中心思想而发，也说到片冈铁兵的攻击，以证明他不是汉奸。

最后再谈一下，沈鹏年记录的资料中，说有些人动员周作人出来当教育督办，周作人认为“这是共产党方面的意见”就去做了。试问去动员周作人的人如果是地下党员，自然不能暴露自己的党员身份，那么，周作人又何从知道“这是共产党方面的意见”呢？何况去动员周作人，也不知是个人意见，还是组织决定，材料上都没有说清楚。还有人说，抗战胜利前夕，共产党曾要周作人去解放区，这也令人难以置信。假如说七七事变以后，周作人还未下水以前，为了争取他挽救他，要他去解放区，是可以理解的；在胜利前夕，怎么能让他去解放区，那岂不给国民党以口实吗？周作人给李大钊同志的子女一些帮助，我相信是事实，但那只是出于对李大钊同志的私人感情，不能看作是和党的关系。他也可能和个别地下党员（他并不知道此种身份）有交往，但也不能看作是和党有联系。如果周作人出任伪职，是由于共产党方面的意见，那他在解放后给周恩来总理的信里能一字不提吗？总之，此事还须待事实证明，我就不再多说了。

一九八六年十一月十二日

（原载一九八七年《鲁迅研究动态》第一期）

关于《何典》作者的一点资料

《何典》，是清代张南庄运用方言俗谚写成的一部带有讽刺性的章回体小说。最初由上海申报馆编入《申报馆丛书》，于清光绪四年(1878)出版。但在当时的社会上并未引起什么影响，流传不广；直到四十多年之后，刘半农发现了此书，加以标点、校注，并请鲁迅先生写了一篇《题记》，于一九二六年六月由北新书局出版，这才在读书界引起了注意。解放后，此书有一九七一年八月出版的用四号字排印的大字本(无出版处所、内部发行)；稍后，人民文学出版社又将它收入《中国小说史料丛书》，于一九八一年八月出版了注释本。

刘半农之所以注意搜求《何典》一书，是由吴稚晖的文章引起的。吴稚晖曾经在两篇文章中一再谈到一本小书对他的"作文"的影响，一篇叫《乱谈几句》(一九二五年五月八日《猛进》周刊第十期)，一篇叫《我们所请愿于章先生者》(一九二五年十二月《现代评论第一周年纪念增刊》)，如在后一篇中说，他三十岁以前，曾经想做一个古文家，"在词林文人里头，有一席位置"，但后来"在小书摊上得到一部《岂有此理》，开头便说：'放屁放屁，真正岂有此理。'忽然大彻大悟，决计薄文人而不为。偶涉笔，即以放屁放屁真正岂有此理之精神行之。"吴稚晖的话，引起了钱玄同、刘半农的注意，结果刘半农于一九二六年春节逛厂甸时，买到了此书，第一回开场词《如梦令》里，果然有“放屁放屁，真正岂有此理”二句。不过书名不叫《岂有此理》，而叫《何典》。刘半农欢呼“吴老丈的老师被我们抓到了”。接着就着手加以校点，交北新书局重印出来。

鲁迅先生也曾经访求过《何典》，但这和吴稚晖的文章无关，他是看了《申报馆书目续集》上的《何典》提要，“疑其颇别致，于是留心访求，但不得”(《华盖集续编·为半农题记〈何典〉后，作》)。后来看了刘半农寄来的样本，并应刘的请求写了一篇短序，指出此书“谈鬼物正像人间，用新典一如古典”。又说成语“多是现世相的神髓，随手拈掇，自然使文字分外精神”。对刘的整理工作，则有“校勘有时稍迂，空格令人气闷”的评论。这篇短序是“难违旧友的面情”而写的，“应酬不免”，并没有将他对《何典》及刘的校勘方法的意见全部写出来。几年之后，他在致日本增田涉的信说到《何典》，就有这样的话：“近来当作滑稽本，颇有名声，其实是‘江南名士’式的滑稽，甚为浅薄。”(一九三二年五月二十二日函)在同章廷谦商谈校印《游仙窟》的体例时，又说：“至于书头上附印无聊之校勘如《何典》者，太‘小家子’相，万不可学者也。”(一九二七年七月二十八日函)这些意见虽然不曾在序文中写出，然而由于鲁迅“在序文上说了几句老实话，事后，才知道半农颇不高兴了”(《且介亭杂文·忆刘半农君》)。大概就因为有此缘由，鲁迅在编集一九二六年的文章时，只取《为半农题记〈何典〉后，作》，而没有将这篇《题记》收入《华盖集续编》中。(后由许广平编入《集外集拾遗》)

关于《何典》的作者，原书每一回前，均署明“缠夹二先生评　过路人编定”。书后有“海上餐霞客”光绪戊寅年(1878)所作的一篇《跋》。这篇跋文开头便说：“《何典》一书，上邑张南庄先生作也。……当乾、嘉时，邑中有十布衣，皆高才不遇者，而先生为之冠。”由此知编著者“过路人”为清乾、嘉时“上邑”人张南庄。刘半农继《何典》之后，又在冷摊上买到一部残缺的石印小书《鬼话连篇录》，其内容即《何典》的下半部，但署名已改为“上海张南庄先生编茂苑陈得仁小舫评”。从这证实了“上邑”指上海，并且连评者“缠夹二先生”的姓名籍贯也知道了。但对作者“过路人”，我们除了知道他的姓名（“南庄”应为其“字”）、籍贯之外，只知道他是生于清乾隆、嘉庆之世的一个没有功名的“布衣”，此外便什么也不了解。为此，刘半农曾两次在《语丝》和《何典》再版本上刊登启事，“希望能有人在上海张氏家谱上查一查”，可是并未引起什么反应，没有结果。现在，又过去了六十年，我们还不曾发现有关张南庄身世的新资料。

我平常泛览杂书，偶然从清人上海杨城书（香林）的诗集《莳古斋吟稿》里，看到一点有关张南庄的资料。其一是《题张南庄诗卷》五古一首，其二是《张南庄诗序》骈文一篇。《莳古斋吟稿》是《莳古斋辑著》中的一种，《辑著》共收：《清鉴录》一卷、《读书杂志》二卷、《莳古斋随笔》一卷、《莳古斋吟稿》二卷、《莳古斋遗言》。全书无总序，亦无刊刻年月，大约是先后刻印，由后人集合在一起的。《吟稿》有“嘉庆二十一年（1816）丙子四月”自序，则其中有关张南庄的诗文，必写于是年之前，其时张南庄还在世。杨城书与张南庄同为乾、嘉间人，又都籍隶上海，彼此熟识，故杨有此一诗一文。这篇《张南庄诗序》文稍长，摘录如下：“……南庄张子，才备九能，学穷五际，金书报刻，羡成式之搜奇，铜铎悬章，重景纯之博物。思元澹以通邈，气凌虚而欲仙。摅厥幽怀，恣其吟笑。花明宝锷，倚一剑于崆峒，袖挟罡风，掷双丸于瀛海。录诗四卷，题曰《庚癸》，盖纪年也。……或者谓南庄齿方终、贾，藻轶渊、云，载笔续《梦溪》之谈，集古补庐陵之录，玉麟堂内，烟墨浮空，星凤楼前，珠玑错落，莫非骚人之馀绪，艺苑之胜观；何乃未遑长驱，遽怀小隐，不知蓬蒿三径，仲尉成其清高，风雨一编，茂先资其博洽，古人专城之乐，其有加于此哉？……”（《莳古斋吟稿》卷二末附）序文拟张南庄为段成式、郭璞、张华，又将他的著作比于沈括的《梦溪笔谈》和欧阳修的《集古录》，以见他的文章奇丽，知识博洽。其中“未遑长驱，遽怀小隐”，接触到了他的“高才不遇”。据“海上餐霞客”的《何典跋》中说，他“诗宗范、陆”，有编年诗稿十余册，未付乎手民，咸丰初毁于战火。可惜有杨城书序的这个诗集终于没有流传下来。又《题张南庄诗卷》一诗中，有“余事及八法，妙墨熔哲匠”句，可见张南庄还长于书法。

张殿起《贩书偶记续编》卷十七著录：“《莳古斋吟稿》二卷，清上海杨城书撰，道光癸巳刊。”无《莳古斋辑著》所收其他四种。

一九八七年十二月二十七日

（原载一九八八年《群言》第三期）

瑯嬛琐记

买书，是我多年来唯一的癖好。记得在中学时代，就曾经有过因买书而将衣物送进当铺的事。那时买的书，有鲁迅、郭沫若的著作，还有《胡适文存》和柳亚子编的《苏曼殊全集》等。后来当了教员，更是离不开书。新书以外，还搜求古旧文史书籍。重庆米亭子、上海城隍庙等地的旧书肆，都是我假日常去的地方。来北京后，一住三十余年，或因工作关系，或因个人兴趣，更常去琉璃厂、隆福寺和东安市场、西单商场的新旧书店和大小书摊，寻访我所需要的各种书籍。琉璃厂是全国最大的书肆集中地，我闻名已久，但因那里出售的多是线装古籍，价格昂贵，不适于普通读者；我常去的倒是东安市场和西单商场，这两处的书店和书摊都多，"五四"至三四十年代的文学书籍和其他杂书也比较多。五十年代，我的每个星期日几乎都消磨在这些地方，平时白天上班，晚上就轮换着去，流连忘返。常常是毫无所获，只弄得两手尘土，一身困倦，但对各书店巡览一周，随便翻翻，也自有一种乐趣。有时发现一本两本心目中正需要的书，那高兴自然就不用说了。夜市既阑，挟书以归，要是冬天，穿过一条条小胡同，望着沿街人家窗户透出的一线光亮，抚着怀中的破书几帙，只觉灯火可亲，寒意尽失。到得回寓，便迫不及待地打开书本，看目录，看序跋，再翻看几页内容，直到夜阑人静，也不罢手。有时白天看到一本书，犹豫未买，回家后又放不下，左思右想，还是晚上再跑去买了回来。像这样一天来复两次书店的事是常有的。清代诗人郑子尹有记莫友芝在京访书的诗云："莫五璃厂回，又回璃厂路。似看衔书鼠，寂寂来复去。"喜欢跑书店的人，总会觉得"衔书鼠"的句子惟妙惟肖，写尽爱书人的情态。我购书很杂，除了"五四"以来的新文学作品外，还喜欢搜求有关我的故乡贵州的乡邦文献，这几乎全都是木刻线装书，还有就是一些古今人诗文集、诗话、词话、笔记之类，这是出于个人兴趣而陆续购置的。我不是藏书家，无力也无意搜求什么宋椠元刊，孤本秘笈，也没有一些富而且贵的人常用来装点客厅的那种堂皇昂贵的大部头书；我所庋藏的，大部分只不过是普普通通的短书小册，没有什么珍秘可言。不过，在我看来，虽是竹头木屑，也并非全然无用，何况历经寒暑，辛苦得来，其中多种都已绝版，传本极稀，所以也觉得还是很可珍惜的。

数十年来，访书南北，我比较注意的是鲁迅的著作和翻译。不过所得仍极有限，比较值得提出来谈谈的，有最早两种版本的《呐喊》。一种是作为周作人主编的《文艺丛书》的第三种，于一九二三年八月由北大新潮社印行的；后来鲁迅将此书从新潮社《文艺丛书》中抽出，列入自己主编的《乌合丛书》，于一九二四年五月改由北京北新书局出版。这虽是用新潮社纸版印刷，但扉页和版权页有了改动，隶属丛书不同，可以说是另一种版本了。新潮社版扉页有"周作人编"字样，因此受到了成仿吾的奚落："这回由令弟周作人先生编了出来，真是好看多了。"这和鲁迅之将它从该丛书中抽出，大概不无一点关系吧。这两种本子现在都已难得，一九五六年人民文学出版社编印《鲁迅》图片集中《呐喊》初版封面的书影，就是用我的藏书为底本复制的。另外，《中国小说史略》我也有两种较早的本子。一为线装本，书名《中国小说史大略》，无作者署名。全书共二十六篇，用四号铅字排印，每行三十三字，共一七三页。书口上方有“小说史”三字，下方为页码，无印制学校名称。从行款格式估计，大概是北京大学的讲义。本书中偶有眉批，如第六篇引《世说》“世目李元礼‘谡谡如松下劲风’”上方，批云：“‘目’，自汉至六朝有所谓‘目’者，多为四字或七字。唐以后有‘诨名’，为‘目’之变相，如‘热镦上胡狲’。”又如第七篇引《长恨歌传》“国忠奉氂缨盘水，死于道周”上方，批云：“奉氂缨盘水，语出《贾谊传》疏中，应作氂缨奉盘水。”这大概是原藏书人在听讲时所记。两条都有意思，关于“氂缨奉盘水”的校改很正确，惟《贾谊传》应作《晁错传》。另一种为平装本，书名改为《中国小说史略》，新写了《史家对于小说之著录及论述》一篇，以作全书的导论，又增加了《序言》和《后记》，内容亦由原来的二十六篇增至二十八篇。从这一版本开始，才确定了书名，篇章内容也基本上具备了现在通行本的规模。这部《史略》分上下二卷，由新潮社于一九二三、二四年相继出版。我所藏两卷均为初版本。翻译方面，我最珍视的是一九〇九年在日本东京出版的《域外小说集》。这是鲁迅与周作人合译的外国短篇小说集，在中国近代文学翻译史上占有重要地位，历来为文学研究者和藏书家竞相搜求的珍品。但因它出版已久，且印数很少（第一集一千册、第二集五百册），存书又在上海寄售处被焚，所以到了现在，真是稀如星凤，极难觅得。我所藏的一本是第二集，那还是一九五二年春夏间在上海得到的。那时我在鲁迅著作编刊社工作，正当壮年，不知道什么叫疲倦，每天中午休息时间，总是用在跑附近的书店书摊上。有一天，到虬江路一家以卖废纸为主的旧书店去，它的店堂后面有一间小屋，地上堆积着破旧书刊和报纸，我蹲下来慢慢搜寻，翻了好久，毫无发现，正想离去，忽然在底层翻出一本薄薄的灰色的小书，一看，竟是一本《域外小说集》第二集！这使我大喜过望！这家书店是论斤出售的，一本书上不了秤，老板随口说个价，我欣然如数付给，便换取了我渴求已久的这本稀世之书。全书毛边不切，完整如新，至可宝爱。后来我到了北京，一九五六年七月，在西单商场“王文锦书摊”的乱书堆里又获第二集一册，封面已失去，扉页钤有“刘复藏书”阳文方印，为半农先生旧藏，虽缺封面，我仍然是很珍惜的。可惜一直还缺第一集，今后再也不会有遇见的机会了。在鲁迅早年的著译中，还有一本和顾琅合纂的《中国矿产志》，初版于一九〇六年五月，日本东京榎木邦信印刷，上海普及、文明、有正三书局发行。我所有的是一九〇六年十二月增订再版本，封面右角与初版本一样署“江宁顾琅会稽周树人合纂”，尚未如三版改为“农工商部学部鉴定”；内容则较初版增订很多。此书鲁迅自己和他人都没有提到过，一直不为世人所知，直到一九五〇年秋，许广平先生几乎同时收到分别从归绥和南京寄来的此书三版本和初版本，于是湮没了近半个世纪的这部科学专著始得重显于世。有了我这部再版本，此书的三种版本就全有了。

我还着意搜求鲁迅为他人编选、校订、作序的书，因为它们体现了鲁迅为发展中国新文学而在青年作家身上所耗费的大量心血，是鲁迅整个文学工作的一个组成部分，也是现代中国文学园地里的重要收获。这些书当时印数不多，大都没有再版，若不及早购求，以后便将无可踪迹了。在鲁迅为青年作者所编选的书中，以高长虹的《心的探险》为最难得。这书不但由鲁迅选定，收入《乌合丛书》，还亲自为它画了一张极美的封面，是摹六朝人墓门画像而成的。画上人物臂有双翅，长尾，或在云端奏乐，或在龙背倒立，备极生动，似为一大型杂技场面。此书在旧书市场之所以少见，恐怕和收藏者宝爱这张封面，不让其轻易散失有关。《乌合丛书》中的另二种，即许钦文的《故乡》和向培良的《飘渺的梦》，也是经鲁迅亲为选定的。还有不在丛书之内而亦为鲁迅选定的，有采石的诗集《忘川之水》。采石即崔真吾，朝花社成员。他这本诗集由鲁迅选定，并代请日本画家宇留川作封面，于一九二九年一月由北新书局出版。鲁迅在《三闲集·译著书目》里，曾郑重地将此书列入“所选定、校字者”一栏，然而六十年来，未见评论家和文学史家谈到这本诗集，可说完全被人忘却了。我的一本，是五十年代初在西单商场的旧书店偶然得到的，此后再也没有见到第二本了。鲁迅为他人校订的书，在《三闲集·译著书目》校订栏里，列有翻译《苏俄的文艺论战》、《十二个》、《勇敢的约翰》和创作《二月》、《小小十年》等十五种，一九三二年以后的还未计算在内。还有几种，因鲁迅自己和别人所开的书目中都未列入，知道的人不多，这里特为介绍几句。如李小峰译的丹麦爱华耳特著童话《两条腿》，就由鲁迅加以精细的校订，李在《译者序》中声明："我这译稿在付印之前，曾经鲁迅先生比对德译本校改过。"还有李宗武、毛泳棠合译的武者小路实笃著《人的生活》，内收论文及剧本各两篇，都是有关"新村"运动的。《译者导言》中有"幸蒙周作人、鲁迅二先生的题序、校阅，故就敢出而问世"等语。此书为中华书局编印的《新文化丛书》之一，一九二二年一月出版。这是一本冷僻的书，可说已被时光淘汰，极为少见，我的一本，还是一九五六年二月春节期间逛厂甸买来的。译本以外，还有孙福熙作散文集《山野掇拾》，一九二五年二月新潮社出版。据《鲁迅日记》，这书也是经鲁迅校订的。至于鲁迅作序的书，暂不谈翻译作品，仅以创作一类而言，从黎锦明、叶永蓁、柔石、萧军、萧红、葛琴、徐懋庸等人的小说、杂文，乃至林克多介绍苏联、孔另境辑录文人书简的书，都因有鲁迅的序而得到广泛的流传。这些序文，精辟中肯，既不溢美，也不掩盖缺失，对作者和读者都很有帮助。鲁迅还有几篇用文言写的序文，如《〈痴华鬘〉题记》、《〈游仙窟〉序言》、《〈淑姿的信〉序》等，也蜚声艺苑，为读者所乐道。我尤其喜欢为金淑姿的《信》所写的那篇序言，实在写得太好了！它虽胎息于六朝，然而不施藻绘，自铸新辞，流转自如，音节优美，是在旧形式中注入新的思想感情的现代骈文。鲁迅本无意写此种文字，只因他和金淑姿夫妇"皆素昧平生，无话可说，故以骈文含胡之"。这寥寥"含胡"二字，说尽了传统骈文的特性和作用，作者"含胡"，似说非说；读者

“含胡”，似懂非懂。但鲁迅这篇骈文作意清楚，读者也能看懂。我自从在《集外集》里读了这篇序言以后，就想找到这本书。这自然不是为了想看那些信，而是要得到用鲁迅手迹制版的这篇序言。但是，多年来在重庆、上海、北京搜寻的结果，都是失望。最后我只得将此事托付给东安市场西街德华书摊主人郑炳纯同志，他终于在一九五八年底从杭州找到一本，承他慷慨赠与，坚不受酬。另两种有鲁迅文言序的书，《游仙窟》于一九四五年冬在重庆北碚一家小杂货店买得，是抗战胜利后急于出川的人寄售的；《痴华鬘》则一直寻而未获，两年前承姜德明同志惠赠一本，才弥补了我藏书中的这一空白。

除鲁迅外，其他“五四”新文学作家的作品，我也陆续搜集到不少。我购书有一个习惯，对于我所喜爱的作家，首先自然是着眼于他的主要著作，但对他次要的甚至无多大意义的书，我也每见必收。这种瓜蔓抄的方式，对于积累资料、全面了解一个作家，不无裨益。例如刘半农，我喜读他的诗和杂文，《扬鞭集》、《瓦釜集》、《半农杂文》和《杂文二集》，常置案头。他的诗文，活泼而富有幽默感，痛快淋漓，其中部分作品，缺少含蓄，因此给人一种浅近的感觉，但这正可说是他独具的特色。他的专门是语音学，但他搞创作、翻译，还搜集歌谣，校点古籍，是一个兴趣广泛、多才多艺的人。他校点的古籍，除大家熟知的《何典》和《西游补》外，还有《香奁集》、《浑如篇》和《太平天国有趣文件十六种》等，就不大有人注意了。我因喜欢刘的诗文，也不摒弃这些书。《香奁集》为唐韩偓诗集，这个校点本前有沈尹默序，用手迹制版影印，后有刘氏自跋。他在跋文中说：“余惟一己之所沵好，故为校点重印。”他所根据的是清康熙间吴郡朱氏复刻的竹坞钮氏袖珍本，分上下二卷，四十八开小本，每面四周，框以边线，四号字排，蓝色印刷，古雅可爱。《浑如篇》，明沈弘宇著，原刊首页残破，失去书名，刘复以全书首句为“世事浑如春梦”，因名之为《浑如篇》。书中所记都是明代青楼杂事，可说是一种社会史料。刘氏在《题记》中说，原书是他的老友范遇安在苏州冷摊得到，寄给他请为重印的，故署“范遇安校订”。我看这是故作狡狯，范遇安实无其人，校订者即刘氏本人。《太平天国有趣文件十六种》，是刘氏从伦敦不列颠博物馆中抄回来的，是较早问世的太平天国文献的一种。以上三书都是一九二六年由北新书局出版的。

俞平伯以新诗和散文驰誉文坛。他的多数诗文，哲理分子多，夹议夹叙，令读者感到一种涩味，但他也有一些描写比较绵密，文字近于口语的篇章。他的散文的第一次结集，应该是一九二四年十一月霜枫社出版的《剑鞘》吧。这是俞平伯和叶绍钧二人的散文合集，第一部分为叶作，第二部分为俞的作品，包含著名的《桨声灯影里的秦淮河》，共九篇。以后一连是《杂拌儿》、《杂拌儿之二》、《燕知草》、《燕郊集》以至最后的一本《古槐梦遇》，共六种。其中《燕知草》和新诗集《忆》，都是线装本。《忆》为作者手书石印，附以丰子恺作画十八幅，内有彩色八幅，精美异常，诗画对看，相得益彰。俞平伯对古典诗词造诣极深，著有《古槐书屋词》，线装木刻一册，丙子（一九三六）年刊，末署“钱塘许宝騄书”，从字体看，我以为其实也是俞平伯自己的手笔。他的字，端重中不乏秀逸之气，自成一种风格，是容易辨认的。这本词集，因系家刻非卖品，外间流传绝少，我所有的一本，是托友人周绍良同志向俞先生讨来的。另外，他所著《读〈诗〉札记》、《读词偶得》、《清真词释》，都具有独到之见，值得一读。现今《陶庵梦忆》、《浮生六记》和《人间词话》仍很流行，应追溯到俞氏之最早将它们标点并作序介绍于世。顺便一说，俞平伯的父亲俞陛云先生，是清光绪二十四年（一八九八）戊戌科探花，著述甚丰，我曾读过他的《蜀輶诗记》、《诗境浅说》、《吟边小识》等。他有一部《乐静词》，分初编、二编，在初编末页有“己巳（按为一九二九年）中夏男铭衡敬书讫”一行，也是俞平伯楷写付梓的。我很高兴，此书我也访求到了一本。

钟敬文也是我所喜爱的散文作家。从一九二七年九月出版《荔枝小品》开始，接着《西湖漫拾》、《湖上散记》相继问世，为现代中国散文的发展作出了重要贡献。另两种《柳花集》和《未寄的情书》，虽说前者是文艺评论集，后者是书信体小说，但也可当作小品散文来读。他的散文，大体可分写景与怀人两类，冲淡隽永，有时令人联想到周作人。他也自承："我喜欢读周先生的文章，并且，我所写的，确也有些和他相像。"(《荔枝小品题记》)这话我以为只能就他的早期作品而言，如《荔枝小品》中的部分文章；但他后来却有自己的长足的发展，如《西湖的雪景》、《钱塘江的夜潮》、《金陵记游》、《太湖游记》等，其规模、气象，就不是在周作人的集子里所能见到的。有一个时期，他曾苦恋着一位华侨少女，不知怎样没有成功，这就给他的部分篇章带来了一种难名的怅惘、感伤的情绪，很容易牵动年轻读者的心，这是他的散文与同时代一些作家不同的地方。他自己对于散文的见解，可在《试谈小品文》(见《柳花集》)一文中见之。这篇文章，和朱自清的《论现代中国的小品散文》一样，是评述这一文体和创作收获的名作。除散文外，他也写诗，结集出版的有《海滨的二月》一册。还有一本诗论《诗心》。钟敬文还是中国民间文学研究的开拓者之一，很早就从事民间文学理论的探究，民间歌谣和故事的采录，这方面的成绩，有《民间文艺丛话》、《客音情歌集》、《蛋歌》、《狼僮情歌》、《马来情歌集》等等，都是开风气之作。后来，他的兴趣逐渐趋重于民间文学、民俗学、民族学等学术的研究，散文写少了，但并未完全辍笔，不过后来所写的都没有编集成书(曾见《游草一束》和《新绿集》广告，但未出书)，所以现在很多人都只知道他是民间文学研究专家，而忽略了他同时又是一位有成就的散文作家。不过，在我的心目中，散文作家钟敬文的印象是很深的。年轻时早就购读过《荔枝小品》和《西湖漫拾》，后经丧乱，藏书散失；一九五一年六月由上海去绍兴，归程中在杭州拜经楼书店发现了一册《西湖漫拾》，如逢故人，急忙买下，以后随时留意，又陆续将上述各书收齐。除此以外，钟敬文还编辑过一本《鲁迅在广东》,一九二七年七月北新书局出版。还有台静农编《关于鲁迅及其著作》、李何林编《鲁迅论》,是最早的有关鲁迅研究的三部专书。我藏有初版一册,是亡友孙用同志所贻,现在已是难得的珍本了。

白采,我们把他忘记得太久了,几种现代文学史都没有提到他。但他是"五四"新文学运动初期一位著名的诗人,他的长诗《羸疾者的爱》约有七百行,是当时很少见的一部长篇叙事诗。一九二五年四月以《白采的诗》为书名出版单行本。除此以外,他还在创造社的《创造周报》和文学研究会的《小说月报》等刊物上发表短篇小说,后来辑成《白采的小说》一册,内收《绝望》等七篇,于一九二四年十二月出版。这两书都是作者自费,由中华书局代印和经售的。白采还有一部用文言写的诗话《绝俗楼我辈语》,在他死后曾在《一般》杂志上连载,后于一九二七年由开明书店出版单行本。他还留下一些未发表过的诗词和日记,在他逝世十年以后,他的朋友陈南士哀集其旧体诗词,编为《绝俗楼遗诗》,内收诗二卷,词一卷,于一九三五年夏由"独学斋刊于南昌",线装铅印一册。诗和小说均系自印本,为数甚少,不易得见。我所有的一本《白采的诗》,扉页上有墨笔题字:"圣陶兄赏音弟采赠。"下钤"白社"椭圆形印,是作者送给叶圣陶先生的亲笔签名本,弥觉可珍。《绝俗楼遗诗》印于南昌,更为难得。我早知道此书之名,然而得到它却在五十年代中期。那时候,隆福寺东口东雅堂书店的台阶下有个书摊,摊主是一个中年人,身材微胖,面白无须,听人说他是前清的太监。他识字不多,书也少得可怜,只在地上稀稀落落地摆着二三十本旧书,我每次经过都是一瞥即过,不大注意。但我的一本南昌印的《绝俗楼遗诗》,却是在这个不起眼的冷摊上得到的。白采就只出过这四本书,将它们合在一起,再加上集外的几个短篇小说,就可以编成一部"白采全集"了。说实在话,无论是《绝俗楼我辈语》或《绝俗楼遗诗》,旧名士习气都很重,那两本用白话写成的诗和小说,又绝版已久,他之不常被人提起,并非完全没有理由。

周作人是多产的，他的书，包括自著的、翻译的、编录的，大约不下于七十余种。我年轻时读他的《自己的园地》、《雨天的书》和《炭画》、《点滴》等，的确从中获得了不少文学的趣味和知识；以后又读了他的几个集子，渐渐对他那种大量抄书——抄古书、抄外国书、抄绍兴同乡人的书，而且往往重复的写法，感到烦腻；到了七七事变后不久，他在北平当了汉奸，为全国人民所共弃，从那以后，读其书，想见其为人，总觉得他所述的都是虚伪矫饰之辞，对他完全失去信赖了。不过，由于习惯，有时也为了搜集材料，每当遇见他在附逆后的著作，还是不愿放过。从《药堂语录》开始，到与日本宣布投降恰在同一时候出版的《立春以前》，再加上十余年后在香港出版的《过去的工作》和《知堂乙酉文编》，凡九种。合计周作人在抗战前、敌伪时期和解放后出版的书，我已十得八九。其中比较喜欢的是早年的几本文集和翻译的《陀螺》与《炭画》(《炭画》用文言译，解放后周又用白话翻译一次，我曾对照着读了第一章，还是觉得文言译笔优美)。在我收藏的这些书里，有周作人的签名本，也有他自己的校本。《秉烛谈》收有一篇《关于俞理初》，其中有这样几句："清朝三贤我亦都敬重，若问其次序，则我不能〔不〕先俞而后黄、戴矣。"(按指黄黎洲、戴东原)这里括号中的"不"字，就是周自己用墨笔补上的。若无此字，意思就完全相反了。还有一篇《再谈试帖》，文内提到一本《孤居随录》，校改"孤居"为"岛居"。又《妇人之笑》一篇有"不必问其笑不笑言不言曰"句，改"曰"为"也"等等。周作人早期著译，有的经过鲁迅修改润饰，如《红星佚史》、《过去的生命》和《欧洲文学史》；有的兼收鲁迅的译文，如《现代小说译丛》、《现代日本小说集》等；这也是我收藏这些书的一个原因。周作人在南京江南水师学堂读书时，曾用萍云女士笔名翻译《侠女奴》，用碧罗女士笔名翻译《玉虫缘》，又用平云名自著小说《孤儿记》，这三本书出版于清光绪末年，时间过久，又是不为人知的无名的僻书，所以早已难于购致。我仅有《玉虫缘》一册，这是据美国安介坡（今译爱伦坡）的小说《黄金虫》翻译的，一九〇六年四月上海小说林社再版本。卷首为周作人用萍云名义写的《绪言》，内有“顷者碧罗女士之译述莱格兰事也，叙其以一月获百五十万之巨金……”等语。书末有译者《附识》（岳麓书社版《知堂序跋》据《知堂回想录》转录了《附识》，缺《绪言》）。我觉得此书并无多大意思，好玩而已。

访书也如读书一样，要手到、眼到、心到，还得加上一个脚到。如在北京，不但要勤于跑琉璃厂、隆福寺，还得常常巡视街头那些不起眼的小书摊。例如我前面提到的隆福寺东口那个太监摆的地摊，我除了在那里买到过《绝俗楼遗诗》，还买到一本柳亚子的《乘桴集》，这是一九二七年“四一二”政变后柳亚子流亡日本时所作的旧体诗集，一九二九年七月上海平凡书局印行，是柳氏生前出版的唯一诗集。它仅有四十页，薄薄一小册，平凡书局又无名，是很难引人注意的。在上海时，有一次在崑山路一个小地摊上，看到一本郑振铎的《痀瘘集》下册，残书我当然不取，继续向前走，不料到了交通路，竟然在一个书摊上发现了此书的上册，我急忙买下，又赶回崑山路买了那本下册，以极少的代价配齐了全书。又有一次，我在卡德路发现马一浮的《蠲戲斋诗编年集》四册，我略为翻检，觉得不全，因为没有抗战期间流寓蜀中时的作品。我一路看下去，刚走不远，就在一家书摊上买到了一本《蠲戲斋诗前集》和一本《避寇集》，磁青面，连史纸，线装大本，完全与刚才所见者相同；我赶忙回去买下了那四本，配足全书。延津剑合，可谓巧遇，现今想起来仍觉得很有趣味。除了脚到，还应该做到手到、眼到。在以前的古旧书店里，常常在地上摞着一堆堆线装小册子，没有标签，看不出书名，你必须弯着腰，或蹲在地上，一本本地翻检，常常弄得腰酸背痛，两手墨黑，而一无所获；自然，有时也会发现久访未遇的稀见之书。我藏有一册《沈尹默书曼殊上人诗稿》，就是在西单商场旧书店地上的破书堆里检出来的。此书收曼殊诗七十四首，末附沈氏自作有关曼殊诗七首，词二阕。一九二一年十月“张氏影光室”据沈氏写本石印。苏诗沈字，可谓珠联璧合。此书极少见，以柳亚子、柳无忌父子和曼殊关系之深，且为研究曼殊的专家，也没有见过。柳无忌编《苏曼殊作品提要》著录此书，即云“原书未见”。柳托周作人向沈氏索取，周复信云：“沈尹默先生写诗，云已无存。”（均见柳无忌编《苏曼殊年谱及其他》）可见在数十年之前就已难得了。对于一些从不受人注意的小册子，你也不妨动手翻一翻，随便看两眼，也许会发掘出一点有用的东西。例如我曾经在丁怿谙、金谷兰两人合著的酬唱集《松竹联吟》里，发现了三味书屋塾师寿镜吾写的一篇《题辞》，这是鲁迅的这位老师留下来的仅有的两篇遗文之一。像上举这样的收获，都足以使我完全忘记久蹲地下翻检的苦辛。不过，令人沮丧的时候也很多，常常是碰不上想找的书，有时是虽有好书而无力购买，还有由于一时疏忽，好书当前，竟然失之交臂。一九五一年夏天，我在上海虬江路一个书摊上忽然看到几十本叶圣陶的藏书，都是作者签名送给叶先生的，不知何故流散出来。当时我只从中选取了十来本，包括白采的《羸疾者的爱》、郑振铎的散文集《海燕》、胡也频的长篇小说《光明在我们的前面》和谢六逸译的《文艺与性爱》等，而没有将它们全部买下来，事后思量，那是举债也应该全部买下的。多年来每一想起，还觉得可惜，但后悔又有什么用呢！

买书日久，逐渐认识了一些书业中人。我们大多彼此都不知道姓名，但面孔很熟，有的人就把我看成可靠的顾主。有时我看中了某书，因身边的钱不够，就请摊主留下，我改日去取。常常得到这样的回答：“您今天就带走，没关系，您下回来再给钱好了。”他们中有些人长期经手进出书籍，知见较多，经验丰富，如《贩书偶记》、《清代禁书知见录》的编著者孙殿起，《文禄堂访书记》的编著者王晋卿，都不愧为版本目录学专家。我前面提到的郑炳纯同志，就是一位对古籍和“五四”新文学书都相当熟悉的行家。“文革”以后，他在中国书店期刊部工作，因为不在门市部，所以我很少和他见面的机会。他在工余从事研究，我曾在《文献》丛刊上看到他的《记周广业的〈经史避名汇考〉》一文。有一个时期，他想整理明遗民贾凫西的《木皮散人鼓词》，我曾将所藏两种版本借给他参阅。前些时在报上看到有人评介他辑校的《郑板桥外集》，知道他近数年来在研究上取得成果，很是高兴。多年不见，他大概已经退休了吧？

拉拉杂杂，到此已经写得不少。关于书，可说的话实在很多，每一发箧，还可一本本地想起它们的来历，想起一些书店、书摊的面貌和名称，唤起当年逛旧书店的乐趣。不过这些都已经是旧话了。一九六六年“文革”发生，一夜之间，北京所有的古旧书店、书摊，完全消失。绵延十年，古今典籍遭受到一场空前的浩劫。从此访书的事，已成为遥远的渺茫的旧梦，不可复续了。一九七五年四月于役天津，十分偶然地邂逅一册鲁迅在书信中谈到过的《蹇安五记》，算是我最后买到的一本较有意义的旧书。因为是最后一本，在此特记一笔。

一九九〇年二月十日（庚午元宵）写竟

（原载一九九〇年《鲁迅研究月刊》第四期）

赵伯先与苏曼殊

前不久,为了纪念辛亥革命八十周年,中央电视台播映了三集电视剧《大将军赵声》,这使我们又记起了这位当年声名显赫、坚决勇猛的民族民主革命前驱。

赵声(1881—1911),字伯先,江苏丹徒人。他出身一个塾师家庭,为人嵚奇磊落,慷慨好义;早年考入江南水师学堂,后改入江南陆师学堂,毕业后,在新军中任教练,后擢标统。他是同盟会的中坚分子,在新军中宣传反清,发展同盟会员,积极从事革命活动。辛亥年广州黄花冈之役,他和黄兴同为军事上的负责人,他并被推为起义的总指挥。失败后,他积愤成疾,不到一个月便在香港逝世。这次起义,虽告失败,但震动全国,影响很大,不数月而武昌起义成功,终至推翻清朝,结束了中国二千多年的封建帝制。后人纪念辛亥革命,缅怀先烈,赵伯先功不可没。

赵伯先考入江南水师学堂,大概在一九〇一年,其时鲁迅先生已离开这个学校两年多;但周作人也恰于这年夏天考进这个学校,两人是管轮班的同学。周作人癸卯年(一九〇三)七月二十九日日记,曾记他这天与同学十六人在南京城南聚会,这十六人中便有赵伯先与孙竹丹,他们一同聚餐并合影留念。(见周著《旧日记抄》)二十年后,周作人在怀念南京求学生活时,想起往日的同学，“第一个是赵伯先君……伯先随后改入陆师学堂，死于革命运动”（见周著《怀旧》）。可惜他们的那张合照，周作人后来丢失了。

赵伯先是难得的将才，同时也能诗善文，惜因奔走革命，忙于实际活动，写作不多，流传下来的更少。柳亚子曾辑得十余首，没有完全发表，恐已散失。现录其《登越王台》一首于此，以见一斑：“七雄角逐嗟无谓，刘项纷争只自残。独向天南开版籍，能将文化服夷蛮。公真矍铄威名就，我尚飘零姓氏惭。独倚层楼倍惆怅，中原云雾正漫漫！”他不是南社社员，但与南社中人多稔熟，如柳亚子、高天梅、刘三、叶楚伧等，而尤与苏曼殊交谊甚笃。曼殊《燕子龛随笔》有一则云：“赵伯先少有澄清天下之志，余教习江南陆军小学时，伯先为新军第三标标统，始与相识，余叹为将才也。每次过从，必命兵士携壶购板鸭黄酒，伯先豪于饮，余亦雄于食，既醉，则按剑高歌于风吹细柳之下，或相与驰骋于龙蟠虎踞之间，至乐也。别后作画，倩刘三为题定庵绝句赠之曰：‘绝域从军计惘然，东南幽恨满词笺。一箫一剑平生意，负尽狂名十五年。’”激越豪迈，可藉以略见赵伯先的倜傥不群的英恣。在赵伯先死后，曼殊又作一画，托人带至香港伯先墓前焚化，他在《答萧公书》中说：“今托穆弟奉去‘饮马荒城图’一幅，敬乞足下为焚化于赵公伯先墓前，盖同客秣陵时许赵公者，亦昔人挂剑之意；此画而后，不忍下笔矣！”这真是《世说·伤逝》篇的好材料，令人感动。此外，柳亚子、高天梅、叶楚伧等，在赵伯先逝世以后，都写有挽诗；柳亚子还写过一篇《丹徒赵君传》，是研究赵伯先的难得资料。

一九九一年十一月

（原载一九九一年十一月二十七日《团结报》）

《中国现代文坛话旧》序

人到老年，故交零落，总难免常感寂寞。我中青年时代的朋友现还健在，并能偶然一见的，已寥寥无几。不过，另一方面，近二十年，我在工作中又结识了一些朋友，其中不乏深交，这是我在寂寞中又感到宽慰的事。

陈漱渝兄就是我这些年来结识的一位朋友。我们的缔交，大约在一九七六年。我依稀记得，他第一次见访，是在一个初秋的午后，所谈主要是鲁迅与女师大事件，直到傍晚，才在暮色苍茫中分手。有一次，他引导我们参观前女师大原址，瞻仰了“三一八”殉难的刘和珍、杨德群两烈士纪念碑，我们巡行于教室和礼堂之间，想像鲁迅先生当年常来此授课和演讲的情景，仿佛先生就在眼前，如闻其謦咳。后来，有一个时期，他参加了《鲁迅全集·日记》部分的注释工作，我们见面的机会就多了。由于两人治学的兴趣大致相同，所以有话可谈，同他晤对，既享切磋之益，又获漫谈之乐，令人愉快。这些年来，他在鲁迅研究方面，成果累累，先后出版了《民族魂》、《鲁迅史实新探》、《鲁迅史实求真录》等书，嘉惠读者，有裨于推进整个鲁迅研究工作。

漱渝是鲁迅研究专家，同时，他对中国现代文学也抱有浓厚的兴趣，不时有研究文章发表。这是自然的，鲁迅是中国现代文学的重心和代表，研究鲁迅，总会联带注视到当时文坛上一些“风云人物”，有时也难免要涉及一些“是非恩怨”。在这方面，作者为我们介绍了李大钊的才、德、识，介绍了胡适在新文化运动中的作用和地位，也介绍了刘半农、钱玄同在这一运动中各自的贡献。现代文学中引人注目的郭沫若的诗，林语堂的幽默小品，梁实秋的散文，各有专篇，加以评析。左联时期关于“文艺自由”问题的论辩，是现代中国文艺思想史上的一件大事，本书中也有同样的长篇论述。这些文章，可以说都是拱卫着一部中国现代文学史而写的，是构筑这样一座壮丽殿堂所需要的梁木和础石。另外，他经过辛勤的搜集，还为我们讲述了关于陈独秀被捕、鲁迅与顾颉刚的交恶、柔石的恋情以及徐志摩的空难事件等等，这些都是有关某一作家生平事迹的传记资料，未可以轶闻琐事视之。他的这些文章，持论公允，考订精详，有不少新鲜的资料，极为罕见。例如，丁玲、胡也频和沈从文三人，青年时代，是文学上的同道，生活上的密友，但后来丁、沈二人由于文学见解和政治态度的差异，终至分道扬镳。我们习闻其事而不详。这次看了《干涸的清泉——丁玲与沈从文的分歧所在》一文，通过他的分析和所引丁玲在沈著《记丁玲》及其《续集》上所作的一百二十余条眉批和旁注，才使我明白了两人交谊如何由初现分裂到彻底破裂的大致情况。又如张竞生，他早年在北大任教，后到上海开书店，因《性史》一书受人诟病，这些都是世人所熟知的，但他后半生事迹隐晦，一般人都不知道他的归宿。读了《“性博士”传奇——平心论张竞生》之后，我们才知道他曾再度赴法研究社会学和美学，翻译了卢梭的名著《忏悔录》，并著有《烂漫派概论》等书。抗战初他在故乡广东饶平参加过抗日救亡活动，后在饶平兴学校，辟苗圃，积极推广农业新技术，引进新品种，为地方农业生产的发展尽了心力。一九四九年以后，曾任广东省农林厅技正、广东省文史研究馆馆员。“文革”期间，他被遣送到饶平农村劳动改造，一九七〇年死于一间与牛栏为邻的茅棚里。这些都是我前所未知的。这篇文章,全面权衡了张竞生一生言行的功过得失,认为“他在中国现代文化史上的功绩仍然是不能抹杀的”。其评论可说真正做到了“平心”二字。书中对现存作家冯至、唐弢等也有记载,其视野遍及从“五四”到现今七十年间的文学。

我平时读书很杂,尤爱读文、史类书。举凡有关作家与作品的传记、年谱、逸事以及其他一切资料、掌故,我都爱读。可惜很多资料大都散见于多种笔记、方志、简牍、日记中,就一人一事作专题研究,将收集到的庞杂纷纭的资料,加以集中、分析、考辨,写成一篇首尾完具的文章的,实不多见。我现在只想起孟森的《心史丛刊》(一至三集),那里面谈清代科场案、文字狱,谈金圣叹,谈龚定庵与顾太清关系的传说等,读后令人增进对一些历史人物和事件的认识。鲁迅先生在《隔膜》一文中谈清代文字狱,就曾这样说过:“待到孟森的《心史丛刊》出,我们这才明白了较详细的状况。”可见鲁迅也曾注意到此书。孟氏还有《清初三大疑案考实》和其他未结集的文章,多可读。在此以后,还可一提的,有阮无名(阿英)的《中国新文坛秘录》、杨世骥的《文苑谈往》,前者多述新文坛初期掌故,后者限于评介晚清诗文,都录存了若干难得史料。但这些书都出版于数十年以前,篇幅不大,所触及的人和事都比较少。现在,漱渝的这四十多篇文章,涵盖面广,跨时度长,以时代的眼光,科学的方法,评述某一作家或某一问题,条理绵密,文笔畅达,在同性质的文章中,可称白眉。除了单篇文章,他还撰写了整本的《宋庆龄传》、《中国民权保障同盟》。此外,他近年两次渡台省亲,归来后又给了我们一些描写台湾山川人物的优美的散文。总之,他在鲁迅研究、文史考索、散文写作三方面,都已取得了可喜的收获。他的写作,前景广阔。我相信,在未来的岁月里,他将继续给我们写出更多更好的作品。

顾亭林有言:“人之患在好为人序。”我从不曾为人作过序。这次漱渝将他历年所写有关新文学的部分文章，裒为一集，嘱为作序，辞不获已，勉强写下了这些话，实在也说不上什么序；不过略纾读后所感，以当喤引，并以纪念我们的友情而已。

一九九一年十一月十九日记于北京

（原载一九九二年《鲁迅研究月刊》第一期）

我的怀念

"陕西省宝鸡县虢镇一〇二师"

从邮差手内接过信,这发信的地点令我感到惊讶。在那辽远的陕西,我是没有什么友人的,这信,是谁寄来的呢?几个留滞在外的友人的面影,立刻在我的脑膜上掠过,但那拙劣的蓝色钢笔字,与我又十分生疏,辨不出是谁的手笔。我匆忙地撕去信封,先翻看最末的一页,出乎意外地,在信末确是署着两个学生的名字:谌曼丽与周族英。

她们都是女中初二级的学生。我以一个偶然的机缘,在去年下季,做了她们这一级的国文教员。在甲组的五六十个学生中,我最先注意而且最先认识的,便是谌曼丽。这是因为在两年前,我曾在一个亲戚处见到一张照片,上面有一个婆娑作舞的女孩,手平伸着,向左弯着腰,看去只不过六七岁光景。对照着这相片,我又听到了一个颇带悲凉意味的家庭故事,于是,这失去了母亲的女孩的名字,便深印在我的脑里了。当我在讲台上第一眼看见学生座次表上的"谌曼丽"三字时,我立刻便想起那照片上的女孩子来。我很快就认识了她。

日子久了,我渐渐觉得在全级中她要算最优秀的一个。她大约已有十三四岁了。面容的苍黄和下巴的瘦削,构成了一个略带着几分憔悴的脸。这是和她的年龄极不相称的。但在动作上，她也和一般学生们一样，矫健而活泼，时时流露着天真的稚气，不惯于正襟危坐的在教室内听讲，一有机会总爱和前后的同学们谈笑，有时甚至偷偷地离开座位，跑到远处去和别的同学交谈。我曾经为了这，斥责过她。但在功课方面，她却显示着超越的才能。她曾经读过一些新文学作品，数量自然不多，但她对于文学却有着深浓的兴趣。在我讲书的时候，只要有机会，她便会向我提出种种问题：从作家琐事以至整个新文坛现况。问题有时确是十分中肯的。在作文时，照例每次都有学生以为题目难做而要求我另出一个；但她从没有做过这样的请求，题目到手，略加思索，便低头在纸上沙沙地写起来。她爱在文章里提到她已死的母亲，提到她走失了的一只狮子狗；有时也流露着一人独居贵阳的孤寂。就一个初中学生来说，像她那样造句清顺，别字很少的文字，实在要算是难能可贵的了。

到了十二月初。大约是一个星期一的上午罢，有几个甲组的学生来向我说：谌曼丽和几个同学要到前线去了，请我把她们作文提前发下。我这才知道她们参加了贵州妇女战地服务团，两三天内便要出发了。下午在上课时，我在教室内看见了她，她已失去了平日的宁静，全班学生也因为她们几个人的走而感到兴奋，几乎不能上课了。在第二天的晚上，她们全班开了一个欢送会，好意地邀请我参加，我于是在那晚又跟她们要走的几个同学见了最后的一面。那是在甲组的教室里，她们买了许多糖食花生之类的食品，几十个人在灯光下团坐着，交换着惜别和勉励的言语。“我们的家乡”一类的歌曲，时时在室内抑扬着。她们兴奋的向我讲述两个同学被家庭阻止的事，从那说话的表情，我看出了她们的非到战地不可的决心。后来，当我要回家的时候，谌曼丽拿出一个小册子请我题字，我忽然记起有人正因她们的离开学校而惋惜着她们的学业的荒疏，我于是在上面写了这样的一句：“在战斗中去学习！”她若有所悟地收去了。

之后，在报纸上，在人们的嘴上，我也常常知道一点她们的踪迹，在她们到了重庆以后，贵阳市忽然流传着一种消息，说是有几个团员中途逃亡了。关于谌曼丽，则有两种相反的说法：有人说她被她的父亲截在重庆；但又有人说她已经到了汉口。我始终没有得到一个正式可靠的消息。

而现在，她的信来了，从那辽远的陕西。在信末署名的，还有一个周族英。我记得这是初二级乙组的学生，关于她的一切，我都十分模糊。我望着信封上的"宝鸡县虢镇"五字，我立刻便引起一种荒漠幽邈的感觉。在这封信里，她详细地告诉我以她们的生活情况："每日午前五时半起床，五时四十分上操——我们是跟着男同志们一起出操——首先要跑步二十分钟，初甚觉不惯，后来也就不觉得了。九时早餐，十二时做工，我们做的是棉花垫，纱布垫，棉花球等，准备给受伤者用，晚上九时睡觉。"接着，她们又告诉我："这种生活，一般人认为比较苦，可是我们反倒觉得快乐。"从这些话里，我看见了一个光辉的中国女儿的榜样。

这封信是二月十二日付邮的，直到三月三日才送到我的手里。这是她们寄给我的第一封信，然而也许就是最末的一次了吧？关山远阻，烽火连天，此后能否再接她们的信，真没有丝毫的把握。我望着这黄色的信封，心里突然引起一种珍惜的感情。我把这信的内容看了又看，在眼前便隐约地展现出一所荒僻的小镇来，这是一个连"许多日用物件都感到困难"的地方，但却有几个异乡的青年女子，舍去了温暖的家庭，舍去了快乐的学校，来到这里，她们整日地为着一个神圣的事业而努力着、奋斗着……她们的影像在我的眼前越来越大了。

为了我们的这段师生之谊，为了伟大的民族解放战争，我热诚地遥望着一个北方的村落而致送我的慰问。

一九三八年

附　记：

谌曼丽的父亲谌石僧，贵州织金县人，早年在天津南开中学与周恩来同学。抗战兴起，谌曼丽随邓颖超同志赴延安参加革命，后因窑洞坍塌不幸遇难。

一九九八年七月

忆谢六逸先生

民国十五六年，我在贵阳师范学校读书，时时从《小说月报》、《文学周报》等杂志，读到谢六逸先生的译著；后来，忘了从什么地方，听到了谢先生是贵阳人，这使得一个足迹从未出省门一步的十五六岁的少年，在普通一般读者所常具有的对作者的景仰之外，更对谢先生增加了一份乡谊的亲切。但我的会见谢先生，却是在民国二十年夏季。作为一个应考的学生，我站在江湾复旦大学办公室的谢先生的桌前，答复着他的询问。一见到他的丰满方正的脸庞，略秃的头顶，修伟的身躯，我立刻想起这就是曾经在什么杂志上见过照片的谢六逸先生。记得他在一般口试所应有的问题以外，还问了我一些故乡社会和教育的情形。这是我认识谢先生的开始。

以后，为了请他担保缓缴学费，我曾到施高塔路他的寓里去过一次，不遇而返。他后来给了我一封信，虽是没有满足我的愿望，但我却为他的诚恳委婉的语句所感动了。他给我的印象是：正直、仁厚、谨慎，在和蔼之中略显庄严。那时候，他除了担任复旦新闻学系主任以外，又兼任吴淞中国公学的文科学长，工作很是繁忙，但在教课之暇，他依旧经常不断地从事写作。他的冲淡隽永的散文和翻译的日本小品，当时都为我所爱好，他的论述日本文学的著作，又给了我关于日本文学的一些基础知识。他那时有一件事，给我的印象最为深刻。那正是所谓“民族主义文学”甚嚣尘上的时候，那班“文学家”们正在用各样方式拉人入伙，传闻谢先生也是他们所想拉拢的一人。正在这时，突然谢先生在《文艺新闻》(左联影响下的一张四开的小周刊，楼适夷等编辑)上登了一个启事，大意说，“‘民族主义文学’是什么，他从来没有研究，也不愿加以研究，所以自然不会参加什么运动。”并声明他“只是一个俸给生活者，也极愿本阶级早日没落，新社会早日产生云云”。对于那班所谓“民族主义文学家”，这自然是一个不小的讽刺。从这件事上，使我更为认识了谢先生的有所不为的精神。虽然他有时所表现的那种低徊悠闲的文艺观点和生活趣味为我所不尽同意，但在一般的情形上，我是始终尊敬着他的。

抗战以后，谢先生最初仍留上海，主编《国民》周刊，在文化阵线上从事抗敌的工作。他的悲壮激越，传诵一时的散文《忆虬江码头》，便是此时所作。后来，复旦大夏第二联合大学迁黔，谢先生才回到他阔别了十余年的故乡。不久，第二联大分家，他又随着复旦入川，在北碚住了半年。后又回黔，任大夏文学院院长。此后他便在贵阳安住下来。由于他在文艺界的地位和在社会各方面的人望，他到贵阳不久，便自然而然的成了文艺界的重心。那时，一向荒凉冷落的贵州文化界，情形也较为活跃，许多著名的作家，都来到贵阳，当地文艺工作者们所创办的期刊，也出现了好几种，蹇先艾兄所主持的每周文艺社，也以一种和贵州过去所有的地方性报纸副刊完全不同的面目，在(贵阳)《晨报》上发刊了《每周文艺》。谢先生到后，也参加了这小小的社团，用“鲁愚”的笔名在《每周文艺》上发表了他的《还乡杂记》。他又创办了综合性的《抗建》半月刊。二十九年春天，文协贵阳分会成立，谢先生便是实际上的负责人。由于环境的万分困难，文协工作没有得到顺利的开展，除了借《贵州日报》副刊的地位每月发刊《文协》两次而外，别无其他活动。但因为有谢先生在，在精神上，贵阳文协分会总算是持续下来了。

渐渐的，朋友们都离开了贵阳。齐同去重庆，先艾去遵义，《每周文艺》也停刊了。为了避免敌机的轰炸，六逸先生从城内堰塘坎移居西郊的花果园。这是一个离城不远的幽静的乡间，他租了一间由政府特建来供市民们疏散的茅屋，纸窗土墙，过着极简朴的生活。除了到大夏授课以外，很少出门，我每次去看他时，总是在屋的次数为多。我在门外一喊“开志”(谢先生的长女公子)他便出来接待我了。在会面时，他常谈到文协会务展开的不易，有时谈到社会各方面的黑暗倒退的种种现象，他总是痛心疾首地表示憎恶。记得有一次提到××大学的校长时，他说：“那只是一个党棍子罢了，他懂什么教育！”从他说话时的懔然的脸色，我看出了他的疾恶如仇。到了民国三十年春，我也要离开贵阳了，临行前去向他告辞，他表示希望我不走，我清清楚楚地记得，他用了“深自韬晦”四个字劝我留住，但我终于走了。

我初来重庆时，我们也常通信。那时国内的情形已非复抗战初期可比，再加上熟人们多已星散；他在精神上极为落寂。他在一次来信里曾说：“久居贵阳，颇为沉闷，兼以朋友四散，愈感索居之苦耳！”近两年来，我因为生活的经常变动，没有给他写信。但我却常常关心着他的消息，我知道，他在国立贵阳师范学院和大夏担任教职，又兼了文通书局编辑所的工作，文通出版的《文讯》，便是由他主编。他又被选为省临参会的参议员。此外，我还知道，他曾代文协总会办理救济过黔作家的事务，又着手重新登记贵阳分会的会员，我很为他的工作精神的健旺而欣慰。今年夏天，我觉得实在隔绝太久了，便于五月初寄去一封挂号信，可是久久不见回音。到六月底，我忽然接到文通编辑所一位陈先生的信，里面有几句是：“谢先生自上月中旬，曾染重病，今已月余，犹未痊可，不无可痛耳！”看了这最后的“不无可痛”四字，我心里很惊疑：如果是真正的害病，大概是不会用这样的语气的吧？何况这位写信的陈先生我平素又不认识。我于是神经过敏地想到他的正直，想到他的有所不为，想到从报上看见的他批评省当局在“短衣运动”中撕剪长衣为“迹近扰民”，和被省参会推为代表赴省府检举四个贪污的县长等等。我不免有些忧虑了。在我们的国度里，纵令是一个纯粹的作家，只要他不失掉正义感，便也难保其不发生意外的。我于是在给先艾兄的信里便特别向他探听，他回信说：“六逸仍任贵阳师范学院国文系主任，近病心脏甚久，尚未出门，殊为可虑。”我这才相信六逸先生真是病了。我想到他的丰腴的面庞，修伟的躯干，我相信他的病体不久便会康复，万想不到我刚离重庆几天，刘振美兄来信便说：谢六逸先生死了。

听到了这意外的噩耗，我的思绪一时纷乱至极。我想起他的音容，想起他的遗族，想起他的散见报章杂志未曾结集的许多遗文，我深深叹息，文坛耆宿又凋谢了一位了！综其生平，坚守文艺岗位，勤勤恳恳，亘二十年而不稍改其志。他在散文方面，成就很高，与朱（自清）俞（平伯）钟（敬文）梁（遇春），同为一时之选。而在日本文学的介绍上，则尤为独擅胜坛。他的这方面的著述，虽尚不能令人完全满意，然而直到今日，还没有第二人作出较他更多更好的成绩来。我相信，像这样的一位文艺界的前驱虽是死了，但他的业迹，他的精神，将在读者的心里和中国文学史上永垂不朽，却是无可置疑的！

附　谢六逸先生著译简目

《水沫集》（散文集，世界版）

《茶话集》（散文集，新中国版）

《近代日本小品文选》（大江版）

《志贺直哉集》（中华版）

《接吻》（翻译日本短篇集，大江版）

《范某的犯罪》(翻译日本短篇集,光华版)

《日本文学》(开明版)

《日本文学》(商务版)

《日本之文学》(商务版)

《日本文学史》(北新版)

《西洋小说发达史》(商务版)

《彗星》(童话集,现代版)

《鹦鹉》(童话集,现代版)

《伊利亚特》(开明版)

《农民文学 ABC》(世界版)

《神话学 ABC》(世界版)

《文坛逸话》(商务版)

《中国文学史讲义》(未刊)

一九四五年九月三十日

(原载一九四五年九月三十日《大公晚报》)

对于许寿裳先生的感谢与悼念

一九四二年十月十九日，鲁迅先生逝世六周年纪念日。当天下午，我由距重庆三十华里的乡间，赶往城里去参加纪念会。我到达中苏文化协会，在楼上会见了孙伏园先生和曹靖华先生。孙先生正和一位戴着眼镜、身穿灰布长袍的老先生，在灯下看着一篇文稿。由于孙先生的介绍，我认识了这就是许寿裳先生。许先生虽须发苍然，而身躯修伟，精神矍铄。他那天特地由歌乐山赶来参加纪念会，他们正看着的文章，就是许先生作的那篇《关于〈弟兄〉》，是准备在会上朗读的。但那天的会为宪警所阻，没有开成。在离开中苏文协时，我的心情虽很沮丧，但能够认识寿裳先生，也感觉十分庆幸。

一九四四年元月，因为在研究鲁迅上有一些疑难无法解决，我便开始写信向许先生求教。不久，厚厚的一封回信来了。对于我所提出的几个问题，给了周详而诚恳的回答。字迹端整，态度谦和，不惮烦地写满了三张二十行的通行纸，并郑重地用挂号寄出。在答复我关于与鲁迅在东京从章太炎问学一点上，除详述当年章先生讲学时的情形外，还举出例子，以说明章先生解字之新颖（原信此节，已见拙作《鲁迅与章太炎及其同门诸子》，兹不再引）。这简直出乎我的意外。许先生之于我，只不过仅有一面之谊，而他以六十高龄，竟不惜花费那么多的精力来指教一个生疏的后进，这种精神，使我在感谢之外，更不禁油然起敬。自此以后，我常常写信去麻烦先生，每次回信，都同样真挚周密，同样工整不苟。我每得一信，真如获拱璧，兴奋而又感动。没有许先生的指示，我的关于鲁迅先生的文章，有些地方简直是无法写成的。

除了答复我所提的问题而外，许先生对于我的文章，又常常给予指正。我在《鲁迅北京避难考》一文里，根据鲁迅自作《〈野草〉英译本序》，说作《淡淡的血痕中》时，已"避居别处"，故我推断鲁迅离寓时间当在四月初，《一觉》中所说的"四方的小书斋"，应是临时避难的处所。许先生看到以后，来信说：

> ……结论"鲁迅在三·一八后，为了暂避危险，于四月初离寓……直至五月底始回寓。"大致确实。不过起讫的日子，还可以稍稍缩短一点。记得初次避入德国医院的一间堆积房，日子约在四月十二或十三（因为鲁迅的日记和我自己的都不在身边，记不清了。总之是张作霖的卫队，已经到了高桥，我得友人齐君电话，教我立即移居，我便立即通知鲁迅，入院已经傍晚。是晚作霖入京）。以前虽时零星离寓，倒是为避客，并非为避难。其回寓约在五月初旬或中旬，也忆不真了。《一觉》中所谓"四方的小书斋"，"白杨"及"榆叶梅"，都是"老虎尾巴"窗内外的景色，并非说临时避难的处所。（卅三年二月四日函）

在《鲁迅与章太炎及其同门诸子》一文里，我根据孙伏园《鲁迅先生的少年时代》，说许先生与鲁迅在日本同"请印度人学梵文"。许先生看了以后，来信说：

> 二十七叶贱名下，“请印度人学梵文”一句，虽系根据孙伏园君文，却不但“学”字有误，其实弟与鲁迅先生从未学过梵文，只是同请德国人教德文而已。(卅四年二月二十一日函)

依据这些指正，我然后才能将拙作重为订正，免去了错误不少。

许先生与鲁迅先生有三十五年的友谊，情感“不异于骨肉”(先生自语)，故所作关于鲁迅的文字特多。除《亡友鲁迅印象记》外，尚有短篇不少。这些文字，亲切具体，正确允当，所述多为他人所不知的珍贵材料。但各篇散见报章杂志，未尝搜印成册，我常以不便学者为憾。三十四年秋季，友人刘君创办华美书店，我和刘君谈起，他愿意承印，我便写信请求先生应允将各文汇交华美出版。当时我手边存有先生文字九篇，若先生允许，只须取一个书名和写一篇序文就成，稿子可由我抄付书店。承先生回信同意了，说：“贵友刘君，拟将关于鲁迅先生之拙著九篇，编印为单行本，且尊处搜采不遗，此九篇文字具备，自可付钞，嘱撰序文，俟付印有期，即当撰奉。”(卅四年十月五日函)后先生又抄寄《书尹默手书鲁迅诗卷后》一篇，并嘱在《鲁迅诗集序》末节“友朋四散”下加入“建功亦奔走南北，不遑宁居，其手书木刻尚未出版”三句(卅四年十二月十二日函)。可惜华美不久便倒闭，我在请求先生而得到允许之后，此书终未能付印，我惭愧而又不安，好像欺骗了先生一般。三十六年夏季，杨云萍君搜集先生有关于鲁迅文字十篇，成《鲁迅的思想与生活》一书，在台湾出版，但还有多篇未经收入。如《我所认识的鲁迅》、《怀旧》、《回忆鲁迅》、《鲁迅的几封信》、《鲁迅与民族性研究》等。去年十月，又有《鲁迅的游戏文章》与《鲁迅的避难生活》两文。我希望将来印遗集时，能够全部无遗地收入。

许先生在文字上指导我，而在生活上对我也极为关切。他在三十五年一月离渝飞京以前，还写信给当时在白沙女师学院任教的台静农兄，为我介绍工作。到沪以后，又把静农兄的复函转寄给我。事虽不成，但我对于先生的盛意，是永远感激的。以后先生去台湾，我们便没有通信，当台湾“二二八”事变时，我对先生的安全，十分系念，但也没有去信，我只在和朋友们编的一个报纸副刊上，发表了先生以前抄寄的《书尹默手书鲁迅诗卷后》一文，并在编后记里遥祝先生平安而已。今日回思，深悔当时的疏懒，应写信而不写信；此后是再也没有机会向先生请益了！

许先生是诚恳笃实的教育家和学者，毕生致力教育文化事业，垂四十年。他和蔡孑民先生两人，是民国以来稀有的最合理想的大学校长。学识闳通，胸襟豁达，不以办学为猎官的阶梯或牟利的手段，循循善诱，认真负责，两人都有相似之处；故他们一长女高师，一长北大，都卓著成绩，为国家培植了不少人才。而在为人上，则许先生有许多地方，又与鲁迅先生相同。他古道照人，笃于友谊，爱护青年，正直而富正义感，他所说的“鲁迅的节约，整洁，负责任，富友谊以及为大众服务”的种种美德（见《鲁迅的德行》），实际上他也都具备。像这样的人，谁能想到竟会项中五刀，惨死血泊！郑士镕在《悼念许寿裳先生》一文里说：“先生居常淡泊宁静，与世无争，虽以怀旧情深，喜作有关鲁迅文字，然与实际政治可谓绝无关系。”这一“虽”“然”是意味着：许先生之死与“政治”无关，倘有一丝牵连，那就是因为“喜作有关鲁迅文字”了。记得一位友人说过：亲近或崇拜鲁迅，便是表示赞同鲁迅，和鲁迅站在一边，与旧社会旧势力为敌；鲁迅虽幸得保全首领以殁，而亲近或崇拜他的人，却未必都有这种幸运。难道真是这样的么？一个正直的生命的消逝，即使是所谓“寿终正寝”，也令人不胜悲伤；何况是这样不应该惨死而竟然惨死！然而，丁兹时会，还有什么可说？我在这里拙劣地写下这些文字，明知没有什么用处，但除掉笔墨，又别无他法可以表示我的心情；我只有将我的感谢和悼念，永远铭刻在心版上而已！

一九四八年三月二十六日深夜写于上海

（原载一九四八年五月《中国作家》第一卷第三期）

敬悼高明医师

恐惧是残酷的根源。反动的统治者越接近末日，便一定越残酷；如这次蒋介石在重庆溃退时之所以大肆屠戮，就是因为他感到大势已去，恐惧而又绝望的缘故。

我们的人民医师高明，就是牺牲在蒋介石的恐惧和战栗之中。

我的认识高明医师，是今年春季，在《人物》杂志社的一次聚会上。他诚恳和蔼，满脸浑厚；年纪看去不过五十，但头上却覆盖着一片白发。稍后，到四月间，我的三个孩子相继出疹子，有两个出得不大正常，必须请医生诊治，我平常是怕请，也请不起医生的，这时却毫不顾忌地径直请了他来。诊断以后，他认为要打盘尼西林，于是每三小时一针，他三小时来去一次；夜里，便在我寓所客室内的桌上临时搭铺，一晚上起来两三回。有一夜，他坐待数小时，先后打了两针，深夜回去，街上已无行人，更找不到上坡的轿子，我看着他在黑暗中急步而去，心里说不出的不安和感激。但当我每次向他致谢时，他总是说："不要紧，不要紧，只要办得到，总应该帮忙的。"

照例医生出诊，舆马是由病家预备，从高医师的诊所到我的住处，要经过一条马路和一段陡坡，但他来时既不乘车，也不坐轿，而在临走之时，总是拔步便跑，非经我再三勉强，不肯坐上轿子。就在他劳苦，殷勤的诊治下，我的两个孩子，很快便得到康复。他热情，耐烦，不受诊金，甚至不收药费。这不但对我如此，我知道，在过去的黑暗时间，许多困苦的朋友，都曾得到过他的帮助。

以后，他简直成了我们的医药顾问，大人小孩，有点伤风咳嗽，都去找他。照例他总是连药一并赠送，到了后来，我们连客气话也不说一句；因为知道了他的脾气，客气反而变成虚伪了。

日子一久，我们更加熟习起来。他所住的江苏同乡会，是我进城必经的地方，每次过路，我总爱进去坐一会；遇着他无事，我们便一同到隔壁的巴园茶馆去喝茶。从谈话中，我知道他十年前在安庆教书，曾被国民党关过一年多，抗战时当过军医，后来自己在合川开设一个小医院，因为代售《新华日报》和其他进步书刊，被特务凶殴，无法立足，才来到重庆。在旁的药房和江苏同乡会应诊，已经有两年多了。

接着就是“九二”大火。这次火灾的造成，无疑是要由国民党反动派负责。因为天灾正是人祸的结果。多年以来，反动派只知搜刮民脂民膏而对于消防，辟路，蓄水等工作，一点未做，一遇起火，自然要酿成大火。然而他们却诿卸责任，嫁祸于人，说什么“共产党纵火”，并于次日枪毙了两个所谓“纵火犯”，其中一人是劳工医院的药剂师。由于多年来在蒋介石血腥统治下所训练成的敏感，也由于同是医药界，我不知不觉联想到高医师的安全。几天以后，九月六日或七日，我到江苏同乡会去看他，心里先存警戒，一看门口那块写着“内儿科医师高明”的招牌已经不见，我回头就走，没有上前叩门。以后再三打听，才知道他的确已经被捕了。大概是九月三十日，清早一打开报纸，本市版的头条新闻，赫然便是：“共匪纵火机关破获，首犯高明就捕。”里面说他是“首犯”，曾在巴园召集会议，又说已枪毙了的药剂师是受他指挥。我苦痛而又愤怒，拿着报纸的手，不禁打颤。在那天里，我没有心情做事，不能吃饭，不能睡眠，随时都想着他那苍苍的白发，浑厚的眼光，和在这屋里为我的孩子们打针的情形。想着他曾经在这屋里走过，在那把椅子上坐过，在这张床前站过，……他的一言一动，都涌现在目前。我觉得我不是生活在人间。

我天天注意报纸，看有没有枪毙人的消息。

终于，人民解放军进了四川，一天天逼进重庆。我一面欣喜他和别的朋友们可得生还，一面又根据过去的事实，担心蒋贼在溃退前会来一次残酷的屠杀。果然，重庆解放以后，报上披露的被蒋贼所屠杀的数百人名单中，便有"高明"在内。据知道的人说，他是十一月二十九日，由城内新世界饭店押到"中美合作所"，在戴匪祠前的松林坡上被枪毙的！……

今天，是十二月二十九日，距这位具有崇高的服务道德的医师的殉难，已经是整整一月了。我就在他曾经来过的这屋里，在他曾经坐过的这桌前，在他曾经治疗过的孩子们的跳笑声中，写着这篇文字。从昨夜起，直到现在，断断续续，回忆时常打断了我的笔。我不是为私谊哀痛，而是为失掉了一个真正的大众的保健员哀痛。虽然我知道活捉以蒋介石为首的大小刽子手，为他们复仇，为一切烈士复仇的时间，已经不远，不远！

一九四九年十二月二十九日

从振美的一首诗说起

凤尾从来逞艳姿，
巴山夜雨梦回迟。
史家高秉董狐笔，
诸子低吟鲁迅诗。
初稼新逢六月雪，
危杨仍发一年枝。[1]
馀杭入狱从无泪，[2]
坐看中天日影移。[3]

这是亡友刘振美烈士狱中遗作。据脱险的傅伯雍君说，此诗作于一九四七年重庆“六一”大捕人后，其时振美已先入狱数月了。这虽仅是短短的一首旧诗，但里面也清晰地表现着振美的胸襟和精神。他相信，蒋介石国民党匪帮的滔天罪行，绝不能逃掉历史的裁判，在正直的董狐之笔下，将会一一如实地记录下来，遗臭万年。而他则常受着鲁迅先生和馀杭章太炎先生的革命精神和著作的感召影响，坚贞不渝，乐观从容，虽在冰雪侵袭之中，而仍不失萌发新枝的希望。“凤尾艳姿”数字，实在写照了他的光辉美丽的精神和才华。

振美对新旧文学都很有修养。读书极多,"五四"以来的作家和作品,他都很熟。什么书是何人所著,内容如何,哪家书店出版,甚至封面是什么图案,他都可以滔滔不绝地说出来,真是历历如数家珍。他著有一部中国文学史,用物观方法阐述各历史阶段文学主潮和递嬗,很有些新颖意见。他又把在报纸杂志上发表过的小品散文,剪贴成册,已经编好了一本散文集。可惜和文学史一样,都未出版。现在这两书的稿子,不知道还保存在他叙录的老家里没有。据说他在狱中,曾将杜诗读得娴熟,几乎可以首首成诵,他自己也作得很多,但除了上面傅君告诉我的这首以外,其余的都不知道。

他在四川省立戏剧学校毕业以后,曾任西康宁远剧团总干事,江安中学教员。一九四五年在重庆创办华美书屋,出有艾芜著短篇小说集《锻炼》等书。一九四〇年左右,在西昌被捕,被囚一年多,四七年春又在泸县被捕,移禁重庆中美合作所渣滓洞内。假如他此次不被蒋匪枪杀后又纵火焚尸而死,我相信,在文学戏剧上,他还可有更多更大的贡献。至少,那部文学史,再经他修订增补之后,一定会是一部有价值的著作。

一九五〇年

校　记:

此文前引录的刘振美无题诗,曾辑入一九六二年六月中国青年出版社修订版《革命烈士诗抄》,作者当年系转录,与《诗抄》本有异。

[1]"危杨仍发"《诗抄》本作"幼发危杨"。

[2]此句《诗抄》本作"余生入狱何足畏"。

[3]"坐看"《诗抄》本作"且看"。

郭老与鲁迅著作的注释工作

郭沫若同志和鲁迅先生是我国现代文学史和革命史上两颗璀璨的巨星。他们在学术文艺上都有杰出成就，在革命实践中都立下不朽功绩。毛主席赞扬鲁迅是“五四”以后中国“文化新军的最伟大和最英勇的旗手”，而郭沫若同志，正如邓小平副主席在悼词中所说：“他是继鲁迅之后，在中国共产党领导下，在毛泽东思想指引下，我国文化战线上又一面光辉的旗帜。”

郭沫若同志与鲁迅先生并世而生，又从事同性质的工作，为着一个共同的目标而奋斗，但两人终其一生从未见过一面。郭老在得到鲁迅逝世噩耗的当晚写的一篇悼文中曾说：“我个人和鲁迅虽然同在文艺界上工作了将近二十年，但因人事的契阔，地域的暌违，竟不曾相见过一次。……虽然时常想着最好能见一面，亲聆教益，洞辟胸襟，但终因客观的限制，没有得到这样的机会。最近传闻鲁迅的亲近者说，鲁迅也有想和我相见一面的意思。”（《民族的杰作》）这段话所表现的战友深情和磊落襟怀，令人十分感动。郭老多年来曾写过若干篇关于鲁迅的文章，又作过多次演讲，使许多人受到启发和教益，推动了鲁迅的研究工作。

为了使广大青年正确理解鲁迅作品，学习鲁迅精神，郭沫若同志解放前就提出了鲁迅作品的注释问题，一九四〇年底，他写过一篇《庄子与鲁迅》，文章一开头就认为“年青一代的人要读鲁迅的作品恐怕非有注解不行”，接着又说：“不仅年青一代的人，就像我们这一代的人，要通晓鲁迅作品中的许多新旧故实和若干语汇，恐怕都要有精确的注解才行。”他在读鲁迅著作的时候，“感觉着鲁迅颇受庄子的影响”，他把笔记整理成文，“作为一种注释的初步工作”，希望“对于将来的注释家或一般读者，能够供给若干的参考”。这篇文章，从鲁迅著作中的一些语汇、文句、取材以及对庄子的评论等方面举例，论证了鲁迅所受于庄子的影响。的确对后来的鲁迅著作的注释者很有帮助。

解放以后，党和政府成立专门机构，开展了编辑和注释《鲁迅全集》的工作。我们在工作过程中经常向许多有关单位和同志求教。像郭沫若同志这样的马克思主义学者和革命文学界耆宿，自然更是我们求教的良师。他对文学、历史、考古和近几十年中国社会的深刻研究和认识，帮助我们解决了不少疑难。在注释初稿写成前后，都曾得到他的热情支持和鼓励。

这里我想就《故事新编》的注释来举几个例子。在《理水》篇中，作者写了一个大员向禹提出他拟的水灾募捐计划，说要“请女隗小姐来做时装表演”；这讽刺世态的“时装表演”主角“女隗小姐”自然是出于虚拟的，但何以特用“女隗”二字呢？《左传》中有狄女叔隗、季隗的名字，似乎和“女隗”有些关连；郭老以前在《论古代社会》一文中提到周初“怀姓九宗”时说，“怀即媿或嬇，大概是夏朝的遗民”，看来这个媿（隗）姓和夏朝有些藤葛。我们写信请问郭老，承他回信说：“《左传》凡狄女皆姓隗，金文作媿。古书中亦有作嬇者，《世本》‘陆终取鬼方氏之妹谓之女嬇’是也。他书亦引作隤或溃，均一音之译。《史记·匈奴列传》说匈奴是夏禹的苗裔，故《理水》中请出女隗，不必另有根据。”（一九五五年十一月九日函）鬼方氏和匈奴是狄人在不同时期的名称，《史记》既说匈奴是“夏后氏之苗裔”，在夏民族和狄人之间就可令人发生联想,因而在《理水》这篇小说中就会出现“女隗小姐”之名了。小说自然不是历史,不能拘泥;全不认识“女隗”也无碍于对全篇主旨的理解。但约略知道一点有关材料总不是全无意义的。

我们的注释初稿,曾打印若干份,分送领导和学术文艺界有关同志审阅。郭沫若同志在这个打印稿上提了很多宝贵的意见。例如《采薇》篇中说到“商王”,我们的注释稿原作:“指商纣;他姓子名受,是商代最末的一个帝王。由于他暴虐凶残,当时的人就称他为纣,因为‘纣’是残暴的意思(《史记·殷本纪》裴骃《集解》:‘《谥法》曰:残义损善曰纣’)。”郭老在这条注上贴了一张小条,上写:“‘由于……’以下可删。纣与受同音,《谥法》所云是后人的傅会。”郭老对商纣王有特殊的研究和认识,他在《驳〈说儒〉》等好几篇文章中,曾经肯定了商纣开发东南,对古代中国统一所作的贡献,给予最新最公允的评价。这里他又指出了“纣”字的由来,纠正了前人的傅会。我们完全照他的指点把那几句删去了。

郭沫若同志审阅注释时,认真对照着读了《故事新编》的正文,遇有漏注的地方,他便指出,还自动给我们提供有关资料。例如《奔月》篇中写羿的堂屋墙上挂着“彤弓,彤矢,卢弓,贞矢,弩机,长剑,短剑”,我们对“弩机”未加注释,郭老特用一张信笺,详尽地告诉我们关于“弩机”的形制和资料:“弩机　弩本弓之有臂者,机其发矢之栝,一称牙。但自战国末年以后,有以青铜为弩者,机栝较复杂,以发弹石(形制不大,颇类今之手枪)。金石学家名之为‘弩机’。如罗振玉《三代吉金文存》卷二十第五十七叶,有‘秦五大夫弩机’,又《善斋吉金录·古兵录》卷下有汉至北魏弩机十三具。但就原器铭文考察,只自铭为‘弩’,如‘汉京兆官弩’是。或作‘鞴’,‘汉中郎将曹悦弩机’上有‘卷鞴臂’三字,意即‘卷弩臂’。又或作‘镪’,如‘汉考工所弩机’是。器铭无自称为‘弩机’者,但此名已成为金石学家之通用语。”像这样恳切周到的指导,使我们获益不浅。郭老担负着繁重的国家事务和科学文化教育等方面的领导工作，又经常从事学术研究和文艺创作，在这样繁忙紧张的情况下，他为了鲁迅著作的一条注释，竟然写下了二百来字的这样一篇“弩机小考”，这种精神，真令我们感动不已！

郭沫若同志审阅《故事新编》的注释，十分仔细，除注文内容外，还注意到每一个错字。打印稿有几处“无”字都误成“旡”字，郭老均一一为之改正。有一处麋鹿的“麋”误为“糜”，他也没有放过。他或者在稿本上批注，或者另粘小条说明；有时用墨笔，有时用钢笔或铅笔，可以看出，他不是一次审毕，而是陆陆续续挤时间看完的。郭老不仅对我们的工作给了很多具体指导，而且他的这种认真负责的精神，严肃不苟的作风，也给我们树立了学习的榜样。

现在，郭沫若同志和我们永别了。山颓星殒，令人兴悲。但郭老的光辉业绩是永存的，我们将永远怀念他。他对鲁迅著作注释工作的支持，从一个侧面，表现了他对鲁迅所怀抱的革命情谊和对社会主义文化事业的关注。这是一般鲁迅著作的读者不大知道的。这里我略举数例，草此小文，以寄托我的哀思，并作为对郭老的一点小小的纪念。

一九七八年七月八日

（原载一九七八年人民日报增刊《大地》第二期）

追念陈翔鹤同志

三十多年前第一次在成都会见陈翔鹤同志的时候，他给我的印象是：正直、淳朴、热情。他留着平头，在略呈方形的圆脸上，有一双细长的微眯着的眼睛，嘴角弧线分明，时时流露着笑意。他身穿一件“平价布”的蓝色长衫，脚登黑色布鞋。寒素朴质，看上去有些“土气”，不像一个在北京、上海长期住过的知名作家。

现在，翔鹤被林彪、“四人帮”迫害致死，已经有十一年了。十一年中，每当我一想起他，最先出现在眼前的，常常是他身上那点“土气”，和他那件“平价布”的蓝色中式长衫。当年初见时的印象，我永远也不能忘记。

还是在中学时代，我就知道了陈翔鹤这个名字。那时，我如饥似渴，囫囵吞枣地读了不少鲁迅和文学研究会、创造社诸作家的作品。也在这时，得到了翔鹤的一本《不安定的灵魂》。说实在话，这本集子我当时没有读完，印象不深。由于《沉钟》时出时停，在发行上也不如《语丝》、《小说月报》、《创造季刊》那样的广泛，所以我也很少从他们自己的刊物上看到翔鹤的作品。到了抗日战争时期，从茅盾主编的《文艺阵地》上看到翔鹤的短篇《傅校长》,这才使我重新记起这位作家的名字。这个短篇在这一期《文阵》上排列在第一篇,引人注目。随后,又在《中苏文化》上读到他的另一个短篇《一个绅士的长成》。这两个短篇,一扫作者从前常有的那种忧伤苍茫、淡漠不安的情调,以饱含愤怒的笔触,通过对傅校长和那个"绅士"的丑恶灵魂的鞭挞,揭露了国民党反动统治下的黑暗现实。这两篇小说,是翔鹤创作道路上突破过去的新记录,也是我国抗战时期小说创作上较重要的收获,深深引起我的注意。

虽说我早已在作品上认识了翔鹤,但直到一九四七年夏季才有机会和他会面。那年春夏间,国统区各地学生反内战、反饥饿、反迫害的运动风起云涌,遍及平、津、沪、宁、汉、渝等城市,国民党反动派惊惶失措,疯狂镇压,六月一日在重庆也逮捕了许多学生、教师以及文化界新闻界人士,白色恐怖,笼罩山城。那时我在重庆一所私立学院教书,也在暑假中被学校当局无理解聘。政治的压迫,生活的困难,使我不得不想法离开重庆,另找工作。我于是弃家出走,流亡成都。就这样,在成都认识了翔鹤、林如稷、陈炜谟和邓均吾等同志。

那时,蒋介石全面发动内战已一年多,成都也和国统区其他城市一样,充满黑暗与混乱,人民生活极端困苦,翔鹤的景况自然也十分艰难。这从他当时写的一篇散文《饥饿》,就可看出。他是文协成都分会的负责人之一,那时文协被迫无形解散,工作完全停止。他在一所中学教书,靠微薄的薪金和少数稿费,维持一家八口的生活。他没有主动邀我去他家,但如稷陪我去过一次,仿佛记得是几间中式瓦屋,屋前有一长方形土坝,墙脚摆了一些花盆,谈起来才知道翔鹤很喜欢花草。我们更多的会晤是如在稷家里,饭前饭后,几个人谈时局、谈鲁迅、谈文学,因为翔鹤、如稷、炜谟三人都是沉钟社成员,自然不免常常谈起沉钟社。鲁迅曾称赞"沉钟社的确是中国的最坚韧,最诚实,挣扎得最久的团体",他们中有的听过鲁迅的课,有的亲自到鲁迅北京寓所访问,有过交往,从文字上、口头上得到过鲁迅的指导和鼓励；我则是一个鲁迅著作的爱读者，所以在谈到鲁迅时，我们的话很多，对他充满了亲切和敬仰的感情。那时我们胸中充满郁闷，只有话题转到未来的明天和解放战争胜利的消息时，才会感到宽慰。在当时情况下，我在成都，终于找不到适当的职业，大约一个多月就离开了。这次我同翔鹤、如稷和均吾相聚的时间很短，但由于政治思想的一致，文学趣味的相投，相见之后，很快就成为互相信赖的朋友，而且数十年持续下来，终生不渝。

解放以后，一九五〇年，我和翔鹤曾在重庆见过面，那是他赴东北参观，路过重庆，时间短，谈话不多，只记得他谈了解放前夕由成都避到乐山的一段经历，又送给我一本斯大林著的《列宁主义问题》，表示了希望我努力学习的愿望。我们的经常见面，却是在以后同在北京工作的时候了。

一九五四年，翔鹤由四川调来北京，主编《文学遗产》。那时我已先来北京，参加《鲁迅全集》（十卷本）的注释工作，住在东单草厂胡同，翔鹤住在东总布胡同作家协会会所，相距不远，会面很是方便。他初来时，家属仍留成都，一个人住在机关，夜间有空，就来到我家里闲谈。这时我们的心境都很好，常常是海阔天空，过去现在，谈到很晚，他才慢慢步行归去。大约是五五年春节，想起他一人在京，我便约他到家里过节，欢度了一个上午。事后我才知道，那天有位名人宴客，也请了翔鹤，但他却欣然来到我家，这件小事也可看出翔鹤对朋友的真挚。在《文学遗产》发刊以后，他逐渐忙碌起来，稿件很多，在编辑部同志看不过来时，他也曾几次送来文稿要我帮助审阅。有一次，一篇关于《聊斋志异》的文章，说蒲松龄的生年为“一六三〇”，我在原稿上径改为“一六四〇”。发表后有位读者来信，说“一六四〇”错了，根据鲁迅《中国小说史略》应为“一六三〇”。翔鹤要我为编辑部拟封回信，我在信稿中列举材料说明《中国小说史略》在这一点上致误的原因和应为“一六四〇”的根据。翔鹤对这封信很满意，立即发出。为了审稿，他广泛参考有关书籍，进行研究，有时也向我借书，一本《文学季刊》，因为有吴晗同志一篇关于《金瓶梅》的论文，他曾借去两次。苏雪林的《李义山恋爱事迹考》，借去还来，第二次又来借时，我便将同书改名的《玉溪诗谜》送给他。可见不仅名著，连苏雪林这样的书，他也参考的。他经常鼓励我投稿，还希望我在《鲁迅全集》出版以后，能转到《文学遗产》去协助他工作，有一次来信提到此事，还用了"人之相知，贵相知心"的话，使我很感动。《文学遗产》持续出版了好几年，主编这个刊物，是翔鹤负责最久，耗费心血最多的一项重要工作。它是解放后全国性的著名期刊之一，对开展我国古典文学研究工作，起过积极的作用。

翔鹤在创作上，留给我们三个短篇小说集：《不安定的灵魂》、《孤独者》和《鹰爪李三及其他》。今年二月，四川人民出版社出版了《陈翔鹤选集》，从上述三书选小说八篇，解放后的新作四篇。另有书评、散文各三篇。小说部分，我以为鲁迅在《中国新文学大系小说二集》中所选翔鹤的《See! ……》和《西风吹到了枕边》二篇，应当补入。散文部分，更显得单薄。据我所知，翔鹤在散文方面还写过一篇《郁达夫回忆琐记》，全文共十三节，长万余字，一九四七年初在《文艺春秋副刊》第一卷第一期至第三期连续刊载。其中叙述了他和郁达夫的密切交往，娓娓而谈，生动逼真，郁达夫的风貌性格，跃然纸上。他对郁达夫和创造社有很好的理解，说从他们的作品中，"可以听见那种青春热情，和对旧社会、旧制度的反抗，以及自我觉醒后的苦恼烦闷的叫号。这一切不论有意或无意地，都系从西洋文学的'浪漫主义'脱胎而出。"又说："他们确确实实地将 Sentimental 一字介绍到中国来了。于是在已觉醒或半觉醒的中国知识青年当中，便起着强烈的反应：他们自命为'感伤主义者'、'弱者'、'零馀者'。"如果说翔鹤前期作品带有浪漫的、感伤的色彩，是郁达夫影响的痕迹，那么，这几句话，不啻自白，对理解他那些作品是很有参考价值的。还有一篇前面提到过的《饥饿》，副题是：《一个知识分子在米荒时期中的一段经历》，写于一九四七年八月，发表于同年十月出版的《文艺春秋》第五卷第四期。这篇文章，是当年作者亲历的饥饿生活的实录，也是解放战争时期国统区黑暗社会的写照。它还接触到成都广大饥民抢米和"吃大户"的情景，是一篇难得的具有社会史料价值的文章。可惜这两篇重要的散文，在《选集》中都没有收入。

沉钟社的朋友们，大抵都写过回忆和研究鲁迅的文章，翔鹤也不例外。解放初他曾由成都寄我一张四开的报纸清样，上面是他的一篇《鲁迅研究提纲》。这篇文章我一时寻找不出，关于它的内容和报纸名称、刊出年月等等，这里只好暂时不谈了。

解放以后，翔鹤写得很少。一方面，自然是工作繁忙，缺少时间，一方面，配合运动，写中心任务之类，恐怕他也做不来。五十年代，他只写了《喜筵》和《方教授的新居》两个短篇。经过长时间的准备、酝酿，他在六一、六二年相继发表了《陶渊明写〈挽歌〉》、《广陵散》两篇历史小说，立即在读者中引起广泛注意，并受到文艺界的好评。冰心同志评《陶渊明写〈挽歌〉》的文章，题目叫《我看见了陶渊明》，意思是说翔鹤在小说中把陶渊明写活了。我也喜欢这两篇小说。老树新花，翔鹤在六十之年写出这样成功的作品，不能不令人叹服他的创作力还很旺盛，盼望他继续写出更多好作品。但是，谁料得到，这两篇著名小说后来竟受到批判，在"文化大革命"时期，林彪、"四人帮"更将它打成反党反社会主义的"大毒草"，作者因此备受凌辱、折磨，老病之身，日愈不支，终至含冤而殁。固然，在那十年浩劫中，几乎所有知识分子都受到空前残酷的荼毒，翔鹤即使不写那两篇小说，也是在劫难逃，不能幸免的；他写了那两篇小说，自然"罪"加数等，要受到更严酷更猛烈的迫害，死后还要被诬蔑为"畏罪自杀"。……

一九六九年夏秋之间，我突然听到翔鹤逝世的噩耗。据说，那天他由家里去机关，在下公共汽车时，猝然倒地，遽尔不起。那几年，我早对翔鹤的身体情况，感到焦虑、担心，也曾预想过会发生意外的不幸；但当我第一次得知这个意外而又是意中的消息时，却还是感到十分震惊。我伤心，我悲愤！但我既不能临丧一恸，也无从打听他去世的确切日期、地点和临终情况。在那善恶颠倒、黑白混淆的日子里，翔鹤的遭遇，使我脑际常常萦回着司马迁的这句话："天之报施善人其何如哉?!"此外便别无话可说。现在，翔鹤的冤案已得到平反昭雪，开过追悼会，他的《选集》也已经出版了。善恶黑白终归是不能永远被颠倒混淆的。几年前我觉得无话可说，近来却常想写几句纪念他的话。当我对着稿纸，上面不断出现着他那诚恳浑厚的面容和穿着"平价布"蓝色长衫的身影，又不知从何说起。我只是相信，凡是和他相熟的朋友，都不会忘记他；在中国现代文学史上，他将得到应有的一席地位。

一九八〇年七月二十七日

（原载一九八〇年《新文学史料》第四辑）

精当的意见　谨严的学风

——叶圣陶审阅鲁迅著作注释稿述例

径启者：嘱看《彷徨》注释稿已经看完，今将鄙见之记录十六纸寄上。仍如以前几回所说，未必都对，务恳斟酌采纳。收到之后，请赐一复信，俾得放心。

叶圣陶启　七月十四日下午

叶圣陶先生此信写于一九七六年，是给人民文学出版社鲁迅著作编辑室的。在那两三年间，叶老陆续审阅了部分鲁迅著作单行本的注释稿，他花了很多精力和时间，一本接着一本，逐条逐句地加以审阅，从内容到文字，甚至一个标点、一处注音也不放过，提出了大量的宝贵的意见。他还对照着细看了鲁迅原文，对某些未注之处，建议补注。他所看过的每一本，都提了上百条意见，在每页二十四行的稿纸上密密地写满了钢笔字，一写就是十几页，全神贯注，一丝不苟。那些年，叶老已是年逾八旬的老人，视力衰退，看小字很吃力，但他坚持着一本本地看下去，没有表现过一点犹豫和为难。他对工作的这种不辞辛劳的精神，严肃认真的态度，真令人感动、敬佩不已！

叶老为这些注释所写的书面意见，我一时无法找齐；手边有的只是他对《彷徨》、《野草》和《而已集》三种“征求意见本”写下的意见稿，现在就以此三种为例，谈谈叶老这项工作的情况。

在叶老所提意见中，最多的是对注释文字的修改。他从语法、修辞的角度，指出某条语气不顺、措词不当或与事物情状不符等疵病，用诚恳的商量的态度提出修改意见。例如《彷徨》中的《肥皂》一篇，有一条关于“皂荚子”的注释，原文是：“一种落叶乔木的果实，过去在肥皂未普遍使用以前，有些地区常用来洗衣物。”叶老在“果实”前加“荚状”二字，将“过去在肥皂未普遍使用以前”改为“在肥皂未普遍使用的时候”；并用括号附了一句说明：“过去在……以前，罗索而叫人胡涂。”经叶老一改，皂荚子的形状就显现出来，全句也通顺而明白了。同书《弟兄》篇说到公寓里的寓客“看戏或是打茶围去了”，注释稿关于“打茶围”的注是：“旧社会中对去妓院喝茶、取乐的说法。”念起来很拗口，叶老指出：“‘对’‘去’是两个单字的词，两个单字的词连在一块儿不顺口，不好念，最好避免。”又如《野草》中《我的失恋》有“爱人赠我百蝶巾”句，关于“百蝶巾”，注云：“指有一百只蝴蝶图案的手帕一类丝绸织品。旧社会的地主、官僚以‘蝶’的读音和‘耋’（八十岁）的读音相同，取其吉利，往往用‘百蝶图’象征白头偕老。”这条注释，初看去似乎没有什么地方需要修改，但是叶老主张在“手帕一类”之后加个“的”字，这的确是不可少的（叶老在另一处特别指明“‘的’字不宜随便省”）；又建议改第二句为“……以‘蝶’的读音和‘耋’（八十岁）相同”，删去后面“的读音”三字，这样文字就简练得多。同书《狗的驳诘》中有“叱咤”一词，原注说：“发怒的声音。叱，大声呵斥；咤，怒斥。”叶老主张：“前五字删去。（看了下文的注，就知道并非“声音”。叱咤二字也不必分开注。）”像以上这样的例子，真是不胜枚举。除了个别字句的改订以外，叶老有时还代拟整条注文，如《彷徨》的《祝福》篇中说到“朱拓”，原注说：

> 将薄纸铺在碑文或器物的图案上，经拍打使它们显出形状，然后用颜料把这些图案文字涂摹下来，这一制作过程叫拓，朱拓就是用银朱等红色颜料拓下文字或图案。

叶老改为：

> 将纸铺在石碑或雕刻着文字图案的器物上，经过轻轻拍打，使纸在碑或器物凹下的部分也凹下去，然后用蘸着墨汁的布团再全面轻轻按捺，凹下的部分碰不着墨，文字和图案就毫不失真地留在纸上了：这一操作过程叫拓。朱拓，是不用墨汁而用红色颜料拓的。

两相比较，叶老改写的准确明白多了。叶老在注文后还有几句附言："作注遇到这样的条目很麻烦，自以为说得全齐了，读者看了未必就明白。我这样改写，自己并不满意。请同志们再斟酌。"这些话表现了叶老的谦逊，也是深知作注甘苦的经验之谈。叶老认为注释应当详尽，同时要注意避免多余的议论，让读者自己思索。如《祝福》中鲁四老爷书房墙壁上有一只对联"事理通达心气和平"，注释稿后半说："这是反动理学家所崇奉的'修养'标准。'讲理学的老监生'鲁四老爷也以此来掩饰他的冷酷面目。"叶老说："本注末了一句，我以为不说为好。不说而让读者自己去体会，可能体会得广且深。说了，反而把读者的思索限制住了。"这是很中肯的意见，可说是一条原则，不止适用于这里所谈的一条注文。

叶老在注释稿已有的条目之外，还提出鲁迅正文的某些地方，应当加注。如《祝福》中写祥林嫂"五年前的花白的头发，即今已经全白"。叶老说："以前一向未曾注意，现在看见'即今'，觉得很生，不知其来历。恐怕读者中会有与我同样情形的。建议对这两个字商讨一下，并且作注。”又贴一小条说：“记得从前人家贴门联有‘圣代即今多雨露’的句子，不知是谁的诗句。文中用‘即今’的，竟想不出。”又如《而已集·再谈香港》说到“查关”，鲁迅所携十箱书只有两箱未动，“这两个硕果，却全是伏园的书箱”。“硕果”无注。叶老建议：“‘硕果’恐必须注。现在说‘丰硕的成果’，而这里的‘硕果’却表‘仅存’的意思，恐有些读者不知。”也有虽已作注而语义不全的，叶老指出应加补充，如《而已集·略谈香港》中有“颜之推以为学鲜卑语，弹琵琶便可以生存的时代，早已过去了”的话，原注仅引《颜氏家训》说明出处，别无其他解释。叶老认为：“这一条注要说明当时学了鲜卑语与‘伏事公卿’有什么关系。否则读者虽然看了所引《家训》的原文，还是不能懂得鲁翁的意思。”叶老对照着注释细读正文，不仅提出补注意见，连正文偶然出现的错字也一一辨认了出来。如《彷徨·在酒楼上》写一个酒客的“拥肿的圆脸”，叶老指出：“‘拥’字并非排错，但确是错字。请斟酌该如何处理。”又《而已集》中《魏晋风度及文章与药及酒之关系》篇说竹林名士“大抵是饮酒时衣服不穿，帽也不带”；叶老说：“‘带’是‘戴’之误，要不要说一下？”像这些，说老实话，我以往看鲁迅著作时，是一直没有注意到的。

我细读叶老的意见稿，除获得语言文字上的许多教益以外，还另有一种收获，即从叶老的一些提示加深了对鲁迅原作的理解。鲁迅作品中常出现江浙一带的方言和习俗，这和作品的环境描写、人物刻画都是很有关系的，而读者往往不注意，注释稿也没有点明。例如《祝福》中写祥林嫂“模样还周正”，叶老指出：“‘周正’是方言，我们苏州也有，苏州绍兴方言有很多共通的。‘周正’大致相当于‘齐整’。”《肥皂》中写四铭从袍子的大襟后面的口袋“曲曲折折的汇出手来”，叶老指出：“这个‘汇’字是方言，绍兴有，我们苏州也有。我查《现代汉语字典》，没有收这样意义的‘汇’字。……‘汇’的动作如何，我知道而说不清楚。”同篇中写没有人给讨饭的“孝女”一个钱，四铭浩叹

"岂不是全无心肝"，薇园也没有给钱，认为这是"对着和尚骂贼秃"；四铭叫他"不要多心"，说："你自然在外，又作别论。"叶老对这两句作了说明："'又作别论'就是'在外'的意思。这样的谈话风格，我看了就仿佛遇见了比我老一辈的读书人。现在年轻人看了，只会感觉说话可怪，不会有'如见其人，如闻其声'之感。"关于旧时习俗的，如《孤独者》中写魏连殳的祖母入殓时，亲族们哭拜之后，"沉静了一瞬间，大家忽而扰动了，很有惊异和不满的形势。我也不由的突然觉到：连殳就始终没有落过一滴泪，只坐在草荐上，两眼在黑气里闪闪地发光。"这里作者没有点明大家"惊异和不满"的由来。叶老为我们解释，在这种场合，"重孝的子孙必得跪在草荐上"；"吊客行礼的时候，丧家的主要承责人照例要哭，哭不出就假哭，这也算丧仪之一。因此，连殳当祖母入殓，大伙儿哭着的时候，竟然不哭，而且坐在草荐上，这太不合丧仪了，人家就觉得'惊异和不满'了。"这样从礼俗上加以疏解，那几句正文就前后贯通，意思显豁了。这些地方，叶老都没有建议加注，他只是将想到的随手记下，供编注者参考；然而，这些话对了解鲁迅作品的内容和艺术风格多么富有启发！

叶老在《彷徨》注释审阅意见的第一行记明："（一九七六年）七月五日下午开始看"；末行记明："七月十四日午后看完"，共花十天的时间。他提了一百六十多条意见，约七千字，共十六页。

《而已集》自一九七六年十一月七日开始，至十二月五日看完。叶老在附信中说："因为曾患微恙，《而已集》的注释看了将近一个月才完毕。"他提了约一百五十条意见，五千多字，共十二页。

《野草》自一九七七年三月十一日开始至十四日看完，所提意见约为一百三十条，三千六百字，共八页。

面对着这样繁多而详尽的意见，我在举例时很多条都想用上，不忍搁置，可惜限于篇幅，不能备述。不过仅从上文所举的少数例子，也可看出叶老意见的精当和态度的谨严了。这一审阅工作，对于一位八十多岁的老人来说，自然并非一件轻易事，其辛劳是可以想见的。但叶老欣然接受这一工作，“曾患微恙”，也不终止。后来由于鲁迅著作注释体例的改动，叶老的很多意见，在鲁迅著作单行本和全集的注释中没有反映出来，少有人知道叶老曾为之付出了如许心力。虽然叶老雅不欲别人谈他的事，但我认为他的这种工作精神值得学习，不应任其湮没；现特草此小文，略作介绍。只是我的文字拙劣，不清楚、不适当的地方，一定不少；叶老见之，我想也会剀切地一一给予指正的吧。

一九八二年三月十八日

（原载一九八二年《读书》杂志第十一期）

忆张园，怀艾芜[1]

抗日战争时期在重庆居留过的文艺工作者，大概都不会忘记张家花园这一条坡坎重叠的小街，因为它是当时“中华全国文艺界抗敌协会”总会的所在地。这条街上的八十五号，是一栋旧式三层楼房，文协就设在底层一楼。这是坐北朝南的三开间屋子，许多文艺界朋友初到重庆时都在这里暂时歇过脚。一九四四年日本帝国主义侵占湘桂后，艾芜同志由桂林逃难到重庆，他的一家最初也住在文协会所。我就是在此时此地和他认识的。

艾芜，这个名字很早就知道了。还是在三十年代初，他的成名作《人生哲学的一课》在《文学月报》上发表时，我就读过，一直没有忘记；现在见到他本人，也给了我很好的印象。他淳朴、热情、诚恳，没有当时常见的一些作家艺术家的派头。他经常穿一件洗旧了的深蓝色阴丹士林布长衫，中式裤子，一双破旧的青布鞋或黄皮鞋，终年不戴帽子。他不抽烟，不喝酒，不坐茶馆。那时候，茶馆是我们常去之地，很多时光都消磨在茶馆里。艾芜却爱惜光阴，我没有留下和他一道坐茶馆的记忆。许多写文章的人习惯于深夜写作，昼夜颠倒，而艾芜不是这样，他的生活很有规律，每天上午坚持写作，下午才读书或出门办事。他靠写作为生，而那时文章如土，很不值钱，他的子女又多，经济十分困难。

他每天除了写作以外，还要和夫人雷蕾同志一同抚育孩子，操持家务，其生活的困顿真是不堪言状的。艾芜曾在文章中记述过这时期的生活的点滴："我还记得在重庆张家花园八十五号那间小小的锐角三角形的厨房里，每天要把蓝炭烧燃，实在是一件并不容易的工作。因为是固定的灶，没有烟囱，一开始发火就满厨房都是烟子，一时散不开去，而人还得站在里面，不断地用扇子扇，这就呛得人呼吸困难咳嗽起来，甚至双目流泪，不能睁开。大的一个女孩和较大的男孩，便接着我手里的扇子，轮流冒着烟子钻到炉边去扇。"(《艾芜中篇小说集·序言》)

抗战胜利后，文协改名为"中华全国文艺协会"，总会迁往上海，张家花园原址改设重庆分会。这时许多文艺界人士都"复员"到上海、北平等地去了，重庆分会便有空余的屋子，艾芜大约在一九四七年春天又由分会附近孤儿院后面的草房搬回会内。一九四八年三月，我因失业，无处可住，得到艾芜的帮助，为我留下了会所的东屋，我一家便也搬到会内来住。这样，他住西屋，我住东屋，两家结邻而居。从此朝夕相处，就更加稔熟了。这些时候的文协究竟是什么样子呢？因为房主巴蜀学校只收租金，不管维修，整个楼房都已破烂不堪，我们文协楼下一层，四壁竹篱笆墙已出现几处破洞，邻家的猫可以自由出入，地面坑坑洼洼，安放桌子要用瓦片支脚。艾芜在一篇文章中引用一九四八年十一月万县《立言晚报》上署名樵荆的一篇访问记，其中对文协有这样的描写："朋友，在你们想象中的文协，该是非常庄严、幽雅的，是吗？而现在我们眼前的，却是可怜而凄惨，在一条很窄的小巷里的一间古旧的中式瓦屋，门前挂着一块红漆剥落的三尺来长的木牌，上面写着'中华全国文艺协会'，是于右任先生的手笔。看起来真够寒伧，但有一点好处，听不到车马的喧哗和人声的嘈杂。"对于那间客厅，这篇访问记也曾经写道："朋友，文协的客厅，也怪可怜的哟！靠四壁排着四把破烂的沙发，上面穿孔处，用藤条遮着，坐下去，沙发好像负不起重任而要肢解似的。相对的两面壁上，一面是鲁迅的炭精画像，一面是高尔基的石膏塑像，中间悬着电灯，屋角架着一个小灶，一个女人在煮饭，此外，就别无什么了。”艾芜同志指明：“访问记中所记的‘一个女人在煮饭’，就是作家林辰同志的夫人。”（《浪花集·解放前后》）那时为了我们一家五口的生活，亡妻黄惠秋同志也历尽了人世的辛酸。

我们同住张园的时候，正是解放战争节节胜利、光明与黑暗激烈搏斗的重要历史关头。国民党反动派为了作垂死挣扎，更加紧了对人民的榨取和压迫。国统区百业凋敝，书刊出版受到影响，艾芜文章的出路愈来愈窄，这位专业作家只好到重庆去兼课，每周奔波沙坪坝道上，谋取一点微薄薪金，补贴家用。我不能靠写作为生，但在一九四七年暑假被乡建学院解聘以后，有一年多找不到工作，在失业中也只得写点文章和靠朋友接济，艰难度日。我们除了经济上的困难以外，还要遭受政治上的压迫。艾芜到重庆以后，我们一九四六年同在社会大学文学系教书，一同参加过一九四七年一月重庆大中学生反饥饿、反内战、反迫害的示威游行，我还常向他主编的文协重庆分会会刊《半月文艺》（附《大公报》出版）投稿。从一九四八年春到一九五〇年夏，我们在张家花园同院相处了两年多，更日渐加深了彼此的了解，成为可以相互信赖的朋友。他对人生的执著、写作的勤奋以及刻苦严肃的生活作风，处处都使我敬佩。他早年经历过一段常人所没有的艰苦而丰富的生活，他当过杂役，当过马店里打扫马粪的么厮，当过报馆校对，在缅甸、马来亚和新加坡长期流浪，遭受着劳苦人民在旧社会底层所能受到的一切苦难。然而在他成为一位享有盛名的作家以后，认识他的人还是可以感到，在他的身上，作家的身份和杂役、么厮、流浪汉等称谓并非了无关涉，而是和谐统一，有迹可寻的。无怪乎到了一九四八年，樵荆在那篇访问记里还称他是“一个衣着像杂役样的人”。和人民群众保持血肉联系，热爱他们，表现他们，这是作家艾芜创作的根柢和主题，也是他的作品能赢得读者广泛赞美的主要原因。

解放以后，艾芜曾在北京住过几年，我们还是常相往来，自他迁往四川以后，见面的机会就不多了。由于我的疏懒，连通信也很少。但我还是常常想念他，想念我们在张园朝夕相见的那两年艰难而充满希望的日子。解放后他的生活条件大大改善，自然不会再是敝衣旧履了，他有时也穿西服。但不知怎的，每当想起他时，我眼前出现的，还是他那件洗旧了的蓝布长衫，还是那双破旧的青布鞋。

一九八五年二月

（原载一九八五年三月六日《人民日报》）

校　记：

［1］此篇原题为《艰难岁月忆张园——兼祝艾芜同志八十寿辰》。

难忘的一课

一九四五年二月，重庆。

一天下午，我到美专校街中外出版社去看望孙伏园先生；坐下不久，冯乃超同志也来了，他正为文化界准备发表一个宣言而奔忙，他给孙先生和我看了宣言的草稿，我们都表示同意，在上面签了名。这就是后来发表于《新华日报》上的震动一时的《文化界对时局进言》。坐了一会，我们一同告辞出来。走在美专校街上，乃超忽然问我："你今天还有事吗？"不待我回答，他又接着说下去，"要是没事，就跟我走。"我点点头，没有问他去什么地方。

走完了短短的美专校街，上了马路，他带着我左转弯，朝着上清寺的方向走去；我明白了，我们去的地方是曾家岩！那时候，十八集团军办事处设在曾家岩五十号，周恩来同志经常住在那里，一般称为"周公馆"。我曾经去过那里，知道走完上清寺便是曾家岩。

我们到了办事处，进入院内左侧的一间屋子，屋里稀疏地坐了十几个人。乃超忙他的事去了，我在最里面靠墙的一条凳子上坐下来。大约到了四点钟左右，屋里已渐渐坐满了人；这时，周恩来同志出现了，他站在门口，面带微笑，目光扫向全屋，又和身旁的人握手。他穿着一件黑褐色的呢中山装,看去稍觉宽大,呢子也粗,大概是陕北当地纺织的。这一天,周恩来同志为我们作了关于国内外形势的报告。在此以前约两个月,即一九四四年十二月初,日本侵略军由广西窜扰至贵州独山、丹寨一带,贵阳告急,重庆震动,传说国民党政府准备逃往西康;日军虽然很快便撤走,但黔桂数百万人民已蒙受巨大的苦痛和损失。恩来同志的报告自然要讲到刚刚发生不久的这次事变。记得他曾谈到日本侵略军进犯黔南的目的,大意说:"去年夏秋间,日寇为图打通中国大陆交通线,向湖南、广西发动进攻;它在侵占柳州以后,又派出小股于十二月初由黔桂边境侵入贵州,是为了牵制我方增援广西,并且威胁重庆政府,要它早日投降。日军其所以很快便由独山等地撤走,没有直趋贵阳、重庆,除了兵力不足以外,它还想留下重庆国民党政府作为投降谈判的对手,这当中还包藏有一个诱降阴谋。"恩来同志讲完以后,问大家有什么意见,他说有什么问题都可以提。一会,有一个五十来岁的中年人起来发问了。我不认识,问旁人才知道他姓张。他说:在黔南事变中,独山收复以后,各报都用大字标题,头版头条报道这个重大新闻;唯有《新华日报》不是这样,无论版面位置、标题字号,《新华》都不够引人注意。他以为这样的处理不好,问问周先生的意见怎样。说老实话,在听他发言的过程中,我心里就不断冒火,因为我相信党主办的《新华日报》不会错,我认为在这里不该提这种问题。……不料周恩来同志回答的第一句话就是:"张先生这个问题提得好!"什么?我赶紧屏息静听下去:"刚才我已经讲过日军撤走的原因,我们不能像《中央日报》等那样,说什么'国军收复独山',大吹大擂,欺骗人民。所以《新华日报》不用特号标题等等是没有错的;但是,问题还有另一方面。日本人打到独山一带,当局惊惶失措,强迫贵州人民紧急疏散,重庆也人心惶惶,在这样的时候,老百姓听到日寇从独山撤走是会感到宽慰的。这条消息有安定人心的作用。所以,这次《新华日报》这样的处理是有缺点的。它只想到不欺骗人民，而没有考虑到人民的心理和愿望。这个问题我们在总结工作时已经注意到了。”

听完周恩来同志的这些话，真像是“醍醐灌顶”，憬然省悟。我深感到自己的单纯和幼稚。我还在心里责怪那位张先生，发人家的火呢！恩来同志对人民的理解和关心，对问题的全面的辩证分析，都使我深受感动，获益非浅。对我来说，这真是最宝贵的一课。四十年过去了，至今每一想到，恩来同志的音容笑貌还宛然在目。在那些年代里，恩来同志为团结广大文教工商界人士，为发展抗日民族统一战线，真是不辞劳瘁，做了大量的卓有成效的工作。

这一天，我第一次吃到了用陕北小米煮的糖粥。

一九八五年十二月

（原载一九八六年一月九日《人民日报》）

到红岩村去

一九三九年的寒假期中，我到重庆红岩村十八集团军办事处谒见董必武同志。

那时，我是一个中学教师。我原先在贵州省立贵阳女子中学教书，在这个学校两年，和学生相处得很好。由于我平素注意培养学生的正义感和爱国心，引导她们关心时事，多读课外书籍，尽可能参加一定的抗日救亡活动，因此为教育当局所忌，一九三九年暑假中，新换了一个姓朱的校长，他奉国民党贵州省政府教育厅之命，一到任就将我解聘了。我失了业，还有可能发生其他意外，于是只得离开贵阳，出走重庆，准备在那里设法前往延安。在那些年代里，国民党消极抗日，积极反共，国统区政治黑暗，经济衰敝，文教落后，一切都令人失望；我早已把抗战胜利和一切美好的希望都寄托在中国共产党的身上，一心向往延安。这时，便决定先赴重庆，到那里寻找去延安的机会。

到重庆后，我去白沙川东师范学校教了一学期的书，寒假中我由白沙回到重庆，去看望一个朋友。他是我在贵阳女中教书时的一个学生的家长，青年时代与周恩来同志在南开同学，又曾加入过“觉悟社”，我想他也许能对我有所帮助。会见他后，我向他表述了想去延安的愿望，他便写了一封介绍信，要我去找徐冰接洽。

我去曾家岩五十号，会见了徐冰同志。我向他作了简单的自我介绍，提出了去延安的要求。但他却说："没有办法！现在国民党封锁得很紧，我们也有好久没有车子去延安了。"我再三申述，他都说没有办法！最后，在我的要求下，他给我写了一封给董必武同志的介绍信。

第二天上午，我便去红岩村晋见董必武同志，那是冬天，我在化龙桥下车时，嘉陵江上还笼罩着半江薄雾。我顺着一座山坡往上爬，不认识路，不知道办事处在哪里，又不敢问人，因为早听说这一带布满特务。后来，爬上半坡，来到一所房子前，看见里面有穿着臃肿的灰布棉军服的战士在走动，和国民党的士兵似乎有些异样，我估计这大概就是我要找的地方。看看四近无人，我便迅速地跑了进去，一问，果然是办事处。我向传达室的同志说明了来意，交出了介绍信，便被引进一间很小的会客室。不久，董必武同志就出来了。董老热情地接待了我，详细地问了我的经历。我向他陈述了在贵阳和白沙教书的情况和迫切希望去延安的心情。听了我的话，董老说："现在道路不通，沿途都有关卡，去延安的确很困难。我看，你在贵阳呆不下去了，在重庆还可以留下来。国统区也需要有人工作嘛。你还是留在四川的好。"我向董老诉说了在国民党统治下的学校教书的苦恼，没有讲学自由，没有爱国自由，一个进步教师随时都有发生危险的可能，往往一个学期就得另换一个学校。我实在不愿再留下了，请董老帮助我实现去延安的理想。董老问："你到延安准备干什么呢？"我说："学习，或者工作。"董老说："哪里都可以学习。工作么，我看你在这里比在延安作用会大一些。"我表示在这里我也起不了什么作用，董老就将桌上的茶杯移动一下，指着茶杯说："这是一个岗位，你在这个岗位上总可以发挥作用，不论大小；至少，你占据了这个位子，坏人就少了一个机会，这也是一个作用。——你不要多心，我当然不是说你只能起这样一点作用，你留下来，可以在青年学生中做很多工作。”说到青年工作，董老说：“我们并不对青年直接宣传什么。作为一个教师，首先是把书教好，在学生中建立了威信，然后学生们才能听你的话，否则无论你宣传什么，人家都是不会相信的。有人认为一堂课、一次演讲，就能改变一个人的思想，对教师严加防范，那是愚蠢的想法！”董老还给我讲了他早年在湖北办学的一些情况，谆谆地勉励我留在重庆，好好工作。最后说，以后如有必要，再去找他。

快近中午了，和董老已谈了两个多小时，我准备起身告辞，董老说：“你由城里来，不容易，在这里吃了午饭再走。”不一会，勤务员便送了饭菜进来。在会客室里，董老和我两人，共进了一顿相当丰盛的午餐。对于一个陌生的二十多岁的青年，给予如此热情的接待，真令我十分感动。

这一天，董老穿一件灰布的长皮袍，脚上是一双青布鞋。年纪大约六十上下，精神很好，和我谈话近三小时而毫无倦容。他神情慈祥，态度诚恳，在我的眼里，是一位可亲可敬的长者。自从和他谈过这次话以后，我虽然没有完全放弃去延安的念头，但总算暂时安心在国统区留下来了。

这次和董老的会见，是抗战时期我最难忘的一件事。

一九八七年十月九日，重庆。

（原载一九八八年《散文世界》第三期）

叶老永怀录

叶圣陶先生是我最敬佩的前辈作家。只要一想到他，心里便会涌起一种亲切的感情。平素注意阅读他在报刊上发表的诗文，留心有关他的消息；每当听到他生病住院，便要感到焦灼不安。他为人正直、朴实、勤奋，在文学、教育、出版战线上，踏踏实实、鞠躬尽瘁地奋斗了一生。他的人品的高尚，文品的超卓，万千读者和认识他的人，无不感佩叹服。不幸，叶老于今年二月十六日永离我们而去了！噩耗传来，使许多人的除夕之夜黯然失色。叶老德业彪炳，克享大年，宜可无憾；但在我们却是无可弥补的损失，我们的悲恸是难以言传的！

远在二十年代，我便接触了叶老的著作。那时我在贵州省立贵阳师范学校读书，学校有一间小小的图书室，藏有少量的新文学书籍。这图书室设在一个幽静的小院里，对面是校长室。中午图书室开放，我们须先到校长室要一个小木牌，然后才能借书。当时的校长邵先生，外表很威严，我们低年级学生都有点怕他，可我为了看书，还是硬着头皮走进校长室去要牌子。就在这里我读到一些新文学作品，其中就有叶老的短篇小说集《隔膜》，还有童话集《稻草人》。由此我便记住了叶绍钧这个名字（从一九三六年出版《四三集》起，才改署叶圣陶名）。离开学校以后，我仍不断购读叶老的著作，包括长篇、短篇、散文、童话和语文专著，现今还保存着叶老解放前在商务、开明、良友、新中国、文光等书店出版的原版书十余种。不过我虽然很早就读到叶老的书，认识叶老本人却是四十年代末期的事了。

一九四五年，抗日战争胜利后，叶老由成都来到重庆，我很想见见这位心仪已久但不识面的作家，便写了一封信向他致意，并问他何时离渝东还；很快便得到了回信，内云："弟自蓉迁渝，六个月之内，不拟他往。每日下午，经常在保安路店中，台驾来城，乞临存为荷。"（一九四五年十月二十七日函）可惜我那时住在北碚金刚碑，离重庆市区较远，又穷，不容易进城一次，所以竟失去了拜见他的机会。不久叶老便乘木船由重庆回上海了。三年以后，一九四八年春，我也到了上海，一时找不到工作，又拖着两个幼小的孩子，生活十分困苦，便将手边带着的一部《鲁迅事迹考》的原稿，寄给叶老主持编务的开明书店，原来是抱着试试看的心情，不料几天之后便接到了叶老的亲笔回信，里面说："大著经同人会商，愿意接受，拟用购稿办法，润笔以每千字十八万元为率。能否同意，尚祈驾临一谈为盼。"（一九四八年三月四日函）我应约去福州路开明书店，在一间小楼上会见了叶老，同意购稿办法，签订了合同。这是我第一次会见叶老，我激动地向他表达了从少年时代就蕴蓄在心中的对他的敬仰之情。叶老诚恳谦和，问了我在上海的生活，希望我能早日安定下来。也问到当时重庆文艺界的一些情况。经他亲自编发，并加了两条注释，我那本小书很快就出版了。这不仅在经济上解救了我的燃眉之急，更重要的是，增强了我继续从事鲁迅研究的信心。

建国以后，叶老和我都住在北京，我常常想去看望他，但知道他工作忙，轻易不敢去打扰，只记得有一次是和友人蒋仲仁兄同去的。仲仁在叶老的指导下工作多年，同叶老很熟，所以那一次我们不是在客厅里落座，而直接被引进西屋叶老的寝室。室内陈设简单，但极整洁，书籍杂物放置得井井有条。那天叶老精神很好，他同仲仁谈了一些有关编辑教科书的事，又问了我《鲁迅全集》的注释进展情况，我们大约坐了一小时才辞出。十年动乱期间，我下放咸宁干校劳动三年，一九七二年十月回到北京，恢复了工作。我每天上班，都要在朝内北小街九条口换乘二十四路公共汽车，就在这个汽车站上，无意中遇见叶老几次。听说王伯祥先生住在朝内南小街的什么胡同，我猜想叶老大概就是去王先生家的。叶老家住八条，故到九条口赶车。记得有两次，他都穿着夹大衣，拄着手杖，精神奕奕。公共汽车很挤，那时叶老已是年逾八旬的老人了，我很担心，每次上车总是让他走在我的前面，我在后面护卫着，以免别人挤撞着他。像叶老这样中外闻名的大作家，又曾担任过中央政府高级职务的老人，竟然和我们一道挤公共汽车，我心中暗暗慨叹，但看他夷然不以为意的神态，又不能不引起我的敬意。有一次，就在这汽车站上，他对我说，人民文学出版社新印了《文镜秘府论》，很想看看，但买不到，希望我能代他找一本。我到了出版社，向有关同志建议，送给叶老一本。他收到后，立即给我一信，里面有"邂逅陈愿，《文镜》立致，关垂之切，感荷至深，莫可言宣"等语（一九七五年十月二十日函）。区区一本书，叶老竟用了这样的语气表示谢意，真令我感动不已。叶老待人之诚恳，从这件小事也可见一斑。

叶老与鲁迅先生是朋友。鲁迅很重视叶老的创作。他曾说叶老的小说，在《新潮》以后"却有更远大的发展"，又说叶老的《稻草人》，"是给中国的童话开了一条自己创作的路的"。在鲁迅逝世时，叶老发表过挽诗和悼文，以后又为中学国文教师写过《〈呐喊〉指导大概》等文。在一九七六年前后两年间，叶老又陆续为人民文学出版社审阅了部分鲁迅著作的注释稿，提了很详尽的意见。一九七三年五月初，我意外地接到叶老寄来的一封信，其中说：

近阅本世纪初商务印书馆之《说部丛书》,中有一种《匈奴奇士录》,系匈牙利育珂摩尔原著,译者署名周逴,与鲁翁早年短篇小说《怀旧》所署者同,当是鲁翁之译作。复社出版之《全集》及人民文学出版社出版之《全集》,我皆尝有之,而东假西借,散不归来,今乃仅馀零册。不识此两部《全集》中收入《匈奴奇士录》否,敢以奉询。如其未收,似宜补入也。

这表现了叶老对鲁迅著译和《全集》编辑工作的关心。我赶忙回信,告诉他《匈奴奇士录》的汉译出自周作人之手,并非鲁迅的译作。他这封信是用毛笔书写的,字迹圆润工整,一笔不苟,从上面也可看出叶老严肃认真的工作精神。

和叶老的最后一次相见,是在八三年九月十九日,是同朱正兄一道去的。叶老在客厅里接待了我们,那时他的视力衰退,听觉失灵,但身体还好。我已记不清那天谈了些什么,我们的目的只是看望他老人家一眼,见他没有生病,也就放心了。近几年来,常常想念叶老,尤其是听说他生病的时候。几次想前往拜候,踟蹰不决,为了避免打扰他,终于没有去成。谁料到八三年九月的那一次竟是最后的一面呢!

叶老的道德、文章,世所共仰;在促进民主政治和教育事业的发展上,也作出了重大的贡献。古人说立德、立言、立功为三不朽,有一于此,已足不朽。若叶老真可称为三不朽了。

一九八八年三月十一日

(原载一九八八年《新文学史料》第三辑)

怀台静农先生

自从前年十一月以来，已有盈千累万的台湾居民前来大陆探亲访旧，这使我常常想起台静农先生：他能不能也回来看一看呢？

不见台先生已有四十多年了。和他最后一次相见，是在一九四六年。那年夏末秋初，听说他已由白沙来到重庆，我便和孙伏园先生去看他。他住在下半城林森路的亲戚家里，是一个相当大的院落。我们走进院子，遇见一个学生模样的女青年，便向她打听台先生住在哪里。她热情地主动带我们前去，看样子和台先生很熟。孙先生便问她："你是台先生的女儿吧？"她笑着说："不是，我是台先生的学生。"引得我们都笑了。台先生对于我们的来访，感到意外的高兴。他告诉我们，他已接受台湾大学的聘请，正在重庆候船去上海转往台湾。他和孙先生谈了过去在北平相熟的旧友们的消息，又告诉我们许寿裳到台湾以后的一些情况。在此以前，台先生曾设法为我介绍过教职，这次见面，他向我解释没有成功的原因，并殷殷问及我当时的工作情况。他这亲戚家的住处很挤，他临时借住在这里，看来心情是很紧迫的。我们大约谈了一小时辞去，台先生一直送我们到大院门口才互道珍重而别。不料，从此一别，就是悠长的四十余年的睽隔!

台先生是未名社成员,是著名的文学家和书法家。未名社成员中搞翻译的较多,只有台先生专门从事小说创作,二十年代便出版了两部短篇小说集《地之子》和《建塔者》,收入鲁迅主编的《未名新集》丛书中。前者多从民间取材,“将乡间的死生,泥土的气息,移在纸上”(鲁迅语);后者歌颂“以精诚以赤血供奉于唯一的信仰”的“时代的先知们”(本书后记语)。从题材和主题看,这在当时的文坛上都是难能可贵的。除小说外,台先生还研究古典文学,很早就在《小说月报》的“中国文学研究专号”上发表过《北宋词人》那样的论文,他的《鲁迅先生整理中国古文学之成绩》一文,是关于鲁迅整理古籍方面的较早的一篇名作。

我有一时期搜集鲁迅集外佚文,写信请台先生予以指导。他用毛笔工整地抄给我一篇鲁迅的《谢承〈后汉书〉序》,文末附识云:“先生辑谢承《后汉书》,未编入《全集》;此序系景宋夫人于二十八年抄寄台静农者。”解放之初,我将此序文交重庆《大众文艺》月刊公开发表,后由唐弢兄收入《鲁迅全集补遗续编》中。台先生和鲁迅先生交谊很深,这从鲁迅给他的那四十多封推心置腹、任意而谈的信中即可看出。我曾希望他能写有关鲁迅的回忆录,他回信说:“承嘱为豫师回忆录,虽有此意,然苦于生事,所忆复不全,故终未能动笔也。”那时教授的生活很清苦,难得有馀裕提笔为文,台先生的鲁迅回忆录没有写成,实在是一件很可惜的事。

台先生一直从事教育工作,曾在北平辅仁大学和厦门大学等校任教。抗战时期,避寇入蜀,执教于国立女子师范学院。这学院设在江津白沙镇长江南岸,环境是很幽静的。我有一次去白沙,曾到学院拜访过他。未经什么人介绍,但见面时我没有一点陌生感觉。可惜那次谈了些什么,我已不复能记忆,只记得他的客室的土墙上,挂着一幅他手书的鲁迅旧体诗的长卷,至今印象犹新。他在这个学院任教数年，很受学生欢迎。但到了一九四六年，他就再也不能留下来了。抗战胜利后，女师学院因迁校问题发生风潮，当时的教育部蛮横地下令解散学院，另设所谓“整理委员会”，责令学生重新登记，不服从者除名，又解聘了一批教师，最后强行将学院由白沙迁往重庆九龙坡黄桷坪。在这次风潮中，台先生为了反对教育部的无理措施，坚决辞去教授职位，以示抗议。他在一九四六年五月给我的一封信中说：“弟为抗议教部处理失当，已自动引退。现拟暂住白沙，再定行止，倘不东下，则去成都。至于目前生活，则变卖衣物（反正要卖去的）尚可支持些时，友人亦有接济也。”同年七月，他在另一封信里又说：“今日教育派系之争，在在皆是，女院此次风潮，弟只有看不下去而引退，回想昔年女师大之事，对之惟有惭愧，然主教政者之横暴，实亦胜于昔之大虫耳。”他又告诉我：“弟已就台湾大学教授之聘……顾目前交通旅费，均属茫然，只有静候友人为之设法耳。”这样，他又在白沙白苍山庄滞留了一段时间。

自台先生赴台以后，长时间音讯杳然，直到近数年来，才不时听到一点关于他的零星消息，知道他已从台湾大学退休，曾应友人之邀去美国短期旅游，还知道他近来出版了一本《龙坡杂文》，是他近四十年所写各体小品散文的结集。在大陆，人民文学出版社于一九八四年重新排印了《地之子》和《建塔者》；中国书法家协会主办的《中国书法》杂志，为介绍台先生的书法艺术出了一个专辑。又闻陈子善君编选的台先生散文集也即将在大陆出版。在这样的气氛下，更令人常常记起台先生了。南望云天，怀想曷极！他究竟能不能北来一行呢？

一九八九年一月十六日

（辑入一九九〇年九月人民日报出版社《台静农散文集》卷前）

包子衍与《鲁迅日记》

鲁迅先生大约在青年时代就开始写日记，至少在某一特定时期曾经写过，如在东渡日本留学途中，就写有日记《扶桑记行》。可惜这篇记行和其他可能有的日记，都没有保留下来。我们现在能见到的，只是他在一九一二年五月至一九二一年、一九二三年至一九三六年十月这二十四年间的日记。这些日记手稿，历经风雨，在鲁迅逝世十五年之后，一九五一年三月，由原出版总署鲁迅著作编刊社交付上海出版公司用橡皮版影印，第一次公开问世。以后，又有了人民文学出版社一九五九年和一九七六年的两次铅字排印本，它才逐渐走向一般读者的案头。影印本依据手稿，原无句读；一九五九年铅印本，加了标点；七六年本重新断句、标点，并于书后新加上《人名索引》和《人名首字检字表》，较五九年本有所提高。但这三种版本，都是白文本，没有注释，而注释是读者所急需的。冯雪峰同志在影印本的《出版说明》中就这样说过："至于进一步的关于日记内容的索隐和注释，这在研究鲁迅的生平上是非常重要的，现在却远非我们的能力所能做到；我们希望今后经过长时间的研究，一步一步地来实现。"此后鲁迅著作编刊社曾经做过一些调查研究，积累了一些资料，但还无力着手进行索隐和注释的工作。直到十六卷本《鲁迅全集》出版，这个愿望才由《日记》注释组的同志们实现了。《全集》第十四、十五两卷为《日记》，在这两卷的注释工作中，用力最勤、成绩卓著的，是平素对《日记》有精深研究的包子衍同志。

子衍是从六十年代初期开始研究《鲁迅日记》的。据他自述，那些年代他在济南第三中学教书，课余研习《日记》，精读之外，还自筹经费，奔走于各地图书馆和有关人士之门，对其中所记的一些人和事以及书籍等等，进行查访，日积月累，卡片盈箱，并已初步完成了《〈鲁迅日记〉类编》的工作。一九七四年七月，他到北京访问冯雪峰，就带了"两旅行包稿本"去，可见在这之前，他那部《类编》已基本编成了。后此数年，他仍留居济南，在逆境中，努力不懈，默默地陆续写出了一系列关于《鲁迅日记》的专文。《〈鲁迅日记〉札记》一书所收文章，绝大多数都是那两三年间写成的。一九七八年，人民文学出版社决定借调子衍来京参加新版《鲁迅全集》日记部分的注释工作，他大概就在这年春末来到北京，开始了以后两年多的新的生活。这对子衍是一个难得的大展鸿才、发挥专长的宝贵时机。

《鲁迅日记》研究，是一个艰难的课题，我们现在还很少看到这方面的成果。很多人喜欢看越缦堂、湘绮楼那一类的日记，因为"上自朝章，中至学问，下迄相骂，都记录在那里面"。然而鲁迅的日记不是这样，它"写的是信札往来，银钱收付"，读来不会像李慈铭等人日记那样的有趣。但对于一个鲁迅著作的真诚的读者，尤其对有志于研究鲁迅的人来说，它却是取之不尽的宝藏，应该认真加以研究。子衍就是《鲁迅日记》研究园地里一位主要的开拓者。积二十年之研究，他认为这部《日记》是鲁迅"战斗经历的光辉记录"，从中可以窥见这位革命文豪长时间中怎样抨击腐恶，战取光明，辛勤著译，培育青年，文字简单而涵义丰富，从一句话可以寻绎出一件重要的事来。纵使是关于"宴饮"的一些记载，也每每别有内涵，并非世俗的酬酢，酒筵茶座，"也是战场"。他又以《日记》为主线，对《呐喊》、《彷徨》、《故事新编》、《朝花夕拾》、《中国小说史略》、《伪自由书》和《死魂灵》等书的写作过程、出版情况、外文译本、人物原型以至史料钩沉等等，进行了条理、考证和论述。他大量征引日记，运用自如，左右逢源，表现了他的深厚功力。自然，这不能单凭《日记》，他还参考了鲁迅其他著作和书信的相关部分，所以凡有论述，大抵都很精当，令人信服。他调来鲁编室以后，自己写文章的时间不多了，他多年积累的《鲁迅日记》研究心得，全部体现在《全集》日记部分的注释和索引中。在两年多的时间里，他辛苦而又愉快地从事他所心爱的工作。他自己统计："一九八一年《全集》本日记共有注释七千余条。其中刊于每月日记之后的事件、社团、著述、词语、名物等方面注释一千四百余条；以笔划为序排列，附于全部日记末尾的人物注释二千余条，书刊注释三千八百余条。"(《〈鲁迅日记〉的发表与出版》，载《鲁迅著作版本丛谈》)这七千余条注释共有若干字？我不能确知，但据朋友们说，大约有五十万字。我认为，这数字不可谓不大，不知耗费了子衍的多少心血！

至于他那两厚册《〈鲁迅日记〉类编》，有的同志认为没有那样做的必要；我却有一点小小不同意见。我认为，不必提倡分类另编，但如果有人那样做了，就不必说它没有必要。因为《日记》所跨越的年代是那样久长，涉及的内容是那样纷繁，查找起来很不方便。搞一个分类索引，自然有便于读书；但直截了当地加以分类，编出一个新的版本，形式虽异，文字全同，又有什么不好呢？犹之鲁迅书信，我们既有以"人"为序的许广平编《鲁迅书简》，又有以"年"为序的十六卷《全集》本，两种本子，各有用处。当我需要翻阅鲁迅致某人的信时，宁愿查《书简》，因为那些信都集中在他的名下，查起来比较方便。自然，在另一种场合，我又需要查阅将鲁迅在同一年中分致多人的信编在一起的《全集》本。两种版本，不妨并存。《鲁迅日记》和子衍的《〈鲁迅日记〉类编》，也应如此。问题是，分类是否合理，编排是否得当，而不是有无必要。

《鲁迅全集》从十卷本到十六卷本，注者和编者都未署名；工资以外，他们也没有拿过注释的稿费。古来注者皆寂寞，除了寥寥数人以外，大都声名不彰，坎坷一世。子衎又怎能摆脱寂寞的命运呢？但他绝不介怀，不求名，不谋利，只为了推广鲁迅著作，传播鲁迅精神，无私地奉献了自己的后半生。虽不署名，没有文字记载，但我想，子衎的姓名将会无形地附于《鲁迅日记》之末的。

我与子衎相识是在一九七六年。这年四月下旬，我去济南参加国家出版局召开的鲁迅著作注释工作座谈会，住在南郊宾馆。一天夜里，有一位不速之客来访，这就是子衎。他自说是济南某中学的教师，喜读鲁迅著作，特别对日记有兴趣，搜集了许多资料，并已编成一部《〈鲁迅日记〉类编》，说着就递给我两大册稿本；我匆匆翻着，不暇细看，只觉得卷帙浩繁，他的细心和毅力，实可佩服。这是我们的第一次相见。两年以后，他借调来鲁编室，最初暂住社科院近代史研究所，不久即迁来出版社后院新楼。那时候，我也临时住在那里，可以和他朝夕相见。白天工作，晚上我常步入他和锡荣同住的小屋，海阔天空，漫谈移时。可惜我参加了《鲁迅全集》中二十多种著作的注释的定稿工作，而没有参加《日记》的定稿，所以无从聆听子衎在讨论会上的发言和与其他同志的论辩，现在想来，很觉遗憾。他在鲁编室的这两年，恐怕是他后半生中最快乐的两年，可惜这时间实在太短了。南归以后，他不能忘情那段岁月，每次重来北京，总要到鲁编室转一转，也尽量抽空到我这里来看看，畅谈如昔。不料前年秋天，忽然传来了他重病的消息，我很焦虑，去了一信，无言可慰，只劝他安心静养而已。久无回音，后来他请锡荣代复一信，告诉我他的病情，倒叫我不要担心。然而，意外也是意内，噩耗传来，他终于救治无效，于一九九〇年七月逝世了！他还有许多工作要做，倘若天假以年，肯定会做出更大的成绩。可悲的是，一九五七年的厄运，长时间沉重的工作，清苦的生活，以至常年的熬夜，过多的抽烟，侵蚀了他的健康，使这位有成就的鲁迅著作的研究家和注释家以五十六岁的盛年便永离人寰！“宏才远志，厄于短年”；天实为之，谓之何哉？！

一九九一年三月二十四日

（辑入一九九三年六月内部印本《包子衍纪念集》）

唐弢先生纪念

唐弢先生是著名的杂文作家、鲁迅研究家和文学评论家。他的文字生涯开始于杂文的写作，从一九三三年六月在《申报·自由谈》发表第一篇文章起，陆续写下了大量杂文，先后结集为《推背集》（一九三六）、《海天集》（一九三六）、《投影集》（一九四〇）、《劳薪辑》（一九四一）、《短长书》（一九四七）、《识小录》（一九四七）等六个集子，还出版过一本散文集《落帆集》（一九四八）。他的文章，精练、锐利，宣传真理，抨击腐恶，而文采斐然，醇厚耐读。所以当唐弢之名初见文苑，就有人认为是鲁迅先生的新化名。这一方面固然表露了那些专靠嗅觉看文章的人"嗅觉"失灵；另一方面也说明了唐弢的某些杂文有与鲁迅相似之处。他早期的千字短文具有如此特色，就是后来所写较长的文章，如《雨夜杂写》、《文苑闲话》等，也会使读者联想起鲁迅的《病后杂谈》、《"题未定"草》等名作来。他热爱鲁迅及其作品，"心仪斗士，时涉遗著"（《短长书·序》），在实践中，多年运用杂文这一文体，继承了鲁迅杂文的战斗精神与风格。

解放后的最初十年，唐先生继续写杂文，曾出版过《学习与战斗》和《繁弦集》两本杂文集。后来又从这两书和集外散篇中选辑成《春涛集》一册，于一九七九年由四川人民出版社出版，这可说是作者的最后一本杂文集了。如果不算为报纸写的时事短评集，那么，作者共给了我们丰实的九本杂文专集。

一九五九年九月，唐先生从上海调北京，改做研究工作，偶尔也写几篇杂文，但总的说来，他已和杂文“告别”。随着工作性质的变动，他的杂文生涯，“实际上已经宣告结束了”(《春涛集·题记》)。

一九八三年，作者将过去出版的六本杂文集稍加删汰，加上包括解放前未收和到京后所写的集外文章四十七篇，编为《唐弢杂文集》一厚册，由三联书店出版。在《代序》中自言“这本选集算是我五十年杂文生涯的一个小小的结集”，在我看来，这是中国现代文学史上杂文方面的一座丰碑。

唐先生到京后，将时间和精力主要用到鲁迅研究和文学评论工作上，他继续写了许多文章，“从各个角度分析鲁迅，说明鲁迅，阐述鲁迅的思想和艺术”(《鲁迅论集·序》)，在一些问题上都有他自己独特的见解，这在他亲自编定而出版时他已昏迷无睹的煌煌巨制《鲁迅论集》中，随处可见。另外，这些年来，他先后出版了《燕雏集》、《海山论集》等文学评论集，没有结集的文章，如为《申报·自由谈》杂文选和目录写的两篇序言，脍炙人口，广泛受到称赞。

我虽然早就读到唐先生的文章，但却无缘“识荆”。一九四八年三月，我由重庆到上海，从一位朋友处得知他工作的地址，特到邮局去探问，不巧未遇。直到一九五一年，我调上海“鲁迅著作编刊社”工作，他几次来社，这才有了和他相识的机会。这年十月，是鲁迅逝世十五周年，唐先生为他主编的《文艺新地》月刊，来社组稿。他要我写一篇，我说写不出，他说无论写什么都可以，我接着说，那我就谈谈鲁迅和自然科学的关系，不过这恐怕和文艺刊物的性质不合吧？不料唐先生连说可以，一定要我写出来，第二天又来电话催促，我于是只好连夜赶写了一篇《鲁迅与自然科学》，勉强交卷。自知这是很浅陋的东西，而唐先生在编后记中竟称它为“力作”，我看到后很感惭愧。在上海时，我和编刊社同人，曾去过唐先生家一次，记得他的书房，是一间长长的筒形的屋子，靠墙一排书橱，墙上挂着几位当代作家写的“斗方”。书橱中整齐地摆着商务版《文学研究会丛书》和其他几种文学丛书，都是全套的，令人歆羡！

最近十余年来，我和唐先生的接触渐多。从一九七六年开始，鲁迅著作的注释、研究和出版工作被重新提上了日程，鲁迅博物馆加强阵容，并增设了新机构鲁迅研究室，聘唐弢、曹靖华等七人为顾问，我亦忝居其末。我们常常一同出席各种会议，晤面的机会就多了。一九八五年，有关单位发起影印鲁迅整理的古籍手稿和碑帖、汉画象等，由北京鲁迅博物馆和上海鲁迅纪念馆负责进行，在京沪两地共聘顾问八人，我和唐先生又被聘为顾问。我们多次在鲁博开会，商讨《鲁迅辑校古籍手稿》的编选体例，拟定分函及各函内容，与沪上同志交换意见，每编成一函，都由唐先生和我签字，然后寄上海影印（已出两函）。这些年里，唐先生健康状况较前几年好，会上精神饱满，我没有感到他的身体会有什么问题。会后闲谈，我曾问及大家关注的他的《鲁迅传》写作情况，他说已写到鲁迅自日本归国。我又曾希望他独自撰写一部中国现代文学史，他没有表示拒绝，但说一时顾不上。

和唐先生最后一次会面，是一九九〇年二月十九日在鲁迅博物馆参加山西盂县政协和鲁博联合召开的《高长虹文集》座谈会上。那天我们坐在一起，坚持了一整天，下午四时，主办单位派车送唐先生、姜德明兄和我三人回家，先到建国门外唐先生寓，我们看着他下车后向宿舍缓缓走去；此后大约过了两三个月，忽然传来一个不幸的消息，说唐先生病重入院，且已失去知觉，一直昏迷不醒。这消息使我痛苦，然而也只有徒唤奈何！不料那次车中分手，竟成永诀，以后虽然去医院看望过他，但永远也听不到他的声音了！

近年每一想到唐先生，我的眼前就要浮现出那天他下车后向宿舍楼走去的背影。他穿着浅黄色夹大衣，拄着手杖，缓缓前进，似乎是向着无尽的远方，渐行渐远……

一九九二年四月七日

（原载一九九二年《鲁迅研究月刊》第五期）

明代贵州社会在文学上的反映

前　记

这是拙著《贵州在历代文学上的反映》的一部分。全书的目的是想从文学的见地来探究贵州社会在过去各发展阶段中的实际状况;并由之而说明许多表现贵州的文学作品之产生的社会根源。因为文学是社会情况底意识形态上的反映,所以,从历代有关贵州的各种文学作品上,是可以把握住过去贵州的面影的。但要完成这个企图,事实上极为困难。因为这除了文学的知识以外,还须有社会科学的知识;而我,于两者都毫无门径。又国内出版界,至今还没有一本同性质的可以依傍的著作,故本书的失败,原是意料中事。

但有一点可以自信的,便是这本小册子内所有的一切资料,都是我一点一滴亲手搜求而得的。为了它们,我翻阅了许多诗文集及官私记载。由于过去中国文人的社会认识非常薄弱,大多数只知道吟风弄月,叹苍嗟卑,他们的笔尖很难触到实际的社会,所以要想在文学的领域内,搜求出足以说明过去贵州的生产关系,土地质量,以及工商业概况的作品,真是说不出的困难。翻完了一部厚厚的集子而竟毫无所得,乃是常有的事。有时得到一点资料，又必须察明它的本事，考证它的产生时代与地域；常常为了一诗一词，而翻遍原作者全部著作及其同时代有关诸人的作品，钩稽出他的年表，然后敢下定论，采作说明资料。关于这点，我自知因为没有充分的时间和多量的参考书，还有许多可议之处，但在目前这样的客观条件下，我只能达到这样的成果。

全书材料的搜集，自廿六年夏即已着手。但因课务繁忙，终无执笔的时间，这里仅为明清两代的二章，系本学期教课之暇，陆续写成的。虽只是全书的一部分，但我的写作态度和对于材料的处理，已可由此窥见了。

民国廿八年七月　诗农自记于花溪

一

贵州建省，是在明成祖永乐十一年(一四一三)。

中国社会，到了明代，已达到官僚主义封建制度的最发展的时期。政治方面，中央集权更增强化，武功方面，则远征缅甸、暹罗，经营南洋，平定云南；于成祖永乐十一年，更置贵州承宣布政使司，领有思南思州镇远铜仁石阡黎平六府。宪宗成化十年(一四七四)设程蕃府，孝宗弘治六年(一四九三)设都匀府。至穆宗隆庆二年(一五六八)改程蕃府为贵阳府，移至省会。由是贵州始渐具行省的雏形。弘治十五年(一五〇二)，贵州的户口是：四三·三六七户，二五八·六九三口(见乾隆《贵州通志》)，这自然是不甚可靠的统计，但由此也可想见初建省时的荒凉。到稍后二十余年的嘉靖初年，情形也还是如此。在杨慎的贵竹杂咏诸诗里，便表现着这种荒凉的景象。兹先举《贵竹杂咏》为例：

林云菁雾不分天，清露常如雨线穿；百里迥无烟火接，依稀犹是燧人前。

又《恩遣戍滇纪行》云：

(上略)一叶崇安渡，千波竹箭急。鬼方昔云遐，罗甸今初入。阴霾暄凝交，瘴岚昏晓集。长亭此驿遥，咫尺如棘涩。石行蹶昆蹄，沙炊咽蒸粒。断肠盘江河，销魂泷奴坡。军堡鸣笳近，蛮营荷戟多。三辰晦光彩，七旬历滂沱。劙衣行风舞，芦笙跳月歌。可怜异方乐，令人玄鬓皤。(下略)

杨慎(1488——1559)，字用修，号升庵，成都人。于世宗嘉靖三年(一五二四)因两上议大礼疏，谪戍云南永昌卫，流寓黔中。上录二诗，便是写嘉靖初年贵州的情形。由这两首诗里，我们可以看出，贵州在当时，还只是一片人迹稀少，深林密菁的荒僻之地。到了万历六年(一八七八)，贵州的烟户是四三·四五〇，人口为二九〇·九七二人(见《通志》)，较弘治十五年，并无若何的增加。而贵州又因为山岭重叠，土地硗确，可耕地的面积，在今日犹居本部各省之次，则明代贵州土地质量的贫弱，自可想见。据乾隆通志所载，万历六年，贵阳府，平伐长官司，思州镇远都匀等府，安顺普安等州，龙里新添平越三军民卫，所有田亩的统计，仅五千一百六十六顷八十六亩三分零。当时贵州居民多半是垦山为田，重叠在山腰的所谓"梯田"，实在是远较肥沃的水田为多的。这种情形，也被描写在许多文人的制作里。如：

谪居屡在陈，从者有愠见。山荒聊可田，钱镈还易办。夷俗多火耕，仿习亦颇便。及兹春未深，数亩犹足佃。岂徒实口腹，且以理荒宴。遗穗及乌雀，贫寡发馀羡。出耒在明晨，山寒易霜霰。(王守仁[①]《谪居粮绝请学于农将田南山永言寄怀》)

山农异平地，火种复刀耕。牛角方田出，龙鳞原隰生。膏腴仰冬水，丰泽候雷鸣。是处堪投老，何为羁远征。（杨慎《午食山农家》）

地当高处峰随转，云到穷时路更赊。夏半火刀方布种，晚来牛马不归家。瘴烟寒锁蛮村树，岚雾晴迷客子槎。干羽未能驯鬼国，祗贪关市中盐茶。（万士和[2]《乌撒道中》）

群峰莽互插天遥，旅魄都从一望销。蛮语兼传红犵猪，土风渐入紫薑苗。耕山处处皆凭火，出户无人不佩刀。一自播兵蹂躏后，几家茅屋入萧条。（江盈科[3]《黔中杂诗》）

绝顶见孤城，征骖向晓行。鸟啼多异响，花发不知名。石涧闲云碓，山田趁火耕。愁闻耆老说，三月未曾晴。（龙文光[4]《过安南》）

上述各诗，是按照作者时代的先后排列的，由此可知历正德、嘉靖、万历而至崇祯百余年中，贵州所有的多半是山田，这些坐落在“群峰”“高地”之间的土地，其瘠薄自然是不待言的。又当时的生产方法和所使用的工具，从上述四诗，也可以看出还只是采取着“火种刀耕”的方法，完全是中世纪的小手工具的生产。除了一些偶有河流的地方外，山地的灌溉及治水设施，又几乎完全说不上，于是遂只有仰给于自然的雨水和山间的流泉了。杨慎的“膏腴仰冬水，丰泽候雷鸣”便是这种情形的说明。至崇祯末，则耕耨之术较精，徐霞客[5]道经黔南都匀一带时，曾有这样的记载：“有坞，南北开洋，其底甚平。犁而为田，此处已用牛耕，不若六寨以南之用檗橇矣。波耕水耨，盈盈其间。”（《黔游日记一》崇祯十一年四月一日）又经青岩时记有：“西北行两山夹中，夹底平洼，犁而为田。”（崇祯十一年四月十五日）至于农产物，则有燕麦、荞麦、米、玉蜀黍等。在此最堪注意的是，在崇祯时，贵州已有鸦片的种植。《徐霞客游记》崇祯十一年四月十五日条下云：“是日下午抵北云庵（在顺德——农按）北京老僧迎客坐，庐前艺地种蔬，有蓬蒿菜，黄花满畦，莺粟花殷红，千叶簇朵，甚巨而密，丰艳不减丹药也。”又十六日：“再过南京井，入北僧龛，僧钥扉往白云，惟雨中莺粟，胍胍对人。空山娇艳，宛然桃花洞口逢也。”农业环境既如此恶劣，生产技术又这样落后，再加上鸦片的栽种，则贵州农业状况的不振，我们已不难窥见了。

由于这种小工手具的生产，自然不会形成广大的交换，普通是以一定的日支（十二生肖）来作交易的日期。这种定期市集的存在，就是表明交换在经济生活之中，只占不甚重要的地位。在何景明[6]《安南》一诗中，曾有“城险苗难越，关高贾不通”之句。可惜具体描写定期市集的作品，一时不易搜求。杨慎《悍夷归市》：“男背负猳斗，女裙缩羊肠。趁墟醉秫酒，夷歌亦成章。”此即男女群集的赶场的简写。一般说来，自然经济在当时占着支配的地位。农民们用着简陋的工具，生产自己和领主所消费的各种生活资料，远地交换只限于少数的物产，如盐铁等。杭淮[7]的诗：“盐米通吴蜀，人今无异方。”（《清平道中》）便是这种特产的交换的说明。又《徐霞客游记》有云：“抵南崖（在都匀——农按）有卖粉为饷者，以盐少许，易而餐之。”（崇祯十一年三月三十日）由此可见在崇祯时有些地方还保留着物物交换的制度。这种现象，完全是被当时的生产方式和交通状况所决定的。

二

那时，广大的土地，被占有在封建领主和地主的手里，他们以超经济的力量敛取农民，有时甚至侵及生活必要部分。征敛的形式很多，如现购，佃租，徭役，捐税等，兹以钱粮一项而论，在元以前，系由土官总行认纳，无可统计。至明初洪武年间，“夏税”为麦荍二百五十五石四斗五升五合；“秋粮”为米四万七千四百四十二石二斗五升六合六勺四抄四撮。至弘治十五年，也是如此。（见乾隆《省志》）每户平均须出米一石馀。就徭役说，又可分为兵役、匠役、伕役、吏役等。这一切捐税劳役，只有落在一般人民的头上。这种残酷的封建关系，也被反映在当时的文学作品中。王守仁在正德初即有“莫怪当筵倍凄切，诛求满地促官逋”之句（《即席次王文济少参韵》）。稍后至嘉靖时，则可举陆餐[8]《担夫谣》为例：

担夫来！担夫来！尔为何者军当差？朝廷养军为杀贼，遣作担夫谁爱惜。自从少小被编差，垂老奔走何曾息。祇今丁壮逃亡尽，数十残兵浑疲墨。可怜风雨霜雪时，冻饥龙锺强驱逼。手搏麦屑淘水飡，头面垢腻悬虮虫。高山大岭坡百盘，衣破肩穿足无力。三步回头五步愁，密菁深林多虎迹。归来息足未下坡，邮亭又报官员过。朝亦官员过，暮亦官员过，贵州都来手掌地，焉用官员如许多？太平不肯恤战士，一旦缓急将奈何！噫吁嚱！一旦缓急将奈何！

这是何等淋漓尽致的描写！“可怜风雨霜雪时，冻饥龙锺强驱逼”、“高山大岭坡百盘，衣破肩穿足无力”，由此可见一般夫役的痛苦。至隆庆间，在孙应鳌的《荒城谣》里，也有着和这类似的描写：

一卫军馀二伯人，千般差役在军身。遗氓自合甘心死，敢向何人诉苦辛。

大道通衢流水过，扛抬日夜两肩磨。清官行李犹堪送，辎重多时更奈何！

岁岁修城不得休，已无毛血待诛求。城门不闭城隍记，白日街逵饥虎游。

弟作生员兄养马，子为官宦父当军。家家问有谁闲逸，优免徒然感圣君。

莫友芝《黔诗纪略》谓："孙应鳌，字山甫，号淮海，先是扬州如皋县人，占籍清平卫，举嘉靖二十五年乡试第一，三十二年进士……隆庆改元，擢佥都御史，抚治郧阳，罢归。万历初起故官，二年入为大理卿，明年晋户部右侍郎……逾二年，以病引告。十三年起刑部右侍郎，寻晋南京工部尚书，年五十□卒。"可见孙应鳌曾先后于隆庆与万历年间两度还黔，但详细的年月则莫传并未述及。据我的考证，孙第一次还黔，是在穆宗隆庆三年（己巳一五六九），次年未离省，这有《瑞竹词十二首序》为证："隆庆己巳，余移疾归里，卜筑城西别墅为草堂；明年堂成，产瑞竹一本。"又孙有《喜接明卿》诗，按明卿即吴国伦，系隆庆六年（壬申一五七二）来黔，可知自隆庆三年至六年，孙均在黔，直到万历元年（癸酉一五七三）始出省。这和莫传"万历初起故官"之说极为吻合。其第二次回黔，则在万历五年（丁丑一五七七）。按之郭子章《尚书文恭孙公应鳌传》所述："丙子（即万历四年，一五七六）八月，驾幸太学，公举虞书无逸章进讲，上嘉纳，命坐赐茶，盖旷典云。寻以病予告，筑学孔精舍于西城之阳。"是则孙于万历四年八月后不久，"寻"回黔；再证以莫传："逾二年（按即万历五年），以病引告……在乡里筑学孔精舍以居学子。"可见即万历五年回黔，直至万历十三年始离省。但《荒城谣》究系隆庆间回黔时所作？抑或万历间回黔时所作？据《黔诗纪略》《荒城谣》后按语云："清平自洪武廿三年设卫，指挥司铎始筑土城……有警，常不足蔽捍。万历四年，巡抚罗瑶乃请帑银五千三百两，命参将山东侯之胄督建石城，亦文恭诗启之也。"则《荒城谣》必作于万历四年之前，即孙第一次自郧阳罢归后所作。上录四诗，即系描述隆庆年间紧压在伕役匠役军役下的贵州人民的苦况，这自然是标本式的封建徭役。

关于土地集中者，可举《徐霞客游记》中的记述为例，如：

> 有村在北山之嘴，曰狗场堡（在广顺——农按），乃汤吏部之佃苗也。西去二里有村，亦汤氏佃丁。茅茨陋甚，卧处与猪畜同秽。（崇祯十一年四月十八日）
>
> 辞自然师下山（白云山——农按）一里半，有数家在南麓，为永丰庄。皆白云寺中佃户也。（同上）
>
> 元帝宫（普安丹霞山——农按）每正二月间，四方朝者骈集，日以数百计。僧又捐资置庄田，环山之麓，岁入谷三百石。而岭间则种豆为蔬，岁可得豆三十石。（四月廿九日）

这里指出的，仅为官僚和寺僧所占有的土地，一姓佃丁，即可形成村落；寺院庄田，入谷辄三百石，其数量实为可惊。其余各地土司和各种各色的公田所占土地之多，自可想见。农民身上所担负的地租之重，也不待言了。

又当时设关征税，几遍全省。《徐霞客游记》亦有记述：

> 普安廿二哨，俱于此（中火铺——农按）并取哨钱，过者若焉。先各哨分取，今并取于此。（崇祯十一年五月九日）
>
> 黄土坝有数家，倚西山而当其坳，设巡司以稽查焉。（四月廿五日）

在这样的情形下，一般民众，在政治上，是土司和流官二重压迫下的臣民；在经济上，是被剥削的佃户。居则茅屋，食则无盐，救死不遑，必然会失去其再生产力；再生产力失去了，势必引起严重的饥馑疫病和水旱蝗虫等灾害，使农民们的生活陷入于水深火热之中，结果，他们乃不得不走上动乱之一途。

三

在明代后半期，全国各地，农民叛乱纷起，贵州一隅，也时有暴动发生；其中规模较大，可以作为代表的例子，是万历年间播州杨应龙之乱。

杨应龙本播州宣慰使，于万历二十一年（一五九三）叛，先后焚劫草塘馀庆兴隆都匀，围黄平，杀重安江长官。二十七年败贵州巡捕江东之于飞练堡，都司杨国柱等战死。旋又焚东坡烂桥，断楚黔交通。使“黔亡将帅为鱼肉者二十人，健儿战卒，歼灭几尽。元元之血涂野草，骨掩蓬蒿者，不下万馀”（江盈科《平播铭序》）。至二十八年（一六〇〇）二月，总督李化龙自重庆出师进剿，分兵八路：川军四路，由綦江南川合江之永宁入；黔军三路，由乌江沙溪兴隆推进；湖广军一路，分由偏桥白泥推进；化龙则自统中军。是役计动员贵州四川湖广云南等至陕浙诸省的军队，约二十五万人，经历数十战，费时近四月，耗财二百万，始于同年六月六日平定。像这样大规模的牵动全国的动乱，其起因并非单纯的由于杨应龙的地险兵强，“其才力足以使鬼通神，其声势足以呼群啸党”（李化龙《平播疏》）。而是因为土地关系的矛盾，徭役捐税的繁剧，才会使得这样多的群众去响应他的号召。

从下列各诗铭，我们可以看出官军进剿时的情形和杨应龙势焰之盛。

江盈科《平播铭》云：

播酋欺君乱天纪，敢奋螳臂称祸始，綦江流血成海水。贵阳三镇被屠戮，十家流离九家哭，全黔危若几上肉。郭公单骑来秉节，日与直指共商决，誓天此虏甘饮血。一腔忠义激三军，怒气勃发胜风云，各务断脰除妖氛。乌江青蛇号天险，百二重关次第斩，贼势穷蹙如被厌。阖门纵火雉经死，累累就缚妻与子，捷书飞报龙颜喜。荒徼一旦归职方，介鳞尽化为衣裳。……

蒋杰[9]《平播行》云：

蜿妖毁王度，恣凶若乳虎。播人亦何艰，蹂躏遗黎脯。……氛祲蚀东隅，千里闻桴鼓。妖凶竟不悛，天王赫斯怒。……树牙选车徒，文武今吉甫。分道引旌麾，连营罗练组。六师矫犹龙，戈矛集如雨。前旗蔽白日，流飙捷飞雨。鼓行破危关，席卷平田浒。狼奔特险囤，兀若鱼游釜。虎臣翕以奋，批吭捣其鸱。贼徒倒前戈，狂羯伏锧斧。顽梗如转烛，荡灭同摧腐。献捷归朝廷，扬威耀边圉。……

邱禾嘉[10]《读东坡义烈碑》云：

播酋发难骚黔东，黔东诸苗助之攻。东坡一线扼要害，蠢甭不得施其凶。恚心愤气乃四出，纠集群恶来汹汹。漫山塞野不可计，云岩厌插旌旗红。可怜东坡一百户，纵有千手那摧锋。兵亡将死诚已惨，咫尺究藉完兴隆。……

在这以后，全省各地，还时时不断发生叛乱，从前人的作品里也可以看出来。如谢三秀的《安庄夜闻警》云：

鼙鼓中宵急，愁闻战伐频。数家出煨烬，一郡入荆榛。

地乱难为客，途穷耻傍人。披衣待明发，华发镜中新。

三秀，字君采，贵阳人。为诸生时，巡抚郭子章，副使韩光曙皆深器之。晚以明经起家，三任教职；已乃弃去，为万里游。莫友芝《雪鸿堂诗序》，于历评明代黔籍诗人之后，继论君采云："其咀嚼六代，步骤三唐，清雄宕逸，风格隽远，尤以君采谢先生称首。"谢实为明代贵州诗人之最著者。他的这首《安庄夜闻警》，据莫友芝《答郑子尹教谕论远条堂稿编年书》，谓与《怀归》同为己酉春夏间所作（己酉为万历三十七年，一六〇九——农按）。《怀归》中有句云："已闻盘江足瘴疠，况乃叠水多兵戈。"但据《通志》己酉年仅有红苗陷印江事，莫氏以为印江之陷，红崖白水（在镇宁——农按）之间，或亦有馀党波及。由此可见在那个时期中，贵州几乎无地无动乱发生。结果，遂使农村破产，土地荒芜，农民流亡，如谢三秀《村行即事》所描写：

积雨空林湿，炊烟午未生。逢人皆菜色，留客有蝉声。
药畹多难辨，葑田半不耕。流亡浑满眼，何日是升平？

读完这首诗，在我们眼前，便不觉展开了一幅萧条冷落的农村的画图。而在十余年后，大规模的水西安氏之乱，又爆发了。

安氏之乱，在中国历史上也是有名的事件。安邦彦本宣慰使安尧臣族子，尧臣死，其子位幼，邦彦遂专兵权，阴与兰州土司奢崇明合，崇明反，或传其已陷成都，邦彦遂于熹宗天启二年二月（一六二二）挟位叛，自称罗甸王，诸部头目蠭起为助，陷毕节安顺平坎，邦彦复自统水西军及罗鬼苗仲数万，东渡六广河，围贵阳。时新任巡抚王三善拥兵不进，城中粮尽缓绝，升米值二十金，部卒食人，每人肉一斤，易银一两。巡按御使史永安[11]作诗四首，邀潘润氏[12]属和，以蜡书达三善，促其进兵。从他们二人的诗里，即可看出当时贵阳危急的情形。史原诗之一云：

> 仗剑山墉匹马孤，手挥矢石下征襦。可怜草木根皮尽，更若巢窝雀鼠无。万里天高心似靖，四围路断眼空枯。新来节钺犹臣子，忍把封疆付豕狐？

潘润氏《围中次史磐石侍御韻》四首之一云：

> 雉堞荒凉形影孤，凄风冷露剥征襦。四郊密壘貔貙恶，十月重围雀鼠无。敌忾有心才已尽，叩阍何路泪将枯。牂牁亦是西南郡，应遣貔貅破豕狐。

邦彦围贵阳时，又别遣王伦等下甕安，袭偏桥，以断援兵，龙里广顺普定威清普安安南等地均先后失陷。贵阳以西千里，尽为所据。贵阳被围十月，至十二月新抚王三善率师至，围始解。天启四年正月，邦彦又败官军于内庄，王三善战死。后复屡败官军，直至思宗崇祯二年（一六二九）始为总督朱燮元所平。

四

虽说经过了七年（一六二二—一六二九）的长时间，平定了安邦彦之乱，但在这时，整个的中国，已陷于广大的农民战乱的烽火中。所谓“流寇”，自平定安邦彦的前一年——即崇祯元年（一六二八）起，在安塞高迎祥，米脂李自成，延安张献忠等人领导之下，逐渐蔓延于全国。贵阳也在顺治四年（一六四七，时贵州尚奉明代正朔）正月，为“流寇”孙可望所据。可望延安人，初本张献忠军师，后改为平东将军，献忠死后，遂率众奔贵州，破遵义，据贵阳。同年三月清兵至遵义,可望弃贵阳,屠镇宁安南普安等城,遂入滇。贵阳又为明代总兵罗联芳(一名皮熊)所据。六年,明永历帝封联芳为匡国公,王祥(綦江人,时据遵义)为忠国公,使守贵州。但在次年八月,孙可望又由云南袭据贵阳,直至顺治十五年四月,贵阳始为清兵所据。但相隔不多几年,吴三桂于康熙十二年反于云南,贵阳又为所陷,三桂死,其孙世璠据贵州,至康熙二十年(一六八一)清兵败世璠,贵州始复归清廷统治。在这三十余年间,贵阳及遵义等地,时明时清,兵戈扰攘,迄无宁日。以这样的社会现象为题材,也产生了不少的文学作品。

其在散文方面,我们可举王睿[13]的《殉难纪事》为例:

> 顺治元年,我世祖章皇帝,定鼎燕京;时滇蜀黔粤,未隶版图。丙戌王师西下,流贼张献忠死于蜀,其党伪平东将军孙可望,率丑类破永宁,陷遵义,丁亥正月窜入黔省,官军如鸟兽散,贼焚劫原野,道路绝人烟。定番州牧陈新第……闻变集绅士土官州民于公堂,商堵御策。……正月十八日,土官龙在田,败贼于小山,斩首四十九级。二十二日,土舍龙起潜,败贼于长田,斩首二十九级。二月初五日,陶世显败贼于土桥,斩首百馀级,生擒二十一人。可望愤甚,令伪定北将军艾能奇,师号五万,初九日攻洞口,成书(简成书——农按)与世颙率锐卒更番迭战,斩贼百馀人。无何,二路失期,敌众我寡,右师溃,陶世颙、龙在田、龙起潜、龙飞等血战死,成书孤军难支,而贼已分两路直趋东北关矣。旋围城,贼逼城下,城上万弩俱发,贼伤数百人,贼少却,空西门以诱我,我军弗动,戒备甚严。越翌日,贼以炮攻城,雉堞毁则易以板;板坏则易以木,贼无计,以铜牌书硃字谕降,新第毁其牌而掷之,能奇怒,躬亲视城,成书以药矢射之,中左臂,鏖战历三昼夜,矢乏则继以石,石乏则继以粪,无少懈。贼欲

退，俄而贼军师李自旺者，号老神仙，手执白雄鸡，披发仗剑，以石灰画地，绕城而诅，十二日巳刻，城内火忽起，人争灭火，贼乘势登城东隅，而城陷矣……是日也，刀声如炮响，血甚流杵，城中数百人，上自官司，下逮妇女，竟无一生者。满城瓦砾，白骨邱聚，四乡不入城者，凡三月。

这是一篇富有旧小说意味的文章，当时两军作战之烈，由此可以看出。在诗歌方面，则有潘驯等人的作品。

潘驯，字士雅，号韻人，贵阳人。崇祯十二年举于乡，御史庄克达累疏荐不就。永明时，孙可望据贵州，矫永明王诏授驯石屏州牧，以母老辞。改授遵义令，亦不就，逃匿山中。及清兵平贵州，驯及以旧资需次除蒙自令。后旋黔，康熙十二年应巡抚曹申吉之聘，与吴中蕃同修贵州通志。年七十二卒。著有《瘦竹亭诗》四卷。其《秋后吟》十二首云：

还家疑是令威来，满目风烟客思催。白骨只增新黯惨，
青山不改旧崔嵬。数椽已废况秋菊，十亩就荒多草莱。欲
抱鼎铛学仙去，凡胎恐惹白云猜。

何日干戈始尽弢，梦魂哀怨意牢骚。逢人皆贱悲长铗，
知己相从愧宝刀。四海征求贫刺骨，十年盗贼乱如毛。平
生悔被儒冠误，未向君亲补一毫。

原诗过多，兹仅录二首。据题下自注，知系“丁亥四月，避乱村居时作”。又《春兴》十六首云：

一自中原乱，伊谁咏大风。妖氛千里合，杀气万方同。

燕雀仍安处，蜗蛮未罢攻。儒冠真可溺，不敢说雕虫。

遗烬悲秦火，招魂怨楚骚。即今闻跃马，何日会藏刀。
志士轻沟壑，高人重羽毛。从来经丧乱，性命抵纤毫。

四海殷多难，频年想罢兵。岂知司马法，不到亚夫营。
草盗争盘踞，王师未徂征。孔璋还落落，空拟檄书成。

诸诗皆孙可望邀封秦王，皮熊王祥邀封匡国公时作，由此可见当时动乱之一斑了。

此外，最值得述及的，还有吴中蕃的诗。

吴中蕃，字滋大，一字大身，贵阳人。举崇祯十五年乡试，永历时除遵义知县（农按：据《黔诗纪略》，谓潘驯《送吴大身赴遵义令》一诗，系作于庚寅年，可推知吴任遵义知县，在清顺治七年）。擢重庆知府（农按：据《敝帚集》卷五《吊陈平人先生》诗自注，有"甲午守渝，为位哭之"等语，可知任重庆知府系在顺治十一年），吏部文选司郎中。清兵平云贵，奉母弃官，逃入山中，以云南知府召，力辞而止。康熙中吴三桂反，遣使聘之，不应。两应聘修贵州通志，其叙大事记，甚合史法。督府欲荐之，复固辞，自置生圹以待死，年六十馀卒。莫友芝《黔诗纪略》传证，称其忠义文章，为贵州有明一代后劲。他是目击孙可望之乱的一个人，故有不少反映当时社会情况的作品。如《丁亥纪乱》云：

甚日春城剖贼壕，堪怜原野厌流膏。天心巧设量人壑，
地气全钟作柱蒿。贼去兵来梳与篦，讥成疫作滤而淘。低徊
为想身亲事，史籍何曾得一毫。

“梳”“篦”之喻，沉痛万分，可与潘驯“四海征求贫刺骨，十年盗贼乱如毛”之句参证。混乱的时间愈久，人民的痛苦愈深，至康熙初年吴三桂反时，军事的扰攘，徭役捐税的苛杂，使人民的生活更痛苦万分。这也可以从吴中蕃的诗里看出来。如：

> 盛夏日停午，打门吏催租。跼促事逢迎，气咽不得舒。金钱丐缓期，意色犹踟蹰。尊洒相劝酬，竟夕劳拮据。稍可得其欢，乃肯离我庐。既去仍无策，但坐观我书。忽睹古人事，不与今人如。今人岂必非，古言或者虚。浩叹思改图，老矣难为胥。（《废书》）

> 田家惜春卵，朝夕忍儿啼。羽翼近百翮，床前游以栖。既生恻其繁，減时以相齐。日月视肥瘠，心心防野狸。儿席被汙践，爱之不忍驱。岂是安口腹，时政方摧鸡。（《早春田园》）

这两首诗的产生时代，当在康熙十二年与十四年（一六七三——一六七五）之间。据滋大《壬子秋九月为旦儿娶妇讫书此示之》一诗内所云：“行年五十五，始毕一儿婚”及《置生圹讫却书》自注：“壬子十一月，时年五十有五”等句观之，康熙十一年（壬子一六七二）吴已五十五岁，十二年（癸丑一六七三）应巡抚曹申吉之聘，与潘驯同修贵州通志，未离黔。《壬子为儿娶妇》诗后，为《除夕种柏》，当即指壬子年除夕，又次为《种茶》，中有句云：“宅后有隙地，纵横任草戕……念我夙癖饮，携锄手自将……我今将六十，甚时始得尝？”故知壬子后数年间，吴固未尝离乡，直至十五年（丙辰一六七六）始赴滇。而《废书》即列于《种茶》后三首；在它的后面是《秋祀日纪怀》、《昆池别友》等诗，按其语意，均在滇时所作。故我推定《废书》为壬子之后，丙辰赴滇之前——即康熙十二年至十四年之间所作，那正是吴三桂称叛的时候。《早春田园》当亦作于此数年居乡之时。这是两首描写当时的苛捐杂税的好诗。在《废书》里，作者具体地表现出了催租吏的凶横气焰和主人可怜的神情。而《早春田园》的前半首，则只是素朴地描述田家的生活，他把农民爱惜鸡雏的心情，深刻地刻画出来。“日月视肥瘠，心心防野狸，儿席被汙践，爱之不忍驱。”是写得这样的真切和细腻，令人恍如展读唐代王孟韦柳诸人的田园诗；然而结末二句，却是“岂是安口腹？时政方摧鸡。”他们之所以那样爱护鸡雏，原来是为了要缴纳给官府呀！横征暴敛，甚而及于鸡鸭等物，这正是超经济的封建剥削。

又如《军兴》（原注乙卯，按即康熙十四年，依上文考证，作者在黔）：

军兴开百孔，残贼肆侵渔。势剧石壕吏，情殷平淮书。
壮哉惟鼠雀，瘠矣尽沟渠。莫怨逢今日，他年恐不如。

冠绥藏虎豹，敲扑当笙竽。竟得贤劳誉，安知物议殊。
质田供纳價，鬻子应征夫。且勿嗟垂橐，躬犹免执殳。

古王重授产，谓得免讥寒。衰世无常赋，有田即祸端。
锱铢真必较，晷刻亦难宽。持赠谁为受，归来塞默看。

我们从这三首诗里，可以看出当时一般像“虎豹”一样的贪官污吏，以“敲扑”民众时刑具接触肉体所发出的声音，当“笙竽”之乐。赋税无常，甚而到了“锱铢必较”“晷刻难宽”的地步。结果，自然只有使一般民众“质田”“鬻子”，终至委身“沟渠”了！

又《观煅》云：

军兴凡八戴，括取尽田器。农家值春耕，彼此相假易。时平重生业，思为衣食计。加以官糴烦，钼耛得无备。……

这首诗原列《废书》、《昆池别友》、《晓发新兴》、《晓过白水》之后，盖丙辰赴滇归后所作。时值春耕，连最重要的生产工具，也要彼此相假，可知一般农民的生产力，必已在战乱捐税之下，渐次消蚀了。

这，自然又要诱来严重的水旱疫疠。在此，我们姑引谈亮[14]的《蟠龙水长歌行》一诗，以概其余。

仁桐之交蟠龙水，中有孀妪哭不止。泣言："疫疠酿一村，延染迄今近百里。此方赵氏颇称繁，二十四口弥月死。……亲知相诫不往来，望望且复从远徙。连村乌鹊堕墙藩，旬日犬羊毙堦底。虎倒荒林豹呻箐，满眼腐肉不到觜。……云封大壑烟火稀，日色惨淡气如鬼。推原沴气始庚申，溽暑輓输積成痏。讥渴鞭笞杂沓加，敢怒敢怨痛骨髓。五属千夫半燐火，孤族单丁失依祀。间有疲瘵坐颓扉，又迫追呼屡经雉。死亡艰苦年复年，难悉指陈尽原委。"

庚申，为康熙十九年，据《黔诗纪略》注，诗中溽暑輓输一段，盖指吴世璠将马宝于十九年据遵义时的苛役。《蟠龙水长歌行》所咏疫疠，则系康熙二十一年了。

在上述状态下，贵州虽说在康熙二十年（一六八一）即全部为清兵所平服，然其不会长期的安定下去，是不待繁言而知的。

注　释：

① 王守仁，字伯安，余姚人，为明代大理学家。生于明宪宗成化八年（一四七二）。武宗正德元年，因疏救言官戴铣簿彦征，忤刘瑾，谪贵州龙场驿驿丞。于正德

三年春(一五〇八)至龙场,四年主讲贵阳书院。谪居二年,于贵州文化启迪实多。嘉靖七年(一五二八)卒,年五十有七。学者称阳明先生。

② 万士和,字思节,宜兴人。嘉靖间贵州提学副使。

③ 江盈科,字进之,桃源人。万历二十九年以大理寺寺正邮刑云贵。

④ 龙文光,马平人,崇祯间佥事。

⑤ 徐宏祖,字振之,号霞客,明江阴人。生于万历十四年(一五八六),卒于崇祯十四年(一六四一)。生平游迹遍及中国,驰骛数万里。于崇祯十一年(一六三八)抵黔。所至沿革风土,山川胜概,悉详志记中。其文足与郦注柳文相并,钱牧斋曾誉为"千古奇书"。

⑥ 何景明(1483—1521),字仲默,信阳人。弘治进士。为明代著名之古文家,"前七子"中之最著者。

⑦ 杭淮,宜兴人,字东卿,弘治进士。与兄济并负诗名,有《双溪集》。

⑧ 陆餐(1494—1551),字子馀,长州人。以劾张璁桂萼,于嘉靖九年(一五三〇)谪贵州都镇驿丞(在今麻哈)。

⑨ 蒋杰,字美若,普安卫人,万历十七年进士。

⑩ 邱禾嘉,字献之,新添卫人,万历四十年举人。

⑪ 史永安,字磐石,武定州人。万历进士,改庶常,授御史,天启元年出按贵州。

⑫ 潘润氏,字用霖,贵州前卫人。万历三十五年进士,终云南左布政使,崇祯十四年卒。邦彦反时,潘适自四川参政告归。

⑬ 王瘠,贵筑人,雍正乙卯科(一七三五)举人。

⑭ 谈亮,字晋若,四川人。避张献忠乱来遵义,永历中授义宁知县,后调贵州麻哈知州。永历亡,隐掌台寺,康熙二十二年薙发为僧,时已六十一岁。

一九三九年五月作于花溪

一九四〇年六月改于黔西

(未刊稿,据手稿付排)

《辛丑日记》中的贵州风物

《辛丑日记》一册,天津华学澜著,民国二十五年商务印书馆印行。学澜字瑞安,生于咸丰十年(庚申,一八六〇),光绪十一年举人,明年成进士、改庶吉士、授编修。二十八年充贵州乡试副考官(按,这是根据陶孟和序中引用的《天津县新志》华金寿传后附的小传,惟二十八年为壬寅,并非辛丑,故恐系二十七年之误)。三十二年(丙午,一九〇六)卒,年四十七。这本《辛丑日记》,便是他赴黔主试的这年所作,故其中关于贵州山川风物的记述,颇为不少。从它可以看出五十年前一个中州人士对于贵州的看法,也可以约略知道一点清末贵州的情况。

学澜于光绪二十七年五月十五日与正考官吕筱苏(珮芬)自北京出发,取道河北、河南、湖北、湖南四省,于七月二十八日抵贵阳。自入黔境,经玉屏、青溪、镇远、施秉、黄平、清平(今炉山县)、平越、贵定、龙里、贵阳等县,《日记》中对沿途山川民俗,均略有记载。记山势者,如:

> 过桥即郊外,万山环抱,胥为雾气所遮。近者不知其高几许,远者直不知有山,惟见白茫茫一片而已。于雾气中,遥见高峰矗立天半,色白而晶,以为山而色不

类，以为云而良久无变形。万古积雪耶，山在雾中幻此奇形耶？不得而知之，亦无从而问之。不数里，即登大坡，石磴数百级，盘纡曲折……二十里互相见塘，盘曲愈甚，望仆从之在后者，如从对面而来。（七月十九日在镇远途中）

田地之外，高下远近，高峰攒聚，此断彼连，左环右抱。如江海遇风，波浪起伏，如城市列屋，擔脊参差。欲肖其形，《山经》所不能图，欲释其名，《尔雅》所不能悉也。亘数里许渐平远，已而复然。（二十日施秉途中）

高坡甚多，石磴残破，履之则动，隔窗下窥，心为之悸。而到处桂花怒放，浓香扑鼻……年初二刻复行，两山夹峙，其高极天，飞瀑悬空，如拖疋练，片云飘过，山势欲奔，白日初斜，岩壑若暮，真佳景也。（二十五日平越途中）

贵州是有名的山国，交通行旅虽因此感觉不便，但千岩万壑，争奇竞秀，有时实不失为一种奇观，正如上举数条所形容。而在这四山环抱之中，稻田便错落地分布着。《日记》云：

折而西，陟大岭，层累曲折而上，至极高处，下视稻田，町畛纵横，如示诸掌，黑点蠕蠕而动者，人也。（七月二十日施秉途中）

缘河数里，河水灌田，机轮甚多，大者径丈许，小者亦七八尺，辐两层，夹木板于其端。河中堆积石块，惟于近轮处空尺许，束流使急水激轮转，则木板荡水而上。轮旁以木作沟，承水而注于田。不用人力，稍变水车之制，而便利过之。（七月十四日清溪途中）

这种水车，在今日贵州的各县，也还可常常看到。它虽具有“不用人力”之便，但须“缘河”之地，才能安置，不如“龙骨车”之随地可设。而且当水小时，转动便很迟缓。现在看来，实在是说不上什么“便利”的。

贵州境内，除汉族外，尚有不少少数民族生息其间，尤以苗族的人数较多，是历代有关黔省治乱的一个重要因素。在这本《日记》里，曾有数处提到苗族。由作者的记载，可知苗族中亦有一“读书者”，而且“舁物不逃，物亦无失”，是很浑厚朴实的；而历代之所以不断发生“苗乱”者，显然是那些“控制”“羁縻”所产生的结果。

> 未入城时，见一苗妇，项围银圈，挂银锁练，馀亦与常人无异。其衣则圆领无扣，腰下似百褶之裙，而与其上相连一色。（七月二十日黄平）

> 苗民甚多，州城本在四十里外，为与苗近，易于控制，乃移至于此，而旧州治则设巡检焉。苗民无田税而应差徭。之……其人皆有家业，因以舁物，不必有人督率而无逃遁之弊，物件亦丝毫无失。……读书者与民人一同应试，不另设籍。每院试时，刺史必谆求视学者于其卷中择优者进一二名以羁縻之。（七月二十一日黄平）

在物产方面，《日记》中曾提到丝烟，府绸，雄精器皿，鸡纵菌，竹参，洋茄，刺梨，薯蓣，石榴，豌豆等。其中关于洋茄及刺梨的记载，颇饶趣味：

> 行馆右侧有隙地，野草闲花，丛生杂莳。有果一种，似金灯而色碧，遣人持问巡捕，据云名为洋柿，亦曰洋茄，熟时则红，可以入馔。（七月二十三日清平）

于路频见农夫摘道旁果食之，不知何名，其形状亦未能一目了然，惟见木本小叶，贴地而生，果作黄色而已。到行馆问之差纪，始知为刺梨。令其取数枚来，形似石榴，大小则如海棠果，细刺满焉，以指甲刮去其刺擘之，中有细子如黍而坚，倾之即出。初入口，酸似山楂，咀嚼之练菓，但馀味少耳。（七月二十七日贵定）

洋茄，今通名番茄或西红柿，黔人至今仍多称为“洋茄子”或“毛辣角”，是一种普通的最富营养的食物，不知何故学澜竟不认识。刺梨为贵州特产，野生，春末开红花，果实于阴历六七月间成熟，乡人及苗妇常采撷入城叫卖，味酸甜，黔人相传食之可助消化。数年前，营养学家罗登义教授曾在《新中华》杂志为文推荐，谓其最富于维他命C，是一种价廉而普遍的果品。

此外，最值得注意的是鸦片。贵州在过去是有名的毒化区域，贫富贵贱，男女老幼，吸食者极众。《日记》云：

长夫多嗜洋药，早起各就烟室吸食，非催促不至。……严催数四，舁夫始三三两两，手携烟具而至。（七月二十日施秉）

日夕倦甚，入房睡片刻，起时已暮。见堂上设有烟具，盖述之（按为承先，旗人，都匀知县，时任闱中内收掌），济丞（按为喻鸿钧字，湖北黄冈人，镇远知县，时任闱中六房房官）二人皆吸洋药，因关防严密，不能随便归房，筱苏恐其瘾发不支，故令设具于此。时述之已吸毕，济丞正在吸食，遂出与谈，济丞力劝余吸，谓与病有大益，情意甚殷，不忍却，吸数口焉。（八月初八日贵阳闱中）

众仆以余疾久不见愈，力劝余吸洋药，云此物最能去疾，每日少吸些许，自能见效，亦不至成瘾。难拂其诚意，乃稍吸数口，自今夜始。仆人朱顺向吸此物，即用其烟具。余手尚未能自烧，李明代烧之。（八月二十三日闱中）

像这样，不仅一般下力的长夫吸食，连客籍的官吏也有这种嗜好。甚而至于连主考也在别人的"力劝"之下"稍吸数口"！由此可见鸦片的力量是如何的可怕了！

贵州山川交错，风景绝佳。惜僻处西南，交通不便，既少远道的游客，又乏文人的吟咏，故大多湮没无闻。但在这本《日记》里，却有好几条记游文字，如记贵阳翠微阁：

出南门，折而东约半里许，过浮玉桥，穿涵碧亭，而至万佛寺。升阶十馀级，为观音阁。循阁东行，趋门两重，至翠微阁。茶罢而起，凭栏四顾。阁下有水曰南明河，弯环如带，水声琤瑽，对岸三峰鼎峙，屹若屏风。河干居人数十家，临流结屋，高下参差，绿树阴浓，疏扶掩映，远望若画图然。久之，乃相与至翠微阁后及观音阁等处流览一周……步出寺门，复过浮玉桥，至丞相祠堂，肃瞻诸葛武侯像。殿隅有一立像，短服蛮装，神采奕奕如生，则武侯南时投诚之蛮酋济火也。祠与鄂文端公（称泰）祠相接，出西角门，即至鄂公祠，祠宇荒凉，座中有碑，亭镌御赐祭文。……既出，仍过浮玉桥，至甲秀楼前，观鄂文端及勒保征苗纪功铁柱。柱凡二，皆六稜，围三尺许，长约丈余，铸有衔名铭词。楼下正中有额，书鄂公登楼七言绝句……戌刻酒阑，撤席茶话。皓月东升，万籁俱寂，风景尤佳。（九月十六日贵阳）

其余如黄平飞云洞，贵定牟珠洞，贵阳梦草亭（在今中山公园内）等，日记中均有详细的描述。限于篇幅，此处不再一一揭举了。

最后尚有一些零星的资料。如主考在黔境经各县，征发民夫，动辄在一百四五十人。主考如此，其他来往文武官吏，自然莫不如此。即此一端，也可想见当时人民的困苦。记各县城市，如施秉："入北门，街道甚宽，如吾津然，惟市肆不甚繁盛。"贵定："遥见雉堞参差，层楼高耸，已抵贵定县城。城在山上，随山高低，城中屋宇，隔城可见。入自东门，有额门，滇黔锁钥……街极宽，铺石为路。"龙里："城在山上，街道甚宽，一如贵定，而荒凉则过之。"由这些都可看出清末贵州各县的"县容"。又言"黔省汇号只两家，'百川通'，山西人；'天顺祥'，云南人"。由贵阳汇汉口每百金汇费一两四钱，此为有关经济的资料。只可惜字句寥寥，语焉不祥，尤其是对于政治社会民生疾苦，简直没有记载。这是过去一般士大夫的通病，他们多半是不会注意及此的。而全书文字平实，与一般只知流连风景，或自命文明，以落后野蛮视贵州，落笔便是"殊方绝域""蛮花獚鸟"的著作不同，很是值得一读的。

一九四七年四月二十二日

（原载一九四七年十二月六日重庆《新民报晚刊》）

荨麻及其他

艾芜同志在四月十七日《人民日报》副刊发表的《我也来谈谈打破碗花花》一文中，曾经提到四川的“一种叫做合麻的野草”。这种野草，在同四川邻近的贵州各地也很多，不光是生长在山野，就是在小县城内的空地上和人家后园的角落里，也可以随处发现。一般不过三尺来高，叶卵形，有锯齿，茎叶上都长着茸茸的细毛，人们只要一碰到它，便立即被这种细毛刺得火辣辣地发痛。我们小时候被它刺着，不知道有什么药可治，只有将手上刺痛的地方放在身上穿的土布衣服上用力磨擦，幸而不消多久也就自然好了。

这种野草的名称，艾芜同志说叫做合麻，又说“也许应该叫做割麻”。贵州方言中有个动词读如“呵”（照字书应写作蠚），意思是被粗毛一类的东西刺着，但语气较刺为弱，这种野草会刺人，所以也称为呵麻。其实它本来的名称应该叫做荨（一写作焊）麻。由于它具有这种刺人的特性，很早以前就已经被人注意，唐朝大诗人杜甫和白居易都曾将它写入诗中，宋朝宋祁的《益部方物略记》和张邦基的《墨庄漫录》以至清朝田雯的《黔书》、陈鼎的《黔游记》、李宗昉的《黔记》等书中，也都各有关于荨麻的记录，此外，在川黔各地方志中，一定还有很多记载。这里我们且看看田雯《黔书》卷四中的一则：“蕁草，即焊麻，黔蜀有之，生于篱落溪厓间，叶类麻，毛多刺，螫人手足，肿痛至不可忍。杜子美所谓‘草有害于人，曾何生阻修；其毒甚蜂虿，其多弥道周’是也。不知者往往为其所中，比其毒于蜂虿蝎蝮，殆不为过，锄而去之，置诸水中，勿使滋蔓，所以远恶也。然土人采之，沃以沸汤，则可已疯，亦可肥豕，世固无弃物哉。”这段文字记述荨麻的形态，特性和用途，相当详尽；艾芜同志说：“这种草农民最讨厌它，见了就锄去，可能已绝迹，我想也可以研究下子，在毒草中取出有用的药来。”看了田雯的记载，可知它的确可以做药，李时珍《本草纲目》卷十七也说它主治“蛇毒”和“风疹”，是一种有用的药物。田雯又说它可以“肥豕”，这是我以前在贵州时便早已知道的，那里的农民有时将它连茎带叶一同割下，混合在饲料里煮来喂猪，并不是完全一见就锄去。它的茎皮的纤维，还可供纺织作为原料。虽是一种很讨人厌的野草，却具备着治病、喂猪和作织物原料的三种用途。

此外，在四月二十四日的《人民日报》和《北京日报》上又见到一则消息说，四川奉节县一个供销社所办的餐馆，完全是用当地野生动植物作原料，其中有用葛根粉、蕨台粉做的烩面，可当饭吃。这两种野生植物，贵州也有。葛根，我们通常只当它水果吃，我还记得小时候，遇见乡间到城里来卖葛根的人，手提竹篮，篮内放着一块砧板，一把刀，和一根根手臂粗的葛根，我们给一个铜板，他便切给一片或两片。但因为它带着极大的药味，我们都不大喜欢吃。蕨台，即蕨菜台，一到春天，几乎满山都有，它的叶柄略有筷子粗细，尖端嫩叶卷曲如拳，赤褐色。采来以后，先用水泡一天，去其涩味，然后炒来当菜吃。但这两种东西，我以前从来没有听说可以制成烩面在餐馆里出售，这完全是现在想出来的新办法。由此可见，只要仔细加以研究，就可以发现各地无可计数的野生植物的种种新用途，我们向深山老林要酒、要粉、要棉……的目的，是一定可以达到的。

一九五八年五月

（原载一九五八年五月二十一日《人民日报》）

贵州盐及其他

——孟夏偶笔

秦牧同志在《人与宝藏》一文里(一九六一年四月二十五日《东风》),记述了抗战期间,他在贵州所见的当地人民缺盐的悲惨景象,读后使我不禁引起一些杂乱的回忆和感想。在解放以前的千百年中,贵州人民之对于盐,的确如饥似渴。本地不出产,交通运输困难,自然是一个原因,但最主要的,还是由于历代统治阶级垄断了盐的运销,提高了盐的税额,囤积居奇,左右市场,致使盐价奇昂,一般已被榨取到山穷水尽的劳动人民,无力购买。在那些黑暗的年代里,多数人民每日连粗砺的藜藿也不得一饱,没有盐吃,自然更成为最平常不过的事情了。

过去贵州人民所食用的是一种深灰色的岩盐,几乎全部是从四川运入的。那些状如石头大小不一的盐块,主要依靠人力负运。过去在川黔道上,我们常常可以见到一连串被称为“背子客”的运盐的人群。他们背着装满沉重的盐块的竹篓(当地人称为背子),手里持着一根丫形的木杵,无论寒风烈日,终年艰难地跋涉在无尽的长途上;在累极了的时候,便用木杵支撑住竹篓的底子,将重心放在两足和木杵之间,侧身站在路旁,吁一口气,就算休息。自然也用马驮。清人王惠在他描写黔中风土的诗中,就有这样很形象的纪实的句子："牛耕红稻如莲灿，马负乌盐比石顽。"(《黔游杂吟》)但毕竟还是用人肩背负的多。陆路以外，赤水河是川黔间运盐的重要河道，但中途有险滩吴公岩，全长十余公里，巨石林立，船行到此，必须用人力将所运的盐或其他物资驳运过滩。清代诗人郑珍在《吴公岭》一诗中曾这样描写吴公岩的险状："著鞭吴公岭，侧目吴公岩；飞狮落九天，脚插赤水隈；奔湍撼不动，怒声天地回；水怒石益静，万古苍嵬嵬；蜀盐走贵州，秦商聚茅台；……越此三十里，驮负费其财。……"就像这样，川盐运到贵州，本来很不容易，再加上官商的上下其手，重重作弊，盐价自然要提得高。除了少数富商地主以外，盐的确被当作宝贝一样。普通人家，每次到盐店"打盐"，只能"打"几两几钱。做菜时将盐块放在锅内一滚，只要稍稍有点盐味，就赶快将它取出。街头零食小摊，也往往只是在一小碗水里放一块盐，在出售食品时从中倒用一点盐水。至于穷困到极点的贫苦人家，则连秦牧同志所说的"像橄榄那么大的一块"也买不起，没有法子，只好用草灰或硝水代替，否则便只有经常淡食了。

自然，这种缺盐的情景，并不是从抗战期间开始的。远者不论，自明代永乐年间贵州建省以后，直到国民党反动统治时期，五百余年中，盐荒始终是贵州最严重的一种现象。明正德中，王阳明谪贵州龙场驿丞，诗中便有"久客渐怜衣有结，蛮居长叹食无盐"的句子(《元夕雪用苏韵》)。他虽是谪居，但始终是有地位的官吏，犹不免有这样的叹息，则一般人民的缺盐苦况，更不待言。在王阳明之后，徐霞客于崇祯中游历至黔，在他的游记中也有关于盐的记载，如崇祯十一年三月三十日："抵(都匀)南崖，有卖粉为饷者，以盐少许，易而餐之。"(《黔游日记》)崇祯时，盐在交换中还可起一般等价物的作用，由此可见其极为难得和当地人民对它的需要之殷切。以后清代而至国民党统治时期，时间又过了三百多年，贵州与邻省的交通和物资交流，虽然已较明代逐渐有所发展，但反动统治者的贪欲也随之日愈强烈，对人民的剥削日愈加重，他们中不少人因盐致富（如制造茅台酒以“华茅”著称的华家，就是经营盐业起家的），而绝大多数人民，依旧得不到他们所需要的少量的盐。可以断言，贵州人民要不是在一九四九年获得解放，他们是永远摆脱不了缺盐的命运的。

秦牧同志的文章还有一点令我感到兴趣的，是它也像别的许多有关贵州的记载一样，一开头就提到“天无三日晴，地无三里平，人无三分银”这三句谣谚。我没有仔细查考过，不知道这几句谚语起于何时，但从明人朱国桢的《涌幢小品》卷十五中已经见到这样的一则：

> 风土南北寒暑，以大河为界，不甚相远，独西南隅异。如黔中则多阴多雨，……以地方在万山之中，山川出云，故晴霁时少。语云：天无三日晴，地无三里平也。

由此可知，至迟在明代中叶，这几句谣谚就已经在贵州省内外开始流传。它虽然夸张过甚，但也道出了过去长期处于反动统治下的贵州的一部分情况，所以，数百年来，一直流传不衰。但是，到了现在，贵州已非复往昔的面貌，人间早换，这几句话已经变成毫无意义了。一九六〇年五月二日周总理在贵阳同各方面的代表会见时，曾经这样说过：“过去流传的‘天无三日晴，地无三里平，人无三分银’应该从根本上否定。……贵州山川秀丽，气候宜人，资源丰富，人民勤劳，只要贵州各族人民在中国共产党领导下，加强团结，努力工作，那么，贵州的社会主义建设必将后来居上，大有希望。”贵州各族人民正是在党的关怀下，建设着自己美丽富饶的家园。过去那种连盐也吃不上的日子已成为历史上的陈迹，流传了多年的三句谣谚也到了从根本上被否定的时候了。

一九六一年六月

（原载一九六一年六月二十七日《光明日报》）

鲁迅著作中有关贵州二三事

鲁迅先生的著作是我们全国人民的宝贵财富。无数人从他的著作里，吸取营养，得到指引，因而接近了文学或走上革命的道路。正如对其他地区的读者一样，鲁迅著作对贵州读者——尤其是青年读者的关系之大，影响之深，是不待言的。由于鲁迅对当时国内情势的关心和阅读范围的广博，他常常从各种报刊和通过文艺作品去了解各地的政治社会情况；贵州虽远，但也曾经倾注过他的关切。他的文章的意义，自然绝不能囿于一地，但当我每次读到他的涉及贵州的部分时，虽仅一鳞半爪，也另自感到一种亲切。现在就想从这一方面来谈谈。我想，在我们已经有了《鲁迅和北京》、《鲁迅在厦门》……一类著述之作，这样的文章也许并非全无意义的。

鲁迅有关贵州的文章，我们首先想到的是《准风月谈》中的那篇犀利的杂文《冲》。一九三三年九月十八日，贵阳各校学生为了纪念国耻，抗议日本帝国主义侵占我国东北的暴行，在贵阳市内结队游行。当时国民党贵州地方当局为了镇压人民群众的爱国正义活动，竟诬蔑学生游行为“别具作用”，于学生游行时，用汽车多辆，冲向游行行列；结果，死学生二人，伤四十余人，其中以“年仅十龄上下”的小学生为最多，造成了当时报纸称为“黔省九一八事件”的惨案。当时贵州交通极为不便，惨案发生后，贵州当局又严密检查邮电，直到二十余日以后，消息才由国闻通讯社自重庆发出。鲁迅在十月十三日的《申报》上看到这消息以后，引起很大的愤怒，立即于十七日写了这篇文章；他先根据报上的新闻，概述了事件发生的经过，接着便说：

> “冲”是最爽利的战法，一队汽车，横冲直撞，使敌人死伤在车轮下，多么简截；“冲”也是最威武的行为，机关一扳，风驰电掣，使对手想回避也来不及，多么英雄。各国的兵警，喜欢用水龙冲，俄皇曾用哥萨克马队冲，都是快举。各地租界上我们有时会看见外国兵的坦克车在出巡，这就是倘不恭顺，便要来冲的家伙。（见《鲁迅全集》第五卷页二七〇）

这对那些杀人的屠夫们是义正辞严的抗议，而对在艰苦斗争中的学生们则是有力的声援；尤其是地处边远很少为人注意的贵州学生，看了鲁迅这篇文章以后，一定会从中得到莫大的慰借和力量。

鲁迅爱好美术并有精深的研究，在整理民族艺术遗产和介绍外国艺术作品等方面，做了很多工作。在民族美术遗产中，他提出了一向不为人重视的新年花纸，并留心搜集。远如贵州的出品，他也搜求到一张。他在一九三五年一月致郑振铎的信中说到彩色版画的印法时，曾说：“我有一张贵州的花纸（新年卖给人玩的），看它的设色法，乃是用纸版数块，各将应有某色之处镂空，压在纸上，再用某色在空处乱搽，数次而毕。”（见《鲁迅全集》第十卷页一二五）这种新年花纸，多半取材于神话和民间故事；鲁迅之所以注意它，除了它本身是一种艺术品之外，还因为它富有地方色彩和浓厚的生活气息，可以从它了解一时一地的社会风尚。许广平同志在《片段的记录》一文中，曾记有鲁迅的这样一段谈话：“无论什么事，如果继续收集材料，积之十年，总可成一学者。即如最简便而微小的旧有花纸之蒐集,也可以观测一时的风尚习惯,和社会情形的一般。”(见《关于鲁迅的生活》页二五)由此可见鲁迅收集花纸的目的。我们还应该进一步看到,花纸之类的民族民间艺术,对鲁迅作品的创作方法和艺术风格,也曾经发生过一定的影响。他在《我怎么做起小说来》一文中说:“……我力避行文的唠叨,只要觉得够将意思传给别人了,就宁可什么陪衬拖带也没有。中国旧戏上,没有背景,新年卖给孩子看的花纸上,只有主要的几个人(但现在的花纸却多有背景了),我深信对于我的目的,这方法是适宜的,所以我不去描写风月,对话也决不说到一大篇。”(见《鲁迅全集》第四卷页三九三)花纸和小说,看去似乎没有什么关系,但鲁迅却从它吸取了有益的东西;这对我们如何批判地继承民族文化遗产,有很大的启发意义。

一九三五年春,鲁迅为上海良友图书公司编选《中国新文学大系小说二集》,内容是选辑一九一七至一九二六十年间文学研究会和创造社以外的一些小说家的作品。鲁迅在这个集子里选入了黔籍作家蹇先艾的两个短篇小说。他在序言中称蹇先艾的作品为“乡土文学”并给以评论说:“他(指蹇)所描写的范围是狭小的,几个平常人,一些琐屑事,但如《水葬》,却对我们展示了‘老远的贵州’的乡间习俗的冷酷,和出于这冷酷中的母性之爱的伟大,——贵州很远,但大家的情境是一样的。”(见《鲁迅全集》第六卷页一九八)这里所说的“乡间习俗的冷酷”,主要意思是指当时贵州农村中地主恶霸对佃农的迫害。从末二语,可见他十分注意通过文学作品去了解边远地区的社会情况。二十年后,蹇先艾写过一篇纪念鲁迅的文章《点滴的回忆》(见《贵州文艺》一九五六年第二十本),其中曾说鲁迅的评语给了他很大的鼓励,大大推动了他后来的创作。

最后,在《鲁迅日记》中,还可以看到一些和黔人通信或购买黔人著作的记载,但我这里只想谈一件事。鲁迅早年在北京教育部时，同事中有一位桂百铸，善画，《鲁迅日记》一九一四年十一月六日下曾记："乞桂百铸画山水一小帧。"桂名诗成，贵阳人。他在鲁迅逝世二十周年纪念时，曾写过一篇《回忆鲁迅一九一三年前后在北京的时候》（见一九五六年十月十九日《新黔日报》），其中追叙了他在北京教育部时所见到的关于鲁迅的一些情况，但没有提到鲁迅请他作画的事，大约因年代过久而遗忘了。要是他看到鲁迅的这条日记，因而有所触发，可能还会为我们多写下一些鲁迅早年的资料的吧。

一九六一年九月十五日深夜

（原载一九六一年《山花》第十期）

林辰《跋涉集》书后

张恩和

林辰先生是我尊敬的老一辈学者、鲁迅研究专家。去年,他以九十一岁(一九一二年出生)高龄与世长辞,也可谓享尽天年,应该无憾;但在我,因未能于他生前更多向他求教,从此无法弥补,则不能不说是很大憾事。斯人既逝,我想,最好的求教,也就只能是读他留下的论著,或可弥补于万一了。

林辰先生的大名我是早就知道的。我还是学生的时候,即读过他的《鲁迅事迹考》;虽然是薄薄的一小册,篇幅不长,却以其详实的论据和有力的辩析折服了我。当时让我获益的倒不是有关鲁迅研究方面的知识和问题,而是由它体认到什么是真正的"做学问"。应该说,在众多研究鲁迅的著作中,他的这本小书并不十分起眼,但能像它那样让我留下深刻印象并给我如此启示的却不多。此后,他的主要精力用在编辑、校勘和注释鲁迅著作,工作之余好像也不时写些与鲁迅研究有关或关系不大的文章,因为我平时留意不够,也就印象不深。但在我脑海中,林辰一直是和鲁迅研究联系在一起的。正像他的老友蒋仲仁先生所说:"林辰一生,两个字:鲁迅。当学生,开始读鲁迅;当先生,教学生读鲁迅。后来就全身心的投入了,编鲁迅的著作,注鲁迅的著作，考鲁迅的事迹，研究鲁迅的思想。”（《〈跋涉集〉序》）此次有机会集中读他将自己多年散发在报刊上的文章编辑而成的《跋涉集》，同时参读他的另一本杂文集《秋肃集》，对他的印象和感受即有很大的变化。最突出的感受是：他绝非一般意义上的“做学问”的人，更不是“两耳不闻窗外事，一心只编鲁迅书”；他是在真正意义上认真读鲁迅，学习鲁迅，把研究鲁迅当作自己生命的重要部分（甚至是全部）。他是真正理解鲁迅，热爱鲁迅，时时处处用鲁迅的精神鼓舞自己，分析问题，观察问题。他是自觉地用鲁迅的光和热照亮自己，点燃自己。这在鲁迅研究界，是一种极其可贵的精神。

林辰先生这本《跋涉集》里的文章，大部分是谈鲁迅和鲁迅作品，有些即使谈别的，也常常或多或少与鲁迅有关。老实说，我在翻读这些文章时，不免发出感慨。我想，在现在这样商潮涌动的社会里，在学术界一些人（更不用说一般人）为金钱权势驱使得像没头苍蝇乱转的时候，有多少人愿读、会读林辰先生的这些文字？更有多少人会像林辰先生这样做学问，写这样的研究鲁迅的文章？不是早有人说鲁迅已经过时，现在不需要鲁迅吗？更有甚者，不是有人就是不愿谈鲁迅的伟大偏热衷谈鲁迅的性格缺点、思想局限，甚至喊出要把鲁迅这块“老石头”踢开吗？就是有些“研究”鲁迅的人，也并不把研究鲁迅作为一件严肃的工作（更不用说把研究鲁迅看作一件神圣的工作），只把“研究鲁迅”作为邀名获利升官发财的工具，表面说的是一套，实际做的却是另一回事，在群众中产生不良影响，结果被人看不起，从而连带所有研究鲁迅的人统统被斥之为“吃鲁迅饭”。这些情况，都是值得我们深长思之的。

林辰先生曾说过，“一个在生活和精神上都远离着（鲁迅）先生的人”，是不会理解他（林辰）对鲁迅“由衷地景仰”之情的；又说自己开始只是把鲁迅“当作一个文学家”，后来才“知道从生活上、思想上去理解（鲁迅）”，从而最后“敬仰”鲁迅，“不仅因为他是一个亘古不朽的文豪，而尤其在于他的伟大的人格，崇高的理想，韧性的战斗”。林辰先生的认识过程和研究体会说明，对鲁迅的认识和研究不能简单用“学术”二字来概括。对鲁迅的研究，固然有一个学术的层面，但又决不仅是学术的层面，不是一般坐而论道的学术问题，而是一个认知、道德和修养过程。学术研究可以而且应该是客观的、冷静的，主（研究者）客（研究对象）体可以分离，就像研究某种动物（譬如猴子）不必去学习它，也不必对它有任何爱憎之情，而认知、道德和修养过程就要求主客体的融合，要求有感情的注入。不是说（也不可能）研究者要和被研究的对象融为一体，达到被研究对象同样的境界和高度，但应该在求真的同时，尽量向善趋美，至少也是尽心尽力，“虽不能至，心向往之”。我这样说，不知道现在会有多少人同意，估计得到，肯定有人会认为我这是陈词滥调。不过，以前李何林先生可是一再提出要把研究鲁迅和学习鲁迅、宣传鲁迅紧密结合起来的，其他许多认真严肃的鲁迅研究家也是在不同方面从不同角度在身体力行的；现在，我相信也有许多真正的鲁迅研究者在继续努力，在奋然前行。也正因为此，我以为在这里应当把林辰先生的这一研究鲁迅的精神和原则加以发掘，加以发扬，至少也是让他知道他的身后并不寂寞。

话说到这里似乎可以打住，不过我觉得还应该赘说几句，就是：从《跋涉集》也可以看到林辰先生并不只是知道鲁迅，只会研究鲁迅；他也是一位学识渊博的学者，在其他许多领域也都功底深厚，卓有创见。其实，要做到真正认识鲁迅，研究鲁迅，必须具备一定的知识积累和理论准备，否则无论是捧是骂，都不过是隔靴搔痒，这已经是一般常识。当然，这种积累和准备可以有一个过程，即在研究鲁迅的过程中不断提高和学习。而从林辰先生的情况看，他的积累和准备一直是十分充分的。这里可举一例，即集中一篇谈苏曼殊的文章（《评新编两种苏曼殊诗集》），对施蛰存辑录苏曼殊《燕子龛诗》中有关苏氏生平的真伪以及《本事诗十首》中有的诗的来源、排列次序以及一些校勘，都提出了尖锐而具有说服力的意见，批评有理有据，虽博学多才的施氏恐怕也不能辩解；对刘斯奋的《苏曼殊诗笺注》，在肯定成绩的同时，历数其不足，条分理析，足见功力。据说，林辰先生自己对这篇文章也颇得意。这是可以理解的，打个不一定合适的比方，就像一个产妇十月怀胎产下宁馨儿，喜悦之余，甘苦自知。另外，我还想说的是，从《跋涉集》中许多记事怀人的文章也可以看出，林辰先生不但是知识渊博的学问家，也是一位文笔优美、富有才情的散文作家。集中无论是对自己熟稔的文坛前辈（如许寿裳、叶圣陶、郭沫若、谢六逸）或亲密朋友（如台静农、陈翔鹤、艾芜、唐弢），也无论是对革命领导人周恩来（《难忘的一课》）、董必武（《到红岩村去》）或自己的学生（《我的怀念》），写来无不记叙细腻，感情真挚，真正是文情并茂，感人至深。这和他平时少言寡语，斯文而略显拘谨以及有些干瘦的外表，形成强烈的对比。但我想，其实这又是不足怪的，且和研究鲁迅不但不矛盾，恐怕还应该是相一致的吧。一个真心崇敬鲁迅专心研究鲁迅的人，不具备一定的文学修养和写作训练，又何谈真正体认鲁迅，感受鲁迅和理解鲁迅呢？

二〇〇四年十二月五日

林辰文集

叁

跋涉集

林辰 著 王世家 编校

主　　管：山东出版集团
出 版 者：山东教育出版社
（济南市纬一路321号　邮编：250001）
电　　话：(0531)82092663　传真：(0531)82092661
网　　址：http://www.sjs.com.cn
发 行 者：山东教育出版社
印　　刷：山东临沂新华印刷集团有限公司
版　　次：2010年6月第1版第1次印刷
规　　格：710mm×1000mm　16开本
印　　张：21.25印张
插　　页：3页
字　　数：267千字
书　　号：ISBN 978-7-5328-6248-1
定　　价：44.00元